国家社会科学基金项目（项目编号：13BZW13）结项成果

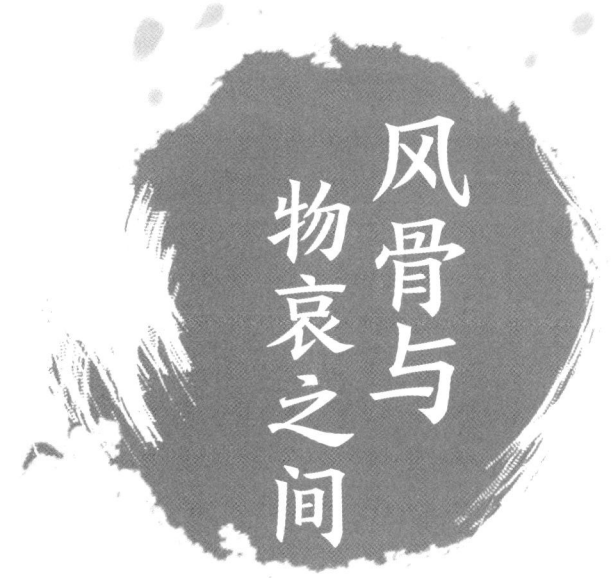

风骨与物哀之间

日本新华侨华人
文学三十年
1990—2020

林祁 ◎ 著

图书在版编目(CIP)数据

风骨与物哀之间:日本新华侨华人文学三十年:1990—2020/林祁著. —北京:中国社会科学出版社,2023.7
ISBN 978-7-5227-2018-0

Ⅰ.①风… Ⅱ.①林… Ⅲ.①华人文学—文学研究—日本—1990—2020 Ⅳ.①I313.06

中国国家版本馆 CIP 数据核字(2023)第 106348 号

出 版 人	赵剑英
责任编辑	郭晓鸿
特约编辑	杜若佳
责任校对	师敏革
责任印制	戴 宽

出　　版	中国社会科学出版社
社　　址	北京鼓楼西大街甲 158 号
邮　　编	100720
网　　址	http://www.csspw.cn
发 行 部	010-84083685
门 市 部	010-84029450
经　　销	新华书店及其他书店
印　　刷	北京明恒达印务有限公司
装　　订	廊坊市广阳区广增装订厂
版　　次	2023 年 7 月第 1 版
印　　次	2023 年 7 月第 1 次印刷
开　　本	710×1000　1/16
印　　张	25.25
插　　页	2
字　　数	365 千字
定　　价	139.00 元

凡购买中国社会科学出版社图书,如有质量问题请与本社营销中心联系调换
电话:010-84083683
版权所有　侵权必究

目　录

绪　论 …………………………………………………………（1）
　第一节　研究缘由：日本新华侨华人 ………………………（2）
　第二节　研究思路：日本华文文学三十年 …………………（10）
　第三节　研究方法：跨文化叙事 ……………………………（20）

上编　初始期：越境的文学与文学的越境
（第一个十年：1990—2000 年）

导　言 …………………………………………………………（25）

第一章　从"崛起"到"漂流" …………………………………（28）
　第一节　"朦胧诗"脐带的断与不断 …………………………（29）
　第二节　"边缘化""私我化""精细化" ………………………（32）
　第三节　异文化与陌生化 ……………………………………（37）

第二章　留学生报刊的诞生与使命 …………………………（44）
　第一节　《荒岛》：第一份留学生文学杂志 …………………（44）
　第二节　《新华侨》：为一代人命名 …………………………（47）
　第三节　《蓝》：海洋文化的激情与深情 ……………………（48）

目录

第三章 "之间"诗人登场的意义 (56)
第一节 双乡之间:原乡与异乡的放逐美学 (57)
第二节 双文之间:风骨与物哀的交错美学 (60)
第三节 双语之间:母语与日语的变异美学 (66)

第四章 华人叙事的边缘"性" (70)
第一节 东京没有爱情 (71)
第二节 日本第一印象 (77)
第三节 上海—东京"双城记" (79)

第五章 战争遗孤身份认同的焦虑 (93)
第一节 国家的"他者" (97)
第二节 文化的"他者" (103)
第三节 他者的"他者" (106)

第六章 复杂的"故乡"与独特的"乡愁" (118)
第一节 为何彷徨日本 (119)
第二节 "之间"的痛 (123)
第三节 人类共同的乡愁 (129)

中编 成长期:"跨"世纪的日本性体验
(第二个十年:2000—2010年)

导 言 (135)

第七章 俯拾日本文明符号 (137)
第一节 华纯的随笔日本 (138)
第二节 物哀式的"京味深深" (143)
第三节 "风骨"与"物哀" (147)

第八章　小说日本"性"体验 (156)
第一节　日本性与性日本 (157)
第二节　性体验与性叙事 (163)
第三节　作为方法的"性" (167)

第九章　女性叙事与"私小说"的受容 (172)
第一节　樱花情人 (173)
第二节　女性的"私心理" (180)
第三节　"私小说"的受容 (182)

第十章　"东洋镜"媒体：以东洋为镜，以镜照东洋 (192)
第一节　"反日"与"哈日"冲突的焦迫感 (195)
第二节　"归而不化"无根的漂流感 (196)
第三节　独特的幽默与自由感 (198)

第十一章　华文叙事与日本"物语" (203)
第一节　中日之间的"红娘" (204)
第二节　"罗生门"与女性之门 (215)
第三节　渗透时光的中华"物语" (221)

下编　丰富期："放题"于中日之间
（第三个十年：2010—2020年）

导　言 (233)

第十二章　贯穿三十年的知日随笔 (238)
第一节　"知日派"的文化姿态 (244)
第二节　调侃中生产的"短语日本" (250)
第三节　随笔日本"大家"写 (253)

目录

第十三章　日本"美意识"与"汉字力" …………………（265）
　第一节　对日本"美意识"的剖析…………………………（266）
　第二节　发现日本的"汉字力"……………………………（267）
　第三节　汉字热带来的冷思考……………………………（274）

第十四章　走出家/国的"女性身体" ……………………（279）
　第一节　身体·性·忏悔…………………………………（280）
　第二节　地域是精神概念…………………………………（290）
　第三节　现代性的困境与焦虑……………………………（298）

第十五章　双重美学熔铸的"金戒指" …………………（306）
　第一节　永住者笔下的日本形象…………………………（309）
　第二节　"暧昧日本"与"间性"美学 ……………………（311）
　第三节　故乡与他乡之间…………………………………（316）

第十六章　日本新华侨华人母女作家的别样登场 ………（323）
　第一节　从"无性"到"性无"……………………………（323）
　第二节　"无性"的遭遇与质疑日本"性"………………（324）
　第三节　日本"私小说"与华文自述体…………………（330）

第十七章　"非虚构"物语与人性的救赎 ………………（337）
　第一节　三部物语共通的主题：救赎……………………（337）
　第二节　三部物语三种救赎方式…………………………（341）
　第三节　混血的"第四类写作"与救赎…………………（347）

第十八章　知日小说与"被囚禁的果实" ………………（352）
　第一节　知日的"切入口"…………………………………（353）
　第二节　生死之间的"浮世绘"……………………………（356）
　第三节　中日之间的"禁果"………………………………（360）

结语 在"风骨"与"物哀"之间 ················· (366)

参考文献 ····································· (372)

附录 日本新华侨华人文学大事年表 ············· (378)

后 记 ······································· (394)

绪　论

跨文化语境是当代的时代精神。本研究"跨"社会学与中国现代文学学科，"跨"世纪、"跨"国别、"跨"文化，探讨当代日本新华侨华人的叙事是"如何现代、怎样文学"①的，如何历经三阶段，以形成背景、话语资源及演变形态，进而探讨当代文化社会研究中的性别、族裔与文化身份等重要问题，为理解当今文化心理打开新的讨论空间。

中国学者对海外华文文学的研究，起始于20世纪80年代，如果从1982年在暨南大学召开台湾、香港文学学术讨论会算起，至今已有三十多年的历史，形成了一支跨世纪的研究队伍，成立了世界华文文学学会（2002暨南大学），有了自己的学科理念与教材，如饶芃子、杨匡汉主编的《海外华文文学教程》②，江少川、朱文斌主编的《台港澳暨海外华文文学教程》③，有了自己的学术刊物，出版了一批学术成果。

2012年始，由中国世界华文文学学会、暨南大学文学院及花城出版社共同打造的长期出版计划"世界华文文学研究文库"，计划在5年时间内出版50种，囊括当代世界华文文学学科的优秀研究成果，打造当代最权威的研究文库。同时，由中国社会科学出版社推出的《台港澳及海外华文文学与华文传媒研究丛书》（王列耀主编），表明华文

---

① 王德威：《如何现代，怎样文学？：十九、二十世纪中文小说新论》，台北：麦田出版社2008年版。
② 饶芃子、杨匡汉主编：《海外华文文学教程》，暨南大学出版社2009年版。
③ 江少川、朱文斌主编：《台港澳暨海外华文文学教程》，华中师范大学出版社2007年版。

绪 论

文学正在形成自己独特的方法论系统。

纵观三十多年来的华文文学研究，看到它在全球语境下热烈展开（饶芃子《全球语境下的海外华文文学研究》），但遗憾的是，其间日本新华侨华人文学始终遭到了不同程度的忽略。近年来在日本长期研究华侨华人史的廖赤阳力求引起学界重视：《日本华文文学の系谱と在日中国人社会—新华侨文学を中心に》（《东京华侨华人研究》2010年第7号），而后在日本立教大学国际会议上（2012.10）又发表《日本的新华侨与日本华文文学》，并邀请日本华文文学笔会的作家、学者藤田梨那、田原、林祁等加盟研讨，形成声势，引起了中日舆论界的注意。

在2016年的这一年里，召开了两场对日本华文文学颇有意义的会议：2016年6月13日、14日，暨南大学和日本华文文学笔会在暨南大学联合主办"新世纪，新发展，新趋势——日本华人文学研讨会"。林祁作大会主题发言："日本华文文学与世界新格局——日本新华侨华人文学三十年述评。"

2016年12月7—8日，世界华文文学大会（第二届）在北京新世纪饭店隆重召开。日本新华侨作家李长声的随笔与陈永和的小说荣获中山文学奖。

2020年9月4日上午，第五届华侨华人中山文学奖以线上颁奖形式在中山市举行。日本新华侨华人亦夫的小说获得优秀作品奖，黑孩的小说获入围作品奖。

这个现象显示了日本新华侨华人文学存在的分量，也意味着为其作史立论的必要，日本新华侨华人文学三十多年的研究是海外华文文学研究发展至今水到渠成的成果。

第一节 研究缘由：日本新华侨华人

随着近年来全球化进程的加快，拥有跨域经验者日益增加，人们认知国族和认知世界的方式发生了巨大改变。本研究的对象本身就是

"跨"出来的，是在跨文化语境中发生和发展起来的，对它的研究方法也是"跨"出来的，跨文化，跨学科，"跨"在中日文学之间，抓其"接点"，直逼现代性的海外华侨叙事。

杨春时教授在2017年5月于东京召开的"早稻田—厦门大学国际学术研讨会"上发表的论文集的后记中指出①：

> 可以说，这次学术研讨会是中日学术交流的一次重要的事件，它对于创造中日学术"共同知"②，进而建立东方学术共同体的目标具有积极意义。
>
> 中日两国的交往，如果不算徐福东渡的传说，从汉代就已经开始了；至于唐宋蔚为大观；直到明清，不绝如缕。在文化和学术交流方面，儒学特别是朱子学、佛教特别是禅宗的东传，对日本文化学术发生了重要的影响。在明治维新后，日本又成为中国接受西方现代文明的桥梁，中国的现代学术的历程也由是开始。清末民初形成了中日文化、学术交流的一个高峰时期，后被二战和冷战打断。中国改革开放以来，中日文化、学术交流日趋繁盛，不断发展，正在形成一个新的高峰。在这个历史背景下，我们面临着如何扩展和深化学术交流，建立东方学术共同体的历史课题。
>
> 当前，中国已经走出了闭关锁国的历史，不可逆转地融入了现代世界。中国的学术也消除了与世界学术的隔离，缩短了差距，基本上完成了学术的现代转型。但是，无可讳言，中国学术仍然没有走出西方体系的藩篱，甚至在许多领域还基本上属于传播学的范围。这就是说，中国仍然还在讲述西方的学术话语，而没有形成自己的独立的学术体系。如何走出传播学的范围而创造自己的学术体系，这是当代中国学人的使命。

---

① 杨春时：《早稻田—厦门大学国际学术研讨会论文集后记》，日本早稻田大学出版社2018年版。

② 会议主题和会议的论文集题目都是"中日共同知的创造"。杨春时引用这个日语词汇"共同知"，表达有共同知识体系，知识互相认同等意思。

绪 论

本课题以敏锐的问题意识，直面中日共同的现代性问题，特别是华侨叙事问题，追求独到学术价值。它选取当代日本新华侨华人这批"跨文化的娇儿"作为研究对象，立意新颖，所谓"新"，不但新在是前人尚未系统研究过的新对象，而且新在这新对象本身就是中国新时期"跨"的产物。研究它可以突破中日之间固有的政治纠葛，创造自己的学术体系。

2015年，国际新移民华文作家笔会会长陈瑞琳，曾以中国之大气加美国之霸气，发表了《世界华文文学的新格局》[①]一文，却只字不提日本华文。文曰："进入二十一世纪，华文文学在世界范围内全面开花结果，其交流震荡之中，不断产生新的格局和流派，为源远流长的汉语文学贡献了前所未有的新质素，并已成为当代中国文学的一股新力量。其成就突出地体现在欧美华文作家身上，表现特征是文化视点的改变。"遗憾的是当这种视点遍扫全球时，偏偏不见一点日本华文作家的身影。且不论这种忽略是有意或无意，显然这刺激或曰激发了我，我宁愿认为她是有意留下这一空白让后来者补充。

日本新华侨华人文学对中国现代文学具有重要的历史与现实意义，论世界华文文学新格局岂能忽视日本华文？

但是，问题在于"日本的华人文学研究始终遭到了完全的忽略"。[②] 针对日本新华侨华人文学研究的薄弱现状，陈红妹在《关于海外华文文学研究中的标准选择和资料搜集刍议》中说："目前，海外华文文学研究的资料问题已经严重限制了该学科的深入展开。"[③] 与其他地区的华文文学研究相比，美华文学研究、东南亚尤其是马华、新华文学研究已经获得巨大的推进，日本华文文学研究备受冷落的局面，显然不能再持续下去。

[①] 陈瑞琳：《世界华文文学的新格局》，《华夏文化论坛》2015年第2期。
[②] 廖赤阳、王维：《"日本华文文学"：一座漂泊中的孤岛》，黄万华主编《多元文化语境中的华文文学》，第十三届华文文学国际学术研讨会论文集，山东文艺出版社2004年版。
[③] 陈红妹：《关于海外华文文学研究中的标准选择和资料搜集刍议》，《华侨大学学报》（哲学社会科学版）1996年第4期。

的确，与海外其他地区的华文文学研究相比，日本华文文学研究目前整体上不成熟，甚至还处于一个等待被开垦的阶段。这种现象可以从三个方面体现出来，首先是文学史的撰写方面。就目前所见的海外华文文学史来说，多数文学史将论述的对象放在了东南亚及美华、澳华、欧华文学上。相对来说，日本华文文学在其中的地位是微乎其微的，甚至有的海外华文文学史对日本华文文学只字不提或"一笔带过"。如：潘亚敏主编《海外华文文学现状》只是在"日本华文文学概况"一节中提及了四个作家：徐新民、张良泽、蒋濮、小草。公仲主编《世界华文文学概要》① 中主要提及了徐新民、张良泽、陈舜臣，重点介绍并描述了蒋濮的系列创作。陈贤茂等著《海外华文文学史初编》② 在日本华文文学部分只重点撰写了作家"蒋濮"，并将其作为独立的一章展开描述，这与其他章所列作家的丰富性相比不可同日而语，从而让这部文学史在编排体例上显得极为突兀。而在这位学者主编的另一套文学史《海外华文文学史》③ "第2卷"中重点介绍了蒋濮和黑孩，在"第3卷"中，只在"新移民文学"一章中提到了个别日本华文作家及作品，但是并没有对其展开系统的分析和介绍。饶芃子、杨匡汉主编《海外华文文学教程》④ 较为详细地谈及了日本华文当代文学发展过程及其取得的成就，但是依然还有许多重要的日本华文文学作家及其成就并没有被纳入撰写者的观察范畴，更遑论深入的论述。因此，一方面是日本华文文学在20世纪后半叶尤其是1990年之后的蓬勃发展；另一方面是文学史对其书写的相对欠缺，这必然造成日本华文文学文献知识供给和日本华文文学发展本身的极不相称。

其次，就研究论文和研究仅在专著来说，日本华文文学研究专著目前还是空缺。从中国期刊网上搜罗出来的（1989—2014年）一共15篇，会议文章2篇。研究上的如此滞后不得不令人遗憾。江少川、朱

---

① 公仲主编：《世界华文文学概要》，人民文学出版社2000年版。
② 陈贤茂等：《海外华文文学史初编》，鹭江出版社1993年版。
③ 陈贤茂等：《海外华文文学史》，鹭江出版社1999年版。
④ 饶芃子、杨匡汉主编：《海外华文文学教程》，暨南大学出版社2009年版。

绪 论

文斌主编《台港澳暨海外华文文学教程》①，只在第四编"新移民文学的界说及其他"内容中以一句话提及了日本华文文学的三个作家的名字，蒋濮、田原、林祁，其他地方再无谈及此话题，更没有将日本华文文学以章节的内容呈现在该教程中。

再次，从日本华文文学的传播接受上来说也并不乐观。与美国华文文学和东南亚文学相比，日本华文文学影响度和关注度都处于边缘状态。而就日本华文文学的发展事实来讲，其作品是十分丰富的（见附录年表，从纪实小说到侦探小说，从乡愁诗歌到闲适性小品文、文化随笔，已经形成一个较为丰富的创作库。但是尚有不少日本华文作家的作品没有在国内出版或没有被发掘出来。比如2008年获日本最高文学奖——芥川文学奖的作家杨逸的相关华文作品，目前在国内还不曾出版。同时，根据调查，很多人对日本华文文学作品不熟悉。这从影响和接受角度表明日本华文文学在传播上呈现出的弱势现状，其作品不被受众了解，对其的研究的滞后和空白似乎理所当然。反观现代文学史中"在日中国华文文学"的研究成就却远远比当代的突出。

值得注意的是，当代日本华文作家背后有一个重要的支撑——母国文化地位的不断上升。有不少日本华文作家的作品，是在20世纪80年代以后开始在国内外期刊上发表，或者在出版社出版的。而这个时期也是改革开放以后的第一个十年，1990年以后的中国加快了开放的步伐，随着80年代祖国内地反思文学和寻根文学的发展，逐渐形成的一个较为神圣的文化场域和文学舞台不得不开始再次面临市场竞争的考验。中国对外交流的加深和中国国际形象的不断好转也成为日本华文作家写作的一种背景。虽然不少日本华文作家身在东瀛，却也在和故乡亲人的联络中能够感知到中国的进步和变化，不少作家就在作品中表现浓厚的故国情怀和民族立场，可以说，母国——中国在任何时候都是日本华文作家一种无法割舍的记忆。

---

① 江少川、朱文斌主编：《台港澳暨海外华文文学教程》，华中师范大学出版社2007年版。

绪 论

反观中国，中国的现代实践有许多值得检讨的空间。现代以消灭传统为方法、为途径，"我们"到底是谁，要走向何方？在日本体验、历史反思、现代性检讨的多重视野观照下，日本华文作家笔下的记忆书写就不再只是乡愁的衍生品，更是确认自我身份的必须，一种中国式现代性的治疗方案。著名学者李欧梵指出：身处异国，常常要扮演两种不同的角色，一种是寻根，一种是归化。但他认为这不再是一种两难的选择，"我的边缘性是双重的"。在双重边缘性之间，在文化的寻根与归化之间，在风骨与物哀之间，日本新华侨华人作家的日本体验及其现代性书写具有独特的价值与意义。

我们看到，在20世纪初与世纪末，中国人有过两次留日热潮。

20世纪初的秋瑾、鲁迅、萧红、郭沫若们，在寻求民族解放的大革命中留下灿烂的诗文。"我以我血荐轩辕。"那是充满激情的岁月，那是一个英雄的时代。一代青年抛头颅，洒热血，因为追求所以痛苦、所以彷徨。而世纪末的留日学生们，得益于"改革开放"走出国门，追求中国的富强与自我价值的实现。虽然也有痛苦与追求，所谓"生存的逃亡"，却身处不见刀光剑影的和平年代；虽然20世纪中国人追求自由与民主的时代主题并不曾改变，却增加了实现自我价值的"副题"，毕竟这是个趋向日常生活的非英雄的时代。面对这样的时代，文学失去其诗情澎湃，文学成了奢侈品了吗？尤其是面对一个高度发展的现代国家，陷入他国语言圈的华文，又何以生存与发展呢？华文在海外"彷徨"，尤其在日本。

由于中日间特殊的历史原因与现实问题，造成了在日中国人特殊的境况。80年代至今，我们也上承鲁迅们的彷徨，彷徨至今。

日本华文作家带着"乡愁"走进日本，从"抗日"到"知日"，开始了对异乡的语言及至文化的探索。这种探索的心路历程，大凡可以从大量的诗文作品中读到。这些双乡写作的双语诗人，其意义并不仅是华文文学在海外的拓展，而是中国新诗自身在海外的深入或者叫"生长"。更有意义的是，由于这些诗文成长在日本，在这块让中国人情感极其纠结，让中国诗人的痛永远新鲜的地方，使其创作具有独特的异质审美价值。

从历史上来看，日本与中国一衣带水，而且有着较为长久的文化交流的事实。在近现代史上，五四新文化运动的开展与在日中国学生的日本经验有着密切的联系，以周氏兄弟、郭沫若、郁达夫、陈独秀、成仿吾、夏衍、穆木天、丰子恺为代表的五四新文化运动干将，正是在日本开启了他们思考中国现代性的征途，进而以文艺作为开辟中国现代公共空间的工具。

郭沫若在《桌子跳舞》中曾说："中国文坛大半是日本留学生建筑成的。创造社的主要作家都是日本留学生，语丝派的也是一样。此外，有些从欧美回来的彗星和国内奋起的新人，他们的努力和他们的建树，总还没有前两派的势力的浩大，而且多是受了前两派的影响。"而中国现代文学从发生到演变，再到成熟，皆与中国现代作家的日本经验，有着必然关联的现象，早已被文学史书写并被很多研究者关注，他们在这方面已有不少成果，如李怡《"日本体验"与中国现代文学的发生》（《中国社会科学》2004年第1期）、《日本体验与中国散文的近现代嬗变》（《文学评论》2004年第6期），靳明全《论日本自然主义文学对创造社作家的影响》[《西南民族学院学报》（哲学社会科学版）2002年第4期]、《创造社同人艺术探索对日本戏剧的观照》（《南京师范大学文学院学报》2006年第1期），刘静《中国现代诗坛的日本因素》（中国社会科学出版社2012年版），等等。

日本当代华文文学作为在五四启蒙基础上的一个延续，却一直没有受到研究者的青睐和关注，这显然已经成为学术研究中的一个问题。曹惠民说："对于相沿成习的以纵向的、线性的、时间观为基石的文学史书写，横向的、立体的、空间观的考察角度，在当下的学术研究，特别是世界华文文学研究中具有特别迫切的意义。"[①]依照这样的逻辑，我们可以看到海外华文文学研究因日本华文文学研究一环的薄弱在空间

---

① 曹惠民：《地缘诗学与华文文学研究》，《华文文学》2002年第1期。

绪 论

视域下呈现出的缺口情景。显然这种局面不能再持续下去。

事实上，继改革开放后第一批留学生出国留学的大潮后，随着中国市场经济发展的要求，中国在海外技术、资本、人才等方面的投资力度在不断地加大，包括日本在内的中国新移民数量逐年呈上升趋势，在日本华文人华侨的数量出现了激增的势头。

据学者廖赤阳统计："在1990—2005年的16年里，加入日本国籍的人数高达58879人，这些年以后加入日本国籍的人几乎都是经过留学阶段，也就是以留学生的身份进入日本的。"之后，大批的华人文学以留学生题材为主潮，开始书写东瀛和故乡中国，打破中日两国文学一段时间相对隔绝与沉寂的局面，再次连接起自五四中国留日知识分子开创的"日本体验"文学传统。中国留学生的大量融入一方面充实了日本华人华侨队伍的力量；另一方面，也在华人知识结构和人文素养层面上进行了更新。截至21世纪十多年后的今天，这三十年间的日本华文文学已经取得了可喜的成绩。据统计，日本华文文学作家队伍来源构成，既有中国台湾、中国香港，也有内地的新移民，从身份上说，既有加入日本国籍的华裔，也有不少长期旅居者，更有短期的留学生或访问学者，当然还有不少在日求职者。这使原有的日本华人华侨相对单一的结构分布局势产生了较大的变化。这些作家中，既有新"知日派"[①] 作家李长声、姜建强、张石、万景路、李兆忠、刘迪、毛丹青、刘梓，也有散文家张石、燕子、林惠子、王敏、叶青，既有诗人田原、祁放、林祁、春野，也有纪实文学作家林祁、曾樾、李惠薪、刘德有、樊祥达、刘东、董炳月等。而桃子、葛笑政、郑芸、蒋

---

① 知日派：指了解日本，将日本不仅作为一个认识的对象，也将其作为一种研究的对象。在中国，自从黄遵宪的《日本国志》出版以来，就表明了知识分子开始思考中华帝国以自我为中心的复杂心态，转而提出要向日本学习，在中国，不乏"轻日""师日""亲日""仇日"，但就是缺少"知日"（见王芝琛《"六十年来中国与日本"》，《读书》2006年第3期）。据李兆忠考察，"黄遵宪编撰《日本国志》目的并不在日本，而在中国"（李兆忠：《雾里观花 知日百年》，《书屋》2006年第3期）。知日的目的就在于解决中国的问题。近代中国百年历史上有不少知日的知识分子，诸如：戴季陶、周作人，在当代有新知日派作家如李长声、姜建强、张石、刘梓等。而在对日本知识的了解上，国外也有知日派，如美国的鲁思·本尼迪克特。

— 9 —

濮、小草、廖赤阳、吴民民、华纯、黑孩等作家也为日本华文文学贡献了不少的佳作。

近几年来，在日本华文期刊数目也在逐渐增多，《荒岛》《侨报》《留学生新闻》《中文导报》《日本新华侨报》等华文报刊和《蓝》双语杂志等为日本华人的华文创作提供了平台。

第二节 研究思路：日本华文文学三十年

一 对时间概念的界定

我将时间限定在1990—2020年，主要基于以下考虑。

从日本新华侨华人文学大事年表（附后）中可以看出，1972年中日邦交正常化后，中日交往开始恢复，1980年伴随着中国改革开放政策的指引，留日学生和新加入日本国籍的人数逐渐增多。

1985年，邓小平提出"支持留学，鼓励回国，来去自由"的方针。1985年，国家取消了"自费出国留学资格审核"，"出国热"在全国迅速升温。到1990年底，留日学生已达到3.8万人，其中自费留学生7000余人。似乎是中日间一次很好的互动，日本同时修改《外国人入国管理法》，将原有一种允许在日就职的签证，增改为多种，中国留学生毕业后在日获"就职"签证者与日俱增（见附录：大事年表）。从此赴日中国人人数基本上一直呈现上升趋势。由此，诞生了与日本老华侨具有不同风貌的一代新华侨。

应该说，1985年对东瀛留学是一个富有标志性的界尺。随着留学热潮，留学文学也应运而生。1990年第一部留学生纯文学杂志《荒岛》的诞生，可以看作日本新华侨华人文学的一个起点。

我们还可以在大事年表中看到一则文化事件：1985年莫邦富赴日本留学，在日本从事东京MA电视台的"莫邦富看中国经济"专业写作，开始策划、制作介绍了中国和海外华人的电视专题片。

莫邦富是中日间著名的"大平班"学员之一，有人出了一本《大平班的前世今生》①,说最早的日语教育和日本学研究的中坚力量都是从大平班、从日研中心走出来的。大平班起到了一个奠基石的作用。无论是在研究领域的还是做到大学校长或副校长的行政领导者,或是更多地从事一线教学的大学教授,他们大多是从大平班或日研中心走出来的,所以,有人把大平班和日研中心比作中国改革开放以后日语教育的"黄埔军校",我觉得这个说法也不为过,大平班确实是起到了奠基石和培养日语高层次人才的作用。其实,何止是日语人才,三十年来的华文文学,莫邦富们也立下了汗马功劳。

始自1990年第一部留学生纯文学杂志《荒岛》,继而《留学生新闻》《新华侨》《中文导报》等报刊争相开辟文学园地,日本新华侨华人文学作品从无到有,到一发而不可收。出现这一文学现象的原因在于:一则由于新华侨华人逐渐获取了一定的生存体验,开始将这种经验形成为文字;由于日本新华侨华人创办了自己的报纸、刊物及至电台,设立了华文创作园地,培养华文文学的生力军,因此随笔专栏作者大量涌现,呈现一派欣欣向荣的景象。而且不满足于日本自创纸媒的发表,在日华文作家纷纷把目光投向祖国更广大的读者群,让作品回归大陆,发表于国内的各种文学刊物。如蒋濮、黑孩、樊祥达等不少作家,相继在《小说月报》《上海文学》《名作欣赏》《小说界》《作家杂志》《天津文学》《福建青年》《萌芽》《鸭绿江》等文学杂志刊发了文学作品。

再则因为不少80年代末或90年代来日的人们,开始在日本激烈的生存中站稳脚跟,回顾出国、打拼、立业这一历程,书写的欲望和情感的内需,也造成了90年代后文学市场的一度繁华。

特别是21世纪以来,不少日本华文作家开始来往于中日两国之间,所写作品更是表呈着21世纪以来的历史运演与时代经验。由此,1990年开始的三十年,足以构成本研究对时间概念的界定。

而截止到2020年的理由则在于以下两点。

第一,考虑三十年的时间概念,以对应《中国现代文学三十年》。

---

① "大平班"为北京日本学研究中心。铁民:《大平班的前世今生》,蔚蓝杂志社2012年版。

绪　论

三十年并非我牵强附会，而只是历史中一种时间上的巧合。而在精神内涵上，日本新华侨华人文学三十年，与中国现代文学三十年是一脉相承的，可以说始自20世纪的现代性的课题尚未结束，后者是对前者的继承，补充及扬弃。历史有惊人的相似之处，但不会是重复。日本新华侨华人文学三十年自有它存在的理由和价值。

第二，除了考虑对应两个"三十年"的时间概念，还因为在2020年的这一年里，第五届华侨华人中山文学奖于2020年9月4日，以线上颁奖形式在中山市举行。会议现场揭晓的各类奖项名单中，日本新华侨华人亦夫的长篇小说《无花果落地的声响》获得优秀作品奖，黑孩的小说《惠比寿花园广场》获入围作品奖。这次奖项收到来自美国、加拿大、日本、澳大利亚、英国、德国、荷兰、瑞士、奥地利、马来西亚、新加坡、泰国、吉尔吉斯斯坦13个国家，以及中国台湾、中国香港、中国澳门3个地区的应征作品110余部，经初审和终评，9部作品入围，其中向来不被看好的日本华文文学居然占了两部。

而且，这是在新冠疫情期间召开的线上会议，对全世界以文学精神抗疫具有特别的意义。会前会后，日本华文文学笔会、日本华人女作家协会等特别发表抗疫文学专版专栏，显示顽强不败的汉字力、华文力。相信疫情之后，将有新篇。

二　关于日本新华侨华人的概念界定

相对于老华侨的"三把刀"（菜刀、剪刀、剃头刀），蒋丰①试图以新"三高"来概括：高学历、高人脉、高学知。如果沿袭"三高"，我们也可用"三新"概括日本新华侨华人文学为：新文学、新体验、新视野。新就新在，时间上不同于20世纪初鲁迅一代，空间上不同于西方。西方以"移民"为特点，而日本并非"移民"国家，日本把加入日

---

① 蒋丰（《日本新华侨报》总编辑）：《日本老华侨与新华侨：从"三把刀"到"三高"》，中国网，china.com.cn，2010-09-07。

本国籍称作"归化"。这个直译过来的"归化"让很多中国人不爽：谁归化谁呀！本来横在中日之间的深仇大恨就已让人难以释怀。因而，日本华文作家中持日本永住者签证居多，即便入了日本籍也多是被迫的（见华纯、黑孩等华人作家访谈）。因为不同于西方的"移民"特点，在全球语境下，日本华文作家具有一种"之间"的生存体验与写作心态。

三 所谓"日本华文文学"的概念

作为主流势力如中国内地及北美的华文文学研究界均以作者、题材、创作用语为基本界定因素，特别重视创作用语。但日本华人创作的情况略有不同，在日本华文人的文学创作除了中文写作外，自50年代至今一直都有日文写作的业绩，而这些日文作品在日本主流社会一直占有较高的地位。恰如廖赤阳所指出的："比较世界各国的华侨、华人文学，我们至少可以确认两个现象。一，日本华文文学无论是在中国的主流社会还是在日本的主流社会，均在纯文学的领域达到过顶峰。二，娴熟地驾驭日文写作，并且产生出在当地主流社会形成普遍影响的诸多日语作家与作品。这两点，无论在华人为数最多的东南亚，还是最近深受瞩目的美华文学领域，甚至在有着发出'告别中文'宣言的华人作家之澳华文坛，都是看不到的。""在文本的实际操作上，对华侨（人）文学的界定要素主要是作者和题材，就这两方面而言，可以将华侨（人）文学分为广义的和狭义的两种。广义的概念，无论是作者还是题材，只要是与华侨（人）有关的文学均可纳入其范围。而狭义的概念，指由华侨（人）作家创作的以华侨（人）为题材的文学文本的讨论以狭义的概念为中心，同时将之放在广义的概念下予以历史定位。"[①] 笔者基本上同意廖氏的观点。笔者重视长期在日生活或具有永居性质的华人及二世三世华人这一要素，将"日本华文

---

① 参阅廖赤阳、王维《"日华文学"：一座漂泊中的孤岛》，黄万华主编《多元文化语境中的华文文学》，第十三届世界华文文学国际学术研讨会论文集，山东文艺出版社2004年版。

绪 论

文学"界定为这些具有中国血统的在日本华文人的文学作品,题材包括小说、诗歌、文学性散文、纪行文等,语言包括中文和日文。由此,我们采用"日本新华侨华人文学"这一概念,亦可简称"日本华文文学",为的是不排除日语创作。就像身份变异——留学生可变为华侨亦可变为华人一样,用日语发表甚至得奖的新华侨华人的作品,翻译后在中国出版,不也一样属于"我们的日本华文文学"吗?我们的文学具有相当的包容性,因此具有无穷的生命力。

80年代以后的日本华人文学又称新华侨文学。新华侨与老华侨有一些不同性质,首先在出国的动机上,新华侨与老华侨就有所不同。新华侨已不存在老华侨"逃避战乱"的命运,而是"自我选择"。除了很小部分的政治运动家外(政治运动家多往西方寻求政治避难,另论),这一代东瀛者大多是为了改变自己的命运,出国一搏,希望找到更能提高和发挥自己能力的机会。这些人在日本留学后不回国,而是在日本的中等或大型企业就职,或是自己开公司创事业。他们的精神要比老华侨更自由,更容易适应各种文化环境。

由是,日本新华侨华人文学的发展三十年历经三个阶段。

第一阶段(上编)——初始期:越境的文学与文学的越境(第一个十年:1990—2000年)以1990年第一部留学生纯文学杂志《荒岛》的诞生,作为日本新华侨华人文学的起点。这是日本新华侨华人文学的初始期,可用"越境"作为关键词。

这一阶段的问题意识有:近代以来第一部留日学生的小说《留东外史》,以日本为借镜,已显露出现代意识的端倪。继而,作为现代文学奠基人的鲁迅、郭沫若都在日本开启了他们的文学生涯,"幻灯片事件"对鲁迅造成深刻影响乃至被视为中国现代文学的开端。而后,80年代至今,我们也留学日本。时代不同了,我们唱的是同一首主题歌吗?我们又是"如何现代,怎样文学"的?[①]

[①] 王德威:《如何现代,怎样文学?:十九、二十世纪中文小说新论》,台北:麦田出版社2008年版。

新华侨华人文学是先以留学生文学为开端的。笔者将女留学生的越境/"出逃"等"跨"文化的壮举及其叙事打头阵，意在衔接两代学人的日本思考，显示新一代华侨进入日本的新姿态。

1990年由留学京都大学的孙立川发起，创办了留日学生的第一份文学杂志《荒岛》。而后各种文学创作一发而不可收。

这一阶段乡愁情诗大量涌现。从原乡到异乡的自我放逐，从"崛起"到"漂流"的诗性，是这一时期华侨叙事文学"根隐喻"的鲜明特征。根隐喻是一种认知方式，由本体和喻体构成，而喻体隐含在深层结构中。"漂流"的一系列海洋意象群的叙事功能，体现在破坏一系列稳定性的环境，由是新华侨叙事诞生了。

留学生小说闪亮登场，蒋濮小说《东京没有爱情》等，充满乡愁、国恨、情伤。而女作家孟庆华的纪实小说，从战争遗孤的处境看国家形象，表现出身份认同的困惑。

在全球化时代，日本学者当下对"移民文学"的称谓，用语最多的是"越境文学"。东京大学教授藤井省三在评价越境小说时指出："通过越境使自己相对化，使探求新的认同方法化……越境行为使旧有的认同废弃，要求新的认同形成；而所谓现代的文学，就是开始向读者叙述这一行为的破坏性与创造性的文学。"[①] 基于越境文学的本质与意义所在，我们特别关注当代中国对日本的"越境"及应运而生的"越境"文学。

第二阶段（中编）——成长期："跨"世纪的日本性体验（第二个十年：2000—2010年）这是日本新华侨华人文学的成长期，可用"体验"作为关键词。

这一阶段提出的问题是：何谓日本性体验？是指新华侨对现代性的痛苦体验吗？随着跨世纪，"跨"成为这个时代的关键字，跨世纪、跨国界、跨文化以及跨性别……

笔者将这一阶段视为日本新华侨华人文学的成长期，越境的作家

---

① 藤井省三：《日本文学越境中国的时候》，《读书》1998年第10期。

绪 论

们直面日本的现代性问题，即日本性的体验及日本的性体验。我们可以从这一时期的大量诗歌、随笔、小说中，读到这种现代性的痛苦体验。其中，曾就学日本的陈希我之笔，尤为痛切。作家们以"性"作为方法，针对日本性与现代性、中国性与性日本、性体验与性书写等关系进行深入性探讨，追问一系列"性"问题，挑战当下批评界的媚俗状态，试图以"跨"世纪的新姿态，为世界华文文学提供新的视界与空间。

双语作家毛丹青提出，以"虫眼"看日本："日本人做事细，但我偏用虫眼看他们，这样就可以看得更细，细到烂的地步。"① 可以说，日本的特点是精细，在日本的书写风格也就不同于西方的粗犷，而多了一些细腻。这时期的华文小说，以细腻的笔触探讨国民性、现代性、人性之"性"。

我们看到，同样是走出国门的中国女性，在日本的书写风格也就不同于西方的激扬而更多了一份柔性（阴性），从这些新华侨华人的叙事中，可以读到日本"私小说"的影子。黑孩《樱花情人》有日本"私小说"风味，却是中国女性之"身体语言"。林祁获奖的纪实小说直接探讨越境的性与性的越境。日本没有性禁区，但有"红灯区"。也许，日本华文文学的成也在此，败也在此。

在"跨"世纪的年代，产生了"跨"文学的新媒体。21世纪，得益于日本的言论自由和经济竞争，新华侨华人的媒体社会已经初步形成。《东洋镜》便是其一，它"以东洋为镜，以镜照东洋"②，成为一个反映旅日本华文人生活、思考和写作的"家园"。从这个"集合华人百家写手，荟萃东洋万种文字"③ 的多维网，我们可以看到在日本华文的兴奋点、彷徨度及其问题所在。

第三阶段（下编）——丰富期："放题"于中日之间（第三个十年：2010—2020年）这是日本新华侨华人文学的丰富期，可用"放

---

① 毛丹青：《にっぽん虫の眼纪行》，日本文春文库2001年版，第6页。
② 陈骏：《笑谈旅日本华文人的尴尬》，引自《东洋镜》，http：//www.dongyangjing.com。
③ 林祁、祁放：《彷徨日本》，引自《东洋镜》。

绪 论

题"作为关键词。"放题"为日语,意为自由、自助,此乃和文汉读也。旨在探讨自由与不自由之间的日本华文文学。我称其为"之间"文学:介于两种或两种以上的文化之间,可与本土文化对话,又因其文化上的"混血"特征而跻身于世界移民文学大潮的文学。中日之间的复杂性和多元性,带来各种形式的丰收,为中华文化提供了新的视界与新的空间。

这一阶段提出的问题是:异质文化的特点是什么,何以"之间",如何文学?

这时期标志性的成果是:冲上日本著名的芥川奖的华人杨逸的日语小说。它以中国女性的眼光,发现日本"透过晨光"之美。双语写作无疑拓宽了新华侨书写的场域。陈永和反映创伤记忆的《一九七九年纪事》荣获钟山文学奖也是一个大惊喜。她以身体性忏悔的冷静,对当今社会具有现代性意义的问题进行深入探讨。在中日"之间",日本新华侨华人的女性书写独具风采。为此,《湘潭大学学报》[①] 特辟专栏探讨华文女作家如何从各自的日本体验出发,介入当代女性问题的思索,呈现出对中日两国复杂的社会与文化,历史与现实的多向度思考。

这时期异质文化表现出多元的特点,带来各种形式的丰收,特别是中长篇小说。哈南的长篇《猫红》以"物哀"风格讲述了中日之间的婚恋物语,试图以"温和"化解重重冲突。孟庆华与清美是"战争遗孤"的配偶及女儿,属于另类日本人。母女作家皆以华语写就长篇小说,从母亲"无性"的叙述《告别丰岛园》,到女儿遭遇的"性无"《你的世界我不懂》,试图契入女性生命体验,从浸透记忆和想象的日常生活出发,对国家的"他者"、历史的女性、性爱之救赎等进行深入探讨,从而获得女性自述体小说的历史纵深与现实意义。

除了诗歌、小说等样式,日本新华侨华人文学最突出、最有成就

[①] 林祁:《从"无性"到"性无"——评日本新华侨华人母女作家及其小说》,《湘潭大学学报》(哲学社会科学版)2016 年第 40 卷第 4 期。

绪 论

的是随笔。从"抗日—哈日—知日"的日本体验中,我们听到贯穿三十年的知日长声。这些生活在日本的华人零距离体验日本,并钻进日本文化的深层肌理中去探寻答案,以报刊纸媒为中心,批量生产文化随笔,成为日本言说的最大亮点。从李长声《哈,日本》①这富有意味的标题中,不难揣摩出作者心态。中国人心中都有一个日本情结,对日本是既熟悉又陌生,要厘清它的文化,还有一些障碍。"哈"独立其首可为惊奇、感叹,亦可连读成为"哈日"。哈日要哈到痒处,反日要反到痛处,友好要恰到好处。作者机智幽默,从一个细节读懂一个真实的日本。《昼行灯闲话》以微醺之笔,将日本文字信手拈来,趣谈开去:日本有茶道、武士道,几乎"头头是道",料理却偏偏不讲"味道"?漫步日本,赏"枯山水"、逛二手书店、品吟酿酒;懂点门道更好。浮世春画、AV产业,日本色情产业古今传承?日本僧人吃肉娶妻,风头盖过偶像明星?道德绅士、夏目漱石的隐秘情史,村上春树笔下人名的讲究……话题丰富多样,堪称日本文化万花筒。由于长期亲历日本而日知,日知而成"知日派"。

"知日"是一个很重要的概念,也是一个很有意义的角度,即进入其内的写作,而不是外在的臆想话语。王中忱曾评说李长声:奇思妙想,其实源于敏锐犀利的洞察。长声的一本随笔集取名《日知漫录》,初看似乎是在追步顾炎武,其实"日知"二字用的是日文名词+动词结构。"日知"者,知日也。在古今中日的纵横对比中,许多事态的深层意蕴就变得显豁了。这是从事跨国写作的独得之利,长声们显然深得其中三昧。

"知日随笔"上承鲁迅、周作人等"现代"传统,经三十年零距离的日本考察,三十年菊与刀的"田野"功夫,说话有了底气,下笔不卑不亢,不反日亦不哈日,强调知性、智性"之间"性的立场,于"日本三书"(《五轮书》《武士道》《菊与刀》)之外,更添"四书五经",一版再版,鱼龙混杂;不但以日本《中文导报》等华文纸媒,

----

① 李长声:《哈,日本》,中国书店出版社2010年版。

更以中国大陆腾讯"大家"之网媒批量生产文化随笔,"动漫日本"和"政治日本"的题材无所不包;有如万景路《扶桑闲话》更加"平民化"的书写姿态,也有姜建强更加学者化的笔入日本美意识之深层的剖析。这类随笔日本以理论思考见长,却有细致入微的日本体验,原汁原味的日本"鲜见",有如生鱼片之盛宴,引得"大家"津津有味。

日本华文文学笔会成立于辛亥百年的2011年12月11日,是以繁荣在日本华文人文学为目的,重新调整日本华文文学作家群的格局,支持会员在国内外发表作品和参加各种国际会议、促进日本华文文学内外传播、开展双向或多向文化交流等。创会者有华纯、李长声、林祁、祁放等人,推举王敏教授为首届会长。华纯为第二届会长。姜建强为第三届会长。创会以来,笔会发展到60人左右。除了小说、诗歌、随笔、散文、翻译外,还有了很多影视作品。

由于不断听到期待成立日本女作家组织的呼声,2019年12月8日成立了日本华文女作家协会,华纯出任会长。可以看到华文女作家活跃于中日之间,而且与世界各国女作家遥相呼应。

21世纪新华侨华人的概念,不同于老华侨华人的概念,不同于20世纪初鲁迅、郭沫若一代,也不同于西方移民。日本华文文学的文学谱系对中国现代文学具有重要的理论与实践意义,不仅以"抗日""哈日"到"知日"这一命题,为中华文化提供了新的视界与新的空间,而且因其"混血"于中日文化之间的特性而跻身于世界新移民文学大潮,提供了独特的审美角度和深度。

由是,笔者把日本新华侨华人作家及其书写定位于"之间":在中日两国之间,"风骨"与"物哀"之间,在历史与现代之间,昼夜之间,男女之间……"之间"是一种不安定的变化状态。在"之间"碰撞。在"之间"彷徨。在"之间"成长。"之间"促使思与诗成长。

当代日本华文文学从"抗日"到"知日"的东瀛叙事,具有独特的异质审美价值。它不同于"移民"西方的华文特点,而在中日之间碰撞与焦虑,痛苦而新鲜的日本体验促其成长。这是一种混血的"间性"文学,是日本华文文学的特性。它不仅是中国文学在海外的延伸，而是拓展或者叫"生长"。它具有华文的主体性，不从属于日本文学却融会了异质文化，逐渐形成"风骨"与"物哀"之间的美学风格。其主体间性和文化间性，将拓展出新的研究维度，为中国当代文学开拓更大的创作空间与学术空间。

第三节 研究方法：跨文化叙事

第一，着重从"当代时代精神：跨文化语境"入手，阐明本课题"跨"社会学人类学与中国现代文学学科，探讨当代日本新华侨华人文学是如何历经三阶段以形成背景、话语资源及演变形态，进而探讨当代文化社会研究中的性别、族裔与文化身份等重要问题，为理解当今文化与文学打开新的讨论空间。阐明选题缘由：选取当代日本新华侨华人这批"跨文化的娇儿"作为研究对象，立意新颖，不仅新在对象是前人尚未关注、未系统研究过的，而且新在对象本身就是中国新时期"跨"的产物。

第二，采用"编年体"的方法，结合社会史、思想史研究，解读日本新华侨华人作家的作品，阐发其文化政治意义及"文学性"的所在。"编年体"是有学理可依，具有科学性和可行性的，其优势就在于迫使学者重新回到第一手资料中，通过对原始资料的发掘、整理，通过"田野调查"（本著补充作家访谈录）等第一手资料，构造一个"用事实说话"的文学史的逻辑和秩序。

本研究通过"整体细读"，对日本新华侨华人文学进行历时性多方位的整合，从走进日本到走近日本、贴近日本，从"抗日""哈日"到"知日"，在"风骨"与"物哀"之间，日本新华侨华人文学具有独特的异质审美价值。由于三十年大致经历三个交错渐变的发展过程，故将其归纳为初始期、成长期、丰富期三大部分。

第三，以华侨叙事为方法，引入国际理论界新出现的"叙事认同"理论，这种从语言到叙事转向的方法之创新，使本研究一下跨到学科前沿，能够发现新问题而进行深入而细致的剖析。它不仅是日本华文文学在海外的拓展，而且是中国文学自身在海外的深入或者叫"生长"。其研究不但在学科上具有理论意义，而且对中日关系具有现实意义。

  本课题的研究方法将避免非历史化与庸俗社会学研究的流弊，采用结构主义、解构主义、文化研究等理论资源，利用地域优势和课题组成员的专业研究优势，突出全球语境中的东亚视角，关注中日共同面对的现代性问题。它大致按照历史顺序展开，但不是单纯的文学史写作，而是史论结合，在历史的清理过程中体现近年中国文学史领域的反思与突破，既有学术规范上严谨拙朴的学风，又有理论探讨中以小见大、以一当十的智慧。它将在采纳现有研究成果的基础上，对跨世纪、跨国界的丰富的文学现象和复杂的内涵进行整合（或曰弹性聚合），试图以纵的扫描与点的剖析（注重作家个案研究），论述这一跨世纪、跨国界的中国文学奇特景观。

上　编

―――――――――――

初始期：越境的文学与文学的越境
（第一个十年：1990—2000 年）

导　言

　　第一阶段（上编）——初始期：越境的文学与文学的越境（第一个十年：1990—2000年）以1990年第一部留学生纯文学杂志《荒岛》的诞生，作为日本新华侨华人文学的起点。在邓小平"支持留学"的号召下，出现日本留学热潮，不但是公派生，而且有大批私费生进入日本，随着日本体验的深入，留学生文学随之出现。这是日本新华侨华人文学的初始期，可用"越境"作为关键词。

　　这一阶段的问题意识有：近代以来第一部留日学生的小说《留东外史》，以日本为借镜，已显露出现代意识的端倪。继而，作为现代文学奠基人的鲁迅、郭沫若都在日本开启了他们的文学生涯，"幻灯片事件"对鲁迅造成深刻影响乃至被视为中国现代文学的开端。而后，80年代至今，我们也留学日本。时代不同了，我们唱的是同一首主题歌吗？我们又是"如何现代，怎样文学"的？[①]

　　新华侨华人文学是先以留学生文学为开端的，如张石《东京伤逝》《因陀罗之网》《三姐弟》，王敏《留日散记》，唐亚明《东京漫步》《翡翠露》，林惠子《东京私人档案——一个中国女性眼中的日本人》《东京：一个荒唐的梦》，等等。1999年上海文艺出版社《中国留学生文学大系》中《当代小说日本大洋洲卷》收集了这个时代14名

[①] 王德威：《如何现代，怎样文学?：十九、二十世纪中文小说新论》，台北：麦田出版社2008年版。

留学生的作品。①

笔者将女留学生的越境/"出逃"等"跨"文化的壮举及其叙事打头阵，意在衔接两代学人的日本思考，显示新一代华侨进入日本的新姿态。已在中国大陆文坛崭露头角的黑孩、林祁、祁放、华纯、陈永和等东瀛留学，开始了女性生命的新体验。

从叙事隐喻与叙事功能的视角对漂流的海意象群进行解读，在日本新华侨华人诗歌中，激荡的情绪与情感宣泄的叙事隐喻，既具有维度又具有功能。其维度构成了作品思想内容的组成部分，其功能体现在叙事隐喻的主题化色彩。"崛起"是男性的叙事隐喻，其"根隐喻"是山；而"漂流"是女性的叙事隐喻，其"根隐喻"是海。"漂流"的一系列海意象群的叙事功能，体现在破坏一系列稳定性的环境，由是华侨叙事诞生了。

这一阶段的华文创作多为留学生题材。留学生小说闪亮登场，蒋濮小说《东京没有爱情》等，充满乡愁、国恨、情伤。而女作家孟庆华的纪实小说，从战争遗孤的处境看国家形象，表现出身份认同的困惑。

已在中国文坛崭露头角的黑孩、祁放、李长声、孙立川、王中忱、林祁、金海曙、陈永和等东瀛留学，一下跌落至被边缘化的困境。1990年，由留学京都大学的孙立川发起，创办了留日学生的第一份文学杂志《荒岛》。而后各种文学创作一发而不可收。正如日本著名学者、东京大学教授藤井省三所指出的，"荒岛"具有纪念碑的意义。"荒岛"不荒。"荒岛"永存。

在全球化时代，日本学者当下对"移民文学"的称谓，用语最多的是"越境文学"。藤井省三在评价越境小说时指出："通过越境使自己相对化，使探求新的认同方法化。已经进入国民国家体制的成熟期的日本和欧美，以往仅仅以一个国家为单位的国民市场正在急速地'国际化'，随之而来的大规模跨越国境的移动，极大地激活了人们对

---

① 《中国留学生文学大系：当代小说日本大洋洲卷》，上海文艺出版社2000年版，参阅藤田梨那《现代华人文学在日本》。

国民国家形成之前的历史状况的想象。曾经参与了国民国家想象的文学，现在，则在促动读者思考越境的意义。越境行为使旧有的认同废弃，要求新的认同形成；而所谓现代的文学，就是开始向读者叙述这一行为的破坏性与创造性的文学。"① 藤井的这段总结一针见血地指出了越境文学的本质与意义所在，值得借鉴与深思。

因此，对于第一个十年，我们特别关注的是：当代中国人对日本的越境及其越境文学。

---

① 藤井省三：《日本文学越境中国的时候》，《读书》1998年第10期。

第一章 从"崛起"到"漂流"

20世纪80年代的中国主题是"崛起",新的美学原则也在崛起①。"三个崛起"论②(谢冕《在新的崛起面前》、孙绍振《新的美学原则在崛起》、徐敬亚《崛起的诗群》)为朦胧诗摇旗呐喊,在横遭围攻之中,为中国新时期文学的发展扫清了理论障碍,轰轰烈烈且意义深远。谢冕在《论中国新诗》中指出:"……诗学挑战,即指发端于五四新文学革命的新诗运动对于中国古典诗歌的一次跨越整个20世纪、迄今尚未终结的古与今、新与旧的诗学转换这一重大事件。"③ 我们看到,"崛起"正是这一事件中辉煌的篇章,而这一事件迄今尚未终结。

崛起之后的诗学挑战以漂流形式进展。80年代末,一批留学生,或为朦胧诗人,或怀揣"朦胧诗"漂到海外,开始了从"崛起"到"漂流"的新探索。如果说"崛起"是!(惊叹号)那么"漂流"是……(进行时);如果说"崛起"意求挺拔,那么"漂流"寻求深度;如果说"崛起"多为激昂,那么"漂流"多为静寂。总之,"崛起"的编码系统代表了中国文化的崇高坚定,"漂流"则体现一种不安定的变

---

① 孙绍振:《新的美学原则在崛起》,《诗刊》1981年第3期。
② 即谢冕发表于1980年5月7日《光明日报》上的《在新的崛起面前》;孙绍振发表于1981年3月号《诗刊》上的《新的美学原则在崛起》;徐敬亚发表于1983年第1期《当代文艺思潮》上的《崛起的诗群》。
③ 谢冕:《总序:论中国新诗》,谢冕、姜涛、孙玉石等:《百年中国新诗史略:〈中国新诗总序〉导言集》,北京大学出版社2010年版,第1页。

化状态,"漂流"的编码系统表现出海洋文化的激荡不安。荒岛、礁石、波涛、星星、黑夜……这些漂流意向的多重吟咏,组成了一个另类的符号系统。且称之为蓝色调(后来创刊的中日双语杂志就取名为《蓝》),显然是一种不同于红色编码系统的话语空间。

依然是"诗学挑战"?当新华侨华人漂流到岛国日本,这块让中国人情感极其纠结,让中国诗人的痛永远新鲜的地方,漂流之难、之痛、之特,更使其诗歌具有独特的异质审美价值。其独特性,其漂流与探索的诗路历程,大凡可以从《荒岛》《新华侨》《日本留学生新闻》《中文导报》《日本新华侨报》《蓝》① 等报刊读到。它给我们带来了什么样的诗歌景观与美学原则呢?

第一节 "朦胧诗"脐带的断与不断

诗人走向宽阔的世界,诗歌必然走向宽阔的世界,原有的黄土地之表现法:"河边上破旧的老水车"② 已然破旧。当20世纪末诗人进入漂流的生存状态,当80年代中叶,日本新华侨华人浮出历史地表,诗歌创作无论在题材还是艺术表现方法上都有所开拓创新,表现了不同于朦胧诗传统的新景象。

金海曙在接受巫昂的一次正式访谈中谈道:"舒婷有一个小本本,抄了很多外国诗,那也是指路明灯。吕德安是通过舒婷认识的,当时我们文青啊,跟舒婷联系上了……"(《从八卦到文艺》)那是80年代,这群"文青"跟着舒婷学写诗。而后吕德安赴美求艺,金海曙东瀛留学。1990年金海曙于《荒岛》创刊号发表诗作《雨景和逃离

---

① 《荒岛》90年代中国留日学生第一份文学杂志。1990年10月15日创刊,社长孙立川,主编王中忱;《日本留学生新闻》创刊于1988年12月,是目前日本最早的华文媒体,内容涵盖了社会新闻、时政观点、留学生活、综合情报;《中文导报》创刊于1992年,是服务于日本华人及全球华人的中文媒体,把在异文化社会里传播、弘扬中国文化作为事业目标;《日本新华侨报》创办于世纪交会的1999年新春,已经成为一份被国内门户网站转载率最高的海外华文媒体;《蓝》于2001年创刊,为中日文双语同人季刊。

② 舒婷:《祖国啊,我亲爱的祖国》,《诗刊》1979年第6期。

的过程》：

> 这时，当我在窗前/一场暴雨将至，云/低垂着，像巨大果实的臀部/骚动着难解的欲望，正如/我无法解释自己的奥秘/我的眼中充满混乱的形象/它将化为雨水//也正如我无法解释自己的生活/我只是逃离了某处，在/这场雨之后还将继续逃离……//这是一个过程，类似于/证明黄昏的一只鸟/围绕那棵以往的树飞/而巢已不在其中//或者说巢已被遗忘，当我/在窗前，和这只惊慌的鸟/相距令人想起某种比喻的空间/而我仍在窗前，夕阳/阴暗的火在窗口的一侧燃烧/另一侧是渐进的雨水/的喧嚣，我不禁问自己/哪里是你最终的归宿/哪里是你入睡最终的摇篮/它们确实存在着但已不复存在

在诗里，朦胧诗传统只是"那棵以往的树"，而"巢"已不在其中。其实"巢"只是被遗忘。喻体巧妙地转换为"夕阳/阴暗的火"等。在这里，诗歌的"抒情"传统也巧妙地化解在叙事中，化解为诗人与世界的一场优雅的对话，犹如格雷厄姆·霍夫《现代主义抒情诗》中所言："诗歌最充分的表现不是在宏伟的、而是在优雅的、狭窄的形式之中；不是在公开的言谈、而是在内心的交流之中；或许根本就不在交流之中。"[①] 沉默中，你更多地体会诗本身，或者更多地琢磨诗之外，那或许是人生、哲学……

金海曙毕业于厦门大学哲学系的经历，无疑对他的创作产生了影响。哲学给他更多的启示，又和现代生活的脉搏相呼应。从原乡到异乡的自我放逐，是身体放逐，也是精神放逐，同时是诗的放逐。他并非要揭示什么，说明什么，而是充分利用潜意识无穷的可能性，为创造性想象提供广阔背景。他的诗是一种把握真实的尝试。强调准确的

---

① 格雷厄姆·霍夫（Craham Hoff）：《现代主义抒情诗》，转引自［英］马尔科姆·布雷特伯里（M. Bradbury）、詹姆斯·麦克法兰（James Mcfarlame）编《现代主义》，胡家峦等译，上海外语教育出版社1992年版，第285页。

感觉，深思熟虑的思想。可以看到他在形式上的追求。

祁放1984年东瀛留学，写诗是从迷惘、忧郁、苦恼开始的，那时在山东，还要在"学习会"上解释："我默默地躺在/阴冷的海底/许多年了/海风送来你的腥味/黑暗里，连歌声也充满苦涩……"解释这样的诗句到底是什么意思？到底对谁不满，谁是黑暗？受不了诸如此类的解释，她"出逃"了：残阳如血。黄河涛声呜咽。黄河边少女彷徨。娇弱的身姿，沉重的步履。天黑了，风声里是一个满脸皱纹的黑衣老汉低哑的嗓音：孩子你快回家吧，绝对不能轻生啊……她出国，背负着朦胧诗光荣而沉重的传统。那时遍体鳞伤的她却充满豪情：

我要继续跋涉/带着我的诗行和爱情/秋天，正摇着红叶/向我招手呢/
是你在为我唱歌吗/高山、大海/都轰轰地合着节拍

有时候出国的理由相当简单。有如她，似乎一个"逃"就可以概括。刚来日本的她为自己买了一件色彩鲜艳的红裙子，她说她终于可以像花儿一样随心所欲地开放……①

创办于东京的《新华侨》杂志经常发表祁放的诗篇。如《棕榈树》："把相思的泪/洒落在星星草上/也许那年/它并非有意逃遁/如今/思念却催动着绿色年华/在阳光下/沉积着力量……"可以看出，朦胧诗的"脐带"于其中似断非断。

田原也坦言自己的诗歌创作受到朦胧诗人的影响。而更为重要的是，诗人田原不仅看到了朦胧诗的价值，更是点出"它……也永远是一个新的开始"，表示不能止步于朦胧诗，而要在它的基础上继续寻求突破，寻求创新，寻求发展。如此，诗人不忘过去，又着眼未来，力图走出"朦胧美"，走向"怪异新"。田原的想象带有后现代的色彩，是他对于异乡与原乡，城市与乡村，个人与世界的独特思考。

---

① 引自林祁《彷徨日本》，海潮摄影艺术出版社2010年版，第2页。

倒是新一代留学生较少受到朦胧诗的影响。请看年方二十的林云峰诗《让风叼去》：

> 许多诗人穿着诗歌给他缝制的西服/很体面地迈着诗歌的方步/而我把仅有的那条有点破旧的短裤/双手捧给诗歌/和我一起到处打听前方的道路/诗歌只穿着一条我仅有的短裤/一路上我们一前一后/我听着诗歌的诗话诗歌听着我的人话/那些助词形容词副词是什么东西/脱光了生不带来死才带去的衣物/它们也全都是一丝不挂的文字/诗人嘴上的那块遮羞布/还不快点让风叼去

当传统成了"遮羞布"，索性摆脱它！新一代学人直接进入诗歌本体，进入生活体验。虽显得粗鲁，却有勃勃生气。

第二节 "边缘化""私我化""精细化"

20世纪初到世纪末两次留日热潮，是中日现代史中一个特有现象。日本新华侨华人面对异文化时空的文学尤其是诗歌，从内容到形式都发生了变异。可以说一种新型的异质文化诞生了。它不同于五四新文学革命的新诗运动，带有横空出世的气势，也不同于新时期文学的朦胧诗，负有拨乱反正的使命，它似乎是轻轻地出走，悄悄地扩展，慢慢地质变。

漂流的困顿与变异，诗学观念的变化，导致诗歌的"边缘化""私我化""精细化"。

也许出国是一种壮举，但壮举之后，便是从"中心"向边缘的位移，由高亢向低调的失落，由热闹向宁静的寂寞。

90年代中国留日学生创办的第一份文学杂志《荒岛》的《创刊的话》写到——刊名定为《荒岛》。

为什么是《荒岛》，是来自远离故土的异国情结，还是联想到诗人T. S. 艾略特的《荒原》？是在高度现代化的节奏和繁杂里感受到了深刻的寂寞，还是希冀人的心灵常驻一些荒凉但生机勃勃的绿色岛屿？其实，即使在本刊同人之间，关于《荒岛》的释义理解也不尽相同。但无论如何，《荒岛》确实寄托了同人的一点《荒岛》共同情绪，在某种程度上沟通了同人的心。于是，我们结成小小的《荒岛》文学杂志社。

我们追求纯粹的文学理想。尽管我们至今对纯粹的文学理想这一问题还缺乏更为严肃认真的讨论，但那次在滨海公园当我们认定它是《荒岛》的宗旨的时候，默默属望浩渺无际的蓝色的海，同人已经领悟到这对于我们意味着什么。

这并非说我们有多么宏大的志向。我们没有荣耀的历史，也不预设辉煌的未来。我们深知更严峻的考验来自文学本身。语言是文学者唯一的凭借，也是永远挣不脱的枷锁，而现代多种传媒的发达又时时陷语言于困境之中。我们可能永远走不出荒岛。但我们渴望体验在困境中创造的喜悦，我们遵循内心的指向，执迷不悟地向前走去……

《荒岛》杂志注重诗作的发表，特别是鼎力推出了《留学生组诗》。与大海、荒岛、漂流有关，创刊号发表了林祁《空船》。空船在日语里的读音和"唐船"相似，空，非空也。空，有如空气，总是充满空间，总是伴随着你。以下是此诗的节选：

> 从什么时候起/我在你望海的眼里/成为港口//其实是座荒岛/起源于某种昨天的情绪/四面来风　不设城墙//是漂泊的空船/不拒绝开始或终结/让灵魂冒险

留学于立命馆大学院的林来梵曾于《荒岛》创刊号感叹，"世界没有诗意我们无可奈何"，"海还在遥远的故乡响/这个角落里我散淡地想起往事并沦为诗人"。看来以往的诗歌内容与形式已不适应新生活的发展，诗歌与漂流一起开始了："我吸附在遥远的一块岛屿上幻想/在还没有长成海藻之前/突然漂泊进这个夜晚……"（林来梵《大文字烧误解》）

又如《荒岛》第二期发表留学生小桥《孤独者的呼吸》。海曙在"留学生组诗"中也写"孤独",题为《一种解释》:

你无法区别自己和背景/但你是孤独的//你是海中的水、空气中的空气/但你是孤独的//你是一支玫瑰,又是一颗尘埃/孤独也就是玫瑰和尘埃

被边缘化的孤独"私我化"及"精细化"到"一支玫瑰"甚至"一颗尘埃"。但我们能体会到他那散发着黑色幽默的孤单,但孤独是必需的。无边的孤单,犹如黑暗,也可以是一种保护;我们能读到"孤独"就是"海中的水、空气中的空气"铺天盖地、包裹一切。似乎是极度痛苦的诗,但他的诗风幽默轻快,在形式上无懈可击。

涂满了孤独,海曙又写疲倦:"这样的日子失去了明确的形状/一如等着洗涤的衣服/满不在乎地积累/这样的日子从我的身上落下/——却没有就此隐去、消失/这样的日子我甚至说不出自己的感觉……"(《疲倦》)强调准确的感觉,深思熟虑的思想,却用一种懒洋洋的声音展示诗人与世界之间不断拉开的距离。他抖落那些现成的框架和概念,就像抖落脏了的衣服。可以看到诗内在的张力,节奏的变化和分寸感。诗人似乎找到了一种新的形式作为自己的归宿。

这些诗人尽管在自己的时代居于"边缘",却是社会中的知识精英,是社会中掌握知识最多的阶层。他们有着双重的知识体系:传统的儒教熏陶,"修身齐家平天下"成为他们的内在基因;西学的后期教育,独立自由理念,不愿受任何外力羁绊而自立于社会成为他们作为人的最大追求。这两大思想的交融,使这批知识分子两大理想内在地发生冲突、碰撞。如何使它们并行不悖,成为新知识分子的人生最大抉择。[1] 诗歌创作恰恰是他们这种抉择的自然流露和真切表现。

---

[1] 易蓉:《中国近现代同人报刊的先声:早期留日学生的办报实践》,《湘潭大学学报》(哲学社会科学版)2014年第1期。

可以看出，海外华文文学创作本身就是边缘化的一个系统，之所以说它是"系统"，是因为它已然拥有相对独立的空间。如果说远离中心话语使诗人感受边缘的寂寞，似乎是一种不幸，不如说远离逼使他们反思，促使他们贴近文学本体，其实是某种幸运。当有着高度敏感的文学嗅觉的诗人，在进入日本之后，在全新的世界和时节之间，在主动和被动之间，在主观和客观之间，多出了另一片诗歌视野：日本岛及其"物哀"文化。他们正在"风骨"和"物哀"之间寻找新的生长点。

铃木修次教授在比较中日的文学传统时曾以"风骨"和"物哀"来概括两国文学本质和文学观念的差异。"风骨"是中国文学中关怀政治，以刚健为美的正统精神。它主张"风化"，即《诗经》所谓的"上以风化下，下以风刺上"。其色彩是浓重的。"把握住风骨就抓住了中国文学的主要趣味倾向"；"物哀"则为一种日本式的悲哀，不问政治而崇尚哀怜情趣的所谓日本美，它主张"淡化"，讲究典雅和消遣的日本式风格，即和歌之风格，其色调淡雅。"日本人似乎认为中国文学的主要性质、色彩过于浓重，而将其淡化了。"[①]

"风骨"和"物哀"各自具有相当长远的延续性和民族性。中国大陆风尚养成中国文学崇尚阳刚大气的风格；岛国风尚则养成日本文学注重阴柔细腻的风格。似乎可以一言以蔽之：中国文学以阳刚大气为高，日本文学以阴柔细腻为美。

我们从日本新华侨华人充满阳刚之气的诗中，可以看到日本阴柔美的渗透。阴阳互补，使其诗重中有轻、轻中有重。在中日之间，在"风骨"和"物哀"之间，诗人找到新的生长点。探索中，一种异质的诗在生长。我们在田原的旅日之后的某些诗里，可以约略地看出日本传统美学中的一丝"物哀精神"和"幽玄风格"。毫无疑问，这对于一个在中国正宗儒家文化里浸润多年的写作者，在文化气质上是一

[①] 参阅铃木大拙全集日语版，岩波书店1965年版。又《禅与日本文化》译自此书。译者陶刚，生活·读书·新知三联书店1989年版。

种有益的补充。与其说是"补充"不如说是"渗透"。用"补充"这类数学式的加减法,尚不足以表现文化的交流交错交融现象。"作为独立于中华文化母体之外的边缘性另类文学景观,海外华文文学既有别于原在性(本土原创)的中国文学,又不属于所在国的文学,而是超越了语言、族群、宗教、社会与国家体制后的跨文化风景,既具有多元混杂性的特质,又具有自身的活力和张力,从而构成为独立自足的文化空间。"①

其实田原相当多的诗作结构都是比较繁复的,充满阳刚之美,有着大陆国家辽阔田原的宏大基因。而日本"物哀精神"的渗透力使之产生异变。变是必然的。变是一种冒险。思想在差异中冒险。冒险有可能失败,可能变得非鹿非马不伦不类,可能不被主流文学认可。但纵观田原的探险,风景无限好。中日文化在同与不同的交织过程中的种种纠葛,为他的创作带来某种独特的理论洞见与新的文学审美形态。在中日之间,他找到新的生长点。这是异质的、多元的,是跨域的、越界的。是故,笔者试图以"之间诗人"为之寻找应有的定位。

其实"之间诗人"的现实处境是尴尬的:因为即使海外华文文学的发展取得巨大成绩,但依旧边缘、依旧孤寂;此外,非但是母语创作的诗歌,即便是日语创作的也难以闯入日本文学圈成为主流。然而,诗人试图在这种尴尬中赢得自由。请看《富士山》:"我攀登了它/但却没能抵达它顶上的坑/因此,我常常想/那坑一定像一只挖掉了眼珠的眼/用虚无得抽象的眼神/数百年来一直与天空对望。"

无不震惊。诗人竟会展开想象的双翼,在掠过富士山顶时摘去了它的眼珠!一只没有眼珠的眼,用黑洞洞的抽象的眼神,数百年来与天空对望,足以解构富士山的种种光荣与神圣。众所周知,富士山是日本的象征,如同天安门是中国的象征一样,所不同的是,日本的象

---

① 杨匡汉、庄伟杰:《海外华文文学知识谱系的诗学考辩》,中国社会科学出版社2012年版,第190页。

征物是大自然之山岳,而中国的象征物则是政治意识的建筑物件。看来田原以中国文学之风骨意识去解构日本,反而在诗笔下流露出日本文化的物哀美学,赋予象征日本的富士山以哲学的思考与人生的哀思:对望将是永恒的。

我们注意到,日本新华侨华人诗歌中除了家族,还有大量关于梦、爱情、死亡的探讨,风骨与物哀的交错交融产生了无穷的创造力。记得有一位诗人将农民的土碗倒置,就变成了农民的坟墓,可谓深刻。诗人对死亡的探讨,对灵魂归宿的寻求,探讨的也就是死亡的平常、生命的意义,不过诗人好似将自己置身事外,冷静悠然地远眺坟墓,俯视着死亡的如常发生。因此读来既有中国文化的风骨之悲凉,又有日本文化的物哀之幽深。

特别值得一读的是海曙发表于《荒岛》创刊号的诗《雪天的信》,他如同一个画家,在意象和结构方面给人留下强烈的视觉效果:"现在的窗外仍在飘着小雪/窗户明亮得类似一面镜子/我就在其中,在这/不可思议的寂静与光亮中/写着信,它长于这个漫长的季节/这封信终将进入你的生活/在另一个时间,另一个地点/雪将细致地固执地重新落下/你将感受到某些细节,某些侧面……"雪陪伴你"孤独的表情/忽明忽暗地变化"。最后"我们以冰凉的嘴唇相互吻别"。这意象十分内在,是一套不同于中国"崛起"传统的意象,以冷色调、叛逆性、异类性编码,把诗人的迷惘与现代人的迷惘结合在一起。

第三节 异文化与陌生化

笔者常想,如果把平平仄仄的中国语比作起伏不平的山岭,那么没有阴阳上去的日语就像潺潺流水。这两种美是不同的。如果能把握两种语言,那他的语境里不就有山有水了吗?双语诗人在双语之间创造山清水秀的变异美学,应该是颇有意义的一件事吧。

新华侨华人花大量时间去专研日语并受益无穷。诗人说自己在日语面前"永远是一位不成熟和笨拙的表现者"①，并非仅仅是谦虚语，而是一语道破其创作"天机"。直接进入日语写作的"不成熟和笨拙"，恰恰有益于打破母语的思维惯性，产生意想不到的惊奇效果。因为创新永远是创作的生命！

日本新华侨诗人亲近日语，但始终坚持母语创作。由此我们看到，大量的诗歌翻译及其诗歌研究，特别是与日本大诗人谷川俊太郎、白石嘉寿子等人的亲密交往，使他们对现代诗内在的奥秘有了更深刻的体会。有评论家指出：特别是近十年来，在日本工作定居后，大量的写作实践，加上远离90年代以来国内诗坛风起云涌的"实验""断裂"，反而使田原的诗作走向准确意义上的成熟的现代诗品味。他保持了现代诗的"幻象"（幻想）品格，但同时又注重语言的精确性，在"祛魅"和"返魅"之间达成了平衡。我赞同陈超将诗人这种写作方式称为对"精确的幻想"的追寻。其评论本身也很精确。② 对此精确，诗人自身有着清醒的认识，他在《在远离母语现场的边缘——浅谈母语、日语和双语写作》一文中谈道，"在用日语写作的过程中，我想通过它——这种母语之外的语言来进行一次写作的'自我革命'和'脱胎换骨'，有意识地摆脱中国式的抒情，避开空洞的抽象和只是停留在日常生活层面上的叙述"，并且"从自己有限的日语词汇中，简洁、干净、智慧地提升出一个更大的意义"。

显然，直接用日式思维进行日语写作是一种全新的创作方法，势必会对自己惯用的母语创作产生强大的冲击。而恰恰在这个过程中，诗人发现了母语的不足同时也发现了母语的优良之处。这对母语表现力的增强有着极大帮助。由此诗人对母语的运用不仅可以扬长避短更加自如，而且合理地将日式元素适度地加入母语创作，对于延长母语可及的触角，拓宽母语的表现空间和促进双语之间的文化交融，都有着积极的推动作用。田原如是说："感谢日语对我的接纳，通过它，

---

① 田原：《在远离母语现场的边缘——浅谈母语、日语和双语写作》，《南方文坛》2005年第5期。

② 陈超：《精确的幻想——从田原的诗说开去》，《当代作家评论》2009年第4期。

我看到母语的不足，又同时发现母语的优势。""日语会给人一种细腻中有粗糙、具体之中又带有不确定性的印象，像是雌性语言；汉语则是笼统中有具体，粗犷中又不乏细腻之处，语言性格接近于雄性。"①

汉语语境与日语语境齐驱并进，在内心深处形成了日本新华侨华人诗歌的精神。这可以说是"杂交的优势"。同时，诗的表现力也张开了想象的翅膀，使之"身有彩凤双飞翼"。田原在题为"想象是诗的灵魂"的一篇论文中指出："语言是想象的衣服，这样说似乎暴露我对语言宿命般的依赖，但依赖于我却是事实。我不太爱读想象力贫乏的诗歌，诗句写得跟文章语言或新闻报道（散文诗或本质上是诗歌的那类文体另当别论）没啥两样，这肯定有个人喜好的成分。"柯勒律治对想象有过一个独到的诠释："第一性的想象，是一切人类知觉所具有的活力和首要功能，它是无限的'我在'所具有的永恒创造活动在有限的心灵中的重现。第二性的想象，是第一性的想象的回声，与自觉的意志并存；但它在功能上与第一性的想象完全合一，只在程度上，在活动形式上，有所不同。它溶化，分散，消耗，为的是要重新创造。每个诗人可能都有一套自己处理想象与语言的关系方式，但肯定都是不自觉的，也包括我。"②

《荒岛》的留学生组诗曾如此表现异国文化："京都不过是古老的武士的裤裆/在一个兴奋的午夜/我们借助 WHISKY 的鹅黄色幽默/尿尿亚细亚文化圈擅自愉悦"（林来梵：《大文字烧误解》）异文化产生惊奇感，异文化产生诗人的一系列"误读"："在这个日本清酒的良宵/女孩子们幽静的肚脐/被概括为神社/闪烁一群迷失了夜空的星星/她们从中国的唐代开始/就温柔得这样筋疲力尽好像随时都会倒入我们饥饿的/怀抱。"（林来梵：《大文字烧误解》）误读中不乏自嘲，令人忍俊不禁之后不得不想一想。看来异文化使诗歌摆脱"老一套"写法而获得了新的

---

① 田原：《在远离母语现场的边缘——浅谈母语、日语和双语写作》，《南方文坛》2005 年第 5 期。
② 田原：《想象是诗的灵魂——答华东师大博士生翟月琴问》，《当代作家评论》2012 年第 4 期。

审美。

因为新的书写现场是陌生的,是经过了空间位移的,所以必定会有适应、转变、交融以及变异,也就必须一定程度上甚至很大程度上抛开传统,让思想、让感情、让创作,更加不受之前创作思维的拘束,面对新事物,探索更多的创作方式,试图将更多的陌生的内容放入诗歌。海曙在《荒岛》上曾这样表现《陌生》:

一条街道在屋外和我毫无关系/我们以不同的方式存在/区别不仅仅在于语言/还有沉默,它使我们的/对立陷入更深的绝望/

在夜里,即使我站在窗口/向它长久地凝视,近似于/风从街上吹过。即使/我受到孤独更深的压迫/而走出门去,我也绝无可能/消除陌生的感觉

既面向未来,又背负着传统,让传统的东西在来的陌生中变异,不仅是空间的陌生化,更是人生与生命的陌生化,语言与思维的陌生化,创作模式与逻辑运用的陌生化,同时这种陌生化带来的最大一个影响就是:自由化。

自由化带来诗歌创作视野的宽阔,新的词汇、新的风物、新的创作模式、新的逻辑思维、新的灵感都随之而来,也都是陌生而美好的。如此,诗人与诗思都在美好的陌生中自由地成长。

在"之间诗人"的原创中我们发现了一些类似日本俳句的短诗:《日本梅雨》《断章》《瞬间的哲学》《无题》《冬日》《与死亡有关》等诗,其布局形式的简约、纤细,语言表达的含蓄有致,以及内容的质朴天真,类似日本俳句,源自中国古典诗歌。田原曾谈及这种探索:"中国古典诗歌和日本俳句甚至佛教禅宗中'无'的境界怎样才能有效地被现代诗所采用呢?"① 俳句,可以说是日本文学乃至日本的象征之一。它

---

① 田原:《想象是诗的灵魂——答华东师大博士生翟月琴问》,《当代作家评论》2012年第4期。

形式短小，却精练巧妙。可以说，日本文化的各个领域都受到过禅的洗礼，而俳句虽不刻意为禅形，却处处显禅意。俳句独特的魅力，与幽玄静美的日本风物交织在一起，对新华侨诗人的创作产生了巨大影响。这种影响本身可好可坏、可大可小，诗人各以自己对日本文化、日本美的独特感受与肺腑体味，将俳句与自己的创作近乎完美地契合，为海外华文诗坛和日本新华侨诗坛的发展增添了亮丽的笔触。

日本诗人高桥睦郎说他从来没想过把"无"采用到自己的诗歌写作中。"无"不是刻意去采用，而是需要它自己体现出来。特别有意思的是高桥说："中国现代诗里显著的受难的命运性是日本现代诗里所没有的。作为一位日本现代诗的相关者，我切实羡慕这一点。对现在的日本现代诗人可能的是：把没有受难的受难视作受难，把没有命运的命运视作命运彻底的生活。鉴于这种思考，比起经历了种种困难的中国诗人说不定更具有生存的意义。①"

从海曙等诗人的创作中我们可以读到"禅"的味道。正如铃木大拙在《禅与日本文化》中指出的：日本文化的各个领域可以说都受过禅的洗礼，日本文化的特殊性在很大程度上是禅宗影响的结果。并且，"禅被独立而系统地介绍到欧美，乃是日人铃木大拙"。又如，佛教作为中华文明的载体为日本历朝统治者尊奉，"成为日本人精神世界的核心"，对日本文明的形成和社会历史的变迁起到巨大作用。② 笔者留日数载，惊奇地发现，在中国曾一度受到忽视甚至否定的禅文化，被完整地保存在岛国，并演化为"枯山水"文化，俳句，茶道，插花，等等。禅存在日本，活在日本，美在日本的各个角落，也渗透到华侨华人的诗里，"一滴水"可以像深夜青蛙跳入古池扑通一声，妙趣横生呢。试看《荒岛》第二期发表的《寂静》：

当逐步深入到／这个寂静的核心／像在接近一滴水／那样清晰和

---

① 田原：《母亲的坟墓是我的记忆——日本诗人高桥睦郎访谈》，《星星》2010年第9期。
② 参阅铃木大拙全集日语版，岩波书店1965年版。

上编 初始期:越境的文学与文学的越境(第一个十年:1990—2000年)

完整/返照远方的空气和光/以及蓝色山脉的脉络/像在接近一个幻觉/那样纯净,和迄今/为止的生活形成对比/像一个思想,在/以外的时刻深入到/这个世界的反面

此诗的作者海曙说:"往事只是换了一种方式/来解释现在的日子/或者解释未来……"空间位移产生生命的陌生化,生命的陌生化产生陌生化语言。"我不能把握住什么/语言的意义到声音为止/甚至也不能放弃。"(海曙《陌生及其他》)为这样的认识所驱动,自觉审视着自己远离母语的现实处境,这种独特的境况给了诗人一个独特的视角,在母语的边缘,他可以更冷静地端详和反省它的优劣,在比较中发现母语在表达上的长处与不足,从而选择最贴近内心的词与节奏,在某种程度上,远离母语现场的处境帮助他躲开了本土诗歌在后现代主义文化熏染下的某些语言狂欢和精神暴乱的喧嚣,是在以退为进地贴近母语的中心,贴近诗歌写作的秘密。[①]

来去家园,在此岸彼岸之间"放题"(放题为日语,意为自由自取无节制,此乃和文汉读也)。漂流是日本新华侨华人的生活与创作状态,自由又不自由,因为有踩不到"岸"的恐慌。漂流的诗不属于此岸也不属于彼岸。那就属于漂流的海外华文文学吧。这是一片自由的、宽阔的、汹涌澎湃的海域。日本新华侨华人从"崛起"到"漂流"的诗探索,创造了新的诗歌精神及美学。

艺术并非嘈杂的时代精神的传声筒,而是对本真的命运之声的回响。正是在这样一种诗性的吟唱中,我们才能聆听生命的鸣响,实现人内心的和谐与安宁。真正有生命力的文化才能引人归家。在海德格尔眼中,一切伟大的诗都是"归家诗",诗人的使命就是引领现代人"回家"。[②] 这是一场回家的心路历程。

这是一场跨域的建构。日本新华侨华人使用了一套不同于中国

[①] 参阅陈超《精确的幻想——从田原的诗说开去》,《当代作家评论》2009年第4期。
[②] 潘知常:《"中国当下文化与人文精神的反思"专题研究》,《湘潭大学学报》(哲学社会科学版)2012年第5期。

"崛起"传统的漂流意象，以边缘化、私我化、精细化为特征，于"风骨"和"物哀"之间找到新的生长点。这种异文化之陌生化写作，已经并将继续于中国现代文学史页留下精彩之笔。

  遗憾的是，对它的研究却始终遭到不同程度的忽略。本书力求引起学界重视，对日本新华侨华人诗歌研究的价值和意义在于——第一，对中国现代文学具有理论意义：中国文学的现代化进程是通过与西方文学的互动来完成的，但这一互动过程一直通过日本这一中介才得以完成。无论是文学理论，包括"文学"这一现代性概念的引进，还是文学史，比如《中国文学史》的写作，还是鲁迅、郭沫若、萧红等重要的中国现代作家，都体现了这一中介的重要性。对于理解和重构中国新文学的现代性，日本这一中介的意义不可替代。第二，具有现实意义：关于钓鱼岛的领土纷争，使中日关系处在一个敏感时期。从"仇日"到"知日"，成为对包括文学研究者在内的中国人文学者的挑战。本课题就是在这一层面展开的成果之一。第三，具有文化意义：日本新华侨华人诗歌是介于两种或两种以上的文化之间的，可与本土文化对话，又因其文化上的"混血"特征而跻身于世界移民文学大潮。这就为中华文化以及中国诗学提供了新的视界与新的空间。

  漂流诗学 ING——日本新华侨华人诗歌的探索在进行着，于中日之间放题，于今天与明天之间漂流。

第二章 留学生报刊的诞生与使命

自 20 世纪 80 年代后期开始出现华人报刊，第一份中文报纸为《日本留学生新闻》（1988 年）。继而《中文导报》《东方时报》《日中新闻》《日本新华侨报》《中日新报》纷纷诞生，又如雨后春笋。这些华文报纸杂志的大量刊行，给文学创作提供了发表的机会，促进更多作品的诞生。留学生文学主要以记述或描写艰苦奋斗的留学生活为主，一种向前奋进、拒绝诱惑、报国负重的留学生形象描绘，成为留学生文学的主要模式。①

除了报纸新闻的大量发行，从 20 世纪 80 年代末至今，在中日文学、文化交流史上，在日本新华侨华人文学社群中，还先后出现过三个有影响的文学期刊。从《荒岛》纯文学（京都），继而《新华侨》杂志（东京）到《蓝·BLUE》的双语（大阪），三地三份先后诞生的文学杂志，以各自的特色引领文学青年，培养了一批华文作家。

第一节 《荒岛》：第一份留学生文学杂志

《荒岛》于 1990 年 10 月 15 日创刊。② 社长孙立川，发起人及主编

---

① 参阅日本藤田梨那《现代华人文学在日本》。
② 《荒岛》，留日学生第一份文学杂志，1990 年 10 月 15 日创刊，社长孙立川，本期主编王中忱。编辑部地址：大阪府泉佐野市泉丘 1-3-15。

者有王忱、林祁等，是中国留日学生的第一份文学杂志。那天，在京都十字路口的高岛屋，三个留学生相聚了。想了一长串的刊名，最后定位于《荒岛》。为什么是《荒岛》？《创刊的话》中写道：

> 1990年初夏，一个阳光很好的日子，几名来自中国不同地区的留学生在日本某城市的滨海公园相聚，计议创办一份文学杂志。
>
> 刊名定为《荒岛》。
>
> 为什么是《荒岛》，是来自远离故土的异国情结，还是联想到诗人T. S. 艾略特的《荒原》？是在高度现代化的节奏和繁杂里感受到了深刻的寂寞，还是希冀人的心灵常驻一些荒凉但却生机勃勃的绿色岛屿？其实，即使在本刊同人之间，关于《荒岛》的释义理解也不尽相同。但无论如何，《荒岛》确实寄托了同人的一点《荒岛》共同情绪，在某种程度上沟通了同人的心。于是，我们结成小小的《荒岛》文学杂志社。
>
> 《荒岛》杂志社是同人的自由组合，但《荒岛》同人不想囿于狭隘的一隅，而愿意面向更多的朋友，愿意在追求纯粹的文学理想的前提下，视所有志趣相投者为同人，只要在《荒岛》上相逢，就有一份缘。我们追求纯粹的文学理想。尽管我们至今对纯粹的文学理想这一问题还缺乏更为严肃认真的讨论，但那次在滨海公园当我们认定它是《荒岛》的宗旨的时候，默默瞩望浩渺无际的蓝色的海，同仁们已经领悟到这对于我们意味着什么。
>
> 《荒岛》同人来自中国内地、香港、台湾等不同区域，人生经历与观点的差异是极其自然的。但是由于无法选择的原因，我们却共同感受到中华文化面临的艰难处境，共同感受到中国严峻现实对文学者良知与耐力的考验。我们所理解的"纯粹的文学"，不是对着考验的回避，而是在主动回应的过程检验内心的独立自由品质和文学信念，澡雪纯正的精神。
>
> 这并非说我们有多么宏大的志向。我们没有荣耀的历史，也不预设辉煌的未来。我们深知更严峻的考验来自文学本身。语言

是文学者唯一的凭借，也是永远挣不脱的枷锁，而现代多种传媒的发达又时时陷语言于困境之中。我们可能永远走不出荒岛。但我们渴望体验在困境中创造的喜悦，我们遵循内心的指向，执迷不悟地向前走去……①

《荒岛》杂志注重诗作的发表，特别是鼎力推出了《留学生组诗》。与大海、荒岛、漂流有关，创刊号发表了林祁《空船》。空船在日语里的读音和"唐船"相似，空，非空也。空，有如空气，总是充满空间，总是伴随着你。放逐是一种冒险。放逐使痛苦永远新鲜。而诗的生命就鲜活于放逐之中。固有的美学观念被否定之否定了。新的美学观念在探索中、漂流中。不说"崛起"而说漂流，强调的是其漂流状态。漂流使身体和精神在时空中转换、位移，面对新的异己的时空，诗歌从内容到形式都不得不发生变异。艾克诺认为："20世纪的知识追寻是一种放逐。"② 不同于老一代华侨的被迫离乡背井，也不同于上一代的国费留洋生，这一代曾自称为"洋插队"的，以及后来成为永住者的华侨，或换了国籍的华人，应该说是自愿留洋的，为了自由、为了理想、为了富裕而自我放逐。

《荒岛》虽然只办了一年，但影响不无长远。当年的《荒岛》成员金海曙创作的电视连续剧《父亲的身份》已在全国热播。身份问题何止是国共之间谍战的生死问题，也是中日之间华人的生存问题。笔者不曾问过金海曙为什么用"身份"为这部电视连续剧命名，但隐约感觉这段留学生涯对他的影响，身份问题曾经让我们困惑与焦虑。

《荒岛》曾经翻译大江健三郎的作品并加以连载。后来大江健三郎获得诺贝尔文学奖，也就乐于将书稿交给王中忱翻译以及在中国出版。

东京大学藤井省三称赞《荒岛》为一座永不沉没的纪念碑。短命

---

① 载于日本《荒岛》，《纯文学刊物》创刊号1990年10月15日。
② Richard Exner, "Exur Poeta: Theme and Variations", Books Abroad, L. No. 2 (Spring, 1976, 293).

的文学杂志，并非短暂的影响。

第二节 《新华侨》：为一代人命名

《新华侨》杂志（东京 1997—2000 年）于 1997 年创刊，以"新华侨"命名，负有为一代人命名的使命。其宗旨是为日本新华侨作家提供交流平台，促进华文文学创作，成为联系日中两国的纽带。创刊人是曹小溪和战戈等，李长声、祁放（和富弥生）皆为其主笔，至今仍活跃在中日文坛，成为日本华文代表性的著名作家。

《新华侨》杂志于 1997 年 1 月在东京的池袋（丰岛区东池袋 2-62-8-903）创刊，当时正值中国派遣留日学生 100 周年，由"在日中国人就职协会"，"在日中国科学技术者联盟"为主要赞助者，为了"与在海内外华人的互相沟通，宣传海外华人的业绩，树立新一代海外华人的形象，帮助海外华人了解中国和世界，让世界了解新一代华侨，让中国了解新一代华人，也让海外华人更进一步了解自己为目的"而创刊的一本中文杂志。

杂志的编辑长为叶晓春，杂志为双月刊，主要文章由中文书写，在前三期的杂志里，有少量的日文板块。主要栏目有"论坛""世界华人""祖国万象""文学天地""金融世界""小知识""医学天地""大千世界"等。

在第一期的创刊上，当时担任东京华侨总会会长的江洋龙寄语：《新华侨》旨在作为在日本华文人沟通的桥梁，祖国与世界沟通的桥梁。第一期的主要文章如下。

叶晓春：《第五代留学生——中国 21 世纪的栋梁之才》：从清末民初留日潮，20 年代留法、留苏潮，40 年代留美、留欧潮，五六十年代的留苏、东欧潮，到当下 80 年代的出国潮，第五代留学生必将成为 21 世纪中国的栋梁。

叶晓春：《中国第一位留日女学生，何香凝》：何香凝，原名何谏，1902 年随丈夫来日留学，进去弘文学院，后归国投身辛亥革命，新中国成立后任中央人民政府委员等职务。

其他几篇是：《在日中国人现状》（春桃）、《21世纪的中国商品》（中原）、《感情存折》（大军）、《投资亚洲股票》（金屏）、《医药天地》（赵中振）、《奇异的人种》（阳光）……

1997年第二期的《新华侨》，为邓小平的逝世做了以《一代天骄——邓小平》为题的纪念专题。

在第二期的《新华侨》里，开始出现"新华侨"的栏目，"新华侨传记"（叶晓春）采写了一位出现在日本NHK专题节目中的华人，他叫李晨晓，32岁担任日中信息株式会社社长。这一专辑记载了华人在日本的新开端：李晨晓，年轻有为，东京大学大学院毕业之后与朋友合伙创建公司，在大萧条与不景气的市场下还能保持每年较高的盈利，与他的艰苦奋斗是离不开的。同时也披露出这样一些数字，"在全世界197个国家和地区，分布着5000万名华人，其中有新华侨500万人，而在日本，则有新华侨5万人"。

第二期《新华侨》开辟了"负笈东瀛写春秋"——在日中国人摄影报道的专栏（段耀中），开始有计划地书写在日本华文人的一些奋斗史。如，段耀中写的《儒商童新政》：童新政，第一个徒步走完日本列岛的中国人，获得了商学博士的商人，被称为老童，只因童我未老。永葆活力。

还写了方淳：1961出生于上海，1987年毕业后留日，后进入一桥大学攻读研究生，先后在《日本留学生新闻》《中文导报》《中和新报》担任编辑工作，人生信条是不断拼搏，永无止境。

其他主要内容如下："华人世界"栏目、《欧洲华人的盛会》（荷兰张卓辉）、《在日中国人大全》（刘莉生）、《大千世界》栏目，介绍了比尔·盖茨，《文艺窗栏目》中，出现了小说《性书大亨》（采风）。

第三节 《蓝》：海洋文化的激情与深情

海水为什么这样蓝？《蓝·BLUE》是由李占刚、刘晓峰（丁厥）、刘燕子（燕子）、秦岚等共同创办的中日双语文学、文化综合季刊。2000年8月在京都创刊①，2006年休刊，共出刊21期。除了创刊号是A4版本、纯中文外，其他各期均为A5版本；中日双语，但并非双语对照，各自部分相对独立；每期，中日文部分各20万—25万字，计40万—45万字；总字数约1000万字；每期印数在1000—1500册。发行渠道主要是赠送世界各地华人作家、诗人、文学及文化研究者，部分图书馆、会员订阅，从第三期开始，还有部分国外代理发行。

因是同人办刊，所以《蓝·BLUE》从创刊号开始，就设计了轮值主编的编辑体制。李占刚担任创刊号主编，第二期以后由刘晓峰（丁厥）、刘燕子（燕子）、秦岚分别担任。在2001年前，都是在日编辑、印刷。2001年后，中文部分在中国做好后电子版发到日本，日文部分在日编辑，最后在日合成、编辑、印刷，成书部分邮寄到世界各地。

《蓝·BLUE》从创刊那天起，就坚守着一个原则，为了在政治和经济上保持独立，坚持纯粹而独立的文学和文化立场，不依附于任何政治机构和组织团体及其经济资助，不依赖于任何经济财团及其商业诉求，而是每期都要从我们同人的微薄的奖学金、打工挣得的生活费中节省出来支付印刷费、邮寄费，完全靠自己的奉献精神以及支持和理解我们的各界友人承担所需费用。

海水为什么这样蓝呢？当年这群留日学生一见面总会海阔天空地彻夜长谈："从鲁迅、郭沫若的留日谈到我们当下的留学生文学，尤其是通过从20世纪的红色的革命文学谈到21世纪蓝色文学，我们达成了一个重要共识，就是在进入21世纪之前一起创办一个中日双语纯文学刊物。"②

刘晓峰提出我们在繁忙的留学生活中一个简单而又深刻的问题，即"留学"的意义。至今，在日本华人已经达60万人（《中文导报》，

---

① 《蓝·BLUE》又有记载为2000年8月18日在日本富山出版。因该刊发起在京都，编辑在京都、富山、大阪，创刊号至休刊前最后一期始终在富山出版。
② 李占刚《我与〈蓝BLUE〉》，2016年6月于暨南大学"新世纪新发展新趋势——日本华人文学研讨会"的发言提纲。

上编　初始期：越境的文学与文学的越境（第一个十年：1990—2000 年）

2004 年 6 月 17 日日本法务省入国管理局）。"我们以实利主义和现世主义的'留钱'或通过'留学'改变自身现实生活目的吗？我们这一代朋友，经历了"文革"后期、1989 年以及中国改革开放的种种荣光和挫折，没有高调的理想主义和改造世界为己任的'指点江山'的少年激情，但是我们愿意以我们亲身经历的日本和在日本学的知识，做一座中日之间小小的桥。"①

中日文化交流历史悠久，源远流长。最初，日本是间接地接触到中国文化和文明，即经由朝鲜半岛传入日本。到隋唐时期，日本才开始与中国直接进行交流活动。隋唐时期，日本政府派出 4 次遣隋使和 19 次遣唐使来中国学习中国文化，掀起中日文化交流的第一个高潮。

官方间的交流活动很快扩大到民间，中日两国间的各种经济贸易和文化交流活动日益兴盛起来。但是，到 15 世纪初至 16 世纪中叶明朝开始实行海禁政策。到 17 世纪（1633—1641 年之间），德川幕府曾经多次颁布法令，禁止日本人乘船去海外，除了与中国、荷兰长期进行有限的贸易之外，形成了闭关锁国的局面。如果不考虑 19 世纪中期以朱舜水为首一部分流亡文人在日本的活动，可以说在整个江户时代 250 年间，中日文化能够算得上作为相互"交流"的文化文学，几乎不存在。

客观地说，在相当长的历史时期内，我们国人对于日本的了解非常有限，除了知道其是中国的朝贡国之外，以及日本侵华历史以外，远远不如日本对我们的了解。诚如黄遵宪在《日本国志·自序》中所说："无论泰西，即日本与我仅隔一衣带水，击柝相闻，朝发可以夕至，亦视之若海外三神山，可望不可即；若邹衍之谈九州，一似六合之外，荒诞不足议论者，可不谓狭隘欤？"

日本从发动侵华战争，扩大到太平洋战争，到 1945 年无条件投降之前，一直提倡要建立"大东亚共荣圈"，构想不仅包括朝鲜半岛和

---

① 秦岚、燕子：《从最小的可能性开始——〈蓝 BLUE〉的思想与实践的探索》，载燕子《这条河，流过谁的前生与后世？》，（东京）中文导报出版社 2008 年版，第 450—451 页。

"满洲国"在内,甚至包括整个中国、蒙古以及菲律宾,印度尼西亚、泰国、缅甸等东南亚地区,构建成一个命运共同体。并且提出通过相互扶助和协同防卫,实现亚洲的生存与发展为口号,但是这个构想是试图消灭东亚文化传统的多元性和独立性,在亚洲实现霸权主义为目的的。

今天,所谓全球化的过程中,超越国家的交往与交流在不断扩展。然而,就中日韩的视点而言,历史认识、历史教科书,中韩对日本首相参拜靖国神社的批判,国家之间的问题实在很多。

在相互纠缠和复杂的历史与现实状况中,以中文和日语编辑的综合文学·文化刊物《蓝·BLUE》于2000年8月之日本京都创刊。追溯创刊有如下记载:

> 1999年11月红叶满如鸟群的季节,在当时京都大学攻读博士学位的刘晓峰(现为清华大学副教授)的倡议下,我们一群爱好文学的留学生朋友大约10人从日本各地聚集在京都岚山周总理的诗碑前,朗诵自作诗篇。1919年4月周恩来先生在这里吟出《雨中岚山》,朋友们深深感到共鸣。记得前南斯拉夫诺贝尔文学奖获得者安德里奇(1892—1975)的获奖作品是《德里纳河上的桥》。德里纳河的桥,在地理上连接着东方和西方,在时间上连接着过去和现在。他的"桥"不仅是宏伟壮丽的交通建筑物,更是渴望心灵沟通的精神象征。小说中记载了一个意味深长的传说:大地上的江河是魔鬼分裂人类所留下的爪痕。而第一座桥则是天使的翅膀搭成的。"我认为在人类所有的建筑物中,没有比桥更美好更纯粹的了。有时,桥,比房屋更加重要,比教堂更加神圣。在世界各地,我的思绪所到之处,总会遇到忠实而沉稳的桥。它把人类渴望和平与美的愿望联系起来,从而避免人与人之间的憎恶与隔阂。我们要经过一座座的桥,我们的全部希望就在桥的彼岸。"
>
> 这一段关于桥的话,安德里奇重复不下于12遍,而且把它安排

在每一段的结尾。可以说表现了整部小说的主题。然而大桥依然屹立不动，确实还和它过去一模一样，保持着一种完善构想的永恒青春。它是人类伟大而有益的作品之一，这些杰作不知道什么是变化和变老。而且，（看来如此，）它的命运也不会与这个世界上转瞬即逝的事物命运相同。

《蓝·BLUE》以澎湃的海洋和悠远的天空的颜色命名。我们的梦想是：宽容、快乐和飞翔。《蓝·BLUE》在《创刊辞》中表明了这一宗旨和信念：《蓝·BLUE》反对任何意义上的语言霸权，主张文学极其精神的全面宽容和建设；《蓝·BLUE》主张在历经百年沧桑之后，中国文学应该重新找到它美好和快乐的支点，文学是具有永恒的价值，超越现实的存在，它应该像海鸥自由地穿行在天空和海洋之间，无拘无束、无碍无障地飞翔于现实与梦想之间，超越所有的人为之"境"。

《蓝·BLUE》不仅仅是一本纯文学刊物，它通过文学伸展人文关怀、价值关怀和人的存在的视野，秉持实践的理想主义探索的信念，强调宽容的、多元的、独立的、时代的、史料性文学价值精神。

《蓝·BLUE》提供原生态文本，希望从具体的文本着手，带有比较普遍性意义的问题意识，力求文本阅读，并从文本内部伸展到外部社会历史语境，通过个案的提供和研究，检验和质疑现存的文学理论和文学史的叙述。

《蓝·BLUE》的特征是：

1. 用脚收集文学史料 action research。挖掘中国"文革"时期未公开发表的文学作品，核对资料，记录口述历史，客观分析。正是今天信息化的时代，挖掘潜在的、民间的，被历史和表面信息淹没的文学更为重要。

2. 边缘的、底层的、萌芽的、独特个性的文学。一个时代，应该主流与非主流、中心与边缘、表面与底层双轨并行的。

3. 译介台湾文学、台湾原住民文学、香港文学以及海外华人华语创作。

4. 众所周知的原因，1989年以后一批中国作家、知识分子离开祖国，开始异国他乡的漂泊生涯，也包括1989年以前就出国的部分作家、艺术家。这一特定的政治与时空背景下的文学创作被赋予了特定的色彩。或许我们在对其定义之前，首先要看其文学作品呈现的不同个体文本形态。

5. 日本文学和战后日本文学思想的介绍。战后日本关于"作家的战争责任"的讨论，以及"文学终究是思想的营造行为"等思想资源，对变化中的中国文学或许有借鉴。

6. 在日朝鲜人文学的介绍。由于日本与朝鲜半岛的历史原因，在日朝鲜人是日本最大的少数民族。在日朝鲜作家以用日语表现为文本抵抗的场所，形成了日语中从未有过的力量的造型。丰富着日本文学。

7. 韩国文学与韩国中日韩比较文学研究的介绍。通过文体本身展开共同关于作为文学的、方法的"东亚"的讨论。中国、日本、韩国三国的知识人通过文学建立和讨论"东亚精神共同体"问题。2003年起，《蓝·BLUE》由三国知识人共同参与、作业。

8. 最重要的特征是《蓝·BLUE》从语言的"越境"开始，至思维和思想的"越境"。以日本为"磁场"，向世界发信。

9. 《蓝》除了纸面的工作以外，还将日本作家带出国界。在2003年3月与东京·北京工程合作，在北京举办了中日两国诗人以"越界语言"为题的诗歌朗诵活动。这是民间第一次规模较大的声音的碰撞和"投瓶通信实验"。与清华大学中文系、《人民中国》（日文刊）、中国社会科学院外国文学研究所共同组织了关于"文学翻译的限度和可能性"的讨论。

——你们《蓝·BLUE》似乎没有一个思想框架。有人这样问。

"蓝"这样回答：文学本身是宽容和悲悯的行为。小河、小流可能有"框架"，但是天空和海洋是无限的，有谁见过天空和海洋的"框架"呢？但是这并不意味《蓝·BLUE》没有思想。优秀的文学背后具有深厚的哲学思想，文学终究是思想营造的行为。

——你们终究是一本自我满足、自我娱乐的同人刊物？我们不这么定义狭隘的"同人"。凡是赞同我们秉持的价值与理想，并愿意与

上编　初始期：越境的文学与文学的越境（第一个十年：1990—2000 年）

　　我们在《蓝·BLUE》这个小小实验场精耕细作，共同努力的朋友，都是广义的同人。"君子群而不党"。

　　《蓝·BLUE》尽管还存在种种不足，但是，无疑，她是东亚之间的一座小小的桥。我们这些朋友，就是一只小小的筏子，从一个渡口到另一个渡口，从一座桥到另一座桥，一路上经历许多美丽的、令人感动的风景，我们为小小的感动而努力，而希望做出具有特色的文学刊物。

　　中日双语综合文学文化刊物的《蓝·BLUE》是东亚唯一的语言越境的，以中日韩为轴心的"越境实验场"。是近百年来中日交流史上唯一的用两种语言相互介绍三国文学、比较文学的综合文学文化刊物。必须指出的是，《蓝·BLUE》并非对译读物，除了《主编寄语》介绍本期内容是相互对译之外，中日两部分各自编辑和刊载作品、文论、翻译。

　　《蓝·BLUE》在政治上、经济上不依附于任何政府机构、组织团体，完全是在日本华文侨自己的献身精神和读者以及理解他们思想的声援者承担所有费用。

　　说到费用，燕子说她的眼泪要比语言先声落地。为理想"化缘"的委屈和痛苦以及获得知音时的喜悦，是无法言语的。感谢始终默默地站在"蓝"背后的那些理解者，这些人更多的不是我们所说的通常意义上的文学者，文化者，学问家，但是正是这些民间人士，他们更加看重中日韩交流和友好在于"做"，而不在于"说"，在于实践，不在于修辞。

　　2003 年，中国香港凤凰电视台以《蓝色物语》为专题，介绍了《蓝·BLUE》在异地两国艰苦卓绝的工作。现在世界上一些著名的大学，如哈佛大学、东京大学、早稻田大学等都收藏。

　　《蓝·BLUE》本来是留日学生创刊的纯文学双语刊物，自创刊以来，已经有部分编辑完成学业后回到祖国，他们或在大学的讲堂，或在文学刊物，或在其他工作岗位上继续《蓝·BLUE》的工作。寻找新的空间，是日本、中国、韩国知识分子的共同课题。诚如汪晖在座谈会上提出的：在今天，我们能够一起合作做些什么？

《寻找新的空间》是清华大学（东亚文化讲座）系列。加藤周一的回答是，从理论的层面来说，讨论中日关系不能考虑两国的问题，至少应该放在东亚的背景上来谈。而在实践的层面来说，又必须从具体的事情开始，所以在现阶段，我们应该加强个人之间的交流。

在现代中日文学文化交流与世界现代性的进程中，我们会看到《蓝·BLUE》的特殊意义和价值。

第三章 "之间"诗人登场的意义

活跃于双乡之间的田原,在两种语言之间锤炼独特的诗歌语言,是母语的,又是超越母语的,其意义并不仅是华文文学在海外的拓展,而是中国新诗自身在海外的深入或者叫"生长"。由于他和他的诗成长在日本,在这块让中国人情感极其纠结,让中国诗人的痛永远新鲜的地方,纠结之痛,使其诗具有独特的异质审美价值。

诗人田原带着他的"乡愁"走进日本,从"抗日"到"知日",开始了对异乡的语言及至文化的探索。这种探索的心路历程,大凡可以从《田原诗集》读到。这位双乡写作的双语诗人,其意义并不仅是华文文学在海外的拓展,而是中国新诗自身在海外的深入或者叫"生长"。

田原自1991年始,从中国到日本留学、任教,命运发生了变异。这种变异对他的新诗写作带来什么影响,中日之间的差异又在他的诗歌中留下了什么痕迹,他在"之间"的焦虑中成长了吗?

显然,生命的陌生化带来了语言的陌生化效果。在两种语言之间他锤炼着自己独特的语言。是母语的,又是超越母语的。

是故,与其称田原为双语诗人,不如称他为"之间"诗人,笔者如是说。

在中日两国之间,在两种文化之间,在历史与现代之间,在昼夜之间,在男女之间……"之间"是一种不安定的变化状态。"之间"诗人田原登场。他给我们带来了什么样的诗歌景观与诗学探索呢?

第一节　双乡之间：原乡与异乡的放逐美学

从原乡到异乡的自我放逐，是身体放逐，也是精神放逐，同时是诗的放逐。

诗人从原乡的中国到异乡的日本，遭遇身份认同与文化认同的双重困境，在原乡情结与异乡焦虑之间寻求自我表现。"乡愁也是一种国愁"，一种文化之愁，一种人类的乡愁。

再者，放逐是一种冒险。放逐使痛苦永远年轻。诗的生命往往存活于放逐之中。固有的美学观念被否定了。新的美学观念在探索中。可以说，这是一种新的美学原则在漂流。不说"崛起"而说漂流，强调的是其漂流状态。

放逐使身体和精神在时空中转换，位移，面对新的异己的时空，诗歌从内容到形式都发生了变异。由此，一种新型的异质文化诞生了。

一　走出"朦胧诗"

田原1965年生于河南漯河，作为20世纪60年代出生的诗人，几乎见证了第三代诗人的诗歌书写现场。他坦言自己的诗歌创作受到朦胧诗人的影响。

就是这么一个背负着"朦胧诗"小传统的诗人，于20世纪90年代初赴日留学，来到了"远离母语现场的"日本。笔者不曾问他为什么出国，似乎无须询问具体缘由，当出国潮汹涌，往往人们看到的只是集体行为，听到的只是集体的声音。而作为诗人必定有自己的声音。"转身"不是忘记历史，不是忘记仇恨和伤痛，而是走向新的书写现场，接纳母语创作里冲撞着第二语言的身影。虽然"一起长大的地平线"在诗人"转身的刹那"缓缓而又决绝地"消逝"，但诗人依旧"挣扎"着前进，去面对未知的未来，走向新的诗界。

田原看到"朦胧诗无论对过去还是未来，都是绕不过去的实体和精神存在。它既是一个新的源头，也永远是一个新的开始"。朦胧诗的确是一个绕不过去的不可否认的存在，是中国现代诗歌发展历程中必经的一种诗歌形态。朦胧诗高扬主体意识，以意象化方式追求主观真实而摒弃客观再现，意象的瞬间撞击和组合、语言的变形与隐喻构成整体象征，使诗的内涵具有多义性。捕捉直觉与印象，用情感逻辑取代物理逻辑，以时空转换和蒙太奇造成诗歌情绪结构的跳跃性和立体感，使诗歌情绪内涵获得了弹性张力空间。朦胧诗意味着中国现代主义诗歌探索的再出发，意味着诗坛恢复了与世界现代诗坛的某些联系。

二 身份认同的焦虑

也许出国是一种壮举，但是，入的国门是日本，它侵华的历史让我们痛恨，国恨家仇不可忘却，而其不肯像德国那样认罪的今天，也让我们义愤填膺。

叛逆精神促使田原向外突围。正如流行歌所唱：外面的世界很精彩，外面的世界很无奈。特别是留学日本，每每充满痛苦体验。诗人在诗里，表露出对现代中国的反思，却也记录了对日本的家仇。身在日本留学，心却无法认同日本。值得注意的是，和其他海外留学生不同的是，其身份认同呈现了比较复杂的情景。"视网膜上的风景支离破碎/祖国仍是他梦寐的故乡/乡愁从码头开始/母语到生命为止"（2005年6月14日）。虽然"转身"来到日本，但诗人思念故乡是从故乡的"码头"就已开始，诗人深爱着自己的母语，这种爱到"生命"的终了为止。在日本，不仅仅是乡愁那么纯粹，也不仅仅是仇日那么简单，而是思乡、爱国、仇日、爱日等众多复杂的情感纠缠在一起，于是诗人很不情愿地又自然而然地产生了身份认同的焦虑。

三 双重边缘化的现实处境

以旅日诗人田原为代表的日本新华侨文学，既属于远离以祖国内地为中心的汉语写作圈子的海外华文文学的范畴，同时又处于日本本土以日语为母语进行创作的圈子的外围（这种情形在诗人田原初至日本时应该最为明显）。

海外华文文学创作本身就是边缘化的一个系统，之所以说它是"系统"，是因为它已然拥有相对独立的空间。既是相对，那么必定还不完善，边缘性就是一大特点。

在日本本土，文学创作的主流必定是日语写作。赴日之前，田原是一位用汉语写作的诗人，赴日后肯定不能立刻进入日本文学圈子。母语的财富等于是一种天赋，不论诗人的日语经过刻苦的学习如何精湛，都不可能达到自己掌握母语的水平。这是一种看得到的距离。这一点在诗人的文论《在远离母语现场的边缘——浅谈母语、日语和双语写作》和《母语与越境》中都有提到或者表达相近意思。

所以，诗人田原的现实处境是相当尴尬的，尤其是在最初的时候，既脱离了祖国内地文学圈，又融不进日本文学圈，彼时应是最无助的时期。即便现在，诗人田原的现实处境可能依旧如此，因为两种情况依旧存在：首先，海外华文文学的发展虽然取得巨大成绩，但依旧相对边缘；其次，以母语创作的诗歌和以日语创作的作品不能尽数闯入日本文学圈成为其主流。

现实处境即使如此，诗人田原也没有为此停滞不前，而是试图在这种尴尬的"自由"中探索前进，并取得了巨大成就，他既为海外华文文学创作的发展，又为祖国内地文学和日本文学的交流与共同成长进行着艰辛的努力。

四 空间位移的陌生化效果

艾克诺认为："20世纪的知识追寻是一种放逐。"[①] 不同于老一代

---

① Richard Exner, "Exur Poeta: Theme and Variations", Books Abroad, L. No. 2 (Spring, 1976, 293).

华侨的被迫离乡背井,也不同于上一代的国费留洋生,这一代曾自称为"洋插队"的,以及后来成为永住者的华侨或换了国籍的华人,应该说是自愿留洋的,为了自由、为了理想、为了富裕而自我放逐。田原诗曰:"远方是你全部的行囊/背负着它/就像背负着你的母语/让它与你一同适应/陌生的鸟鸣和光明。"

也许背负的传统是沉重的,需要适应的现实也不轻松,却是欢快的,洋溢鸟鸣与光明。长短自由的诗句组合,恰切地传达了这些信息。空间位移产生生命的陌生化,生命的陌生化产生陌生化的语言。诗歌摆脱"老一套"写法而获得新的审美。

既面向未来,又背负着传统,让传统的东西在未来的陌生中变异,不仅是空间的陌生化,更是人生与生命的陌生化,语言与思维的陌生化,创作模式与逻辑运用的陌生化,同时这种陌生化带来的最大一个影响就是:自由化。

因为未来是陌生的,新的书写现场是陌生的,是经过了空间位移的,所以必定会有适应、转变、交融以及变异,也就必须一定程度上甚至很大程度上抛开传统,让思想、让感情、让创作,更加不受之前创作思维的拘束,要打开视野,放开头脑,面对新事物,探索更多的创作方式,试图将更多的陌生的内容放入诗歌。为了更灵活、更传神地表达某些意蕴需要进行长短诗句的自由组合,诗歌的生命、诗歌的内涵也更加鲜活和深刻。自由化带来诗歌创作视野的宽阔,新的词汇、新的风物、新的创作模式、新的逻辑思维、新的灵感都随之而来,也都是陌生而美好的。如此,诗人与诗思都在美好的陌生中自由地成长。

第二节 双文之间:风骨与物哀的交错美学

"风骨"和"物哀"各自具有相当长远的延续性和民族性。大陆风尚养成中国文学崇尚阳刚大气的风格;岛国风尚则养成日本文学注重阴柔细腻的风格。似乎可以一言以蔽之:中国文学以阳刚大气为高,日本文学以阴柔细腻为美。

第三章 "之间"诗人登场的意义

我们从田原充满阳刚之气的诗中,可以看到日本阴柔美的渗透。阴阳互补,使其诗重中有轻,轻中有重。在中日之间,在"风骨"和"物哀"之间,田原找到了新的生长点。探索中,一种异质的诗在生长。

一 "物哀精神"的渗透力

铃木修次教授在比较中日的文学传统时曾以"风骨"和"物哀"来概括两国文学本质和文学观念的差异。"风骨"是中国文学中关怀政治,以刚健为美的正统精神。它主张"风化",即《诗经》所谓的"上以风化下,下以风刺上"。其色彩是浓重的。"把握住风骨就抓住了中国文学的主要趣味倾向";"物哀"则为一种日本式的悲哀,不问政治而崇尚哀怜情趣的所谓日本美,它主张"淡化",讲究典雅和消遣的日本式风格,即和歌之风格,其色调淡雅。日本人似乎认为中国文学的主要性质、色彩过于浓重,而将其淡化了。

于是,当有着高度敏感的文学嗅觉的诗人田原,在进入日本之后,在全新的世界和时节之间,在主动和被动之间,在主观和客观之间,多出了另一片诗歌视野:日本岛及其"物哀"文化。如果说远离中心话语使诗人感受边缘的寂寞,似乎是一种不幸,不如说远离逼使他们反思,促使他们贴近文学本体,其实是某种幸运。从田原的诗中,可以看到日本美幽玄莫测的渗透。且择其短诗《梦》来细细品味——"银色的世界里/白皑皑的父亲站在船头/他轻轻撑竿/船就被水漂走//从岛上到陆地/是一夜间的距离。"(1995年12月7日)似乎写的是梦里思乡,却远远不仅如此。诗里探讨了梦与人生的关系,时间与空间的距离感,等等。我们常说,人不能没有梦。田原有很多写梦的诗。在那些诗里,梦多半是黑色的。而在这首诗里,梦是银色的,很美又很具体:大到整个世界,小到父亲的头发。人生如梦。梦的意境缥缈如海似水。虚与实,远与近,小与大,静的画面动的人物。看来很单纯的一首小诗,却蕴含了颇为丰富的内容,"物哀精神"渗透其间,令人品味再三。

　　似乎还可以作流行的文化解读，可以把父亲作为中国传统的象征，只是轻轻一撑就远离陆地的诗人，命运又将如何？曾有评论家指出：在田原的旅日之后的某些诗里，可以约略地看出日本传统美学中的一丝"物哀精神"和"幽玄风格"。毫无疑问，这对于一个在中国正宗儒家文化里浸润多年的写作者，在文化气质上是一种有益的补充。

　　笔者认为，与其说是"补充"不如说是"渗透"。用"补充"这类数学式的加减法，尚不足以表现文化的交流、交错、交融现象。作为独立于中华文化母体之外的边缘性另类文学景观，海外华文文学既有别于原在性（本土原创）的中国文学，又不属于所在国的文学，而是超越了语言、族群、宗教、社会与国家体制后的跨文化风景，既具有多元混杂性的特质，又具有自身的活力和张力，从而构成独立自足的文化空间。

　　其实田原相当多的诗作结构是比较繁复的，充满阳刚之美，有着大陆国家辽阔田原的宏大基因。而日本"物哀精神"的渗透力使之产生异变。变是必然的。变是一种冒险。"思想在差异中冒险"（瓦提姆语），冒险就有可能失败，可能变得非鹿非马不伦不类，可能不被主流文学认可。但纵观田原的探险，风景无限好。中日文化在同与不同的交织过程中的种种纠葛，为他的创作带来某种独特的理论洞见与新的文学审美形态。在中日之间，他找到新的生长点。这是异质的、多元的，是跨域的、越界的，是一种异质的诗，一种异质的创作景观。是故，笔者试图以"之间诗人"为之在全球文学中找到应有的定位。这种定位不是"定死"。因为其诗其理论都在生长。

二　俳句精巧的表现力

　　在"之间诗人"的原创中我们发现了一些类似日本俳句的短诗：《日本梅雨》《断章》《瞬间的哲学》《无题》《冬日》《与死亡有关》等诗，其布局形式的简约、纤细，语言表达的含蓄有致，以及内容的

第三章 "之间"诗人登场的意义

质朴天真，类似日本俳句，源自中国古典诗歌。田原在《母亲的坟墓是我的记忆——日本诗人高桥睦郎访谈》一文中谈及他的这种探索："中国古典诗歌和日本俳句甚至佛教禅宗中'无'的境界怎样才能有效地被现代诗所采用呢？"接受采访的高桥睦郎说他从来没想过把"无"采用到自己的诗歌写作中。"无"不是刻意地去采用，而是需要它自己体现出来。特别有意思的是高桥说："中国现代诗里显著的受难的命运性是日本现代诗里所没有的。作为一位日本现代诗的相关者，我切实羡慕这一点。对现在的日本现代诗人可能的是：把没有受难的受难视作受难，把没有命运的命运视作命运彻底的生活。鉴于这种思考，比起经历了种种困难的中国诗人说不定更具有生存的意义。"

在田原的"俳句组诗"《日本梅雨》中我们读到：

其2　梅雨像一件湿湿的青衣/它轻轻地披搭在裸体的岛上（评点：以身体感觉直接进入）

其3　渴望被淋透的岛/渴望被梅花瓣埋葬的岛/在伞下悸动着发出浪漫的叫喊（评点：伞下诗人对浪漫的渴望）

其5　在梅雨淋不到的地方/几乎都摆放有腌制好的梅子/红红的像是一滴/岛咸咸的泪水/被昂贵地出售（评点：有痛苦体验的诗）

其7　梅雨过后，梅子硬硬的核/像一块从天外飞来的陨石/它在金属的垃圾桶里泛起声音（评点：细节现实，想象奇特）

从这些短诗也许读不到"无"的境界却可以读到"禅"的味道。正如铃木大拙在《禅与日本文化》中指出的：日本文化的各个领域可以说都受过禅的洗礼，日本文化的特殊性在很大程度上是禅宗影响的结果。并且，"禅被独立而系统地介绍到欧美，乃是日人铃木大拙"。又如，佛教作为中华文明的载体为日本历朝统治者尊奉，"成为日本人精神世界的核心"，对日本文明的形成和社会历史的变迁起到巨大作用。

笔者留日数载，惊奇地发现，在中国一度受到忽视甚至否定的禅文化，被完整地保存在岛国，并演化为"枯山水"文化，俳句，茶道，插花，等等。禅存在日本，活在日本，也渗透到田原的诗里，像梅雨轻轻地飘洒，却被梅核重重地敲了一下。联想起深夜青蛙跳入古池扑通一声的著名俳句，岂不妙趣横生？

再如，在《丽日》中我们读到："1 太阳忘记了流动/向日葵垂下头颅/围着它哭泣/2 木鱼自寺院里游出/沉闷的钟声加重了/担水和尚的脚步/3 所有的路都漂浮起来/肥沃的田畴上/一千只锄头举向高空/落下，砍破一千个人的踝骨。"

口语化的写作、朴素中高贵的情感和淡然中沉重的思想，完美融入日本俳句短小精悍的布局中。诸多景象——太阳的酷热、向日葵低头哭泣、路漂浮起来、农人辛苦劳作，处处不言又处处言，丽日如火，骄阳似血。丽日之丽，深入骨髓。丽中有悲、丽中有哀，丽中有着全人类的苦痛。这些又都是美的、深刻的，又是禅的和诗的。

俳句，可以说是日本文学乃至日本的象征之一。它形式短小，却精练巧妙。如上所说，日本文化的各个领域都受到过禅的洗礼，而俳句虽不刻意为禅形，却是处处显禅意。俳句独特的魅力，与幽玄静美的日本风物交织在一起，对诗人田原的创作产生了巨大影响。这种影响本身可好可坏、可大可小，诗人田原以自己对日本文化、日本美的独特感受与肺腑的体味，将俳句与自己的创作近乎完美的契合，为海外华文诗坛和日本新华侨诗坛的发展增添了亮丽的笔触。

三 风骨与物哀的创造力

中国文化是一种大陆文化。中华民族生长在一个幅员广阔的陆地上，自给自足的自然经济，使人们——尤其是中原人不求知道外面的世界，固守"天圆地方我为中"的大中华思想，从心理上排斥外来文化。而日本文化则具有岛国性，它国小且四面临水，与生俱来的危机感迫使他们既固守传统，又好学进取，对外来文化总是以日本式的方法加以模仿和消化，创造出"日本式的美"。这种擅长吸取他人先进文明的态度使日本的现代化受益匪浅，也使留学日本的学人及田原受益匪浅。

田原在《家族与现实主义》组诗的题记中写道："无论是当下的中国现代诗，还是日本现代诗，甚或是西方欧美，诗歌的发展都仿佛普遍存在着一种趋势，即大都有从高蹈的抒情下降到动情和单纯叙事的倾向。尽管我对这种诗的发展方向抱有疑问和并不觉得它就是现代诗最终的归宿，但还放低了一种姿态（当然并非降低了诗的标准），摒弃那些抽象的虚饰和虚荣的词汇，从荒诞甚至是超现实主义飞翔的想象里，从高空飘游的灵魂的喊叫里回归到自己生存的大地和实在的肉体。这类作品和这种写法，是自我放松的一种形式，也是我写作过程中一个短暂的尝试。"①

除了家族，田原诗中还有大量关于梦、爱情、死亡的探讨，风骨与物哀的交错交融产生了无穷的创造力。如其诗作《坟墓》中写道："坟墓是死亡的另一种形状／像美丽的乳房／隆起在大地的胸膛。"说坟墓是死亡的另一种形状可谓精确。记得有一位诗人将农民的土碗倒置，就变成了农民的坟墓，田原则将坟墓看作大地上隆起的乳房，以生比死，以死托生。诗人似乎置身事外，冷静地远眺坟墓，俯视着死亡的如常发生。读来既有中国文化之风骨的悲凉之情，又有处处生思的日本文化之物哀之感。

再如直接描摹梦境与死亡的《梦死》，写梦是白色的，死亡是白色的，仿佛诗人就站在自己的骸骨面前，冷静、客观、惨白、凄凉。诗人仿佛看到"白色蛆们"是怎样"吞噬"掉自己的皮肉、骨骼和灵魂，每啃食一次，诗人的心和灵魂也都随之颤抖一次。动静结合，生死相依，诗思细腻，心思宁谧，的确给人们震惊与思考：蛆们啃食的时候那样肆无忌惮，死去后会不会也像诗人净白的骷髅那般安详呢？

---

① 田原：《家族与现实主义》组诗，《田原诗选》，人民文学出版社2007年版。

第三节 双语之间:母语与日语的变异美学

笔者常想,如果把平平仄仄的中国语比作起伏不平的山岭,那么没有阴阳上去的日语就像潺潺流水。这两种美是不同的。如果能把握两种语言,那他的语境里不就有山有水了吗?田原是优秀的双语诗人,他正在双语之间创造山清水秀的变异美学。

一 打破母语的思维惯性

子午于《闪耀在双语峰峦的诗美之光——〈田原诗选〉艺术散论》中指出:"田原是迄今为止华人作家中(健在的)为数不多的优秀双语诗人之一。此外,杰出的华人双语作家主要有:2000 年度诺贝尔文学奖得主,旅法剧作家、小说家、文论家高行健(他分别用中文和法文两种文字写作),旅美小说家严歌苓(她分别用中文和英文两种语言写作)等。田原则是一位旅日诗人、翻译家、教授和学者,曾获日本第一届留学生文学奖等多种奖项。"说田原是双语诗人一点不假,田原直接用日语写作并参加了日本的诗歌奖,进入了日本诗坛,但旅美作家严歌苓是直接用英文写小说还是仰仗翻译呢?

田原翻译了大量日本诗歌,是个出色的翻译家。他自己写了诗再翻译过来不是一件得心应手的事情吗?他为什么要直接进入日语写作呢?田原的留日生涯开始于 1991 年 5 月 16 日,最初去日本时,所能够掌握的日语非常有限,甚至产生过语言上的焦虑感。而后他花大量时间去专研日语并受益无穷。他说自己在日语面前"永远是一位不成熟和笨拙的表现者",并非仅仅是谦虚语,而是一语道破其创作"天机"。直接进入日语写作的"不成熟和笨拙",恰恰有益于打破母语的思维惯性,产生意想不到的惊奇效果。而创新永远是创作的生命!

我们在《梅雨》这首短诗中看到了"不成熟和笨拙"表达:"梅

雨淋不湿垂直落下的梅香/被风吹弯的伞上/结结巴巴的雨滴/渴望着丝绸之旅。"梅雨季在日本年复一年，司空见惯，对于异邦人田原却有新奇感。他想表达这种感觉，却"结结巴巴"。好一个"结结巴巴"，声音和形态都巧妙地表现出来了。诗人观雨（视觉）、听雨（听觉），想象的是天外的遥远的历史的"丝绸之旅"。诚如意大利文艺复兴时期的理论家费奇诺所言："心灵、视觉、听觉能把握遥远的事物，所以属于天空和精神；而嗅觉、味觉、触觉只能感受非常接近它们的事物，所以属于大地和身体。"对远和近的把握，使这首短诗赢得了诗歌的张力。

再看《声音》里诗人突破母语思维惯性的表达："失眠的瞳孔里藏满了杀机""声音被剁得粉碎/流着白色的血/在大地上凝固……"失眠本来是平常无奇的，可到了诗人眼中却"藏满了杀机"！令人不寒而栗，而且陷入重重疑惑：杀机对谁而起？读到"声音被剁得粉碎"，才晓得答案——原来"声音"就是那个被杀死的对象。声音本来无形无态，竟可以被"剁"碎，我们不禁感慨诗人遣词用语的大胆与新奇；而且诗人对声音必定有着深仇大恨，否则怎会将其"剁得粉碎"？甚至被杀死的"声音"，竟会"流着白色的血"！白色，这个在诗人田原的诗歌中仿佛是主流色彩的颜色，再次突兀而出：血竟然会是白色的？中国人惯用视觉的血红竟然转化为白色，这或许和日本文化中对白色的喜爱有关？不论诗人有意或无意，在这里，曾经对红色革命的崇拜已经悄悄转化为对洁白纯洁的生命追求了。或许"白色的血"在大地上凝固了，但"声音"对失眠的抗争一直在现实与记忆的对峙中继续下去。

田原总结个人经验说："用日语写作面临的最大困惑是：有时我不知道如何把一个词语放在最恰当也是它最需要的位置上，尽管在母语中我也常常被这种情况困扰。相反，用日语写作的最大快乐是：我能在另一种语言空间里徜徉，用另一种语言思考文学并找到自己的表达方式。"宋代大诗人杨万里宣称：所谓好诗就是"去词去意而有诗在"。笔者曾试着将其诗作翻译来翻译去，试看是否尚有诗在。诗是什么？诗不仅仅是分行的词语，也不在于格律，诗的意境在于言外之境、象外之境。诗是内在的，可以超越语言、直逼性灵的那么一种东西。

二 亲近日语拓宽了母语的表现空间

田原亲近日语，但始终坚持母语创作，他在《在远离母语现场的边缘——浅谈母语、日语和双语写作》中强调："我总认为文学的表现能力首先取决于自己母语的表现能力。像读者普遍认为的里尔克的法语作品和布罗茨基的英语作品不如他们的母语作品出色一样。"田原的日语诗写得如何，本书暂不评说。但我们看到，大量的诗歌翻译及其诗歌研究，特别是与日本大诗人谷川俊太郎、白石嘉寿子等人的亲密交往，使田原对现代诗内在的奥秘有了更深刻的体会。有评论家指出："特别是近十年来，在日工作定居后，大量的写作实践，加上远离90年代以来国内诗坛风起云涌的'实验''断裂'，反而使田原的诗作走向准确意义上的成熟的现代诗品味。他保持了现代诗的'幻象'（幻想）品格，但同时又注重语言的精确性，在'祛魅'和'返魅'之间达成了平衡。我想将诗人这种写作方式称之为对'精确的幻想'的追寻。"这评论也是很精确的。

田原有着清醒的认识："母语是与生俱来的东西，它是诗人的另一种血液，流经肉体和灵魂的各个角落，直到生命终止。"

为这样的认识所驱动，田原自觉审视着自己远离母语的现实处境，也就是诗人所称的"在母语的边缘"，这种独特的境况给了田原一个独特的视角，他可以更冷静地端详和反省它的优劣，在比较中发现母语在表达上的长处与不足，从而选择最贴近内心的词与节奏，在某种程度上，田原远离母语现场的处境帮助他躲开了本土诗歌在后现代主义文化熏染下的某些语言狂欢的喧嚣，是在以退为进地贴近母语的中心，贴近诗歌写作的秘密。

三 杂交的优势与想象的双翼

田原由衷地说："感谢日语对我的接纳，通过它，我看到母语的不足，又同时发现母语的优势。""日语会给人一种细腻中有粗糙、具体之中又带有不确定性的印象，像是雌性语言；汉语则是笼统中有具体，粗犷中又不乏细腻之处，语言性格接近于雄性。"汉语语境与日语语境齐驱并进，在内心深处形成了田原诗的精神。这可以说是"杂交的优势"。同时，田原诗的表现力也张开了想象的翅膀——身有"彩凤双飞翼"。

他在题为"想象是诗的灵魂"的一篇文论中指出："语言是想象的衣服，这样说似乎暴露我对语言宿命般的依赖，但依赖于我却是事实。我不太爱读想象力贫乏的诗歌，诗句写得跟文章语言或新闻报道（散文诗或本质上是诗歌的那类文体另当别论）没啥两样，这肯定有个人喜好的成分。"柯勒律治对想象有过一个独到的诠释："第一性的想象，是一切人类知觉所具有的活力和首要功能，它是无限的'我在'所具有的永恒创造活动在有限的心灵中的重现。第二性的想象，是第一性的想象的回声，与自觉的意志并存；但它在功能上与第一性的想象完全合一，只在程度上，在活动形式上，有所不同。它溶化，分散，消耗，为的是要重新创造。""每个诗人可能都有一套自己处理想象与语言的关系方式，但肯定都是不自觉的，也包括我。"

在田原的梦中："那棵百年大树/是长在我梦中的/一颗绿色牙齿/午夜，它被风/无情地连根拔掉。"梦是怪诞的，但牙被拔掉的疼痛是真实的，这种痛直逼神经。在田原的眼中："钢琴很像一匹怪兽的骨架/高贵地占据着城市的一角……"舒婷就生活在鼓浪屿这"钢琴岛"，但视线里的钢琴绝不会是"怪兽的骨架"，更不会想"飞逃"。田原的想象带有后现代的色彩，是他对于异乡与原乡，城市与乡村，个人与世界的独特思考。

第四章 华人叙事的边缘"性"

日本新华侨华人写作在日本至少遭遇两种"性":一为日本的"现代性";一为日本的"性"。

一方面,东方遭遇西方,西方的现代性冲击并影响了中日两国的社会、经济、文化等。长期以来,东方瞩目西方,研究西方,甚至崇洋媚外,严重西化,却忽略了"东方遭遇东方"的文化奇迹,忽视了对中日之间的纠结、摩擦、融合及相互影响的研究。日本的现代化的进程,是东方遭遇东方的奇迹。

另一方面,日本新华侨华人书写中的日本体验,直逼日本的"性"问题,也是女性自我意识危机的表现。既然爱情崩坏,无以救赎,也许在日本的华文女性书写,可作为一种自我救赎的方式。

著名学者李欧梵从个人的切身体验出发,对此有一番独到的见解和看法。他自言身处异国,常常要扮演两种不同的角色,一种是寻根,一种是归化。他认为这不再是一种两难的选择。但他还是深有感触地说:"我对于'漂流的中国人'和'寻根'作家的情绪上的认同固然是因为其中包含的共有的边缘性,只是我在面对中国和美国这两个中心时,我的边缘性是双重的。"① 日本新华侨华人女作家在出生与成长的中日之间、在性别的传统和现代之间寻找救赎的资源和希望。她们试图契入女性生命体验,从浸透记忆的日常生活出发,对国家的"他

---

① 李欧梵:《徘徊在现代和后现代之间》,上海三联书店2000年版,第4页。

者"、传统的女性、性爱的救赎等进行深入探讨,从而获得女性书写的历史纵深与现实意义。因此,日本新华侨华人女性叙事中必然具有独特的日本"性"。

第一节 东京没有爱情

20世纪80年代以来,日本成为中国学生仅次于美国的第二大留学对象国,大量的中国留学生来到日本。他们/她们将自己的日本体验形成文字,发表在日本新华侨华人自己创办的报纸、刊物上,形成一种边缘叙事的独特风景。但其中有不少女性才子,不满足于在日本自创的中文纸媒上发表,而把目光投向祖国更广大的读者群,让作品发表在国内的文学刊物以回归大陆。其中有不少新华侨华人的女性作品。如:蒋濮的中篇小说集《极乐门》(百花洲文艺出版社1990年版)、《东京没有爱情》(北京出版社1995年版);李蕙薪《月是故乡明——北京姑娘在东京》(北京十月文艺出版社1993年版);林惠子《东京私人档案———一个中国女性眼中的日本人》(上海文艺出版社1994年版);等等。1999年上海文艺出版社出版的《中国留学生文学大系·当代小说日本大洋洲卷》就收集了这个时代的14名留学生的作品。

这些文学作品由于异文化体验与视角的"异"而引起特别关注,尤其是她们笔下的日本形象。她们东瀛留学的目的不尽相同,但有一点几乎是共同的,就是一开始都出现"抗日"情绪。这种情绪使她们愈加思乡,而思乡也就愈加把异国作他乡,不免产生悲情日本的"伤痕文学"。

一 东瀛第一课与爱情物语

似乎有一部小说的名字可以代表留学东瀛初期,那就是"东京没有爱情"。作者蒋濮是八九十年代知名度较高的留学生文学作家。作为美学家蒋孔阳的爱女,蒋濮从小热爱文学,在经历了多重身份转换和丰富的经历之后，于1980年开始发表作品。著有长篇小说《东京有个绿太阳》《不要问我从哪里来》，中篇小说集《极乐门》《东京没有爱情》，中篇小说集《死神手里拿的是迎春花》，短篇小说《水泡子》等。

《东京没有爱情》是蒋濮赴日留学时的中篇小说集，其中包括《不要问我从哪里来》《东京没有爱情》《东京梦》《东京恋》《异缘》五个部分。从小说内容来看，作者多是站在女性视角，表现女性受到男人抛弃之后的彷徨与无助。书中年轻的姑娘皆怀着美丽的东京梦来到东京……可是，到头来才了解这不过是一个悲凄的东京梦。有的女孩还发现自己的眉毛、肉体、青春，不过是换取金钱的几个筹码而已。你不要问她们从哪里来，都不过是这豪华世界里无奈漂荡的一叶小小的浮萍，在东京流浪、流浪。东京恋也好，东京梦也好，反正东京没有爱情！

《东京梦》：女主人公叶萍为了赴日留学，离开了新婚的丈夫，离婚后一直希望在日本找到依靠，却在一次次的失望中绝望。惯于长夜过春时，她，还在做梦吗？

《东京恋》：在日本经过多年打拼、忍辱负重的江枫本想借助自己手中的小小权力，在小文那里占尽便宜，可小文的拒绝和妻子的体贴，让他最终选择回归家庭……小文在经历丈夫的背叛与离异后，面对各种新的诱惑选择自我奋斗……

《异缘》：路露为了实现自己在日本从事服装设计之梦，以出卖肉体为获得经济的来源，从森田、小野、山下到林雅章，或逃离或被抛弃，最终无处可去的她还是选择做林雅章的情妇。

作者毫不留情地抨击"女性只是男权社会的玩偶"、"没有爱情的性"以及"以性换钱"等性现象。关于性的讨论是女性主义理论中重要组成部分。保守与激进的女性主义流派对性问题持截然不同的态度。从蒋濮的作品中，可以或多或少地看到女性主义思想影响的烙印。

二 日本第一印象与抗日情结

女作家在《东京没有爱情》中塑造了日本男性眼中的"临时饭票"——酒吧女、"长期饭票"——已婚妇女、"短期饭票"——作为中国男留学生情人的日本女人等一系列负面形象。"她打开手提包,取出一个很精致的小烟袋,抽出一支烟,熟练地点上,几乎是狠狠地吸了一口,又一口,那急切的样子和她整个优雅的气度显得很不协调。"

"寂寞,你懂吗?……想去哪里走走,在东京,像我这样的女人能做什么呢?……听说在中国,男女平等,女人像男人一样,自立、工作……"女作家身为中国女人的一丝丝骄傲不禁呈露出来。作为移居日本的新华侨华人的女性作家,所居的"之间"位置使蒋濮不能不在中日之间进行不经意的比较。

"男人们喝酒,和女人胡闹,经常深更半夜才回家,做太太的都得忍受。"这与在红旗下长大的女作家,脑海中只有"爱情价更高"的独立平等的中国女性形象,显然大相径庭:"如果是我们日本女人,我们不会去上司面前告丈夫的状,毕竟是自己的丈夫呀……他很寂寞,也许……总之,男人就是男人,和我们女人不一样……日本有这样的话,男人是风筝,飞得再高,线也是抓在太太手里,最终都要回来的……您就忍耐一些,让他去飞,去飘,他最终会回到您身边的……人的最大的力量是忍耐,您相信吗……"她们婚姻的保障不是因为丈夫的疼爱,而是因为丈夫们难以忍受"慰谢料"(离婚费)以及社会上的信誉,只是男人的面子,与爱情无关。视爱情、婚姻与性为一体而不能分割的性爱观,却是占主流的中国女性主义者的态度。女作家蒋濮的作品中时时可以看到这种思想的烙印。

蒋濮视把提供情色服务的酒吧女称作男人的"临时饭票"。《不要问我从哪里来》这样描述卖性为生的酒吧女"妈妈":"这位'妈妈'年轻时一定是相当标致的,到了这个年纪,仍残有几分妖艳,特别是晚上,店里灯光暗暗的,音乐靡靡的,'妈妈'在柜台(那种长长的高脚酒柜）坐着，淡描杏眼，浓扫蛾眉，笑脸如炙，娇音如蜜，那通身的风韵味儿，真非寻常人可比。"

在身份上，如果说在古代时期这类女性还沦为男性的妾室，那么在现代她们大多是男性在外的情人。"妈妈"并以"男人外室"的身份获得人身上的安全保护和经济上的扶持。所以她们与客人多是打打情，骂骂俏，喝喝酒，消消闷。

女作家对酒吧"妈妈"的定位和描写是很到位的。"妈妈"们大多需要"以'男人外室'的身份获得人身上的安全保护和经济上的扶持"，但酒吧"女招待"就没有"妈妈"这样的待遇。

女招待，除了长得漂亮些，穿得漂亮些，表面上和一般吃食店的女服务员，虽是不同也还不至太出格，就是客人来的时候，陪客人坐坐，劝劝酒，迎合客人的趣味，谈谈客人爱听的话，开开风流却又不太伤大雅的玩笑。柔柔媚媚的娇俏，温温软软的态度，半却半就的风情，极尽诱人之能事却又不越界河一步，至多不过客人喝多了酒时，搂搂肩，捏捏肩，或者陪客人就着音乐舞一圈，那时候当然免不了丢丢眼风、耳鬓厮磨一番……可是，所有这一切就好比是开场锣鼓，真正的好戏都藏在"后面"——女孩子只要进了酒吧在人们眼里实际便成了待价而沽的"货"。只要价钱给得合适，那是谁都可以买，也随时可以卖的，那些殷殷的招待不过是展示自己"货"的优劣，若是哪位客人看中了哪位"陪酒女郎"，则会褒笑着约她："下班以后……"当然，这样请招待小姐单独陪你出去消夜，是要大价钱的，而女招待们的主要收入来源其实也就在此……

她们是待价而沽的"货物"，是可以随时出卖的"物品"，她们以出卖肉体为生。"如果说'妈妈'是酒吧的灵魂，那么她手下年轻漂亮的女招待们，就是酒吧的血肉之躯了，灵魂多少总存于想象，而血肉之躯则是温润软滑，伸手可及的。"女作家认为，在繁华的东京，她们"各取所需，看似堕落，却也心甘情愿以这样的方式活着"。

关于这一类女性，日本女性主义者将之视为换取了"短期饭票"的女人。女作家蒋濮主要是借助他者口吻，向我们塑造出一个只追求金钱利益、追求快乐和物质享受的女性。她们与男人建立关系的基础是男人口袋里的金钱，有钱一切都可以有，没钱一切都无从谈起。女作家通过对这类女性的刻画，强调在日本女性心中恋爱是恋爱，婚姻是婚姻。恋爱和婚姻是两种不同的选择，恋爱就是随便玩，婚姻则是另一种考虑。这种恋爱观在"正典"女性主义那里是无法接受的，只有酷儿女性主义理论家才将"性多元"纳入视野里予以关注和讨论。像蒋濮这样在改革开放前的中国、在性封闭、性禁欲的中国长大的女作家，无疑是接受不了"没有爱情的婚姻"这样的命题，更鄙夷像小说中的人物南京子所劝导的那样将婚姻与恋爱分离：现代日本女孩子，像男人一样崇尚"玩"。一顿精美的饭，一件漂亮的衣服，一个快乐的晚上，或者，钱……至于说到结婚，那可是另外的事了。"像他找工作一样，到目前为止他对那日本妞儿还没有把握，日本姑娘不像中国姑娘'自带饭票'，日本姑娘需要钱，需要很多钱去养活……"在新中国成长起来的独立意识颇强的女作家最鄙夷日本女性的拜金主义及对男人的依赖依附。

在女作家蒋濮笔下，日本男性形象多为色狼。在《不要问我从哪里来》中，佐佐木选择阳阳，不过是把她当作消遣的对象。"同居是最自由最平等的，没有任何其他原因，为了快乐，仅仅是为了快乐！……"他们重利轻义，用金钱买肉欲，只想和女人上性床而并不想上婚床。于是，满大街小巷的居酒屋"与其说是吃饭喝酒的地方不如说是释放情绪、放纵情欲的地方"……在女作家笔下，夜晚的日本是男人的世界，白天西装革履的绅士，黑夜便成了酒鬼、色鬼、日本鬼，好一个下流的日本、邪恶的日本。显然，这些女作家身在日本，情感上却抗拒着日本这个"血海深仇的国度"，叙事中流露着强烈的"抗日"情绪。

这种"抗日"情绪在蒋濮笔下时有流露，她愤愤然地曝光居酒屋以及"撕那股"（日本酒吧）等风俗场所的阴暗面，中国人所谓"红灯区"后面的黑暗世界：

— 75 —

除了小酒馆之外，赌博店也是热闹非凡的场所，店门口装饰着大红大绿耀眼夺目的灯彩，店堂里轰响着玛东娜、加克松这些美国一代歌星们疯狂的"吼叫"。伴着机器转动弹子"哗哗"的响声，构成一种诱人的奇异气氛，男的女的老的少的都像受了磁吸一般坐在色彩鲜艳的机器前，和这个金属制成的怪物拼得热火朝天。人哪，为了赚钱真是想绝了花招，造出这么个专门陪人赌博的"玩意儿"，比起从前人与人赌博——小则斗殴，大则动刀子来说，可算"文明、科学"进步得多了。不过，却也因此少了一份血肉相拼的惨烈，总好像一个大孩子抱着布娃娃假装当妈妈似的，透着一点夸大而滑稽的虚幻。

应该说，这种"抗日"情绪下的悲愤文学是日本新华侨女性叙事的初始阶段。作为正面形象的女性则"像个苦行僧，像个黑衣修女似的生活着，东方女性的矜持，从小生育成长的那块土地、那个国家所给予的严格的禁锢的教育，对自身价值的清高的自诩和复杂的持重……"面对丑陋的日本，且出污泥而不染，孤芳自赏吧。我们看到，作者的笔触到这里打住了，不由得发问：那你跑东京来做什么？你来向谁要爱情呢？你本来拥有的"爱情"被他者夺走了，你怎么办？你还相信爱情吗？你来日本留学的意义何在？

三 你还相信爱情吗？

这一代留日学生经常说：Love is old，至少有三层意思：第一，到了20世纪末了，还有什么爱情可言？言说爱情已经太古老；第二，异国日本没有爱情；第三，移动中的人，特别是男人没有爱情。在日本新华侨华人女性叙事的爱情物语里几乎都是伤痕叙事。蒋濮的《东京没有爱情》具有代表性。

东京没有爱情，那么，东京有什么？女作家蒋濮无以回答。也许，下一个十年或二十年后的留学生—新华侨—新华人能够做出回答吧。"抗日"—"哈日"—"知日"似乎是所有留日华人的心路历程。

我们看到,在"抗日"情绪下,女作家之笔不由得尖刻起来,在《东京梦》里塑造了一个粗糙肥胖的日本女性铃木太太:"酸酸的挑剔的神情,酸酸的揶揄的话语,即使不是女主人公叶萍所见过的最丑的女人,至少也是她见过的最丑的女人之一。那张胖脸仿佛是一具被人随便捏了个形之后便扔在一边的粗坯,这里损那里缺,怎么看都是未完工的样子……然而,长相如此丑陋的铃木太太,为了和外表文雅的铃木先生在一起,为了维持他们的婚姻,不惜一个人赚钱养家庭,养'高高在上'的铃木先生。为了维持他们的婚姻,铃木太太千方百计的赶走打工的叶萍……"

蒋濮笔下的日本女性形象,是资本主义社会的"恶之花",是女性主义批判意义上的女性书写,只是不免显露漫画卡通式的平面化弊端。在后来的岁月里,蒋濮似乎停笔了,我们没有读到她对日本更深入的观察与批判,应该说是个遗憾。

第二节 日本第一印象

有位日本《中文导报》的专栏作者叫房雪霏,网名雪非雪,主业主妇,副业教书。业余热衷于打理日常记录日常。栽花种草,洗衣做饭,缝纫编织……样样技术稀松,却因为能在这些亲自经营中享受到心灵的自由自在,而乐此不疲,兴味无限。她的随笔《日常日本》写的都是日本的"轻生活",但读其自序:"书中的六七十篇文字,差不多都是二十年来在没有写文章的感觉中写下来的,写的是日常,写得更日常。但是,没有想到的是,这种天经地义般的日常光景,就在前不久,遭到一个'恐怖事件'的冲击,致使我的身心和生活乃至人生受到前所未有的触动。为此,这篇序文的草稿也不得不跟着我住了三次院"……读者的心也跟着沉重起来,不仅因为她的病,而且因为她书中沉甸甸的"日本精神",如"阪神大地震改变了我心目中的日本：这次大地震，使我对日本的认识有了根本性的转变。生死面前，我有了对这个民族大众灵魂的近距离接触，由此，对这个自己身在其中的民族产生了发自心底的尊敬。设想，如果同样的灾难发生在我们中国，会不会有这样秩序井然的自救景象？任何一个地域的任意群体能否做到排队等水不争不抢？对于求生欲旺盛的中国人来说，这个假设或许会令很多人为难……"

三十年后，房雪霏将她的"日本第一印象""初到日本的日子""日本邻居"等"日常光景的随录"结集成册：《日常日本》2017年3月1日于北京三联书店出版了。虽然如书名所示的日常，却有平凡中的非凡经历与体验，有一个跨文化的中国女性眼里的"真日本"。恰如作者所说的"每一个人心目中都有一个日本。我看到的、知道的、经历的，以及正参与的日本，就是《日常日本》这样的"：

> 和其他公费或自费出国留学的人不同，我出国只是出于一个家庭原因：探望一年前赴日本的家人。我几乎是在对日本没有任何物质准备和精神准备的情况下，一半兴冲冲一半有一搭没一搭地踏上出国之路的。到了日本，才知道自己面临的是一个全然陌生的世界。在这个世界里，除了掩在家人和租来的家的庇护下，没有其他空间可以立足。短期探亲签证，几乎就是为了用来吵架和选择去留的。犹豫之间，赌着气也赌着运，选择了留下来，像一只风帆饱满的船，却不知鼓着驶向哪里的风。……①

在出国潮中，房雪霏是很特别的一个（其实不止一个而是一大批），她"一个"和其他公费或自费出国留学的人不同，作为留学生配偶者，应该说她是幸运的，甚至连"吵架"都是幸运的（不像单身赴日者，连"吵架"都找不到对象，连骂人都找不到"脏话"），当然，她也会有所"不幸"有所困惑，那是因为她和她的老公等留学生

---

① 房雪霏：《日常日本》，生活·读书·新知三联书店2017年版。

们一样,"面临的是一个全然陌生的世界":

> 到日本溶在胃里的第一样东西,是一杯加冰的冷水。后来许多日本人问:"你对日本的第一印象是什么?"我就说:"第一印象是冰凉。"这是开玩笑。不过那杯刚坐在餐饮店桌前就端过来的一大杯冰水,的确让我大吃一惊。据我所知,90年代之前的中国,至少是北方,包括东北,似乎还没有喝冰水的习惯。当然了,五星级饭店里的外宾待遇我不了解,不过那时好像也没有几家星级饭店。

日本的第一印象是冰凉,一点不假。不过,这一天她得到了"平生第一枚金戒指"。"初到日本时的生活,除去最低限度的日用品和衣食能够自助以外其他很多方面差不多都是靠'捡垃圾'和日本友人的捐助开始的。""捡垃圾"的生活却捡到"金戒指",这"金戒指"意味深长呢。后来,一场病给房雪霏"打开了看日本的又一扇窗,同时,也打开自己人生空间的一道门"。

当时日本留学生遭遇的日本人各式各样,但或多或少带着"抗日"的情绪是一样的。异国体验的第一印象何止是陌生的,甚至是焦虑与痛苦。那么,为什么坚持下来了,发生了什么变化?从房雪霏的《日常日本》我们可以读到朴实而真实的答案。

第三节 上海—东京"双城记"

改革开放之后的东瀛留学热潮中,有许多留学生从上海到了东京,在自己的学习和生活中体验日本的文化,并用文学的方式进行表达,并且形成了自己的特点,自称华文"双城记"。双城的人生经历拥有与众不同的特征,同为上海女人到东京留学的林惠子和杜海玲,根据自己独特的生活经历,在两座相似却又不同的魔幻城市书写着自己的故事。

一　林惠子的跨域之梦

林惠子毕业于吉林大学文学系。1987 年结业于中国作家协会鲁迅文学院,曾任江苏省昆山宣传部新闻干部。1988 年去日本留学,曾任《上海文化报》东京特邀记者,也是东京华人报的自由撰稿人。与此同时她也从事文学创作,其作品许多还是即时性的,也正因为这样,她的作品所表现出来的现实生活也更加真切,也更加具有现实的可读性以及对现实社会进行分析的参照性。

1993 年中国首届优秀作品拍卖会,林惠子的纪实作品《樱花树下的中国新娘》[①] 从 700 部竞选作品中脱颖而出,成为拍卖成功的 11 部作品之一。

林惠子谈到自己到日本的经历,以及走上文学道路,恰好与自己的家庭经历和个人的、民族文化体验有着极大的关系,而且这也正是跨域写作的最重要的基础。

林惠子谈到自己到日本的想法,甚至具有一些传奇色彩,她说:"每一个出国者都有自己的目的和愿望,想当年,年过三十的我,不是为了挣钱去日本,也不是为了学习日语,将来当翻译,做外贸工作;我最大愿望是想写一本书:《跟踪战犯的足迹》。为什么要写这样一个有着强烈色彩的作品呢?因为我从小就憎恨日本侵略者。南京大屠杀前夕,一群日本鬼子冲进了镇江西门街附近的一个村庄,平静的山村,顿时天昏地暗,在田间干活的村民惊慌失措地逃跑着;丧心病狂的日本鬼子看见一个枪杀一个。我的外祖父,一个善良无辜的农夫眼看就要逃到家门口,突然一声枪响,被日本鬼子一枪射中,他挣扎着,痛苦地仰起头,最后看了一眼躲在屋里的妻子和五个孩子,外祖母眼睁睁看着自己的丈夫,鲜血淋淋的死在眼前,她不能够出去救,身边有五个吓得瑟瑟发抖的孩子……这是我小时候,

---

[①] 林惠子:《樱花树下的中国新娘》,台北:台湾新锐文创出版社 2018 年版。

听了无数遍外祖母讲的悲惨往事。从此,外祖母一个人领着五个幼小的孩子,开始了艰难而漫长的流亡生涯,国难家仇在我脑海中留下了难忘的记忆。多少次,我看到南京大屠杀的历史资料和照片,我的心一阵阵的悲痛,愤恨,然而,在悲痛中,我在思考,为什么一个小岛上来的侵略者,会在中国这块大地上如此疯狂地残杀中国人?当年的日本侵略者,给中国人民造成了深重的灾难,而中国却没有提出战争赔款,更没有像犹太人那样不惜一切代价,去跟踪那些杀人如麻的刽子手。中国人是否太善良、太宽容了?饱受战争苦难的东北人还把残留孤儿一个个的抚养长大,连日本人讲起此事,都为之佩服中国人广阔的胸怀。我虽然有着强烈的民族仇家族恨,但我不是一个复仇女神!我想知道当年的侵略者,回到自己国土后,他们对过去的残暴行为忏悔吗?"[1]

这就是她最初认识的日本,是一种血淋淋的刻骨铭心的记忆,而且是带着抗拒的心态认识日本。她之所以到日本,也是因为带着这种强烈的疑问,带着探索的心态去了解日本。

林惠子在接受作家笔谈时写道:

> 如今的日本,已成为世界经济强国,是什么力量使他们在战败中站立起来?这是一个怎么样的国家?一系列的疑问在我的脑海里盘旋。所以在留学的大潮中,我毅然放弃了优裕的工作环境,昆山市新闻干部,抛下了才六岁的儿子,带着一颗迷茫的,探索的心走上了留学之路,我所有的疑问,只有在自己到日本,才能得到解答。
>
> 当我踏进这国土时,虽然看见太阳旗有些刺眼;却惊异地看到了一个非常美丽的国家,尤其是樱花盛开的季节,那么得绚丽多彩!在清晨上班高峰,我第一次看到一个个西装革履、彬彬有礼的日本人,挤在山手线的车厢里,他们是那么文明、谦让,没

---

[1] 林惠子访谈自述,2017年12月,栗田秀子在东京私学会馆采访。

有一个人发出谩骂、叫喊声，我惊讶极了！在我留学的几年里，我看到了一个个在战败的废墟中，艰难得站起来的日本人，也看到了一颗颗对战争忏悔的心灵。我常常听到一些上了年纪的日本人对我说，过去我们对中国干了那么多坏事，不应该呀！中国是我们的邻国，是我们的老师，为什么要去侵略中国呢？

这是一种巨大的反差，更重要的是心灵的震撼，那是一种在抗拒的过程中所产生的震撼，她把这种震撼如实地描写下来：

> 所以到了日本三年后，我写出了一本纪实作品《东京私人档案———一个中国女性眼中的日本人》。[①] 但是，第一篇文章竟是《樱花恋》[②]，在一个樱花盛开的季节，我喜欢上了一位日本青年，这使我十分地困惑、惊疑，从理智上我不能接受这个事实；但在感情上，我却深深地陷入了爱河中，一时不能自拔。当他离开东京后的几个月，我写下了这篇文章。不曾想到，到日本后的第一篇文章，竟是我带着一片深深眷恋之心，写出的抒情散文。我不能一味地想着过去，而忽视现实，于是我将整个心融化在时时与自己相撞的异国文化中，去感受、体验、了解一个个异国人——异国文化与历史的综合体。
>
> 通过无意和有意识的接触、了解采访，我所看到的不只是交通发达，物质丰富，环境整洁的日本；我所看到的日本人，并不完全是生活在无忧无虑的天堂里？她们生活在人间，这人间有灵与肉的搏斗，有性与爱的结合，有悲与欢的交织。我所写的都是真实的人和事，为保护其隐私，所有的名字都是虚拟的，他们经历过的事件和形容他们的言辞，我都力求做到准确。在这本书里我写道："在留学的六年中，我经历了许许多多……我不愿意喋

[①] 林惠子：《东京私人档案———一个中国女性眼中的日本人》，上海文艺出版社1994年版。

[②] 林惠子：《樱花恋》，深圳海天出版社1997年版。

喋不休地像祥林嫂那样反复、悲伤地唠叨着，也不想将已经结好的伤疤再剥下来，血淋淋地向国内人展示'洋插队'的经历。让悲伤与痛苦还给上帝，让微笑与成功留在自己的脸上。感谢日本政府给了我未曾想到的留学机会，愿我的文章，使更多的中国人能了解日本人。"我的第二本书不是留学生打工文学，而是《忏悔梦》①，这部小说98年在长春全国书展上销售一空！之后，我又写了《中国男人·日本男人》②、《中国女人·日本女人》③、《远嫁日本》④ 等十二部作品。⑤

林惠子就是在跨域的巨大反差中认识日本，历史的反差，现实的反差，感情的反差，这些都是她在不同的角度所感受到的日本。现实又常常让人感觉到矛盾，因为不同的价值基础让历史和现实变得极度矛盾起来，实际上是让人的精神变得更加矛盾，因此在认识日本方面，她不得不以这种矛盾的心情来写作，这就是跨域协作的重要特点。

二 杜海玲：因为爱情来东京

同样是从上海到日本东京，杜海玲却是因为爱情来到东京。杜海玲是她的中国名，日本名是寺岛玲子，1968年出生于上海，1987年到日本，在中国生活了18年。到日本就是因为想离开原生家庭，想去外面的世界看看。至今在日本生活了33年。她1990年从日本的会计学校毕业，从事记者编辑工作。著有散文集《女人的东京》（文汇出版社2006年版），《无事不说日本》（法律出版社2017年版），翻译作品《我将独自前行》（2019年磨铁图书出版）。对跨域写作，她希望能够

---

① 林惠子：《忏悔梦》，云南人民出版社1997年版。
② 林惠子：《中国男人·日本男人》，江苏文艺出版社2001年版。
③ 林惠子：《中国女人·日本女人》，上海文汇出版社2000年版。
④ 林惠子：《远嫁日本》，上海三联书店2001年版。
⑤ 林惠子访谈自述，2017年12月，栗田秀子在东京私学会馆采访。

综合不同国度的风土人情，拓宽视野，希望达到融会贯通。对审美的追求是知行合一，大道至简。

杜海玲在自述中谈到她离开香港到东京"也许是那年龄都容易有叛逆的心，想离开原生家庭去遥远陌生的天地"。18 岁的她，为何要离开原生家庭，作为一个女生是什么动力推动她走出国门？这和她的家庭与人生的经历有关。她在自述中说："我妈妈有海外关系，一直在农村小学教书，收入也不高。我有一段对我人生影响很大的经历，即 15—18 岁在香港，那时遇到我后来的先生，当时很难。我 16 岁时父亲去世了，我决定离家、离开母亲，去日本。记得母亲还让我写字条，自己承担去日本的后果。后来去日本住先生家，三年后结婚。他们打趣说我是童养媳。留学学费是先生出，自己打工做零用开支。"[①]

杜海玲是幸运的。她的生活是相对平静的，或者说没有太多艰苦的坎坷曲折，她就是因为爱情和婚姻来到日本，而且走上文学道路也似乎很平常：

> 我走上文学道路，是非常偶然的。我是 18 岁来日本的，来了以后就读了日语学校和专门学校（那时读专门学校都是为了继续获得签证，我读的是会计，现在早就忘光了），一年日语学校，两年专门学校，然后就结婚了。结婚后生育了三个孩子，从来也不知道自己会写文章。一直到 29 岁时，看到这里的中文报纸上的征稿启事，我突然就特别想写文章。我的基础是一直在的，从小酷爱阅读，无论到哪儿，只要有一本书，我就能默默地呆一天半天的。在学校的时候，作文成绩也是一直很出众，所以对于自己写作文是有一定信心的，但从没想过自己可以踏上文学道路。我的第一篇被印成铅字的文章，刊登在日本的华文报纸《中文导报》上。当时就因为自己的文章被印成铅字，而且得到了编辑的赞赏，就特别有成就感，特别有抒发感，什么都想写，找到了生

[①] 杜海玲访谈自述，2019 年 9 月于横滨关内咖啡厅接受栗田秀子采访。

命中一个立足之地的感受。当然，在日常生活中，我不愁居住日本的签证也不用为温饱发愁，生活比较稳定，我所说的立足之地更偏重于精神和灵魂。①

也许不为温饱发愁，或者不会为生活付出太多的精力，她坚信能够在自己的日常生活中寻找到另外的精神领域。她走上文学的道路似乎也顺理成章，自己的人生经历更多的是迁徙，迁徙的过程让她体验到了更多的异域文化，这对于青少年的她，文化差异的体验又是非常丰富的，加上她自己拥有相对稳定的家庭生活，也因此与文学的缘分也更加密切。

她说自己的"人生的缘分很是奇妙，后来我进入了《中文导报》工作，担任记者和编辑的工作，至今已经20年整了。所以，我走上文学道路，纯属偶然，懵懵懂懂，稀里糊涂，但这种偶然里也许是有必然的，因为我从小喜欢阅读，特别文学少女，也就是文艺女青年（尽管这个词儿现在有种嘲讽意味）。加上从小迁徙多地，有多处生活的经历，这些从写作来说都是财富"。

从杜海玲的自述中可以知道，这位曾经的"上海小姐"与众多留日者不同，她是由港赴日的，而且是在18岁，含苞欲放时到了异国他乡。对她而言，东京并非没有爱情，她恰恰是为了朦朦胧胧的爱情才到东京的，是"结识了当时的男友也就是后来的丈夫，就投奔而来了"。在访谈中她说道："我先生是个很朴实的人，不像我有文艺腔，所以也没有什么谈情说爱，就是柴米夫妻。"没有山盟海誓，没有花前月下，更没有如痴如醉，而是那普普通通、平平淡淡的相识、相知、相吸。

此外，在身份认同上，杜海玲没有过多的纠结和困惑，也几乎没有因为迁移而出现水土不适。所以在提到作家的身份认同和民族认同时，她认为："我觉得人的生存适应能力是很强的，我好像野草一样，

---

① 杜海玲访谈自述，2019年9月于横滨关内咖啡厅接受栗田秀子采访。

随遇而安。"这种适应能力也是许多华人所拥有的,在遍布世界的华人中,许多人也是在不同的文化嫁接中不断地适应异域的文化,而且能够生活得很好。杜海玲的爱情婚姻是幸运的,这也是因为她能够"像野草一样,随遇而安",在文化认同上也没有过多的困扰,因为她年轻,没有学历的包袱——"因为刚 18 岁,在香港高中毕业没多久,并不是知识分子,连大学生都不是。事实上我经历日语学校和一个为了签证的专门学校后就结婚了,没有上过大学"①。这在日本新华侨华人女作家中是极为罕见的,或许正是这罕见的独特经历,打造了杜海玲不同于其他日本新华侨华人女作家的行文风格。

三 中国记忆的重新审视

在谈及关于自己文章的特点时,杜海玲和林惠子都不约而同地提到了中国的时光记忆在文章里的重现,以及用中国记忆的眼光去审视和探索东京的故事。

杜海玲认为自己的语言有些古汉语的底子。她喜欢阅读,尤其钟情于诗词,还有自身的语言天赋,她能说流利的上海话、四川话、广东话和日语。因为从小迁徙的缘故,她的语感比较好,会将句子写得简短,尽量朗朗上口,符合人说话的习惯。自然、不拗口,读上去的节奏感舒服,这是她对自己文字的要求。她说日语对自己有影响,有时候会有些倒装句,有些词直接引用日语的汉字。比如"违和感",这个词非常贴切地表达出了"别扭"的意思,刚开始用的时候有些忐忑,后来发现都能明白,也就接着用了。

对作家、诗人、翻译家或文学评论家来说,语言文字是他们赖以生存的精神命脉。相比在故土,海外生涯或许更是对母语这一永恒的提醒、刺激和另一种形式的保护。而在海外,汉语以中文的名义,更有可能从身兼生活语言、地方性语言的角色中,最大程度被提纯,以

---

① 杜海玲访谈自述,2017 年 12 月栗田秀子于东京私学会馆采访。

更深入的文学语言、思想语言的姿态游弋于世界，同时也探索、丰富着自己的文学世界。

杜海玲跟着爷爷奶奶长大，还有父亲的兄弟姐妹，他们都给了杜海玲非常多的关爱。杜海玲在上海度过了童年，一直到六七岁时，要上学了，母亲将杜海玲接回四川。那是1975年的夏天，杜海玲跟着母亲乘船从上海到重庆，沿途经过了三峡，在船上的时间近一个星期，这给杜海玲留下了深刻的记忆。到父母身边后上小学，一直到高二，由于中途跳级，1984年就上高二了。15岁那年，她全家去了香港。因为她外公在香港是电影导演。这也是中国刚刚开放的时期。

到了香港以后，杜海玲就开始打工，那时才16岁，父亲在香港肝病发作，杜海玲比较早熟，香港有半工半读的方式，很多年轻人白天工作，晚上读夜校。杜海玲也是以这种方式生活和学习。她18岁时认识了她现在的丈夫，他定居于日本，他和家人帮助她办理了到日本留学的手续。她便到日本留学了。经过一年日语学校学习，她需要重新找学校。她说自己那时候也没有对人生的规划，完全是跟着感觉走，就找专门学校，一般的专门学校学费都要一年100万日元，她找到一个会计学校，一年学费只要60多万日元，名称叫作"第一经理专门学校"，听上去很有派头，好像是要学习做商业精英似的，这个"经理"二字唬住了在香港的母亲。其实，"经理"就是会计。她进入这个学校学习，毕业后，她就结婚了，生育了三个子女。这些迁徙的经历，在不同的地方，接触不同的人和不同的生活，接触不同的方言，都成为她的文化积累，这对写作是非常有帮助的，这些不同的生活经历也为她的写作提供了丰富的资源。

杜海玲的作品比较朴实，也比较低调，很少激情昂扬，而是比较恬淡。由于自身非常喜欢唐诗宋词，所以在作品中会嵌入一些古风词汇。整体来说是经过了一定的阅历和阅读的，也比较善解人意，所以不会很夸张。喜欢她的读者说，读杜海玲的作品很舒服，就是因为不过度夸张，比较真实、真诚，不刻意渲染和煽情。杜海玲本身也喜欢并希望自己的文字有一种静水深流的感觉。由于有20年在媒体工作的经验，近距离接触采访过很多的人和事，她的文章中会有一些社会话题，或者对人物采访后的感想，比较接近现实社会。

杜海玲作品的思想内容，主要是关注平等、善良的事物，倾向于文化比较和欣赏大自然的美好。她说文学不负责说教，文学就是一块血肉放在那里，每个人自己去看，去感受。从情感来说，她更多的是对故乡的爱，还有对第二故乡日本的爱，对亲人和朋友的爱，对整个生命和世界的爱。文学就是我手写我心，人是因为有倾诉和表达的需要而写作，因为希望别人能看到自己内心而写作。杜海玲的写作是非常个人化的，同时，她也希望自己的文字能够给别人一些启发。

杜海玲的作品主要是对旅日生活的感想，对中日文化的比较，这种跨域的文化比较反而让她的创作更加顺畅，也更加能够以贴近现实的方式进行写作。她在《香江旧事》系列，回顾了自己从1984年到1987年在香港生活的经历，她觉得对当时香港旧事的描写是比较有意思的。当时中国内地和中国香港不容易往来，很多内地的人不能够直接去，但香港电影、歌曲能够进入国内，风靡一时。当时杜海玲正在香港，见证了它的城市变迁，包括中英签署1997年白皮书那天，新闻从早到晚地报道。她说有时候会想起看过的电影《城南旧事》，就是以小女孩的眼睛去看世界。杜海玲也希望能够尽量开放自己，尽情写作。

林惠子的写作也渗透了两种不同地域的文化，中文对写作的影响是潜移默化的。曾有一位在日本华文人用《在夹缝中求生》评论林惠子。当时林惠子觉得此评论恰如其分地表达了自己在日本留学生活的感受。作家的工具是语言，不可能用中文写小说在日本出版挣钱。日语不通，生活和写作都很困难，所以她必须突破这些难关，学习语言、打工，解决生存问题，才能去写作。她回忆当时的处境，就是还不能坐下来写小说，"刚有了生活费、学费，还没有一点存款，以后怎么来应付经济不景气的大萧条？当过十几年的记者，采访还是得心应手，于是我采取了用日语采访，经过在采访、打工，收集很多素材，有了形形色色的人物；日语书写还不行，我就用中文书写。第一本书写得非常艰难，每天除了上学、打二份工，没有休息日，一天才睡六个小时觉，难得休息一天，赶紧写；当时没有电脑，都是用纸写。文章写好后拿到中国托人打字，当时电脑是四通，后来是386，486，当时只有区文化馆有一台电脑。于是叫文化馆的朋友帮忙打，打完后我拿回家修改后，再拿去打一遍，这样来来回回几十次，于是回中国探亲的十几天就这样消耗掉了。如此艰难的写作，速度又慢，所以后来省吃俭用，在1990年就在日本买了第一台386的电脑；由于拼音早就忘了，再重新学习拼音。后来在电脑上打字快多了，修改也方便，写作速度快起来"。[①]

　　林惠子逐步将在日本采访的纪实文章发到中国大陆各地的报刊。90年代初，中国出现留学热，她的文章让很多中国人了解了日本的文化历史知识。她现在回想起来，仍然感叹这是一条艰辛的路。后来林惠子找到了自己的优势，就像一棵小草终于从石头缝里钻了出来，有点枯木逢春的感觉。1993年，林惠子《东京私人档案——一个中国女性眼中的日本人》在上海文艺出版社出版。这是一部纪实性的作品，出版后很快销售一空，可是林惠子却没有一分钱稿费，出版社还让她出5000元的出版费。在那时这是一笔很大的钱，但是为了能出第一本书，只好支付了。为了将书推销到市场上，她还自己花钱拍了日本人物的纪录片，但是没有用上。十年后，上海电视台纪录部编辑部采用了，中央电视台还转播了一个小时。日本共同社记者写了一大篇通讯介绍此事，日本的各大报刊转载了这篇通讯。

　　当年她不是职业作家，想进日本电影专业学校，可是费用昂贵，学习导演科目要交一百多万日元学费，这对到日本时才带了八千日元的林惠子来说，根本付不起。但是林惠子相信生活就是大课堂，在生活中实践写作，她说："我写的不是单纯的打工文学，因为我一直在考虑，为什么我们要到日本去留学？留学给了我们什么？我常常在思考，唐朝日本人冒险来中国学习，如今我们却跑到亚洲四小龙之一的

[①] 林惠子访谈自述，2017年12月于东京私学会馆接受栗田秀子采访。

— **89** —

日本留学，不是很悲哀吗？"① 她的第一部作品《樱花恋》出版，其中的许多内容就是基于这样的生活和想法。

林惠子在第二部作品《忏悔梦》中写道："留学时期，很多日本人说起战争，他们的父辈当年在中国，参加了侵华战争。有的日本人对我鞠躬赔罪，没有一个日本民众理直气壮说侵略中国好。我看到一本当年从日本群马县去中国东北黑龙江种地的农垦队员写的回忆文章：我们跑到中国去垦荒，这是人家的国土，我们是在建空中楼阁，这楼阁早晚要瘫掉的！"② 此后，更加关注日本与战争相关的问题，日本人在战后的努力发展，让她感觉到震撼。日本战败以后，国内也是一片废墟，日本人也贫困得一无所有，他们做梦都想吃到一块面包，后来，他们知道只有奋斗才能强国富民，所以他们开始夜以继日地发奋工作，于是出现了60年代起步，70年代发展、80年代腾飞，达到了经济鼎盛期。这些兢兢业业夜以继日奋斗的日本人，在勤奋工作背后的故事让人获得启发，这是她想探讨的问题。于是写了一部商业王国背后的故事——《银座的天使》③。

四　上海姑娘不同的东京故事

显然，同样的上海姑娘会讲述不同的东京故事——

林惠子《樱花恋》如樱花一般绚丽夺目却又脆弱的爱情，令人感叹。这是一部描写商战和情战交织的长篇小说，富有悲剧色彩。日本社会人际关系之"暧昧"有一定帮助。已谢世的上海著名编辑谢泉铭在《新民晚报》上评论说：作者以女性独特的细腻入微的笔触刻画人物的内心。故事情节引人入胜，展现在读者面前的是异国风情，樱花春雨、海潮雪浪、夜的银座、雾的温泉、缠绵恋情以及商场上搏击令人赏心悦目。

---

① 林惠子访谈自述，2017年12月于东京私学会馆接受栗田秀子采访。
② 林惠子访谈自述，2017年12月于东京私学会馆接受栗田秀子采访。
③ 林惠子：《银座的天使》，山东友谊出版社2000年版。

第四章 华人叙事的边缘"性"

　　林惠子在接受采访中提到：以前就喜欢看川端康成的散文和小说，写得很唯美。她的小说不像俄罗斯的伟大作家，《战争与和平》《复活》《安娜·卡列尼娜》以及美国的《飘》那样，描写的是宏大的题材，她的作品取材于日常生活，写普通人的命运，将人与景有机地结合在一起。这恰好也是林惠子在接受日本文学和文化的熏陶以后得到的教益。

　　跟林惠子一样，同样在东京生活的杜海玲也受到了日本文化和文学的深深浸润和影响。在写作方面，杜海玲扎根于自己独特的生活之中，她认为写作有两种情况：一种是身体力行，我手写我心；一种是有充足的技巧和想象力，可以虚构出庞大的叙事。她认为自己属于前一种。她的人生经历与写作密不可分。

　　杜海玲因为在日本生活，也开始像日本传统家庭那样做家庭主妇，也就是在这个时候，她接触到中文报纸，在还没有网络的时候，能够接触到中文报纸是令人欣喜的，这也促成她开始写作。她说："到我这个年龄，越来越相信'命运'这种说法，倒不是从迷信角度算了生辰八字然后说这个人一生会有钱或是如何，我所说的命运，或说宿命，是一个人的生长环境会在很大程度上注定他的命运。现在我们都很熟悉一句话，说性格决定命运。那么性格是如何来呢？由环境决定，当然也因天生气质，天生气质和环境结合，就形成一个人的性格。环境和天生气质又如何来？从父母来。父母决定了环境和天生气质。所以，一个人的命运，由父母决定的部分还挺多的。你在怎样的环境下成长，之后遇到什么情况，你会如何应对如何抉择？基本都源自于成长环境和经验所给人的思维方式。"[①]

　　杜海玲之前为腾讯大家的"侨日瞧日"专栏写文章，写的是与日本妈妈友人的交往。"既有日风美感，又不乏中文底蕴，读之如清风拂面。""文笔平实有趣。"杜海玲认为平实有趣的语言就是最好的技巧。

　　日本NHK电视台有一档节目，叫作NHK特别节目，是纪录片，

[①] 杜海玲访谈自述，2017年12月于东京私学会馆接受采访。

看这些节目的时候，会有一种感觉，就是很少用绝对的语气。所以，在日语式表达中，很少使用惊叹号那样的语气，而是用与受众共同感受、寻求共鸣的语气。她比较接受日本的这一种表达方式，作品力求口气轻松却在字里行间渗透着日本式的严谨和认真。

如今，杜海玲依然在东京忙着《中文导报》的编辑记者工作，林惠子回到上海当"坐在家里的作家"，两个上海姑娘在不同的两座"魔都"，继续讲述"双城记"。谁的将更为精彩呢？

第五章 战争遗孤身份认同的焦虑

  日本华侨女作家孟庆华的长篇小说《告别丰岛园》[1] 以另类日本人——战争遗孤返回日本生活为题材，通过一个随丈夫返回日本而成了日本新华侨的女性的眼光，对她身临其境及深入其境的这批日本另类做了真实的叙述，对国家的、文化的、男人的"他者"进行批判，将一个社会学命题转换成具有审美意义的文学文本，从而获得历史纵深与现实意义。

  "他者"（the other）[2] 是后殖民理论（Post-Colonial Theory）中的一个核心概念，强调的是其客体、异己、国外、特殊性、片段、少数、差异、边缘等特质。这一概念，已经深入当代西方人文学科的众多领域，频繁出现于现象学、存在主义、精神分析、女性主义和后殖民批评等众多学科或流派中，成为西方文学批评理论中的一个关键词，也成为海外华文文学以及解读《告别丰岛园》文本的关键词。

  文化的"他者"创造出"他者"的文化，这是一种多元的新型文化，为中华文化及现代文学提供了新的视界与空间。[3]

---

[1]　孟庆华：《告别丰岛园》，中国青年出版社2012年版。
[2]　杨大春：《语言·身体·他者：当代法国哲学的三大主题》，生活·读书·新知三联书店2007年版；孙向晨：《面对他者——莱维纳斯哲学思想研究》，上海三联书店2008年版；张一兵：《不可能的存在之真——拉康哲学映像》，商务印书馆2006年版。
[3]　参阅林祁、林红《"他者"的文化与文化的"他者"——日本华侨女作家孟庆华〈告别丰岛园〉的文本解读》，《华侨大学学报》2014年第1期。

上编　初始期：越境的文学与文学的越境（第一个十年：1990—2000 年）

《告别丰岛园》[①] 是日本新华侨女性叙述中代表性的文本之一，是一本很特别的书。特别在于，第一，题材的特别：它写的战争遗孤是一批被祖国日本遗忘的特殊人群。他们从中国回到日本却生活在日本政治文化的边缘，成了祖国的"他者"，成了中日之间的"间人"（郑重声明：不是"奸人"，不是汉奸的奸）。这一批特殊人群——战后被遗弃在中国的日本孤儿，在中国母亲的哺育下长大成人，文化认同完全是中国的传统的红色的；一旦回到自己血统的日本，却成了灰色的另类。

第二，作者的特别：作者孟庆华很特别，不仅因其女性身份不同于男作家，而且因为这个女人不同于一般女留学生，她是以战争遗孤的配偶者的特别身份来日本的。她跟随丈夫到日本，就生活在这群"另类日本人当中"，成为另类中的另类，边缘中的边缘。特别的身份使她有别人所没有的特殊的日本体验。目睹而且亲身经历这种"另类日本"，在灵与肉的生存焦虑中，在男人与女人的性别欲望中，在记忆与现实的时间混杂中，在中日文化之间的另类夹缝中，她与他们一起艰难地成长起来了。

第三，体裁特别：这是一部自传式的女性叙事文本。女作家孟庆华以第一人称"我"的特殊身份，以女性特殊的眼光、细腻的笔触，真实而真切地叙述了发生在日本的"中国故事"。

孟庆华是以战争遗孤的配偶者的特别身份来日本的。她跟随丈夫到日本，就生活在这群"另类日本人当中"，成为另类中的另类，边缘中的边缘。特别的身份使她有别人所没有的特殊的日本体验。而且她还有一个很特别的身份，一般人所无法取得的身份：她是中国作家中的"专业作家"。

孟庆华曾经对笔者说她记得是 80 年代初出国，记得在老鲁艺作家班与林祁同班。"我原来是记者，在《妇女之友》杂志社，走的时候

[①] 参阅林祁、林红《"他者"的文化与文化的"他者"——日本华侨女作家孟庆华〈告别丰岛园〉的文本解读》，《华侨大学学报》2014 年第 1 期。

第五章　战争遗孤身份认同的焦虑

不让走，但我很坚决。我是理科出身，大学学的专业是载波专业。小时候调皮，跳高时裙子都扯了，我妈让我下跪。我小时候学习成绩好，作文尤其好。在家里听童话故事时，我就想我也能写，后来就试着投稿。我的语文老师是复旦毕业的，对我很有帮助。我老公也是学理工的，我说我还能写《红楼梦》，我老公笑话我。大学毕业后，几经辗转，到杂志社工作。"她还说："我进杂志社后采访过不少名人，如王光美、张素我（张志忠的女儿）、刘晓庆、萧军，萧军还给我写过诗，与我合影过。后来进了作家协会，进作家班进修时认识林祁后觉得林祁性格很直爽，很好相处，对我有很多帮助。"她来日本之前就已经著作等身了，出版过长篇小说《走过伤心地》等。

这部《告别丰岛园》以另类日本人——战争遗孤返回日本生活为题材的小说，通过在日本华文侨女性的另类眼光与真实叙述，对国家的"他者"、文化的"他者"、他者（男人）的"他者"进行探讨，将一个社会学命题转换成具有审美意义的文学文本，从而获得历史纵深与现实意义。文化的"他者"创造出"他者"的文化，这是一种多元的新型文化，为中华文化及现代文学提供了新的视界与空间。

孟庆华谈及创作时说："写作的素材像沉船。这些生活往事都是一条条船，来大潮时，随着时间的推移沉下去了，又浮上来了，一个道理嘛。你不写的时候它沉在那里，你要写的时候，一条条船都浮上来了。"

《告别丰岛园》就是浮上来的一条"沉船"。很特别，船上是一批被祖国日本遗忘的特殊人群——战争遗孤。他们从中国回到日本却生活在日本政治文化的边缘，成了祖国的"他者"。

笔者将这些在日本华文侨华人作家定位于"之间"：在中日两国之间，在两种文化之间，在历史与现代之间，在昼夜之间，在男女之间……"之间"是一种不安定的变化状态，在"之间"碰撞，在"之间"彷徨，在"之间"焦虑。但"之间"促使思与诗成长，并成就了海外华文文学的存在与发展。

孟庆华真实地道出"之间"的焦虑，一种似可告别却无以告别的生存状态。从离家产生的乡愁，到身份认同的焦虑，直至走向精神家园的回归。这种日本华侨华人的心路历程，其实是各国华侨华人以及所有移民的普遍历程。

对以往历史的深切关注，特别是对中日特别纠结的历史的特别关注，成为日本华文文学中的一个重要书写领域。在日本新华侨华人作家的笔下，对中日历史的一再涉及，已成为小说创作中最具实绩的部分。与同时期中国内地文学中对这段历史的书写相比，日本华文文学具有明显的"他者"特征，这不但表现为作品中的主要人物是被历史边缘化的人物，他们远走海外，或从历史的创造者转为历史的遗忘者，或从历史的参与者变为历史的旁观者；而且还表现在作者对这一领域进行处理时流露出一种强烈的"他者"意识。

通过对《告别丰岛园》的解读，不难发现其隐含着创作者"之间"心态的多重视角，主要体现为历史视角、文化视角、心理视角及女性视角。对于日本华文文学而言，无论是在题材类型中，还是在创作视角里，都沉积着浓烈的"他者"意味——在一种具有"他者"属性的文学中。书写者在创作的时候，似乎对具有"他者"意味（边缘的、差异的、弱势的、外在的、另类的）的题材和视角，有着一种自觉不自觉的趋近。[1]

可以说《告别丰岛园》是一部女性自述体小说。书中的"我"作为中国人，是这个国家的"他者"；作为中国知识分子，是日本文化的"他者"；作为女性，又是男人的"他者"。就这样，作为"他者"的"他者"，她困惑、焦虑、迷茫；站在边缘的边缘，她受伤、感伤、情伤。"他者"（the other）成为西方文学批评理论中的一个关键词[2]，也成为海外华文文学以及解读《告别丰岛园》文本的关键词。

---

[1] 参阅刘俊《世界华文文学整体观》，人民文学出版社2007年版。

[2] 参阅杨大春《语言·身体·他者：当代法国哲学的三大主题》，生活·读书·新知三联书店2007年版；孙向晨《面对他者——莱维纳斯哲学思想研究》，上海三联书店2008年版；张一兵《不可能的存在之真——拉康哲学映像》，商务印书馆2006年版。

第一节　国家的"他者"

"他者"作为"国家"的对应物,以显示其外在于"国家"的身份和角色。这批被祖国日本遗忘的特殊人群——战争遗孤,与生俱来地具有了双重甚至是多重的"他者"身份,游走于国家与国家之间。

一　"两个祖国":爱与被爱

《告别丰岛园》开篇痛言:

> 十五年来,我的先生老祖,跟我说的最多的一句话就是:"我这一辈子呀,最大的心痛就是:不知道自己的生命起源在哪儿,也不知道自己死后该葬在何处……你说,我有两个祖国,可两个祖国都待我像外人,在日本吧,一张口就是中国味儿的日语,日本人从心里就把我当成了中国人。回到中国呢,我又莫名其妙地变成了日本鬼子。就好像是我对中国人民犯下了滔天罪行一样……"我想,这些话就是他心里永远也抹不去的遗憾吧。

祖国的概念在此遭遇了前所未有的质疑与颠覆。何谓祖国?查不到相关定义,但大体可解读为:祖先开辟的生存之地,经生生不息传宗接代繁衍至今而形成的固定疆土。祖国首先是国家,其次是个体对之有归属感。这归属感,来自民族文化的认同、家族祖先的传承、生存生活的保证。爱祖国是一种没有政治含义的人性本能。对于一个出生于中国、由中国人父母含辛茹苦地养育成长了大半辈子的日本人的后代,他能感受到的实实在在的爱与被爱源自何处,依托何处,其民族文化认同将指向何方,归依何方?

女作家不无愤怒地写道:

有一次，我们已经跑得又饿又累……先生终于忍无可忍地爆发了：谁是外国人？老子和你们一样是日本人！你们有什么权力和老子说这些！老子三个月就被扔到了国外，还没找你们呢。知不知道！

国恨家仇，孰能诉说？有"两个祖国"的人，两个祖国都爱是完全可能的。但中日两国历史上的恩恩怨怨，血海深仇，致使两个祖国都爱成为两难。这些人被历史和命运推到两国的"夹缝"中，虽是大和民族的种，却洒落成长于中华民族的土壤中。如今尽管认祖归宗，却出现认同危机，归属焦虑。

二 回国/出国：认同焦虑

女主人公"我"说：

先生执意要回日本，我理解。他三个月大时，就被亲生父母送给了他的养父母。养父母家只有他这一个孩子，待他如同亲生儿。在他成长的相当长的岁月里，养父母都竭力忘却和隐瞒这件事。当先生渐渐长大、成人、成家之后，隐隐地从邻居那里听到一些传言，但也从没有勇气面对养父母去戳穿这个事实。他心头的这个结，一直默默地打了五十年，直到先生的养母临终前对他说出真情后，一再地嘱咐："快找你亲妈去吧。"我看见先生眼含热泪拼命地摇头，并抓住养母枯干的手，不停地揉搓着说不出一句话来……

有"两个祖国"的"先生"有两个母亲。可以看出，两个母亲他都爱，一个有情，情深如海；一个有心，心沉如石。当命运安排他回日本，可以说是回国，他应该如释重负吧，因为"他毕竟是日本人，他迟早要回日本的"。他却心事重重。女主人公"我"/女作家孟庆华理解丈夫的心结，写出了这种心理纠结，虽然淡淡道来，却给读者以重重的感染力。

更重要的是，女作家孟庆华并非旁观者或采访者，而是亲历者，其中的焦虑者、纠结者、思考者。她作为中国人，跟丈夫去日本则意味着出国，去一个异国甚至是自幼接受的教育中的有着血海深仇的"敌国"。"我"痛苦地看到："他们替父辈背负着时代的罪名，在曾经的敌国长大，老年后，他们又在不解和责难声中，让自己疲惫的身躯回归故土，他们真正成了姥姥不疼，舅也不爱的人。"

但不管怎么说，作为妻子，也许是传统美德让她"嫁鸡随鸡嫁狗随狗"，也许是善解人意使她理解丈夫执意要回日本的心情，也许作为一名中国女作家（孟庆华80年代就是哈尔滨的专业作家），她也想去看看新世界，体验新生活……总之，"我"情愿中带有苦情，主动中带有被迫："去日本定居，去重演半个世纪以前，我的先生被他的亲生父母扔在中国的历史悲剧。戏剧性的是：地理位置发生了倒转。"看得出其中带有一种被历史"扔"到日本去的无奈。关于历史与国家大事，"我"似乎来不及做理性的思考，而直接逼近的是情感，是离开祖国告别乡亲之痛。

一场迁移，两个移民，一个回国，一个出国。从一回一出，可以看出二者对国家的认同有别。"我"认同了自己的"小家"（丈夫的家），却不能认同"大家"（日本这个国家）。现实是严酷的，"本来是战争受害者的他们，竟会被人误认为，他们就是战争的源泉"。身为亲历者的作者颇感委屈、不平、愤懑。这委屈、不平和愤懑源自他人的误解和不当的对待。由此更增添了认同的困惑、焦虑、抵触。

认同（identity）是一个现代词，意味寻求确定性、确立某种价值和意义，并将它们与现代自我的形成联系在一起。查尔斯·泰勒从"我是谁"这个问题来讨论认同。他认为认同是一种框架和视界，在其中人们获得方向感、确定性和意义。泰勒又指出："分解性的、个别的自我，其认同是由记忆构成的。像任何时代的人一样，他也只能在自我叙述中发现认同。"① 作者在"我"的叙事中发现认同危机,一方面表现为夫妻间产生了认同的差异;另一方面表现在本身的观念发生裂变,由于迁移产生变动而出现危机:

> 这些另类人的日子可想而知。本来,在日本国民眼里,我们就是名副其实的中国人。在中国同胞的印象中,我们又是地地道道的日本人。更有甚者当面戏弄他们为"卖国贼"。

请注意,这里作者用的是"他们",因为她至今也没认日本为"我们",至今也没加入日本籍:

> 一九九七年,当秋风扫落叶的时候,先生和孩子们加入了日本国籍。全家人只有我保留着中国国籍,而且至今都没变。先生说,不管怎样,我们家也得留下一个中国的根儿。

为什么呢?其实她保留中国籍会碰到很多苦恼,比如去周游世界,丈夫子女说走就走,她却必须签证,一家人享有的待遇不同。就连回中国过关时,她要被抽血(庆幸这国门一针已经取消多年),而顺利出关的丈夫子女只好干等……但还是坚持不入籍、不归化,为的就是"留根"。

国家并不仅仅意味着国籍,但国籍显然意味着某种认同:政治的或精神的,理想的或现实的。这里说的中国根,多半指的是精神的、理想的。在日本,要获取永住者签证(类似美国绿卡)远比放弃母国护照而获得日本国籍难,但还是有很多人知难而上,知难而为之。为什么呢?和这位女主人公、女作家一样,护照被这些华侨认作自己的最后一片国土。流浪的生命必须有这种精神寄托。

---

① [加拿大]查尔斯·泰勒:《自我的根源——现代认同的形成》,韩震等译,译林出版社2012年版。

第五章 战争遗孤身份认同的焦虑

诚然，自我认同的对象有多种，小至亲朋好友、家庭，大至民族、国家，故乡作为中介，却可能扮演着基础性和本源性的角色：

> 在中国时，我们没有这种意识，出国后，就觉得自己不再是仅仅代表自己了，而是代表着中国，这决非是一句空话。这种意识的升华，不仅仅是我们，很多认识的中国朋友都这样讲过，在中国时不爱国，出了国以后，你不让他爱国都不行。我们这是怎么了！？

一字一句，情真意切。孟庆华真切地记录了这种国家认同、民族认同、身份认同的情感纠结，使其文本具有历史价值和现实意义。

三 "小家"／"大家"：无处置放的乡愁

家的概念里有国家也有自家（"小家"／"大家"）。伴随国家认同、民族认同、身份认同出现的是家的认同。男女主人公去日本，一个是回国一个是出国，国家认同的不同迎来的是：共同的"家"的移动。可要搬动这个"核家庭"可真不容易：

> 到了知天命的年纪。我们不再年轻。我们带着一双儿女，要去的日本，虽说那里是他们父亲的祖国，却没有寻找到先生的任何亲人。虽说先生已经成了日本人，他却不会说日本话。对于将要去的日本，我们是太陌生了。为了能去日本，先生和我，不得不辞退公职。为此，我们都付出了沉重的代价。

这代价不仅是物质的，更是精神的。离乡情更怯，载不动几多愁！虽然在现代，搬家是常有的事情。然而此搬家并不轻松。想想吧，家意味着什么？家不仅是房屋，不仅是物质的，更是精神的。是一种不可承受之重：人与其出生地亲密和谐的时代已经一去不复返。男女主

— 101 —

人公都"感到压力，一种从未有过的紧迫感，正一步步地逼近我们"。"东京再繁华再富有，我们也是个局外人。往往这样想着想着，就会变得烦躁起来。"

搬到一个新居国，国家是陌生的，自家就格外亲切，也格外重要。对国家的情感褪化了，"小家"的重要性自然就凸显出来。终究他们的家没有被击垮，没有分裂开，在陌生的环境中反倒成为一个坚固的"核"。

关于"家"，女作家有过比较深入的思考："有时，天晚了，我催他快回去。他就会不紧不慢，意味深长地对我说：你急什么？我们俩在哪儿，哪儿就是我们的家啊！"

家就在自己脚下。且把家比作"根"。显然，移民经历的是一次"断根"与"植根"的艰苦历程。对此艰苦历程，敏感、直接而不无尖锐的孟庆华在《告别丰岛园》中有如泣如诉的叙述：

> 他们是一个时代的符号。
> 他们有苦不能诉，诉也没人听。
> 他们成了一块沉默的石头。
> 他们是欲哭无泪，欲诉无声的一群人。在日本他们虽然都已加入了日本国籍，日本人骨子里还是把他们当成中国人。回到中国，别看亲朋好友面子上客客气气，背地里又会说，那个日本鬼子回来了……
> 一段历史遗留的问题，一个历史的伤痛，一个历史的悲剧，就这样悄悄地转嫁到了残留孤儿个人的身上。他们反而被政府当难民给收容了……

对于这批被祖国日本遗忘的特殊人群——战争遗孤来说，他们的家乡在哪里？我们常说家乡就是生我养我的地方，本来女主人公离开生养她的家乡，产生浓得化不开的乡愁是自然而然的。而对于祖籍与生养地不同的他们，家乡又在哪里？如果是祖籍地日本，那回到日本的他们怎会有排解不开的"乡愁"（中国在他们的梦里记忆里）呢！这正是赵静蓉《怀旧：永恒的文化乡愁》[①]中所言的文化乡愁。在新的文化环境中，与异文化的疏离感无时不在：陌生的风俗、习惯、法律与语言所产生的强大离心力将其不断甩向社会边际或边缘；对家园文化的流离感则日趋强烈：日益远离自己所熟悉的、鱼水般融洽且优游自如的环境。当二者清晰且痛苦地一起涌来时，文化的乡愁更切更浓。对乡愁的文化追问是孟庆华要探讨的话题，它使《告别丰岛园》不同于一般的乡愁表现而具有独特的文本价值。

第二节 文化的"他者"

一 失语：对乡愁的文化追问

从到达日本的那一刻起，他们事实上就已经处于一种语言"他者"的状态：日本的主流语言是日语，而华人（男主人公）华侨（女主人公）的母语是汉语，语言的差异性可以被视为新移民感受到"他者"性的最基本也是最直接的感受，而对日本社会更深刻的"他者"感受，也常常是经由语言的差异性而获得的。虽然日语里有汉字，可以"和文"汉读，但误读是常有的事，而进入社会和人交流就更困难了：

> 残留孤儿，他们这一辈子，是经历了千辛万苦的另类。他们刚刚来到这个世界，就受到战争的摧残，他们需要温暖的时候，要遭人遗弃，他们张口学话的时候，没有人教给他们母语，当他们步入晚年，想落叶归根回到自己的祖国的时候，他们从小遭受的苦难，又莫名其妙地变成了他们的罪恶。"一个连日语都不会

[①] 卢建红：《"乡愁"的美学——论中国现代文学的"故乡书写"》，《华南师范大学学报》（社会科学版）2012年第1期。

说的人，又能干什么？"同胞用母语谴责他们时，可怜的他们却不能用母语为自己争辩。

语言障碍成为异域生活一开始就面临的重大问题。政府为了帮助这批不会说日语的日本人学日语，集中培训他们了四个月的日语，《告别丰岛园》称之为"甜蜜的集中营生活"。语言的差异性被视为"他者"的最直接表现，而对日本社会更深刻的"他者"感受，也常常是经由语言的差异性而获得的，对此，《告别丰岛园》多有表现，如：

我们真正地与世隔绝了。先生大门不出，楼也不下，不刮胡子，不见人。甚至连电话也不接。偶尔来了电话，我喊他，他木呆地看着我，现出一副跟他毫无相干的样子。我无奈，只好放下手中的活儿，嘟囔着去接电话。很久以后，我才明白他由于苦闷所致而得了忧郁症。

从语病到人病了，人病由于心病了。

二 无语：直面异文化

在东京的时候，孟庆华曾拉我去看大相扑比赛，说是票很贵，是日本友人送的票。我很惊讶，不懂日语的她居然是个相扑通：什么段位什么规矩什么品位，居然滔滔不绝（当然跟我说的是标准普通话）甚至绘声绘色。她说她无语有眼嘛，相扑太有趣了，她就从其国宝直接进入其文化了。也许受篇章布局的限制，《告别丰岛园》对异文化的探讨还显得不够，也许作者会在其他作品里加以体现。但这里涉及异文化视角的问题，它的意义至少有两点：其一，以"他者"立场、"他者"视角看文化必有新的发现，"横看成岭侧成峰"；其二，当语言受到制限，眼光的想象空间反倒拓展了。果然"沉默是金"。由此，可以看到，文化的"他者"创造"他者"的文化，即异质的、差异的另类文化及其价值。

三 双语：异文化的融入

外国人加入日本国籍被称作"归化"，归化时必须取日本姓。很多华侨对此抱有抵抗情绪，坚持不改姓不入籍。但《告别丰岛园》的主人公是日本人有日本姓，孩子们自然跟着取了日本姓，只是家里人还叫原名，因为叫日本名让人"感到别扭陌生"。一旦叫日本名，便一本正经地像有什么严肃的事情要发生。不过"在外办事儿的时候，使用日本名字，确实很方便。然而回到家里我们还是喜欢过去的称呼，自然，亲昵"。

于是乎，主人公之家，使用双语：中文夹杂着日语。很多在日本华文人华侨也是这样。哪种语言用得多呢？似乎在家里更多用中文，出门用日语。讲中文时夹杂日语词，讲日语时夹杂中国话。

女主人公"我"由于发音不准，把签证说成"意大利饼"，逗得日本人大笑。

生活中的孟庆华也喜欢调侃日语，把扫地读成"烧鸡"，逗乐一起打工的中国人，被亲切地称作"烧鸡"大姐。语言的错位还只是表层，由它导向的则是习俗的、情感的乃至思想文化等更为深层的参互交错。"环境不但改变了我们的生活，也渐渐地改变了我们的性格。""我喜欢逛东京的百货商店。优雅，舒适，花样繁多。特别是商店里的服务员，对前来的客人，几乎都是一对一的服务，简直就像对待国王、公主一样，把你服伺得舒舒服服。这种体会，我们在中国时从来没有过……"而孩子们对异国风情的感观就更好玩了——"你说怪不怪，这日本人可真有礼貌，二哥撞了她，她还反而给二哥赔不是。我说嘛，这日本咋看不见打仗的呢。就不像咱们，个个火气大得很，他们互相碰撞了，还要互相对着头儿鞠躬道歉，你说好不好玩儿？那样儿，就像两只对着头啄米的鸡……"看来融入异文化是随着时间慢慢浸透的。

日本人在扔东西上的慷慨程度,恐怕在世界上也是首屈一指的。这一点,十几年后也成了我们的习惯。日本人为这种行为取了个时髦的名字叫:断,舍,离。

《告别丰岛园》想告别的是昨天的垃圾,无以告别的是今天已形成的习惯。显然,文化的"他者"对文化的追问意味深长。

第三节 他者的"他者"

这里的他者指的是男性/男人。当女人与男人一样成为国家的"他者",文化的"他者"时,同时依然是男人/他者的"他者"。她们就站在边缘的边缘,却是一道独特的风景线。

《告别丰岛园》这部女性自述体小说,不仅仅在题材的奇特上有填补空白的历史价值,更在女性意识的表现上具有现实意义。书中体现的独立自尊的生命情怀,恰是女性写作的真正突破。而其能够摆脱女作家常有的那种闺秀气,揭示故乡对于女人/男人,其意味和意义不同:男性作家可以归属于民族、国家等"大家",而女性作家离不开她在其中生活、成长的"小家"。因为对于女人,这就是具体的、细节性和感受性的"家"。

一 弱女子/强女性

这令人想起中国现代文学著名的女作家萧红的故乡体验。其书写已成为"现代性的无家可归"之苍凉的注释。无独有偶,孟庆华与萧红同一个故乡,又同样有离家赴日的异乡体验。在《告别丰岛园》的字里行间可读出她很强的女性意识。孟庆华/主人公"我"跟随丈夫赴日,一开始似乎很"良家妇女",夫唱妇随,具有传统美德:"我没有惊讶,而是顺从了他的决定。"尽管心存焦虑。而当现实迫使他们不得不打工以解救经济危机时,她却不顾丈夫反对:

第五章　战争遗孤身份认同的焦虑

  思来想去，还是决定偷偷地干，想先试一试靠自己的能力到底能不能找到工作？如果先张扬出去了，那我就等于把自己的后路给堵死了。我只不过是想抛石探路，又不是去犯法，去杀人放火，去走私人口，去贩毒，有什么可怕的？先生越是想吓唬我，他越是害怕，我就越是想别着劲儿和他对着干。这就是我的性格。

  好一个强悍的东北女人的性格。既有顺从的柔情，又有自强的刚毅。她学阿Q精神，自我安慰：总算靠自己的能力，可以在国外谋生，终于找到"烧鸡"（扫地）的工作了。最有趣的是：

  唱完《马路天使》里的插曲后，我有时还会冷不防地来上一句：谁是我的新郎？我是谁的新娘？直到把先生吓得离开，我才肯罢休。

  然而，当她看到先生被吓成惊弓之鸟的样子，心里就禁不住地难受起来。表现出女性细腻的心思及善解人意：

  回想着他三个月大的时候，就被亲生父母扔在了中国。他打小被中国的养父母养大，受的也是中国式的教育。可我就纳闷了，先生的骨子里，还真是和日本人一样的认真，固执，谨小慎微，胆小怕事。

  在女作家笔下，《告别丰岛园》中不乏女性细腻的细节描写，如出门找工作之前乔装打扮的情景，就颇具中国古典诗歌中"对镜贴花黄"的情趣：

  我往脸上扑完粉，就把脸转向他问："你看我扎不扎眼？"先生扫我一眼，随口嘟囔着："我哪懂这个呀？"
  我不依不饶："快点，认真帮我看看，我这是第一天去。求求你啦。"这回先生细眯起眼睛,足足打量了我有十几秒,然后,一锤定音:"还行。"

看似"女强男弱"的夫妻关系,却在"他者"的文化中合理地存在着,在这个陌生、精彩而又无奈的东京,他们相依为命,相携而行:"他包含着我,我容忍着他。"注意,男性是"包含",女性是"容忍",很准确地叙述了男女性别之不同。女性的容忍度能使家庭稳定下来,并在异国他乡成长,变他乡为故乡。从《告别丰岛园》中我们可以清晰地看到这种女性的心路历程及女性无所不在的力量。也许环境越是艰辛,越能显示女性的力量。

二 "女性化"/化女性

李玲评论:推崇、褒奖人对自己的生存负责,并以劳动为荣,无疑是该小说的核心价值观。[①] 显然,"以劳动为荣"是从中国人娘胎里带来的美德,而"对自己的生存负责"、在自食其力的平凡生活中体验生存的意义,却是在异国他乡被逼出来的"觉悟"。就这样,他/她在生活中成长起来。并非成长在国家的、政治的大风大浪中,而是成长于日常生活的小花小草中。作者平常、平凡、平淡的描述,似乎包含着"此中有真意,欲辨已忘言"的寓意。谁能说小花小草只表现小女子情调?

从书中我们还可以时常读到女主人公被日本文化"女性化"的细节,如开始暗暗留心起周围日本女人的姿态。她在审视和想象着"他者"的同时,也对自我进行审视和反思:

我心服口服的同时,也不免自嘲道:活到这把年纪的我,想

---

① 李玲:《人应当对自己的生存负责——评长篇小说〈告别丰岛园〉》,《中国作家网文艺报》2012 年 4 月 6 日。

不到在日本倒要重新接受做女人的礼仪教育了。我还亏是一个与新中国同龄的，新时代的知识分子呢。说给认识我的人，还不得让大家笑掉大牙！可这就是现实。

女作家似乎在探讨中日女性何者更有"女人味"？何谓"女人味"：

> 日本男人好哄得很，他们见到女人，不管长的多丑，都会说你真可爱呀。像妈妈那样的都快七十了，照样是可爱的女人。总而言之，在他们这些男人眼里，用句粗话说，只要身上长个洞的就都可爱。

女作家笔下透露出中国女性尤其是东北女性惯有的尖锐甚至尖刻。由于尖刻而使读者忍俊不禁。但微笑过后，你可以发现，她所质疑的是：难道女性的自我认定来自男人，难道女人的价值在两腿之间？你可以发现，其用心之良苦：女性自我价值的认定，女性生存的幸福观等。

三 女人"家"的意识

所谓幸福的女人，生下来认父母为家，长大了认丈夫为家。家在，幸福；家不在，不幸。维系"家"是女性的自觉。即便家不在了，家在意识里、记忆里生存，也还是一种幸福。女作家写道：

> 故乡，是以父母亲人的存在而存在的。现在，我的父母和亲人都已故去，今后的故乡，也就成了另一种概念了。

从精神皈依的维度看，故乡从现代自我的价值源头，上升为一种理想的生活状态，一种生存方式的暗寓（精神家园），寄寓着对现代人生存处境的思考和批判。所谓"另一种概念"就存活在创伤记忆中。20世纪为人类留下了各种巨大的创伤记忆。战争遗孤就是这些创伤记忆的承担者。沉默不语的历史，只有靠现实的人激活。孟庆华用文字像刻碑铭一样，记下一代人如何经受创伤，如何反省创伤，如何表现创伤以及如何从创伤记忆中走出来，活出来，不再无奈地沉溺于历史的惰性，不再把创伤记忆作为亏欠的遗产丢弃。由是，下一代或许就不会在新的生活方式中将这些创伤记忆轻易地遗忘、抹去，不会重复前人曾经有过的命运。

"他者"属性不仅体现其生存性质，而且在相当程度上决定其身份本身的属性，决定了他们无论是从现实经历的角度还是从文化心理的角度，相对于日本文化而言，都具有一种异质性。这种由移民身份导致的文化上的异质性，无疑使这一群体在文化上处于一种"他者"的地位，由此产生文化冲突是毫不奇怪的。然而，"与文化冲突相伴的是文化融合，是跨文化传播发展的总体趋势。文化融合强调的是文化的对话与交流，学习、借鉴和吸收其他文化的优良传统，从而提高自己的文化品质。前者体现文化的主体能动性，后者体现文化的主体包容性"。[①] 在这里，文化的"他者"创造出了"他者"的文化。这是一种异质文化，既不同于母体的中国文化，又有别于异体的日本文化。它即便与异体文化有了"肌肤之亲"，但从母体带来的胎记是与生俱有、不可磨灭的。它在中日文化间的非主流生存状态中，徘徊与焦虑，摸索与成长。而对这一处境的文学书写，自然便成为日本华文文学中的重要组成部分。

如何在"他者"的体验与理解中生成具有审美性的文学话语，当是日本华文文学面临的重大难题。《告别丰岛园》以自我纯朴的方式做出探讨。它以第一人称展开叙述，带有明显的自叙传记和纪实文学特点。在叙事格调上，采用个人型叙事，重真实，重情趣。女作家忠

[①] 郝胜兰、季水河：《美国电影之中国人形象研究述论》，《湘潭大学学报》（社会科学版）2013年第3期。

实于独特的"他者"生存体验，避免了政治意识形态的框框套套，从历史视角、文化视角、心理视角及女性视角，探索了这段独特的历史人生，为中日社会认知双方均提供了新鲜、独到的见解。其叙事消解了中心化和终极理想的幻觉，使主体获得了自主性的存在。告别丰岛园的历史因其文本而保留下来，而永不"告别"。

由于置身日本却以华文进行创作的存在事实，使日本华文文学客观上与生俱来地具有双重"他者"的身份：有别于日本主流文学（日语文学），无疑是"他者"——因为它是异质的、差异的、外在的、另类的"客体"；相对其文字母国的中国文学，它同样是"他者"——文字的同一性并不能改变它在中国文学里的"客体"地位。于前者，日本华文文学的"他者"性主要由文字（以及文字背后的文化蕴含）的差异性所造成；对后者，日本华文文学的"他者"性则主要是由于地域特性（以及因这种地域特性所导致的文学特性）所铸就。

正因如此，这种"他者"文化——日本华文文学具有了独特的价值与意义。其至少有以下两点。

其一，是历史的见证。20世纪初及世纪末中国人有两次留日热潮。世纪初有新文学运动的宿将鲁迅、周作人、郭沫若等，世纪末有莫邦富、李长声、李小牧、蒋濮等一批新华人华侨作家群。这批亲历者从"他者"视角留下的"创伤记忆"，作为一种历史的见证是与文物实证、文献档案及文字专著同等重要的史料。它们不仅为历史过程提供鲜活的细节，使历史场景因个人历史的演绎而生动起来，而且令历史因此展现出多重层面，变得血肉丰满，成为立体的历史。

其二，是对中国文学的拓展。相对于政治，文学是一种更为深入社会及民心的文化因素，文学固然受制于政治，但又可以超出政治的种种限制，这种超越最典型地体现在更加关注日常生活、血缘情感、异域经验的日本新华侨华人文学身上。其写作是介于两种或两种以上的文化之间的，可与本土文化对话，又因其文化上的"混血"特征而跻身于世界移民文学大潮。这是一种多元的新型文化，它无疑为中华文化及现代文学提供了新的视界与新的空间。

在中日之间，这些"间人"——甚至被骂作"奸人"——汉奸的"奸"——而处于两难的境地，孟庆华尤其真实地道出这种"之间"的生存状态及其身心的焦虑。从离开家乡产生的乡愁，到身份认同和语言不通的焦虑，直至回归精神家园的追求。题为"告别"却无以告别，从而认他乡为故乡也就永不告别了。这种日本新华侨华人的历程，其实是各国华侨华人以及所有移民普遍的历程。记录了这一历程的在日作家由于写的是亲历，特别真实；其中，女作家以女性特有的敏感、痛感记录了这种亲历，尤其真实。

笔者曾将这些在日本华文侨华人作家定位于"之间"——在中日两国之间，在两种文化之间，在历史与现代之间，在昼夜之间，在男女之间……"之间"是一种不安定的变化状态，在"之间"碰撞，在"之间"彷徨，在"之间"焦虑。但"之间"促使思与诗成长，并成就了海外华文文学的存在与发展。[1]

解读《告别丰岛园》，我们发现女性叙事对"之间"有历史的、文化的、心理的及性别的多重视角。对于日本华文文学尤其是其中的女性叙事，无论是在题材类型中，还是在创作视角里，都沉积着浓烈的"之间"意味——一种具有"他者"属性的文学。"书写者在创作的时候，似乎对具有'他者'意味（边缘的、差异的、弱势的、外在的、另类的）的题材和视角，有着一种自觉不自觉的趋近。"[2]

笔者在解读这部文本时发现，恰是这种"之间"叙事产生了创伤文学——"他者"作为"国家"的对应物，以显示其外在于"国家"的身份和角色。这批被祖国日本遗忘的特殊人群——战争遗孤，与生俱来地具有了双重甚至是多重的"他者"身份，游走于国家与国家之间。

可以说《告别丰岛园》是一部女性自述体小说。书中的"我"作为中国人，是这个国家的"他者"；作为中国知识分子，是日本文化

---

[1] 林祁、林红：《"他者"的文化与文化的"他者"——日本华侨女作家孟庆华〈告别丰岛园〉的文本解读》，《华侨大学学报》2014年第1期。
[2] 参阅刘俊《世界华文文学整体观》，人民文学出版社2007年版。

第五章　战争遗孤身份认同的焦虑

的"他者";作为女性,又是男人的"他者"。就这样,作为"他者"的"他者",她困惑、焦虑、迷茫;站在边缘的边缘,她受伤、感伤、情伤。[①]

国恨家仇,说不清道不明,欲说还休。有"两个祖国"的人,说两个祖国都爱是可能的也是真实的。但一衣带水的中日两国,历史上血海深仇,恩恩怨怨,剪不断理还乱,说两个祖国都爱怎么可以?这些另类日本人被历史和命运推到两国的"夹缝"中,虽是日本种,却长在一边骂"日本鬼子"一边把他们浇灌大的中华沃土中。如今尽管认祖归宗,却出现认同危机,陷于"之间"的焦虑中。作者的先生有"两个祖国"两个母亲,一个生母一个养母,两个母亲他都爱。当命运安排他回归日本,他应该是高兴的,因为"他毕竟是日本人,他迟早要回日本的"。可是他难舍难分,高兴不起来。女主人公"我"/女作家孟庆华写出了这种心理纠结,好像诉说着家常事,却因为真实而感动我们。

我们看到,这种女性叙事的感染力在于亲历。女作家孟庆华不是作为旁观者或采访者,而是亲历其中的纠结者、焦虑者。作为妻子,她"嫁鸡随鸡嫁狗随狗"跟着丈夫远走他乡,似乎理所当然,却因为去日本不仅意味去一个异国,甚至"敌国",仇日情绪可谓根深蒂固。身处两国之间,她痛苦地看到:"他们替父辈背负着时代的罪名,在曾经的敌国长大,老年后,他们又在不解和责难声中,让自己疲惫的身躯回归故土,他们真正成了姥姥不疼,舅也不爱的人。"

家的概念里有国家与自家,即"大家"与"小家"。伴随国家认同、民族认同、身份认同而来的是"家"的认同。男女主人公一个回国一个出国,小小"核家庭"(和文汉读:指大家庭中最小单位的家)的移动并不容易,因为要付出的代价不仅是物质的,更是精神的:"东京再繁华再富有,我们也是个局外人。往往这样想着想着,就会

[①] 林祁、林红:《"他者"的文化与文化的"他者"——日本华侨女作家孟庆华〈告别丰岛园〉的文本解读》,《华侨大学学报》2014年第1期。

变得烦躁起来。"（引自孟庆华的文本）搬到一个新居国，国家是陌生的，自家的重要性——其"核"自然就凸显出来。

作者孟庆华身在日本本来可以"归化"（加入日本国籍），但她至今不肯入籍——和文汉读的"归化"两字让人看了就气不打一处来，"归化"？谁归谁，归什么化？

"在中国时不爱国，出了国以后，你不让他爱国都不行。我们这是怎么了!?"感叹惊叹，真情实意。这种国家认同、民族认同、身份认同的情感纠结的真切记录，使孟庆华这一女性叙述的文本，具有历史价值和现实意义。

赵静蓉教授在《怀旧：永恒的文化乡愁》[①]中指出：在新的文化环境中，与异文化的疏离感无时不在：陌生的风俗、习惯、法律与语言所产生的强大离心力将其不断甩向社会边际或边缘；对家园文化的流离感则日趋强烈：日益远离自己所熟悉的、鱼水般融洽且优游自得的环境。当二者清晰且痛苦地一起涌来时，文化的乡愁便不可抗拒地袭来。在《告别丰岛园》里，孟庆华探讨了这种乡愁文化，它不同于一般的乡愁表现而具有独特的文本价值。

从东北到达日本，这伙爱说话的东北人一下"失语"了，面对日本无话可说、无语可通，陷入语言的"他者"状态，最直接地感受语言的差异性。虽然日语可以"和文汉读"，但常常会误读闹笑话——心里却哭着。语言障碍成为"敌国"中如临大敌之敌。为了帮助这批不会说日语的日本人学日语，日本政府倒是费心办了培训班，却被他们称为"甜蜜的集中营生活"。在《告别丰岛园》中，语言的差异性最直接表现出人在中日之间的尴尬、困惑与焦虑。

比如主人公的"核家族"使用双语：中文夹杂着日语。很多在日华人华侨也是这样。哪种语言用得多呢？似乎在家里更多用中文，出门用日语。讲中文时夹杂日语词，讲日语时夹杂中国话。

女主人公"我"由于发音不准，把签证说成"意大利饼"，逗得

[①] 赵静蓉：《怀旧：永恒的文化乡愁》，商务印书馆2009年版。

日本人大笑。当然这些日本人并不知道中国话"签证"的发音和"意大利饼"相似,是可以吃的,孟庆华幽了自己一默。孟庆华时常调侃日语,把扫地读成"烧鸡",逗得一起打工的中国人哈哈大笑,一解疲劳,因而戏称她为"烧鸡"大姐。我们看到,笑比哭好是一种语言智慧,更是一种生活的幽默,生活幽默的背后是情感的、思想文化等更深层次的东西。语言的碰撞是文化的碰撞,碰撞使人疼痛与焦虑,碰撞也可能碰出语言的文学的火花。"与文化冲突相伴的是文化融合,是跨文化传播发展的总体趋势。文化融合强调的是文化的对话与交流,学习、借鉴和吸收其他文化的优良传统,从而提高自己的文化品质。前者体现文化的主体能动性,后者体现文化的主体包容性。"[①] 这里的异质文化,既不同于母体的中国文化,又有别于异体的日本文化。从母体带来的文化是与生俱有的不可磨灭的胎记,即便与异体文化有了"肌肤之亲",依然无以告别,可以告别"丰岛园"也不可告别母体的胎记——中华文化。

《告别丰岛园》中写道,外国人加入日本国籍被称作"归化",当时归化就必须取日本姓(所以冒出很多华人制造的姓名如"长江小子""中原汉子"等,后来经外国人不断"抗议",如今入籍可以不改姓了)。很多华侨对"归化"抱有抵抗情绪,不改姓不入籍有如坚守阵地。虽然主人公因为本来有日本姓,孩子们跟着取了日本姓却在家里还叫原名,因为叫日本名让人"感到别扭陌生。一旦叫日本名,便一本正经的像有什么严肃的事情要发生。不过在外办事儿的时候,使用日本名字,确实很方便。然而回到家里我们还是喜欢过去的称呼,自然,亲昵"。从中可以看到,语言不仅是字面的还有声音。一种语言之外的声音。女性叙事不仅仅是讲故事的奇特,还要写奇特的声音。笔者认为,"声音"是叙事区别于故事的关键所在。

《告别丰岛园》这部女性自述体小说,不仅仅在题材的奇特上有

[①] 卢建红:《"乡愁"的美学——论中国现代文学的"故乡书写"》,《华南师范大学学报》(社会科学版)2012年第1期。

填补空白的历史价值,更在女性意识的表现上具有现实意义。书中体现的独立自尊的生命情怀,恰是女性写作的真正突破。而其能够摆脱女作家常有的那种闺秀气,揭示故乡对于女人男人,其意味和意义不同:男性作家可以归属于民族、国家等"大家",而女性作家离不开她在其中生活、成长的"小家"。因为对于女人,这就是具体的、细节性和感受性的"家"。

从书中可读出孟庆华很强的女性意识。看似"女强男弱的夫妻关系,在这个陌生、精彩而又无奈的东京,相依为命,相携而行:他包含着我,我容忍着他"。这个家是她现实的又是精神的家。这使我们想起女作家萧红的故乡体验。这部中国现代文学经典已成为"现代性的无家可归"的苍凉的注释。① 与萧红同一个故乡的孟庆华,同样有离家赴日的异乡体验,她们的女性叙事自然离不开"家",《告别丰岛园》却无以告别"家",永不告别的是永远的家园。

这是一种人类的乡愁,由它的"根隐喻"派生出"家园""寻根""溯源"等一系列隐喻,寄寓着对现代人生存处境的思考、追求与批判。这一系列隐喻就存活在创伤记忆中。20 世纪以来,历史给我们留下了各种无以告别的创伤记忆,我们即便"失语"也不可失去记忆。战争遗孤就是这些创伤记忆的承担者。沉默不语的历史,只有靠现实的人激活。孟庆华用文字激活的是历史之痛,是不忘创伤以及如何从创伤记忆中活出新华侨一代,活出新时代的一代。

作为另类日本人的女性作家,特殊的遭遇使她在"之间"不断地徘徊,不断地在内心叩问自己到底是谁?到底想要什么?将来怎么办?在文本中、在生活中一次又一次地建构又解构自我的归属感。

《告别丰岛园》以第一人称的叙述方式,对另类日本、另类历史做出纯朴而真实的探讨。带有明显的自叙传记和纪实文学特点的女性叙事,由于采用个人型叙事,重真实、重情趣而对中心化和终极理想

---

① 卢建红:《"乡愁"的美学——论中国现代文学的"故乡书写"》,《华南师范大学学报》(社会科学版)2012 年第 1 期。

的幻觉有所消解，获得了自主性的存在。忠实于独特的"之间"体验，避免了政治意识形态的框框套套，以历史视角、文化视角、心理视角及女性视角，探索了这段独特的日本体验，为中日社会认知双方均提供了一种宝贵的真知灼见。其文本因告别丰岛园的历史而获得保留而永不"告别"。

对中日历史的一再涉及，对"之间"的生存状况之叙述，已成为日本新华侨华人小说创作中最具实绩的部分。特别是女性叙事，与许多男作家的历史书写相比，它具有更明显的"之间"特征，这不但表现为作品中的主要人物是被历史边缘化的人物，她们远走海外，或从历史的创造者转为历史的遗忘者，或从历史的参与者变为历史的旁观者；而且还表现在身为女性的作者对这一领域进行处理时流露出一种强烈的双重甚至多重的"他者"意识——女性叙事的另类声音。

因为这种"之间"文化，恰使日本华文文学特别是女性叙事的探讨，具有独特的价值与意义，面临的难题便随之而来：如何在"之间"体验与理解中创作出更有文学审美水平的文本，这应当成为日本华文自觉的自我挑战。

第六章 复杂的"故乡"与独特的"乡愁"

诗人说，如果我没有见过太阳我不会害怕黑暗，而阳光将我的寂寞照耀得更加荒凉。不是世界变柔软了，而是我的内心需要柔软。

祁放谐音齐放，"顾名思义"出生于"百花齐放"的年代，是花，本来柔软，在我看来，她的人与诗皆属"柔软型"。但，即使在不柔软的时期，她也能出污泥而绽放，柔柔地……她曾在"青春诗会"绽放，而后东瀛留学。虽然是山东姑娘，却偏有"鼓浪屿"情结。记得那年她求我带她去拜访她青春的偶像"舒婷姐姐"，走进那座中华路十三号的华侨古厝……

记得20世纪80年代中国的主题是"崛起"，诗歌新的美学原则也在崛起[①]。如果说崛起如日光岩，而后的诗学挑战则有如"双桅船"，以漂流形式进行。80年代末的东瀛留学，促使林祁、祁放等年轻人怀揣"朦胧诗"漂到海外，开始了从"崛起"到"漂流"的新探索。如果说"崛起"是！（惊叹号），那么"漂流"则为……（进行时）；如果说"崛起"意求挺拔，那么"漂流"则寻求广度；如果说"崛起"多为激昂，那么"漂流"则为悠久吧。总之，"崛起"的编码系统代表了中华文化的崇高坚定，"漂流"则体现一种不安定的变化状态，

[①] 崛起指"三大崛起"，即谢冕发表于1980年5月7日《光明日报》上的《新的崛起面前》；孙绍振发表于1981年3月号《诗刊》上的《新的美学原则在崛起》；徐敬亚发表于1983年第1期《当代文艺思潮》上的《崛起的诗群》。

"漂流"的编码系统表现出海洋文化的激荡不安。荒岛、礁石、波涛、星星、黑夜……这些漂流意向的多重组合,构建着另类的符号系统,祁放与林祁们且称之为蓝色调,一种不同于红色编码系统的话语空间。①

当新华侨华人漂流到岛国日本,这块让中国人情感极其纠结,让中国诗人的痛永远新鲜的地方,漂流之艰、之痛、之特,更使其诗歌具有独特的异质审美价值。其独特性,其漂流与探索的诗路历程,可以从祁放—弥生的诗作中读到。它给我们带来了什么样的诗歌景观与美学原则呢?

第一节 为何彷徨日本

祁放的第一本诗集叫《永远的女孩》,我曾为之写过《诗人祁放的心路历程》,并将它作为《彷徨日本——日本新华侨华人写真》② 一书的代序:30 年代,鲁迅们彷徨日本;80 年代至今,我们也彷徨日本。时代不同了,我们唱的是同一首主题歌吗?彷徨其间,变与不变的是什么?——引自林祁、祁放的《彷徨日本》。

那是很另类的一篇访谈录:穿过升仙峡我们进入温泉,如同温泉名"放置"一样,就这样把我们放置在高高的原野面对着富士山,放置在这个黄昏的蓝天白云温泉里,开始祁祁(奇奇怪怪)的海聊:

> 为什么将诗集题名为"永远的女孩"。永远的是一个古老的情结,一个诗的情结,一个中国情结。女孩还能永远么?女孩的永远又是什么?
>
> ——嗯,你问富士山吧。

---

① 林祁:《从"崛起"到"漂流":日本新华侨华人诗歌研究》,《文艺争鸣》2014 年第 29 卷第 6 期。
② 林祁、大梧美代子:《彷徨日本——日本新华侨华人写真》,海潮摄影艺术出版社、海峡书局 2010 年版。

上编　初始期:越境的文学与文学的越境(第一个十年:1990—2000年)

瞧你那被温泉泡出来的红扑扑的脸蛋,分明还是二十年前翘着羊角辫的少女模样;分明还是当年参加诗刊社的"青春诗会"时意气风发的诗人模样。那是我们共同拥有的青春时代——青春诗代啊。那时从"文革荒原"上"崛起"了一代诗群:北岛舒婷们。那诗群里有我,有你,多好啊,我们开始响亮地呼唤爱情,然而……

祁放说她那时死的心都有了,但她终究没死。也许就因为黄河,因为母亲。那时,中国人要走出国门有多么艰难。1984年祁放决定自费留学日本:

妈妈的眼睛是微眯着的,我怎么使劲,也看不到她真正的表情,不知道她的世界里是不是也下雪?不知道飞机的轰鸣声会不会惊吓到她?妈妈说过她很想坐一次飞机来着……除了坐飞机,妈妈还有什么遗憾?妈妈的遗憾肯定不是坐不坐飞机,妈妈没有看到35寸的彩电,我却许诺给校长,为了让他在放我走的纸上签字;妈妈没有戴过丝绸围巾,我却送给了朋友,为了让他帮我去疏通关系……

那时,我们只渴望"外面的世界",只憧憬"外面的世界很精彩",即便"很无奈"也无所畏惧。那时遍体鳞伤的祁放却充满豪情:

1984年12月18日,我只身一人从北京来东京。早晨出发的时候,北京的天空很蓝很蓝,因为昨天刚下过雪。那时,北京机场还很小,也还没有有引桥的登机口,没有摆渡车,像上火车一样,检完票后,自己要走到登飞机的舷梯口。我兜里装着护照和在银行兑换的8000日币(那时最多只能换8000日币),深一脚浅一脚地踩着已被堆成雪堆的通道,走向飞机的舷梯,快到飞机跟前的时候脚下一滑,差点摔倒。

第六章　复杂的"故乡"与独特的"乡愁"

飞机在我的眼前越来越大，我仰起头深深地吸了一口雪后的无比清新的空气，向左边远远的送行的人们挥了挥手……，被眼泪模糊的双眼已经看不见爸爸的白发，耳朵也听不见姑姑的叮咛，我迷迷蒙蒙地走进机舱找到自己的座位后就开始捂着脸哭了，我突然感到了自己的孤独和无助。

毕竟，我去的是我完全陌生和一直被中国唾骂的地方，我不知道自己这算不算冒险，那时，自费留学还是很陌生的单词，而我既不会说一句日语，口袋里也没有学费和生活费，办手续的过程和审批护照的过程已经差不多耗完了我全部的精力和积蓄……加上妈妈前一年刚刚去世，我用自己一个月48元的工资（那时的大学生的工资水平）和积累的稿费才好不容易凑够一张单程的机票。

此刻，泡在温泉里，我已分不清她那脸庞上晶莹的是水是泪，是喜是悲。祁放为自己买了一件色彩鲜艳的红裙子，她说终于可以随心所欲的，像花儿一样开放。

读自己完全不了解的日本文学是需要勇气的，祁放说她当时最震惊的是日本的学者们对中国的研究深度和研究者的认真态度，而当时的中国却找不到一本介绍日本文化的普通知识读物：

从什么时候开始彷徨了？我晃荡着温泉连同身体，语音也晃荡着。

——在硕士毕业以后，突然觉得找不到自己的位置，站在熙熙攘攘的东京车站的十字路口上，常常想自己是谁，要去哪里？

你不可能成为美国人，成为日本人，因为你的文化背景是中国的，而且是打上了那个中国特有的时代烙印。古人常讲40而不惑，我们却越来越彷徨、越来越困惑。

祁放的眼圈开始发红，问我：

——你想过我们死的时候，该埋在哪儿吗？你看过三文鱼四年一次的大洄游吗?

三文鱼在日本也叫鲑鱼,大多出生在北方的清澈的河流里,刚从卵中孵出的稚鱼会在附近的河里或湖里成长,一年之后便游向大海。尽管大海里充满了危险。四年后,稚鱼已经长大成人,为了留下子孙后代,开始溯流而上,几千里的路程,它们不但要越过无数的坡坎,还要面临被吃掉和被捕获的危险,当它们中的几万分之一总算顺利地回到出生的小河时,几乎都已遍体鳞伤……

遍体鳞伤的三文鱼在故乡秋天清澈的小河里产卵后,便耗尽了全部的精力和体力,而把尸骸留在那儿,给即将出生的后代留下食物……

祁放似乎在说一个令人回味的寓言。可是,我们不是鱼,我说,子非鱼,安知鱼之乐?

祁放从行李包取出一首新写的诗给我看:

我决定过自己不在你面前哭泣
而且刚才,我们也一直是在笑
却在你拥抱我的那一瞬
全部变成了亮晶晶的眼泪

你的拥抱把我胸中的盒子挤破了
那是装满了感情的盒子
尽管我已经装上了锁,还压上了重重的石块
可是泪水还是瀑布一样

这诗是只身一人在美国读高中的 16 岁的女儿写的,那个美丽的女孩儿叫 Lucky。

女儿能理解母亲的这一场温泉物语吗?在女性与女性之间,代与代之间,而且是国与国之间,黑夜与白天之间,身体与灵魂之间……

心,活在这一大堆"之间"里,一定很累。很痛。

第六章 复杂的"故乡"与独特的"乡愁"

第二节 "之间"的痛

尽管笔者企图用"间性"美学来概括日本华文文学的特点。但"间性"可以写成"艰性","坚性"甚至"奸性"。夹在中日之间的痛,"子非鱼",安知？这痛犹如男人永远无法体会女性分娩之痛,虽然迄今为止天下的男人都是女人所生。虽然,我们试图冲破身体的躯壳,到达灵魂的彼岸,但是我们无法冲破,正如同我们永远无法越过命运的波浪。痛,乃命中注定。

弥生/祁放给第二本诗集取名用心良苦,乃曰《之间的心》。笔者曾评之：她通过东瀛日本的痛苦体验与浓烈的乡愁,抒写沧桑而美丽的中国形象；通过记忆中的母爱,生成母亲般慈爱、包容的中国形象；立于中日"之间",从审视他者中自我反思,关注"活的中国"与现代世界的互动,抒发对祖国绵绵不尽的诗意回望。其笔下的中国形象和华人作家在中日之间共有的"间性"写作,具有独特的异质审美价值,既与本土文化对话,又与全球语境对话,是一种走向"间性哲学"的跨文化研究。

由于不同于"移民"西方的华文特点,日本新华侨华人痛苦而新鲜的日本体验,并由此生成的中国形象,具有独特的异质审美价值。笔者曾将日本新华侨华人定位于"之间"：在中日两国之间,在两种语言之间,在历史与现代之间,在昼夜之间,在男女之间……而将其文学亦定位于独具"风骨"与"物哀"之间的美学风格。"之间"是一种不安定的变化状态,在"之间"碰撞与焦虑。但"之间"促使思与诗成长,并成就了海外华文文学的存在与发展。它不仅是日本华文文学在海外的拓展,而且是中国文学自身在海外的深入或者"生长"[1]。其间,弥生/祁放与一批日籍华人作家一样,站在"日边"

---

[1] 林祁：《在"风骨"与"物哀"之间：日本新华侨华人文学30年述评》,《华文文学》2018年第2期。

上编　初始期:越境的文学与文学的越境(第一个十年:1990—2000 年)

看中国,从审视他者的角度中自我反思,有着独特的视角和新鲜的诗思。

《之间的心》在扉页上标明了作者"之间"的身份,显然"之间"身态带来"之间"心态,她在第一首诗"开宗明义":"扒在字与纸的缝隙里张望/坐在水跟石的碰撞处冥想/何时已成为面包夹着的火腿/在口水里/无奈历史的悠长。"这种"之间"的身态与心态,是海外华人"与生具有"的:夹在两个文化之间,夹在过去与现在之间,夹在历史与现实之间,而且夹在性别之间……

作为一名女性,她的心格外敏感,乡愁在笔下浓得化不开。通过书写乡愁,她还原了一个令人怀念又亲切的中国形象。旅美散文家王鼎钧曾说"乡愁是一种美学"[①]。安土重迁的传统思想,使每个离家的中国人都有乡愁,隔着一道道海峡的海外华人的乡愁尤其浓烈。

《之间的心》中最后一首是弥生献给余光中的诗——《在美丽的地方遇见你——致余光中》:"……曾遥远地仰望你/不只是北方到南方的距离/当你的船票已经泛黄/上面隐藏了/我咸咸的泪滴/海峡曾是天涯/我把你的乡愁刻在背上/为离你近些/走进飘散的樱花……"诗人"仰望"余光中,在余光中的乡愁中流泪,因为与余光中有着相似的境遇,都与自己的家乡隔着一道或深或浅的海峡。

诗人眺望家乡:"阳光懒懒地穿过竹林/笋/顶了一下泥土/老农的稻田里秧苗已悄悄排队/梨花笑望着追蝴蝶的小狗/鱼儿游弋开心自乐/油菜花摇着风的节奏/杜鹃抗议青蛙的聒噪/春的戏曲刚刚开幕。"(选自《乡村风景》)从诗歌明朗的基调中,可以想象诗人的童年在乡村充满乐趣,"笋/顶了一下泥土",只顶一下,多有韵味,且不说是性意识,只说这应该是女诗人才能有的独到的观察和想象吧。怡然自得,生机勃勃,是女诗人对祖国的美好回忆。浓郁的乡愁之间,祖国的形象格外阳光。

她几回回梦里回《村庄》,原来是:"爷爷的村庄梦游到城里/穿

---

① 引自黄万华《乡愁是一种美学》,《广东社会科学》2007 年第 4 期。

第六章　复杂的"故乡"与独特的"乡愁"

着猪皮夹克沾着烟草味和麦秸屑/浑浊的眼睛迷失在尘土的风中/村口的槐树成为谁家的餐桌。"爷爷沾着烟草味和麦秸屑的皮夹克，通过嗅觉体验，传出了令人安心的归属感。中国形象在这里是平静而安宁的，有如梦游一般舒缓。季节转换时间流逝，没关系，作物在不停地生长，每个季节都有新的收获。女诗人的情感是细腻的，笔下的乡村图景，充满着希望，祖国的形象也随之充实饱满，中国的富足而宁静的形象展现在读者眼前。

乡愁之所以浓烈，同时还因为那如影随形的文化乡愁。具体又抽象，它藏在每一位海外人士的心灵深处，平时不特别感觉它的存在，一旦与异国的文化产生碰撞，便会发出火花来。每逢佳节倍思亲。诗人写中秋："叶子随风抖了一下/天在梢尖的那里/凉了/野菊花伸长了脖颈/望着山那边/被照亮的弯弯曲曲的路/海水托起那片温柔/咸涩浸湿不了的/还有想家的心/那件没织完的毛衣/和母亲一起/留在如水的月光里了……。"诗人情不自禁，从乡愁里找寻自己的故乡。中国传统可以跨越无数国界，遍布世界各地，展现出中国最热情、最富有人情味的一面。

但乡愁总是伴随着一个问题：故乡在哪里，何处才是故乡？这个故乡指的是文化归属感。弥生在日客居多年，终于组建了自己的家庭：他乡已然成为故乡，诗人不免惆怅，但她的精神原乡仍然还留在那个黄河边的村落。诗集中《最初》这样写道："漂泊得太久了/已想不起为什么离开/最初的那个约定/成一张泛黄的信笺/回到扎羊角辫的童年/和妈妈坐在谷堆上面/看着流星划破夜空/听着蟋蟀声声颤颤……虽输给天空的诱惑/心/其实从未走远。"是"天空的诱惑"使她远走他乡。但长久的漂泊，造成文化归属感的缺失，诗人不由自主地回望故乡，回望童年，回望学生生活。回味曾为《红楼梦》留下的泪水，这种文化归属感是咸的，渗透在骨子里的。诗人画给自己的那扇门，就像国界线一样，开开关关，诗人也在中日两国之间来来回回。即便身体远行，心却从未走远，一直活在精神原乡。

回溯原乡的情景："烈日下捡麦穗是童年的记忆/每一粒都与革命

相关……"（选自《劳动》）女诗人还原了那个辛酸苦辣的年代，对那个时代语出惊人："妈妈的面袋已瘪成旗帜！"

日本学者柄谷行人在《日本现代文学的起源》一书中，曾分析"风景的发现"。北大教授李杨[1]分析道：现代文学的风景描写与其说是一种客观呈现，不如说是一种知识建构；日本现代文学，出现的"风景"描写作为一种现代性装置，其实是一种源自西方的"历史意识"的再现。对于弥生而言，她留学日本后看到的中国"风景"，其实是她内心"风景"的映射，是不同历史意识的再现。

而我们看到，弥生笔下的母亲形象，依然是苦难而坚强的，《记忆母亲》里写道："那一年腊梅开着/清晨的那声啼哭/让疼痛的女人变成母亲。"疼痛的母亲是诗人的原风景。"你温暖的笑颜抓住我/也抓住一个柔软的童年"这样的母亲是作者最美好的"原风景"。"原风景"是日语汉字，笔者将其直译过来，意指人生的第一印象（风景）。

而后，诗人长大了："风给记忆撒了一些盐水"，"我归向何处/我如何思想"。1984年，在留学浪潮下，诗人揣着自己的诗"逃"往日本。"海风送来你的腥味/黑暗里，连歌声也充满苦涩……"

母亲形象与祖国形象难以分离。小我必融入大我的重负，追随"朦胧诗"的弥生，自然跳脱不出这个时代的框架。她在《异域》中这样写道："从母亲的土地到他人的土地/移植着你的生命/有一把种子在心里/盼望自己的春天……"可以看到，弥生所处的海外华人的位置，使"母亲"一词与"祖国"一词更加贴近。

诗人频繁纪念母亲，或许是因为时空远去，母亲变得有些陌生。其实，更重要的是，诗人也成了母亲。母亲在记忆中微笑，在自己的血肉里亲切地延续着母亲的生命。

弥生写给女儿的诗："绝美的瓷器在未烧之前/只是泥胚土头土脸地沉默/每一个都不同凡响/相信自己的心/旋转几千次后的坚定/可以不伟大可以不优秀/或只是一本书中的逗号/所有的粗糙由岁月打磨/最后的

---

[1] 李杨：《埃德加·斯诺与"西方的中国形象"》，《天津社会科学》2017年第5期。

精致/在眼睛闭合的瞬间/定格。"诗人将自己的女儿看作是艺术品,并称她为"女神":"阳光洒满你光滑的额头/花篮里的芬芳漾出春意。"女儿出生在日本、长在日本,接受日本文化的熏陶,中国对女儿来说是"他者"。诗人对女儿的肯定中包含了诗人对日本的肯定,对自己选择离开中国的难言之隐。她在一条看不见的界限那边,隐隐回望:

> 我这里不能贴春联,不能放鞭炮,也看不了春晚,只剩下饺子这一件事情,今晚也无人一起制作。我不安起来,我把镶在镜框里的母亲的照片擦干净,极力在记忆里搜寻一路跋涉的我是否粗心遗漏了什么……镜框里的母亲年轻而美丽,凝视我的目光柔和又凄凉。假如因为我的不努力,年的符号从这里消失了,假如因为我的不传承,年的文化在这里没有了,我会是罪人吗?①

我们读到了女作家深深的不安。对母亲和祖国的爱,使她对传承中国文化有一种责任感:不传承不作为即罪人。这便是弥生,也是华文作家们坚持在日写作的潜在动力。

从祁放到和富弥生的名字转换,可以看出对日本华人身份的认同,但改名是不得已的,转换更是痛苦的:"人长大了,有了自己的脚,一走走好远,遇到了一个人,找到了一段感情,停下来时,就创造了自己的家,孩子出生,就成了孩子们的家。总觉得自己有着把中华文化传承下去的义务,总觉得女儿得学习中文,总觉得过年吃饺子是国传家传,从小会擀皮会包饺子的她们,长大后却对吃饺子没有兴趣了……"就这样,诗人在母国与他国之间,在历史与现实之间,在两种文化之间,碰撞、疼痛、彷徨。这便是海外华人的边缘身份的真实写照。

常使诗人焦虑的是"日本"这二字。也许出国是一种逃亡的壮举,但是,每个留日的人,内心一定经受过不同于留学其他国家的一

---

① 在日新华人订阅号:《年三十这天》,http://www.sohu.com/a/222890112_99917983(2018-02-15)[2019-04-20]。

种拷问,乡愁、爱国、仇日、知日,这些情绪时时交缠在一起。如今这一代中国人心中,对日本的感情就像一根弦,一点风波就被"仇恨"拨动。贴着日本标签的人,有着比其他任何国家的华人都尴尬的地位。

周宁曾在《"巨大的他者":日本现代性自我想象中的"中国"》一书中指出:中国形象作为令人紧张的"他者",纠缠着日本现代性自我构建的过程,表现出日本现代性身份认同的特有焦虑。离开中国,日本的现代性既可能迷失自我,又可能迷失世界。在"西方"与"中国"二元对立的"他者"之间,"日本什么都不是",越是意识到这种现代性身份危机,日本就越发强烈地希望从仰慕西方贬抑中国的"文化势利"取向中确认自身。"陷害"日本现代性身份并进而"诬陷"中国形象的致命观念,恰好是西方现代性。[①]

在近代日本人眼中的中国形象,是一个被持续污名化的过程。中国形象是一种想象性的建构物,是一整套内含话语机制的隐喻符号系统。这个形象不是客观存在的,而是根据需要被创造出来的。无疑,弥生东瀛留学的最初情绪是抗日的:

> 我们独自打工上学蒙头睡觉
> 榻榻米很凉外面有雪或雨飘洒

弥生是在大学毕业后才走出国门的,对中国有着深厚的文化归属感,对中国形象的书写完全发自内心:

> 我们很快乐很期盼很知足的那盘饺子
> 是妈妈哼着家乡小调和面擀皮调馅儿

[①] 周宁:《"巨大的他者":日本现代性自我想象中的"中国"》,《天津社会科学》2011年第5期。

不过，诗人站在异国土地上，隔海回看中国，比别人多了一分冷静，多了一分对中国的忧虑，多了一分恨其不争的情绪。

弥生在诗集《敞开的心》的后记中坦言：自己或多或少、自觉不自觉地会去用别的文化的长处，去比较中国文化的短处，用别的社会的文明，去抨击中国社会在发展过程中所呈现的弊端，用别处的风景，去讥讽国内因建设而产生的破坏。她看到中国飞速成长的经济带来的崛起所产生的不平衡现象。看似冷静的目光后，是她沉甸甸的心情。她情不自禁地回归乡土，寄情乡愁，从逐客浪子心态最终转变为回归精神原乡。许多海外华人不约而同地选择了这样的道路，这也是当代海外作家文学能打动我们的原因。正如作者所写道："原来在我们心里/不只是回忆/不只是寻找/不只是春晚和年夜饭啊……"

我们看到，在日本华文人"之间的心"所建构的中国形象，从审视他者中自我反思，视角独特，诗思新鲜，具有独特的研究价值。

《之间的心》这部诗集是弥生"这一个"华人，立于中日"之间"，对祖国绵绵不尽的诗意回望。我们看到的弥生，不只是"这一个"，而是一代新华侨华人及其"一生悬命"的东瀛书写。弥生与一批日籍华人作家活跃于中日之间，从审视他者中自我反思，尽情书写中国形象，视角独特，诗思新鲜，因为这是一种新颖的"之间"写作，在哲学上称为"间性"，是一种走向"间性哲学"的跨文化研究。

第三节 人类共同的乡愁

如果说海外华文"之间"的痛，肉体与灵魂之间的痛，眼下更多层面是指肉体的痛，那么对它的超越，在哲学层面将走向美学，走向风骨与物哀之间的主体间性美学。

弥生在《心之巢》里挣扎："所有的尊严都被践踏了/法在天空中飘浮/没有雨的时候/皆是尘埃/我只能闭上眼睛/或者装作耳聋/成为一株悲哀的树……"

记得"树"在舒婷轰动一代人的诗里曾经充满爱的激情，"作为树的形象与你站在一起","绝不像攀援的凌霄花,/借你的高枝炫耀自己……"

同样是"树",在80年代到东瀛留学后的弥生笔下发生变异:"风颤抖着无法把握/一棵树的命运/而所有的枝节/曾伸张过自己的性格",显然看不出她的树开什么花了,但不再是英雄花也不会是展翅飞翔的凤凰木,甚至不是樱花,她的花落了吗:"还能说什么/连影子都短了/够不到你怀念的八十年代/那双黑眼睛的朦胧/除了犹豫不敢跨上双桅船的/还有年轻的贫困和脆弱多情……"

  许多的童话渲染了梦 月水漫过夜
  我追不上的那束光 在记忆的倾诉里
  长长短短的不整齐 犹如我的那两条小辫
  一个散了 一个头绳系成死结

庆幸小辫没变成"阿Q"的长辫,因为"头绳系成死结",解之?痛矣。因此揣摩这个会痛的死结,"我"以为是新的开始。走向日本的物哀吧,也写花开花落的樱花树:"短短的花期/你绽放最大的希望","曾经的血痕以另一种妩媚/隐藏了阴冷"……但物哀中依然藏着凛凛风骨:

  如果我是一个孩子/我期望村里和书里的故事/没有欺骗
  还有我不是垃圾箱捡来的/不管父母是爱情还是媒妁之言

诗人手中这把小小的折扇,无力扇走浑浊的空气。烈日之下无法表现那些汗的愤怒:"原谅了许多莫名其妙/和男人看处女时的虚伪""我们把文化也丢在烈日下暴晒"。不过,在日本待久了的弥生终究是温和的,一如她的日本姓"和富"——允许我也作一次"和文汉读":富有温和。她终于温和地将"好些心照不宣/和记忆中很多滋味/都卷在这张/薄薄的春饼里吧"。一如她日常中无奈的微笑。还是一起花见

(日语)去吧。

"只为了那个约定/和心底的爱情/绯红粉白/无法言说/谁能懂得/流逝的岁/我也随樱/花开花落……"(笔者也曾诗曰:永恒是生生死死,永恒是花开花落。)

她的丈夫曾给过她在异国不需要语言就能相通的爱,也给了她这块土地所具有的"向死而生"的静静的情怀:"不要延命治疗/别盖坟墓/骨灰让风吹散吧/他平静似水地说。"这块土地产生的"物哀美学",一定和这里的人有关,与火山有关,与经常发生的地震和灾害有关,与长长的岁月有关。不懂这些,你无法写诗;而你尚能诗,因为你活在浸透"物哀"的风土民情中。

柳宗元说过"美不自美因人而彰",就是指美离不开人的审美体验,这种体验是一种创造与沟通。弥生写诗,试图把身体从黑暗处解救出来,让身体与精神具有同样的出场机会,不被这种或那种意识形态所遮蔽。弥生力求在不断的探索与尝试中有所突破而有所建构,让日本华文诗歌备受争议的同时,也为其自身增添魅力。

为什么写诗?诗人发问了:用什么安慰虚无/用什么定义活过……我的眼泪和留恋/在海水里/那是海的祭奠……与其像屈原那样"天问",不如来一场"海问":如果能够选择/我还会做一条鱼吗……当我以为海洋/是世界全部的时候……

为什么你的天空只是"柳枝似的弯着",但你的眼睛仍然在"寻找游弋的鱼",你还在游,无论你是什么鱼。"鱼戏莲叶东,鱼戏莲叶西"[1]……吾亦鱼,安能不知鱼?我们不正从浓浓的"乡愁"游往"人类共同的乡愁",那片咸咸的深深的海洋么?

---

[1] 出自汉乐府的《江南》。

中 编

成长期:"跨"世纪的日本性体验
(第二个十年:2000—2010年)

导　言

第二阶段（中编）——成长期："跨"世纪的日本性体验（第二个十年：2000—2010 年）。这是日本新华侨华人文学的成长期，可用"体验"作为关键词。

这一阶段提出的问题是：何谓日本性体验？是指新华侨对现代性的痛苦体验吗？随着跨世纪，"跨"成为这个时代的关键字，跨世纪、跨国界、跨文化以及跨性别……

笔者将这一阶段视为日本新华侨华人文学的成长期，越境的作家们直面日本的现代性问题，即日本性的体验及日本的性体验。我们可以从这一时期的大量诗歌、随笔、小说中，读到这种现代性的痛苦体验。其中，曾就学日本的陈希我之笔，尤为痛切而深刻。作家们以"性"作为方法，针对日本性与现代性、中国性与性日本、性体验与性书写等关系进行深入性探讨，追问一系列"性"问题，挑战当下批评界的媚俗状态，试图以"跨"世纪的新姿态，为世界华文文学提供新的视界与空间。日本性体验可以读作日本性的体验，亦可读作日本的性体验。何谓日本性？何谓性日本？本部分以"福建二陈"陈希我与陈永和的小说为例，追问一系列"性"问题。"性"作为方法，是一种真正的人文主义态度，是从自身——"民族"和"自我"的双重自身——的经验、体验和伦理感出发，从内部的历史和原点出发，去发现其与外部世界的关系。[①] 双语作家毛丹青提出，以"虫眼"看日

---

① 梁红：《作为方法的"乡愁"》，中信出版社 2016 年版，第 6 页。

本:"日本人做事细,但我偏用虫眼看他们,这样就可以看得更细,细到烂的地步。"可以说,日本的特点是精细,在日本的书写风格也就不同于西方的粗犷,而多了一些细腻。这时期的华文小说,以细腻的笔触探讨国民性、现代性、人性之"性"。

我们看到,同样是走出国门的中国女性,在日本的书写风格也就不同于西方的激扬而更多了一份柔性(阴性),从这些新华侨华人的叙事中,可以读到日本"私小说"的影子。黑孩《樱花情人》有日本"私小说"风味,却是中国女性之"身体语言"。林祁获奖的纪实小说直接探讨越境的性与性的越境。日本没有性禁区,但有"红灯区"。也许,日本华文文学的成也在此,败也在此。

在"跨"世纪的年代,产生了"跨"文学的新媒体。21世纪,得益于日本的言论自由和经济竞争,新华侨华人的媒体社会已经初步形成。《东洋镜》便是其一,它"以东洋为镜,以镜照东洋"[1],成为一个反映旅日本华人生活、思考和写作的"家园"。从这个"集合华人百家写手,荟萃东洋万种文字"[2]的多维网,我们可以看到在日华人华侨的兴奋点,彷徨度及其问题所在。

这时期标志性的成果是冲上日本著名的芥川奖的华人杨逸的日语小说。无疑双语写作拓宽了新华侨书写的场域。这一异质文化的特点是多元的,也就带来各种形式的丰收,特别是中长篇小说。陈永和反映创伤记忆的《一九七九年纪事》荣获钟山文学奖也是一个大惊喜。她以身体性忏悔的冷静,对当今社会具有现代性意义的问题进行深入探讨。值得一提的是《湘潭大学学报》特辟专栏,探讨女性书写如何从各自的日本体验出发,介入了当代女性问题的思索,呈现对中日两个国度复杂的社会与文化,历史与现实的多向度思考。

---

[1] 陈骏:《笑谈旅日华人的尴尬》,引自《东洋镜》,http://www.dongyangjing.com,收入林祁、大梧美代子《彷徨日本》,海潮摄影艺术出版社、海峡书局2010年版。
[2] 陈骏:《笑谈旅日华人的尴尬》,引自《东洋镜》,http://www.dongyangjing.com,收入林祁、大梧美代子《彷徨日本》,海潮摄影艺术出版社、海峡书局2010年版。

第七章 俯拾日本文明符号

"物语"是日本一种近似于小说的独特的叙述故事的形式。

"物哀"美学为日本文化之精髓。当女作家以女性视角俯拾日本文明符号时,当女性个体生命要叙述日本故事、日本体验时,女性叙事心理与"物哀"便不期而遇了。

"物哀"是日本传统文学、诗学、美学理论中的一个重要概念,其丰富内涵已渗透到日本文化中。从民族精神到宗教信仰,从文学艺术到日常生活,从官僚贵族到平民百姓,"物哀"美学深入日本和日本人的方方面面。对于长期旅居日本的华文女作家来说,或有意或无意、或多或少受到"物哀"美学的影响也是情理中的事。在前面的章节中,我们从日本新华侨华人的诗歌作品中看到中华文化养成的阳刚大气的风格烙印,也分析了其诗歌作品中因身居岛国而受其文学注重阴柔细腻的风格之影响,看到了日本阴柔美在诗人作品中的渗透。在中日之间、在"风骨"和"物哀"之间诗歌创作找到了新的生长点。同样,在小说、散文等文学创作中,日本新华侨华人作家也展示出新的风格。

同时,当华文作家在与自己母国俨然有别的异国"性别文化"中进行创作时,他们往往身不由己地叩问自己:性别是生物性的还是文化性建构?在困惑而痛苦的拷问中重构自己的性别意识,重新对性别问题进行深入思考,从而由性别解构迈向性别重构。

笔者在博士学位论文《风骨与物哀——20世纪中日女性叙述比

较》中，将"风骨"与"物哀"作为中日不同的文学传统加以比较，提出日本新华侨华人文学的特色就在"风骨"与"物哀"之间，并用"之间文学"命名它。"风骨"与"物哀"的碰撞，使日本新华侨华人作家充分调动出文化交流过程中的种种体验，在"物哀"的濡化下，实现了文学创作上的飞跃。它带给我们的不仅仅是文字所承载的"文学交流""文化交流"，同时也在更深程度上通过文本将"理性的接受还原为感性，且融合得天衣无缝"。这样的濡化过程，是"一个生命体全面介入另一种世界的整体感觉"，是"以感性生命的'生存'为基础的自我意识的变迁"。

第一节 华纯的随笔日本

日本华人女作家华纯为上海人，后加入日本国籍。她于1986年赴日留学，就读于东京大学社会教育研究科，先后供职于日本环保机构、国会议员事务所、建设公司，亦曾自营服装贸易公司。1998年以处女作——长篇小说《沙漠风云》（作家出版社1998年版）登上文坛，该长篇小说入围首届全国环境文学优秀作品奖，作为中国早期的环境文学作品，中国国家环保总局和中国作家协会创研室、中国环境文学研究会曾联合召开专题研讨会，引起较大反响。在此之后，其于2009年出版散文集《丝的诱惑——在日本俯拾文明符号》；2001年发表短篇小说《我爱ECO》；2004年发表中篇小说《茉莉小姐的红手帕》（连载《世界日报》《上海小说》《今天》），获台湾侨联文学著述优秀作品奖；不间断在国内外文学刊物和报纸发表了大量的游记散文及小说，并为台湾人文杂志《逍遥》撰写日本文化专栏，创作颇丰。

《丝的诱惑——在日本俯拾文明符号》虽然是2009年8月出版的，但结集前许多作品早已散见《中文导报》《香港文学》等报刊，产生了一定的影响，所以笔者将其放在这个部分来加以阐述。

中国文学向来以"风骨"称道，文以载道，历来重视政治。尽管日本新华侨华人作家长期旅居日本，但绝大多数因为生长于中国，中

第七章　俯拾日本文明符号

国文学之道已深入骨髓。从华纯的散文集《丝的诱惑》中，我们亦能看出"风骨"的烙印。如她参观日本美秀美术馆时，面对一尊正身属于盗品的菩萨立像，"不禁一种感慨就在脚步放慢时漫溢胸间。中国的文明古物在世界各地流离失所，不知承载了多少民族荣辱和历史沉浮！"此声感叹，不仅叹出作者对祖国苦难的心痛，也道出作者行文的风骨精神。再如作者对北条大鼓和流镝马射箭比赛场景的描写："鼓声大作""披头挂彩""整装待发""人山人海""喜欢马蹄扬起滚滚尘烟，能让思绪追溯到春秋战国时代。"不仅表现出赛事的隆重和民众的热情，同时反映出女作家气势磅礴、格调遒劲的"风骨"之笔。

　　相对于中国的"文以载道"，日本是文以载"哀"，从《古事记》《日本书纪》时代开始就已经产生"哀"的美学理念。日本文学离政治比较远而离"物"比较近，即与自然和人性比较亲近。"物哀"不但善于体味事物的情趣，而且感受渗入心灵的情感。它是一种和谐的感情之美，是日本平安时代的人生和文学理想。本居宣长的"物哀"观明确揭示："知物哀"必与恋情紧密相连。因为，最能体现人情的莫过于"好色"，莫过于那种渗入心灵的恋情。所以"好色"者最感人心，也最知物哀。本居宣长认为：和歌中恋歌最多，是因为恋歌最能表现"物哀"。笔者认为这是"物哀"的精髓。日本的歌曲形式"演歌"对恋情表达的无处不在和无与伦比，是对"物哀"精髓的最好诠释。本居宣长主张"物语"（故事）要表现"物哀"，详细描写恋人的种种心理，使读者由此而知"物哀"。可想而知，不屑"好色"则不能深入人情深微之处，也不能很好地表现出"物哀"之情何以能堪，何以主宰人心。华文作家华纯《森茉莉咖啡馆》中对情人魔利的描写，是对本居宣长这一观点的最好诠释。

　　"一个老态龙钟的欧巴桑，每天坐在咖啡馆里，只为了拿眼偷偷扫描心仪的男人。我翻开桌上的一本杂志，里头有一段友人的追忆：敢于在小说中大胆披露男女情爱的魔利，与现实生活中神经质的本人判若两人。魔利第一次上门拜访室生犀星，竟偷偷地将对方给她的饼

— 139 —

干藏入手提包里。两年后这块饼干仍放在魔利房间的隐蔽抽屉里。这种少女情怀,丝毫没有让对方察觉。室生犀星逝世后。森茉莉认为对方仍然活在世上。"

华纯笔下的"我"坐在咖啡馆里,坐在"魔利"昔日的座椅上,想象着爱情的魔幻,感受那离奇的想象力和诡秘:六十多岁且穷困潦倒的"魔利",手握一杯奶茶和一粒巧克力,在咖啡馆里继续编织着天真的梦想,心情颇像十六岁的少女……华纯写道:

> 那近乎变态的爱情也如一滴滴血,从坐着的椅子底下流出,流到了骨子里、更流到了读者心里;那可怜地下垂着的魔利的眼眉,令人看不清的双颊微陷的面容和神情……

作家为之陷入愁苦与爱怜中。确实,在"知物哀"方面,没有比恋情更刻骨铭心了;而在恋情方面,没有比女性作家更容易体贴入微、同病相怜。女性作家离这种渗入心灵的情感——"物哀"最近,所以日本"物哀"的最典型作品《源氏物语》出自女性之手而非男性。有人爱把《源氏物语》说成是日本的《红楼梦》,其实它们的作者性别不同,而性别对写作的影响及意义是不可忽视的。作为在日本华文人女性作家,华纯接近日本文化,能感受"物哀"那渗入心灵的情感,她在日本文化的潜移默化中已深深地体悟出这种在心底蔓延开来的"物哀"美,并自觉不自觉地将它渗入作品创作中。在日本新华侨华人女性作家的其他一些作品,尤其是她们后期的作品中,同样可以看到"物哀"点点滴滴的渗透。

总而言之,日本新华侨华人女性作家在创作上有一种天然的优势,即身为女性的感知认同度,那种渗入心灵的情感,以及日本文化的物哀之美对其创作成长成熟的潜移默化。她们的创作,大多有意识地屏蔽了政治、道德的观念影响。尽管在她们的作品中,仍留着"风骨"所具有的雄健之风的烙印,对"物哀"所表现的细腻尚且不足,但在两种文化的交流碰撞融合中,文本创作中"物哀"美的点点滴滴渗

第七章 俯拾日本文明符号

透，使日本新华侨华人的女性书写具有不同于以往（与自身比）和他人（其他地区的海外华文）的清新特质，表现出异质的"物哀"美，为世界华文贡献了一份难以多得的文学珍宝。

中国人在 20 世纪初涉日本便有不少介绍日本社会与文化的作品，其中尤以周作人《日本的衣食住》（1935 年）最为著名。它以中国人的锐眼具体观察日本人的日常生活，赞美日本的自然风土。率然写道："我们在日本的感觉，一半是异域，一半却是古昔，而这古昔乃是健全地活在异域的。"周作人所指的"古昔"是中国的古典文明与文化。这印证了文明经过时代长河的涤荡，最终往往被保留在周边区域这一事实。如今，原来属于主流的"古昔"在周边区域或者说日本以怎样的形式存在，它的延存或变形又基于怎样的文化要素？近几十年来，中国人如洪水般涌向日本，他们对这块土地感受到了很多与自己相同的和不同的、喜欢的和反感的、认同的和不认同的。然而，能像周作人这样从人类文明流动史的宏观角度理解日本文化的人却寥寥无几。

在日本新华侨华人作家中，有这么一些"能从宏观角度理解日本文化"的人。他们能够以越境的视角和自由的心态，观照外部世界，并发掘内心情感，在异质文化的碰撞中，拓展创作空间。他们津津乐道日常生活中的"鲜见"，所谓"生鱼片"文学，讲究新鲜度。特别是女性作家更倾向于"自我"，用女性自身独特的语言和特有的感受表达并反映个体与外部世界的关系，表达自己对女性解放和性别问题的再思考。因此，日本新华侨华人女性作家的作品就带有更多私小说的色彩，由此而形成的许多散文和小说也就不仅带有"本土"气息，同时飘荡着异国"私"的风味，显示出日本"物哀"之美。

其中，作为日本华文文学笔会第二任会长的华纯，"俯拾日本文明符号"（散文集《丝的诱惑》的副标题），探求中日文化的渊源关系和日本文化的独特魅力，表现出对人类家园的担忧和人类生存问题的人文关怀。她以双重的"他者"视角去发现与表现"物哀"，在两种文化的碰撞中，笔下既有"物哀"式的清婉与哀愁，又不失中国传统的"风骨"之豪迈。她在"俯拾日本文明符号"的同时，于"风骨"

与"物哀"之间寻求自己的美学符号。

华纯旅日已三十多年。自1998年处女作——长篇小说《沙漠风云》发表后，就受到文学界的广泛关注。之后又陆续发表了多部短篇小说、中篇小说以及散文集。其作品的特点是：以国际性的视野和独特的视角，关注环境生态问题并关怀人类精神家园，首开生态环境文学之河。近些年来，华纯不但来回于中日之间，还更多的行走在东西之间，作品则多以旅行文学或纪行散文的形式呈现。

华纯致力于环境文学，是其生活经历和理念升华的结果。她在一次学术研讨会上的演讲中曾说过，"至于文革题材，我已经考虑得比较成熟……我完全可以在内容和写作上超越"，但是，"与个人和家庭命运比较，地球和全人类的命运更为重要。对于欲望这种东西的膨胀，人类很不自觉……我反复思考，无论如何，文学还是得给人以力量，以思考。环境题材的写作作为文学的特殊形式，它的热点是地球人意识和反映人与自然的关系。而'人性破坏'正是造成环境问题深刻化的主要原因。我知道二十世纪80年代到90年代初期的留学生文学失落了很多东西，最成问题的莫过于失去了浩然之气的文学精神和历史使命感"。

在海外，中文媒体的"副刊文学"不仅给散文以生长园地，造就了"文学轻骑兵"，而且成为华文作家展袖长舞的疆场。华纯无论是为台北人文杂志《逍遥》开辟专栏，还是在《中文导报》《日本新华侨华人》等报刊上发"豆腐块"，皆以"边缘人"女性独特的视角挖掘日本文化的点点滴滴，为我们带来异国美的享受。这些"豆腐块"于2009年结集为《丝的诱惑——在日本俯拾文明符号》在上海出版。

《丝的诱惑》的副标题"在日本俯拾文明符号"，开宗明义地道明作者观察日本的角度。该散文集的编排以春、夏、秋、冬四季为轴，每个季节都安排了日本某地区的典型事项，内容涉及自然、民俗、饮食、时尚、风景、文学艺术、建筑等，内容上极具日本私小说对身边杂事记叙的特点。作者十分重视四季分明的日本风土，试图通过这些具体的事项审视日本人的审美观及精神空间。这种地政学的观察视角使其作品具有更深的意义。

第二节 物哀式的"京味深深"

华纯《丝的诱惑》分为春部——二月、三月、四月三个章节；夏部——为五月、六月、七月三个章节；秋部……依此类推。整部集子以季节顺序和自然风景为纵横两线展开。如春部有二月赏梅，三月看化蝶，四月体验花鸟风月。

春部的开篇即《丝的诱惑》的第一篇是二月《白色恋人从天而降》。它描写北海道冬季的雪景。"白色恋人"是驰名日本的北海道著名特产巧克力夹心饼干的名字，取意热恋于北海道漫天白雪。作者涉足北海道体验当地自然环境，介绍白雪这一自然景致给北海道带来驰名糕点、冰雪祭、雪灯节、东洋第一汤的温泉胜地等。作者还介绍了滑雪作为体育运动在日本诞生的历史：1940年代（明治年间），瑞士人翰斯·卡拉将滑雪运动带到北海道，此后滑雪在日本快速发展起来了。其实何止滑雪，日本的登山、游泳运动也都开始于明治年间，而且都是由欧洲人传播进来的。华纯感怀道："站在山上极目远眺，北海道沉静的天空很美，让人感慨万千。八国高峰会议的地点——洞爷湖就在视野之内，人类正关注着工业大国如何抑制气候变暖的趋势。由此而思深虑远，感谢北海道尚有广袤天地和绿野冰川，未受彻底的蹂躏和破坏。因此这儿尚有可能通向未来，寄托人类的梦想。"对自然环境与人类社会生活既有细致的观察又不乏宏观的审视，由自然风土到文化、再由文化到环境保护，循环性的生态文化关怀姿态在此表现得淋漓尽致。

我们知道，古代日本人的审美意识最初源于对自然美的感悟。因为日本四面环海，从未受到外国侵略，季节性风土使大自然富于变化。如此得天独厚的风土培育了他们富有温和、纤细、现实精神的性情和对大自然细腻的感受性。对大自然的这种深切爱和特殊的亲和感，对自然美和色彩美的特别敏锐和纤细的感觉，是生长于大陆风土的我们难以理喻的。

留日后长年生活在岛国的华纯，其文化审视的重要基点显然已经是唯美意识。她写道："美，存在于日常生活中，也存在于阳春白雪，高屋建瓴里。美的本身，不是华丽的外表，而是潜在意识的作用。"她对日本的观察着眼于日常生活，从中探索日本文化的精神空间。她的写作风格颇似日本私小说文体特征中的"个人日常"的展现、心理"解剖"式的挖掘，能坦诚地如实描写"私生活"中的"身边杂记"（现实的日常生活）。

在四月《女人的"花鸟风月"》篇中，华纯详细描述了法国女士马达姆寻美的历程。日本所谓的"花鸟风月"是指文人借以表达审美情趣的自然景色，早在平安朝时代，就成为皇宫贵族吟歌赋诗时不可缺少的对象。马达姆发现东方美是西方少见的幽深之境，飘浮着一片樱花般淡雅诡异的云彩：

> 隐隐约约地，拼布上面的光影顺着针脚和布的纹路，形成物哀的情绪流向了抓着它们的一双手，又顺着指尖进了马达姆的感官。似是漂浮在荒野的暮空，似是寂灭流转于瞬间变化的空间，有与无、色与空的幻觉一起涌来……这种窥探让马达姆发觉，惠子凝重温婉的外表下，藏有多愁善感和纤细的艺术个性，擅长于表现幽玄之美。

华纯通过现代日本的拼布艺术，叙述了日本艺术家与法国艺术家的交流，并借法国女艺术家马达姆的火眼金睛揭示日本拼布艺术所体现的"物哀"美的奥妙所在。马达姆无意中发现了日本著名画家东山魁夷的《宵樱》，揭示其中的"物哀美"及"物哀"的审美情绪与日本特有的自然景观之密不可分的关系。《宵樱》带出淡淡的悲哀，而这悲哀恰是"因为日本人认为一刹那、一须臾的美，转眼就是空无和生死离别。因此从树上飘落的，是一种忧伤、一种无常"。作家体悟

第七章 俯拾日本文明符号

到马达姆领悟了东方艺术和西方艺术的不同之点,读出了樱花的"幻觉"符号:"樱花的美,是要以悲哀为背景,才能衬托得出来。"华纯告诉我们,马达姆此后在东京国际艺术展览会上引起轰动的拼布作品,以蓝染为基调,缝出了朦胧夜景、衬托着点点铺陈飞舞的樱花,完全是东山魁夷的画风。

物哀美是一种精致的美,它通过女人的纤纤细手,尤其是指尖,轻轻地传给我们、打动我们。并非只有大江东去才能让我们激情满怀,花鸟风月也能让我们心怀感动。中国和日本虽同属东方,但大陆风土与岛国风土使之虽近犹远,各领风骚。中国崇尚的风骨与日本推崇的物哀有着截然不同的风格。对日本的樱花有过很多描写:鲁迅笔下的樱花带来对清国留学生的讽刺;郭沫若嘲笑日本人在樱花下的酒醉失态;司马桑敦从樱花读出日本人"那种应变与坚忍的哲学",窥见了日本人的精神世界。而华纯以女性特有的感悟把樱花与"物哀"对接——"樱花的美,是要以悲哀为背景,才能衬托得出来。"从审美的角度揭示出日本文化的核心。

《丝的诱惑》的夏部有五月游庭院、六月探紫阳、七月说菖蒲。其中,《日本庭院探幽》中写道:

> 古往今来,日本庭院的风花雪月,不知道迷倒了多少才子佳人。紫式部在《源氏物语》里,不胜感叹地说,庭院各处,美景甚多,欲一一描画,只恨言不尽意。可是她笔下淡出的浮世春梦,反倒徒生出一种物哀情绪。将生死离别、情痴爱恨与文人风骚,化作无数凄凉的秋叶,在风里凋零飘落……庭院文化让作者产生了追根寻源的兴趣……

日本庭院,散发着一股淡淡的"物哀情绪",一种忧伤,一种无常,令人迷恋却道不明,说不尽。正因为说不清才揪心;因为淡淡的才更揪心,华纯深知此中奥妙,深悟日本庭院之美。紫式部的感叹——"只恨言不尽意",它道尽了日本人对庭院的喜爱之情。华纯在为我们展现日本庭院的静寂之美时,还特别提及"枯山水":"一层雪白细砂,勾勒出流动的纹路,几十块形状不一的石头,或仰卧,或横立,皆存于浮光掠影里。"她向我们一一展示:"泛黄的榻榻米、门户和带格的纸窗","通向庭院的两扇门户被人推向两边,暗中便跳出了明亮的园景。一副颇有气势的石庭园林嵌入黑白相间的方框。"在映入眼帘的那一刻,生出"烟霞向海岛,风雨宿园林"的感觉:

> 借用三明先生的话解释:枯山水,顾名思义,没有流水,也能在白砂与石头的组合下,带来阵阵清水凉风和青山奇岭。造园人通常在白砂上勾勒出流水纹和几何学图案,以示静中有动,江海暗流。又赋山石以佛姿,以呈现出万物皆生命的禅意。其手法多带幽玄枯淡之趣味,并可微缩于面积窄小的袖珍园地。日本枯山水文化可以说是日本人的精神追求和宗教信仰的典型代表。

作者华纯认为,叩击现代人灵魂的,与其说是石头呈现"永远的艺术",还不如说是对大自然的敬畏之情。她对庭院的描写,蕴含了深刻的人生体悟和哲学意味。

《丝的诱惑》的秋部中有八月游冲绳、九月吃秋刀鱼、十月走白川乡。在《秋天七草编织的诗情》中华纯感叹:

> 江户时代以来各路文人骚客争相舞文弄墨,和百花园结下了不解之缘。园内随处可见名人俳句或短歌的石碑,一股浓厚的文学风情和芬芳香味扑面而来,足以让赏花人游兴大增,并从中理解到百花容易飘坠、容易消逝的季语。

"季语"是俳句的要素,也是华纯这本书的关键词。直接引用"季语"进行和文汉读,可以看出当年汉字对日语的"侵入",也可看到后来日语对汉字的"浸入",把汉字变为他们的文化,即重视季节,感知时节的文化。"季语"文化带给中日两国读者共同的审美享受。

《丝的诱惑》的冬部则是：十一月看落叶、十二月诉桑蚕、一月跨行者桥。在《一落叶知天下秋》中，作者甚至讲到江户时代的文人墨客在《万叶集》中多赞美黄叶，平安时代贵族在京都嵯峨野和大堰川等红叶名所大兴秋宴，之后才形成欣赏红叶的风习。女作家看落叶感知当下物哀，无论是悲伤、欢喜、忧愁，全记录于笔下。

综上所述，作者以四季为主线，通过对四季不同之景的描写，引发如古代日本人那样的对季节变化的切肤感受，反映出作者对自然生态的人文关怀。正是在对自然万物多姿多彩的生命形态和色彩的观察和欣赏中，女作家华纯和我们一起深化着对生命本质的理解。

第三节　"风骨"与"物哀"

好雨知时节，当春乃发生。随风潜入夜，润物细无声。在日本俯拾文明符号的华文女性，感悟"物哀"之美细无声。

当我们论及日本私小说时，注意到它的特征。即重视"自我"的真实性，以及"个人日常"的展现、心理"解剖"式的挖掘与"感伤忧郁"式的笔调；私小说有身边杂记小说和心境小说两大类。前者主要是如实描写个人生活的事实；后者则是彻底抛开日常现实生活素材，单纯描写观照人生时所浮现出来的某种心境。而华纯的作品既有身边杂记，又有心境感悟，它们真实细腻地记录着女性作家对日本文化敏感温婉的体悟和体察。

近年来活跃于海外的华文作家有一个突出的创作母题，即对各国"文化之旅"的反思。他们行走于世界各个角落，不同的风景、不同的文化、不同的风俗给他们不一样的体验。华纯更多的是站在第三者的立场来观察、体验、挖掘，进而加以反思，客观而不失深度地为读者展现日本文化之美。若用人类学的"历时性"与"共时性"的时空观解读《丝的诱惑》，在编排上，这部散文集纵向或者说表面上讲的是春夏秋冬"之语"（如前所见）；横向或者说在深处讲的是物质精神文化。

例如,《丝的诱惑》这篇散文介绍了日本养蚕织丝的历史,述说日本近现代制丝业的兴衰起伏及中国的养蚕制丝传入日本,还介绍了江户时代描绘的蚕姬美女的风俗画。作者感叹:"令人意外的是发觉江户庶民不仅拥有安康乐业的生活图景,还广泛地反映出丝绸文化和风土孕育的知性教养与审美观。江户时代的奢侈风气,促使达官显宦与平民阶层的妇女,皆喜爱轻柔珍贵的丝绸和华丽衣着。"作者通过日本古今史料及亲自采访,感悟日本的养蚕制丝在方法上与中国的相同处,从中摸索到养蚕制丝扎根于日本的重要因素——日本的风土人情及日本民族细腻的审美观。作者几次提到风土,从地政学的视角把日本文化放在日本这块土地上来理解。作者的关注点最终都落在精神与思想核心。

又如,在《安藤忠雄的建筑空间体验》中,作者华纯领我们一起体验兵库县立美术馆的空间之美——那用光和影、混凝土和玻璃创造的建筑史上永恒的诗篇。占地一万九千平方米的美术馆"面临日本濑户内海的神户港口,以四层楼的高度平地而起","沿阶梯拾级而上进入展览馆大门","在展台的露天阳台上俯瞰四周,能将海港风景和城市的轮廓尽收眼底。你会发现,这里充满了魅力,人穿梭其中,能感受空间带来的刺激。令人眩目的两道玻璃墙,映现出一个巨大的漩涡口,沿着下沉的扶梯潜入底下,你仿佛走进了一个冥想的世界"。黑格尔曾在《美学》中讲到:艺术不应只利用单纯的符号,而是要使意义具有一种相适应的如在目前的感性面貌。所以一方面呈现于感官的艺术作品应寓有一种内在意义;另一方面它应把这内容意义和它的形象表现成为使人看来不只是直接存在的现实界中的一件事物,而是人的思想和精神的艺术活动的产品。安藤忠雄提示:用你的身体去感受建筑。"他通过灵活运用光影、绿林和流水等外围条件,构成建筑整体生命的鲜活部分,通过艺术元素在每一个展厅或是展示单元的混凝土墙壁之间,不停地移动和碰撞。让你在迷途中不知所措,却时时撞击它们的表情,一次又一次地惊喜。最后再让观赏者的身体也融入其中,从而使建筑与人融为一体。这样,那些心灵的创伤得到了抚慰,

第七章　俯拾日本文明符号

并且在抚慰之后给予安宁愉快的良药，这，就是美的空间。"①

《京味深深的日本腌菜文化》，写舌尖上的日本文化。华纯领我们品尝"腌菜文化"，体验那"京味深深"。在日语中"京味深深"与"兴味津津"读音近似，作者说她是受这两个词义驱使而前往了解"食材浪漫"的。从词进入食再指向文化，可谓一个浪漫过程。其间，似乎融合了中日文化："如果说日本的精致腌菜没有中国千年食文化的渗透影响，那是匪夷所思的。"当然，最终还是形成了日本食文化。说日本文化"京味深深"应该是抓到特点了。但是，女作家并不满足于此。她进而如数家珍，说日本人称咸菜为"渍物"，其最著名的商店要属"银座若菜"。它是从日本全国各地精选著名食材，经女店主亲自调配世界各国葡萄酒的口味，严格挑选一流酸菜，搭配而成的色、香、味俱佳的拼盘，是东京筵席上的时尚菜。在葡萄酒与新鲜腌菜的配合下，在酸菜发酵的妙味与葡萄酒涩感的交融中，舌蕾大有回味的余地。作者进一步讲述了日本地区味蕾的不同，分别介绍了"上方"的"渍物"与"江户"的不同之处。"上方"地区以京都腌菜为代表，从蔬菜妙处着手而不失色泽鲜润，多为修行者所用；"江户"地区则以东京腌菜为代表，味道偏咸，多为平民百姓所食用。要想品尝"京味深深"，就得像京都人那样"手捏住鼻子，用舌头品尝"。女作家是细心的，注意到不但用舌而且用鼻子的细节，正是这细微处的不同才能"吃出渍味的妙处，即滑润的味道"。这或许就是日本文化的味道吧，是"舌尖上的中国"所不可思议的吧。味觉与嗅觉的关系如此"精细"，女作家调动身体中对味觉最敏感的舌尖与鼻子，带着读者一起体验"京味深深"。

该散文集的最后一篇《诸神流窜的故事》写道："日本人的文化原点，为什么到了神道和佛教交融之处，会发生许多暧昧的特征？神是如此之多，之繁琐，不分国籍，不分人种。他们的核心思想到

---

① 引自华纯《丝的诱惑——在日本俯拾文明符号》，文汇出版社2009年版。安藤忠雄提示为华纯的日语翻译，第129—135页。

— 149 —

底是什么?"从中看出女作家对多元化宗教文化颇感疑惑,已从叙事抒情、细品"物哀"之美的点点滴滴,进入对文明文化的深刻体悟与观照中。

华纯在挖掘体悟日本文化文明的同时,也在细细品味生存体验的"物哀"之美:

> 天穹明月姣好,地上白雪晶莹,近处滑雪场奔驰的人影犹如银蛇飞舞,内心不由得涌起一阵迷恋,仿佛天地苍茫中有一位爱神正俯瞰人间,莫非满树冰凌玉花是为白色恋人凝聚。

一切是多么美妙动人、充满爱恋,但如果没有雪的冬天北海道将是另一种景像:

> 盛开的河津樱树底下,扑朔迷离的花海飘动着赤、黄、绿三根彩带,一头拴于红云翻滚的树干上,一头系住了花客陶然欲醉的心。人如盘根错节,姐姐套入而不知回归忘返。突听得绿莺鸣唱枝头,仰头寻找,心中窃喜,苍穹下不正好应了与谢芜存的一首俳诗:菜花一片黄,月桂东方日落西。

春意的曼妙迷人、多彩盎然让人沉醉,若是飞蝶寥寥甚至蝶影不再的春天将出现另一片景象:"从蚕球上抽出雪白生丝,将之连接到拉丝机的盘轴线上,然后手摇动齿车,就看见了一道光亮的白丝,在耀眼的阳光下飞快地跳动。"丝绸的美丽光泽和划过皮肤的柔和飘逸让人产生梦幻,可当它消失不见时人类将面临什么:"物质条件达到了现代科技水平,却失去了与自然的关系和生存环境。许多人面对生活感到了一种苍白。"女作家就是这样在描绘春夏秋冬一幅幅美丽场景的同时,向我们发出关于人类生存的呼唤。

华文作家从生存体验中频频体悟"物哀"的精髓。感慨世事变迁、感慨人生无常,但仍执着地"仰头寻找"。寻找栖息于大地的

"诗意",它是"一落叶知天下秋"的物哀;是一种思忧虑远、欲三鞠躬的感恩;是一种人类与建筑、建筑与环境共生的自然方式;是一种珍惜与眷恋,即对祖先和远古的尊重与怀念的美学方式;是一种保护与追寻,用于保护民间古老文物,寻找逝去的传统和风土民情。华纯认为,这种诗意的生活,犹如古代人从最早的植桑养蚕到巧手织出美丽绢绸,其破茧抽丝、织机穿梭的过程,无不令人感到不可思议的诱惑。人类的诗意生活就是这丝绸般的感情,是一种与自然交融的爱美生活方式。它不是昂贵的奢侈之旅,而是当下的日常生活。当下日常生活中的一针一线、一花一草、一房一景,构成了我们生存的全部过程,而生命的意义也就在这日常里全部显现。这就是华纯的也是许多日本新华侨华人作家共同的生存体验,是他们对"物哀"的体悟与感悟。

"物语"是日本一种近似于小说的独特的叙述故事的形式。"物哀"美学为日本文化之精髓。当作家以女性视角俯拾日本文明符号时,当女性个体生命要叙述日本故事、日本体验时,女性叙事心理与"物哀"便不期而遇了。作为在日本华文人女性作家,华纯接近日本文化,能感受"物哀"那渗入心灵的情感,她在日本文化的潜移默化中已深深地体悟出这种在心底蔓延开来的"物哀"美,并自觉不自觉地将它渗入作品创作中。这种渗透可以用日语汉字"受容"来表示,讲的是接受美学,讲的是文化认同的重要问题。

既然"跨"了国界,就必然面临"跨"文化的问题,也就是"受容"或不"受容"的问题。可以说,在日本新华侨华人作家中,或多或少,有意无意,或深或浅都受到了日本文化的影响。作为跨文化作家,可以从异文化的角度观察问题、思索问题。他既是某种文化的参加者,又是旁观者,同时,又可以充当一个文化的中介,将各种文化在作品中结合起来理解世界,这样,跨文化作家的视角就具有了世界性。

跨文化作家是现代性社会的文化语境的产物,同时又是现代性文化语境下人类生存状态的思考者。跨文化作家自身的跨文化经历本身就是一个自觉的视角。作家在写作的时候会情不自禁地将自己的文化杂交性在文本上留下痕迹,所谓的文化印痕。这种文化印痕可能是各个方面的,作家"本文"的"跨"使作品"文本"本身"跨"题材、主题、叙事视角等,蕴含丰富的内涵和多元之意绪。

世界华文学会会长王列耀教授对华纯作品给予极高的评价:摒弃羁绊、直面人心——华纯的创作意义、理念及文化动因①,指出为什么华纯的写作会呈现出这两种独特性呢,或者说为什么华纯会有这样广阔的写作视野和理性的价值判断呢?原因如下。

1. 强烈的社会责任感:"文学还是得给人以力量,以思考"

华纯从小在中国接受教育,念完大学,后自费去日本留学,毕业后先后在日本环保机构、国会议员事务所、建设公司工作。华纯的创作能够在主题和题材上有所超越,使作品脱离个人情绪的抒发,而呈现出一种大气理性,和她的教育学习背景以及工作经历有密切关系。因为华纯父亲曾经在苏联留学,华纯本人从小接触到较多俄国文学作品,对俄罗斯文学也多偏爱,所以俄国文学场面宏大,题材重大,重批判现实的创作风格对华纯创作的影响比较大。另外,工作经历也是影响华纯创作观念形成的重要因素,在环保机构工作期间,她接触到很多环保的资料和素材,日本民间环保组织发展比较多,志愿服务的氛围比较浓厚,这些都成为华纯创作的素材。环保机构的工作让她的视野宽阔了,让她思考的角度也发生了变化,她认为人不应该只是生活在自己的小天地,沉迷于自己的小情感中,人需要关注人类共同生活的地球,需要同整个人类的命运联系起来。这种价值观体现在文学创作中,就是文学不应该是个人感情的简单宣泄,文学需要有"浩然正气",作家应该有他的担当和责任。她在一次学术研讨会上说:"至于文革题材,我已经考虑得比较成熟……完全可以在内容和写作上超越,但是与个人和家庭命运比较,地球和全人类的命运更为重要。我发觉对于欲望这种东西的膨胀,人类很不自觉……我反复思考,无论

---

① 王列耀:《摒弃羁绊、直面人心——华纯的创作意义、理念及文化动因》,海外华文文学上海论坛,2016,http://www.shzuojia.cn/zhuanti/2016hwlt/dt-wly.html。

如何，文学还是得给人以力量，以思考。"这就是她在题材上能够突破海华文学创作题材的一个重要原因。

2. "被动"的日裔身份和主动的文化选择

北美华人作家林婷婷说："一个人可以没有身份证上的祖国，但却不可以没有文化上的祖国。"华纯因种种原因不得已加入了日本国籍，身份证上她是一个日本人，但对于华纯来说，她文化上的祖国，就只有中国。在她的作品中，我们可以感受到她对中国文化的依恋。在《沙漠风云》中，赵妮经过一趟中国西北行，了解到黄河流域残酷恶劣的生存状态、看到初恋情人庞彬治沙的成果，被远藤教授和庞彬的精神深深感动，最后，她放弃了和卢伯笙结婚去美国享受别墅美酒的豪华生活，而选择回到库布齐沙漠和庞彬一起并肩战斗，治理沙化土地，保护环境。主人公赵妮的选择，不仅是赵妮对爱情的选择，也是华纯在文化上的选择，赵妮在拒绝卢伯笙时说："是的，我死都不会忘记这些悲惨的事情。可是谁让我是黄皮肤、黑眼睛的中国人呢？……我去了一趟大西北，站在那块贫瘠而多灾多难的土地上，才发现我个人所有的苦难和坎坷都实在算不了什么，我说不清楚为什么会那么强烈地感受到中国人的自豪和悲哀耻辱……"；"毕竟要理智地想一想，除了感情和性的和谐之外，能主宰她一生生活和爱情的，究竟是什么东西"。是什么东西呢？就是赵妮认为的心灵和精神上的寄托。这是赵妮的话，也是作家的内心独白，不管祖国对于自己的伤害有多大，不管外国的生活有多美好，但"我"是一个中国人，祖国和自己的脐带相连，不可分割，中国传统文化中"舍小我成大我"的思想深深烙在作者的心里。个人享受和感情相对于民族事业来讲是可以舍弃的，赵妮选择庞彬，她不一定是选择爱情，而是在选择一种精神归属，她要选择一个中国人，一个和自己有共同文化滋养、能够和自己为共同的理想事业而并肩奋斗的人。赵妮选择庞彬作为自己精神和心灵的归依和寄托，其实就是作者自己对中国文化的归依和眷念的体现。

从华纯的作品中，可以感受到她对中国传统文化的依恋，中国传统文化已经深入作家的血脉，潜移默化、无声无息地影响着作家的价值选择和判断。虽然华纯入籍日本,但毫无疑问,华纯的文化祖国只有中国。

3. 特殊的个人经历和直面人心、人性的无畏勇气

华纯在环保机构和国会议员事务所的工作也让她接触到了各个阶层的日本人,在和日本人的接触中,在她切实的生活感受中,她理解了日本民族的复杂性和日本文化的多元性。不管什么时候,哪个年代,国家决策和政府行为都不能代表普通大众,至少不是所有大众的想法,历史不能忘记,但历史已经过去,与其沉浸在极端的民族情绪中,不如走出情绪的郁结,打开双眼,脚踏实地,让自己、让国家、让世界更美好。作为背井离乡的一员,华纯在《茉莉小姐的红手帕》中借大吴的口表达了她对于"国家个人的未来和民族历史之间关系的思考"。茉莉小姐问大吴,"为什么有那么多的中国人愿意舍弃一切来日本,难道他们不知道日本曾经侵略过中国吗?",大吴"内心的某种尊严受到了鞭打",他回答:"中国人内心无比痛苦,但是为了能够让孩子学有所成,也会忍痛送孩子出国学习……如今中国正在改变国策,追求社会安定和富裕,等什么时候拥有了这样的生活时代,拥有了大批掌握科学知识和先进理论的知识人才,就不再有这么多人背井离乡,跑到国外去。你能明白吗,这只是一个时间问题,一个社会程序问题。我儿子若是去美国留学成功,将来也一定要回中国效力。中国已经开始起步,我愿意想象光明的未来。"这是大吴的话,也是作者的内心独白,对于每一个身在异乡(尤其是有过侵略祖国历史的异乡)的中国人来说,祖国的强大,社会安定和富裕都是他乡游子迫切的愿望,也是每一个中国人对待中日民族历史的正确态度。[①]

在日本人民中,有右翼分子,也有许多反战的人民,有许多热心的人士,他们真心地为在战争中对中国人民造成的伤害忏悔、补救。在《茉莉小姐的红手帕》中,作者通过茉莉之口表达了日本民众对日

---

① 王列耀:《摈弃羁绊、直面人心——华纯的创作意义、理念及文化动因》,海外华文文学上海论坛,2016,http://www.shzuojia.cn/zhuanti/2016hwlt/dt-wly.html。

本 ODA 资金援助中国进行环境保护的支持，还有他们对中日两国战争历史的态度和立场。在一次长谈中，茉莉小姐由衷地说："日本侵略中国的那场战争，给中国人带来了很多的灾难，也妨碍了中国社会发展的进度。最近政府刚刚出台了《ODA 大纲》，据说是代替战争补偿，向中国提供一系列经济援助和贷款。我很乐意日本国民每年上缴国家的税金，有一部分将拨给 ODA 资金。尽管日本总有人歧视和排斥中国，毕竟不能代表大多数国民。"茉莉小姐的话语，也是作者对于日本人民的一个了解和判断，不能以狭隘的民族情感取代人性价值的判断标准，不能以少数人的极端言行替代大部分日本人民的意志。在日本工作的经历，使华纯能够深入日本民众生活，冲破民族、个人情感，直面人性、人心，客观看待中日人民，彰显人性的光辉和力量，这也是华纯作品的独特性所在。综上所述，华纯在创作题材上能够跳出海外华文作品"怀旧原乡、漂泊异乡"的窠臼，选择环保题材，远离民族历史悲情述说，摒弃民族个人情感的羁绊，直面人心灵魂的书写，在政治国籍和文化祖国的碰撞中，直面人性价值的批判，其创作在日本华文文学史，甚至海外华人文学史上都具有独一无二的个性，具有不可替代的地位。

第八章 小说日本"性"体验

日本性体验可以读作日本性的体验,亦可读作日本的性体验。何谓日本性?何谓性日本,本章以"福建二陈"陈希我与陈永和的小说为例,追问一系列"性"问题。

"性"作为核心词,并非仅仅玩文字游戏。作为方法的"性",具有现代意义,直指身体语言和自我身份。"既是手段也是内容——去寻找文学的叙事秘密及其与社会生活的关系,即美学和意义诞生之途。""福建二陈"都在80年代末留学日本,陈希我留日五年返回福州,写了《我疼》[1]等一系列有关日本体验的疼痛故事,核心词是具有冒犯性的"享虐"[2];而陈永和至今还在日本"永住"。她的《一九七九年纪事》[3]是从日本回望故乡的"文革"创伤记忆。日本体验使她对人性有了更为深入而细致的观察及拷问,核心词为"性"[4]。"性"作为方法,是一种真正的人文主义态度,是从自身——"民族"和"自我"的双重自身——的经验、体验和伦理感出发,从内部的历史

---

[1] 陈希我:《我疼》,人民文学出版社2014年版。
[2] 陈庆妃:《"享虐"与"性越境"——析当代留日作家陈希我、林祁的日本体验及其性别话语》,《湘潭大学学报》(社会科学版)2016年第4期"日本新华侨华人文学中的性别话语研究"专题。
[3] 陈永和:《一九七九年纪事》,《收获》2015年长篇专号(秋冬卷)出版。
[4] 林红:《身体·性·忏悔——评日本新华侨女作家陈永和〈一九七九年纪事〉》,《湘潭大学学报》(社会科学版)2016年第4期"日本新华侨华人文学中的性别话语研究"专题。

和原点出发，去发现其与外部世界的关系。①

"福建二陈"的写"性"之笔都很"毒"——入木三分，心惊肉跳。在陈希我看来，中日女性在反抗男权的方式上有"阴毒"与"阳毒"之别，日本女性往往表现为"阴毒"——以自虐而虐人，中国女性往往表现为"阳毒"——虐人而自虐。"阳毒"则多以行动示人，推进情节的发展。"阴毒"连接着"物哀"的传统，更多显现为心理上或精神上的病症——自闭、抑郁、歇斯底里。压抑越深，"阴翳"（谷崎润一郎《阴翳礼赞》）越甚。以此病症反映于文学，则揭示人性更尖锐而深刻。

不妨借用陈希我的"阳毒""阴毒"来冒犯一下二位，男陈可谓"阳毒"，女陈可谓"阴毒"也。陈希我说他的写作是一种变态，"从艺术的起源就看得很清楚。我们活得太累了，被阉割了，需要一种狂狷。日本是个充满鬼气的民族，所以其艺术才非常璀璨。川端的例子还不是很鲜明，让我们看看谷崎润一郎。一个男人，很早就性无能了，他只能在阴暗的日式厕所里欣赏美，只能用刺瞎自己的眼睛来保存美，只能诱使妻子去通奸来刺激爱的欲望。这是一种怎样的极致的绝望和希望，是变态。而我们很多作家，甚至没有领悟这种变态的智力，只会从浅层次上理解，只会玩形式"。② 陈永和也许刚刚"出场"，还没来得及"裸白"，索性读其小说的"身体语言"吧。你将惊叹，她的"阴毒"并不逊色于他的"阳毒"。而从中我们可以看出，日本的性体验是如何驱使华语语系作家去追求"极致"之美的。

第一节　日本性与性日本

当华侨作家走向日本，首先撞上的就是日本性与性日本。日本当代思想史学者子安宣邦在《东亚论——日本现代思想批判》序言中第

---

① 梁红：《作为方法的"乡愁"》，中信出版社2016年版，第6页。
② 陈希我、欧亚：《写作是一种变态》，《厦门文学》2004年第1期。

中编　成长期:"跨"世纪的日本性体验(第二个十年:2000—2010 年)

一句话便这样说:"从我们自身的体验中去追寻,何谓 20 世纪的'近代'、何谓'亚洲'乃至'日本'?"① 可以说,20 世纪的日本性就是现代性。何谓现代性? 没有哪个词比"现代性"这个词的解释更加纷繁多样的了。对此课题颇有研究的汪民安指出,现代意味着与过去断裂,表现出一种新的时间意识。现代性的过程,用韦伯的说法就是除魔化的过程,也是一个理性化的过程。现代社会的除魔化实践,逐渐在政治、经济、文化、观念以及整个社会层面上表现出了它不同于中世纪的独特的现代特征。②

学者李怡将日本体验提高到"与中国现代文学的发生"有关,提到了相当的高度。他指出重视日本文化"体验"的真实场域对现代留日作家的影响,这种"深度体验"的影响区别于远距离地从知识和概念的角度接受异域文化的方式。③ 笔者索性短兵相接,直接将这种日本体验插入"性"——日本性与性日本,试图通过"福建二陈"的性书写,考察日本性体验对当代日本华文作家的深度影响。

李怡分析日本体验的意义:首先,这是一种全新的异域社会的生存,影响所致是全方位的。其次,这种生存体验往往与具体的"小群体"的生存环境、活动方式直接相关,与抽象的族群整体体验的概括性不同。再次,个体的人生经验与群体构成某种对话与互动的关系,形成不同的"流"与"潮"之关系。④ 除了这些,笔者认为,提出日本性体验的意义在于对现代性批判的深入,现代性问题是 20 世纪至今社会发展及人文研究之关键问题。

日本的现代化远远地走在亚洲的前列。中国留日学生作为令人紧张的"他者",既惊喜地投入及享用日本的现代性成果,又彷徨于日本,产生现代性进程引发的沮丧、忧郁、焦虑、呐喊和反抗,恰如将

---

①　[日] 子安宣邦:《东亚论——日本现代思想批判》,赵京华译,吉林人民出版社 2011 年版,第 1 页。
②　汪民安:《现代性》,南京大学出版社 2012 年版,第 6 页。
③　李怡:《日本体验与中国现代文学的发生》,北京大学出版社 2009 年版。
④　李怡:《日本体验与中国现代文学的发生》,北京大学出版社 2009 年版。

第八章 小说日本"性"体验

现代社会称为"荒原",将日本称为"荒岛"。这其中的一种表达了肯定的态度,而另一种则表达了否定的态度。几乎所有的留学生最早都有"抗日"情绪,毕竟中国曾经是日本人的先生,竟然成了人家的学生,成了被鄙视、被嘲笑的弱者,愤愤不平是自然的,"拔刀向鬼子的头上砍去"也时有发生。作为这一代留日学生的"呐喊",更多的是仰天长啸,痛苦永远新鲜。

陈希我把疼痛写绝了:"我做梦都梦见一杆冲击钻从墙壁直钻进去,墙壁的红色肉瓤扑簌簌喷出来。"在《我疼》中,那个女孩挣扎在疼痛中,这是一种极深的肉体体验,而且其深就深在,那个总是感觉身体疼痛、害怕性痛的女孩,居然缠着男人成就她这种痛苦。无独有偶。从性虐到享虐,在陈永和小说中也有极其深刻的描述:芳表姐的身体被继父霸占,内心的煎熬与身体的凌辱,让她恨母亲、恨男人,渴望被拯救。但其身体变得只能适应于丑陋的继父,"没有反抗,而且很快就适应了,她喜欢得很呢……你没有看到她那个疯狂劲,她躺在我身体底下发出像猪叫声音的样子……"她从适应继父的身体继而迷恋继父的身体。从痛恨、痛苦到痛快,痛且快乐着,陈永和毫不留情地揭示了女性身体的悲剧。

显然,在"福建二陈"笔下,疼痛成为一种宿命,在疼痛中,人性的脆弱、荒谬和悲哀昭然若揭:"他所怕的就是即将发生的事,就是他要迎上去的事,就是他在虐恋活动中为自己所安排的事。""虐恋"看起来是来自肉体的风暴,其实正是精神疾病的生动写照。"生命的疼痛如此尖锐,我无法回避。头疼、牙疼、肩疼、肌肉疼、跌打损伤疼,我的整个人生就是如此尖锐而赤裸裸。"[①] 疼痛成了留日体验者确认自身存在的生命感觉:

进去了。

已经多久没有进入那地方了?很涩,好像生锈了。是残忍地

---

① 陈希我:《我疼》,人民文学出版社2014年版。

锉进去的。你感觉着自己的残忍。我要捅死你。

这是最后的斗争。

对方好像很可怜，啊啊叫着。她在求饶。你猛然觉得肩膀被她咬了一下。好疼！你几乎要从她身上跌下来。可是你不会跌下来。

你赶快运动起来。这疼，激起了你的情绪。你叫：我要杀了你！杀了你！你在心里嘶喊。

这是陈希我《抓痒》的片段。陈希我用赤裸裸的方式，把我们带进日本的性体验。日本现代性产生的性产业世界瞩目。作为80年代末涌进日语学校的"就学生"，一批中国人，尤其是福建人，近距离走进日本，直面日本的性产业，产生了前所未有的"性荒"。中国所没有的"红灯区""撕那股""情人旅馆"等，闪烁着灯红酒绿的诱惑。有敢作"歌舞伎町的案内人"的曾名噪一时，但那不算文学，充其量算"性案内"，歌舞伎町里多着去了。陈希我的文学则是认真的，"性"正是陈希我用来打破"媚俗"的一个有力武器。其可怕之处恰在于如此过分而真实地书写"性"，"性"并非作为文学书写策略进入其小说，而是一种生命疼痛意识！那可怕而近乎疯狂的日本性体验，让陈希我小说充满了罪恶般的激情和快感。但陈希我仅仅是在写"性"吗？不！他的"性"赤裸裸，却有某种东西隐伏其中。

"出国"其实就是"我"以"身体"的形式对自己肉体和精神的放逐和流亡。比之"出国"，陈永和的"出嫁"就更深入体验日本了吧。且看她的《东京风情：狗与人的故事》[①]：

狗咪西是条男狗。身子又壮又大，站起来有媳妇一般高。它还在生育期间，一到快要发情的时候，就会乱叫，惶惶不安，到处咬东西，碰到什么咬什么。媳妇虽然从来不带狗咪西出去散步

[①] 陈永和：《东京风情：狗与人的故事》，《收获》长篇专号（春季卷）2017年。

（这任务分配给儿子了），但却特别能理解狗咪西作为男狗的苦处，总能及时在它要大吵大闹之前安抚它。她的办法是拍它躺在她脚边，然后也不回避客人，泰然自若地当着大家的面摸狗咪西的睾丸，直到它性情高昂，像男人发情似地发出呜呜呜舒服的叫声。事完之后，媳妇还坦坦然然找来纸巾擦狗咪西流出来的精液，边看着我，用事务性的口吻说，这下它要安静一阵子了。我搭不上话，只感到脸上发热，好像是自己的情事被人偷看去了一样。

一开篇就把公狗叫作男狗，可见别有用心；好像写狗的世界，其实调侃人的世界，"有的时候，一只狗也能成就一个人的世界"。利用狗性来写日本性，可见作者的"阴毒"。更阴的是，好像让阴毒的日本女人借狗骂日本男人的性无能，却把矛头直指现代日本的性无能问题：

厅里坐着的其他两个男人也一声不吭，眼睛根本不往这边看，依然持续着自己原有的动作，但我可以感到空气中凝聚着一股说不出来的味道。狗咪西也照样使他们难堪了，我想，它在提醒他们，使他们记起他们已经不再是男人了。所以老爷子特别讨厌狗咪西，只要媳妇不在家，他就从老是坐着的沙发上站起来，用脚去踢狗咪西，吼它，去去，滚到一边去。这种突然冒出来的与狗咪西的战斗精神，使终日昏昏沉沉的老爷子有了点旧日的性别感觉……

人见人不叫，狗见狗叫。人越熟悉话越多，狗越熟悉话越少。在两个狗主人谈话的时候，他们的狗很安静，有的时候，两只狗嘴对嘴亲热地舔着，更多的，却是用舌头去探索对方的屁股。跟熟人碰在一起百谈不厌一样，熟狗碰在一起也百舔不烦。

陈永和对日本事物的观察可谓细致，读她诙谐的文字，隐隐可见

— 161 —

中编　成长期:"跨"世纪的日本性体验(第二个十年:2000—2010年)

一个冷冷地、阴阴地审视着日本的女人,即便小说中主人公的"我"是个男性,她的女性视角依然藏在文字之间。

陈希我"流民"式的挣扎与陈永和"出嫁"式的深入,皆以另类的特殊眼光及笔触,真实地道出在日本性的混杂中,一种似可告别却无以告别的生存状态,道出从"性"到"无性"的日本焦虑。

在揭示中国人的精神积弱方面,陈希我确实有着清醒的头脑和锐利的眼光。通过中日"性"的对比,使其显得更为触目惊心。他在《风吕》中不无沉痛地写道:"一个落后民族的问题,几乎都可以归结到女人的问题。女人牵动着他们的耻的神经。"

陈希我为什么偏偏将这些小说人物放在日本而不是别的国家?除了与作者自身经历的日本体验有关,更是出于对"中日关系"的历史及现状的深层考虑。陈希我曾说过,中日间看上去一衣带水,但其实鸿沟横隔误解颇深。在大多数民众的意识里,中国从来都是"老子",日本则是"儿子"。可是甲午战争的炮声击碎了这个顺理成章的逻辑,"儿子"不但反起"老子"来,还直把"老子"打得直不起腰。这种深切刻骨的痛,深深地植根在每一个中国人的心中,甚至已融入血骨,成为一种先验的集体共识。

陈希我的学生陈嫣婧,一位初露锋芒的年轻批评家指出:因着多年留日的经验,陈希我对中日两国的情感都比较复杂,他坦言起初在国内并没有多少爱国心,初到日本时也觉得发达国家什么都好,只是当渐渐体会了弱小民族给他带来的耻辱感,才变得特别爱国,甚至比现在的爱国愤青有过之而无不及,这种强烈而偏激的情愫被他称为"被踢回来的爱国"。可回国后,对国内生活的不适应加之国外生活给他带来的潜移默化的影响又使他生出对日本的怀念,以至于与自己的祖国倒格格不入了起来。这种"两不靠"的夹缝中的状态便成为陈希我的思维基调,他在《日本向西,中国向东》的序言中写道:"也许,这里所谓的'日本',不过是中国眼中的被指代为'现代化'的日本。所谓的'中国',也不过是日本乃至'现代'的价值观所参照下的中国。这是两种可疑的眼光,但这并不意味着混乱。它更像分别的两只眼睛，它们除了瞄准正前方，角度也都不相同，经视网膜传到大脑里的影像也就有差距，但聪明的脑子用这种差距制造了立体感。"所以他坦言笔下的日本并非就是"真的日本"，虽然追求"真"是所有自然科学、人文科学乃至文学的本职，可是任何言说都仍然夹杂着情绪乃至偏见，所谓"真"，其实也是虚妄的。既然并不存在绝对的"真"，那么追索这种"真"的过程和方法就显得更为宝贵；同样的，陈希我笔下的"真日本"是否是"真的"也并不重要，因为他看待日本的眼光和思考日本的方式，才是最有价值的。

第二节 性体验与性叙事

陈希我曾说他的《大势》是一部探讨遗忘的小说，借此探讨中华民族该如何处理历史的伤痛。《大势》原名《操》，主人公王中国因女儿爱上日本人，愤而嫖日本妓。男人因为自己的女儿被"操"而感到羞耻，被逼向了崩溃的深渊。本来在他重男轻女的观念里，女儿只能是"挨操"的贱命。更可怕的是，女儿是被一个日本人占有，一个日本侵略者对中国生命的蹂躏，是可忍孰不可忍。战争与耻辱的记忆早已成了王中国存在的一部分。他企图通过嫖日本妓来满足对男权的虚幻的欲望，可"人无法抓住自己的头发飞起来"，鲁迅的这句话经常被陈希我引用，他讲的其实就是一种生存困境。男人无能，转而对女人施暴，体现的恰恰是这个民族男人精神世界的羸弱和隐痛。他在自虐性的想象中，心态越来越扭曲，对女儿从言语暴力不断升级为身体暴力。《大势》借男性对女性身体的暴力强制，对自我的心灵自戕，延续着百年中国男性面对日本的屈辱感。由于第二次世界大战的民族创伤性记忆，中国女性身体被作家赋予更复杂的隐喻性，"她是我的家，我的祖国"。郁达夫时代由于青春期性压抑，以及弱者子民的屈辱感而导致的自戕自虐行为，到当代留日小说作家陈希我的笔下，转而为以变态而激烈的方式保护女儿——王中国的尊严。在捍卫中国男人的尊严过程中，陈希我让王中国精神自虐、心理自虐以至于濒临崩溃。① 小说表面上看是一部探讨伦理的作品，实则家国同构，家是国的缩影，用王中国这对父女苦难纠结的命运，喻指国民心态的狭隘与阴暗，从而探讨中华民族该如何走出历史创伤，走向真正的"大势"，这恰是陈希我性书写的潜在意图吧。

留学之初，陈希我经历了生存空间极度逼仄的切身体验。小说中的"阵地"旧公寓混居着"黑人"（非法滞留日本者）或身份低微的日语学校的"就学生"，仅见少数女人如入狼窝。这群来自福建的"流民"集中了长期黑暗的底层生存所滋生的劣根性，他们自卑自贱，又自尊敏感，相互施虐，又彼此受虐，直至"享虐"。也许这种性体验成就了陈希我写"性"的风格：一上来就脱得精光，让你惊愕不已。你打算逃离，却发现身陷其中。对于私人场景的真实书写，对于触觉、嗅觉的感官运用，以及那些被撕扯开的无所顾忌的性场面，让你在荒谬和虚妄中出一身冷汗。有评论说他，比起我们经验中的任何一位色情作家都更加可恶。

看来陈永和比较可爱，毕竟是女作家，尽管她擅长以"女扮男装"的"我"叙述故事，女性本身对性爱的敏感与渴求，迫使她直面日本"性"问题，也使她的作品具有先锋的现代意义。性是人类生生不息的根本，是各国文学永恒的主题。所不同的是《一九七九年纪事》通过"性"书写特殊时期底层人物的命运，审视身体与身份、权力、性的重重纠葛，特别是揭示了从性虐到享虐的女性悲剧。不同于往常灵魂深处闹革命的常见之作，它以身体性忏悔的冷静，对当今社会具有现代性意义的问题进行深入探讨。

除了性别的"换身"，还有地点的"换位"——从日本回归中国，以及记忆的"换时"——站在一九七九年这个重大历史转折期回溯"文革"，这些身份及时空的距离，似乎使她的性书写不如陈希我那么"直接"。也许这是一种写作策略吧。其实，她比较长时期的深入的日

---

① 陈庆妃：《"享虐"与"性越境"——析当代留日作家陈希我、林祁的日本体验及其性别话语》，《湘潭大学学报》（社会科学版）2016年第4期"日本新华侨华人文学中的性别话语研究"专题。

第八章 小说日本"性"体验

本性体验，使我们对她的日本书写有所期待。作为一名至今尚在日本的女作家（日本永住者），在经历两种文化的冲击与熏陶之后，她面对历史、面对人性、面对生存等现代性问题的思考，应该产生了不同于本土作家的角度和深度。这种独特的角度和深度，使文本更具有文学价值。

显然，陈永和的《一九七九年纪事》持有一种讽刺性的距离。但是，面对性压迫、性虐待，她的女性主义立场使之不得不反抗，不得不短兵相接，直指要害。《一九七九年纪事》中最怪诞最恐怖最惊心动魄也是最深刻之处在于人变老鼠的异化，在于人性的扭曲和黑暗通过"身体"暴露无遗。小说揭示，只因一场革命，两个不同出身的人被结婚。没想到这个来自知识分子家庭的弱女子，竟强得被毒打也不愿和工人阶级的丈夫睡觉。结果，性虐待致她的身上永远打上他"工人阶级"的印记。更有甚者，她的女儿也被继父性侵犯，甚至从反抗到臣服。似乎只是一种习惯吧，习惯是一种很可怕的势力。陈永和无情地揭示了女性身体的悲剧，从性虐到享虐，是女作家直视性要害的剖析，惊心动魄，入木三分，是对男权政治的批判和挑战，更是对女性主义的深刻反省。看来，陈永和比陈希我还要"可恶"，可谓"阴毒"。

米兰·昆德拉在《不能承受的生命之轻》[①] 中写道："最沉重的负担压迫着我们，让我们屈服于它，把我们压到地上，但在历代的爱情诗中，女人总渴望承受一个男性身体的重量。于是，最沉重的负担同时也成了最强盛的生命力的影像。负担越重，我们的生命越贴近大地，它就越真切实在。相反，当负担完全缺失，人就会变得比空气还轻，就会飘起来，就会远离大地和地上的生命，人也就只是一个半真的存在，其运动也会变得自由而没有意义。"

福建向来有抒情诗传统，当舒婷的爱情诗浮出历史地表，挺立在"文革"后的荒原上时，它具有挑战性，但随着时光的浸染，似乎已

[①] ［捷克］米兰·昆德拉：《不能承受的生命之轻》，许钧译，上海译文出版社2010年版。

成为温情脉脉的新传统。"福建二陈"的小说除了在体裁上挑战福建的诗传统,更在题材上挑战爱情诗,直逼性与人性。

一方面,作为"文革"的见证者和经历者,促使陈永和对这一疯狂年代进行深刻的历史批判与反思;另一方面,作为长期旅居日本的华文作家,异国文化的感染与碰撞,使她能够尽量以国际性的文化视野来反思现代社会。在现代性语境下,我们该如何重新看待历史,如何面对现代性的焦虑与困境?站在日本这似近非近的彼岸,站在今天审视那并不遥远的历史,独特的空间与时间距离产生独特的视点,使陈永和的作品具有不同于大陆一般作家的清醒与冷峻,甚至比男人更厉害、更尖锐、更尖刻。

在谈到性体验与性书写时,特别值得一提的是日本文学传统"私小说"的影响。私小说对中国现代文学产生了巨大影响。20世纪初,郁达夫、郭沫若、张资平等在日本留学期间凭借日本开放的窗口,广泛接触和接受了西方先进思想,也受到正在兴起的日本自然主义及私小说的影响。如,郁达夫创作的"自叙体小说"[①],以直率的自我心迹坦露与内心独白为其特色。心理描写成为主要手段。在郁达夫的小说中,男主人公的压抑更多的表现为青春期的性压抑,男性之间的同性恋被认为是最美的、纯一的爱情。到了世纪末的留日热潮,曾经留日及还在留日的华文作家,长期浸淫于日本社会独特的"风吕"文化当中,也有意无意,或多或少受到私小说的影响。显然,它也影响了"福建二陈"的性体验与性书写,使之性书写大胆而细腻,精彩而出彩。

但,为什么偏偏是福建作家?莫非日本性体验与福建性有关?作家陈希我谈及陈永和时讲到:地域是精神概念。陈永和成长于福州,之后留学日本,目前两栖于北海道和福州。[②] 这里谈及的"精神",是"精神病性",是"精神黑暗",是"人性黑暗"。那"地域"又是什么?一九七九年的三坊七巷与台江三保,在福州是两个完全不同的街

---

① 郭勇:《郁达夫与日本"私小说"及"唯美主义"文学》,《宁波大学学报》1999年第4期。
② 陈希我:《一个纯粹的写作者——陈永和印象》,《福建文学》2016年第2期。

区，蕴含着"身份"的差异，以及身份背后的"精神黑暗"。陈永和主动离开故乡又时常返回故乡。故乡是身体生生死死的地方，是"生死场"。在"生"的故乡看"死"的火葬场，从"精神病院"求生或求死。这种清醒而冷静的生死意识，使这位女作家驱笔深沉，不乏哲理。

第三节 作为方法的"性"

何谓日本性，又何谓福建性？学者刘小新曰："福建是两岸文化交流的前沿平台和重要基地。闽台之间有着深厚的历史渊源，地缘近、血缘亲、文缘深、商缘广、法缘久。近年来，闽台之间的经贸合作和文化交流日益深化，闽台文化交流与合作面临着新阶段、新机遇和新挑战。"[①] 何谓新挑战？也许曾留日与尚在留日的"福建二陈"的性书写是一种挑战，像文坛不敢提性实则性无能、无力的平庸挑战，像某些名家貌似勇敢的"写性"实则无病呻吟，为写性而写性的媚俗挑战。

为什么偏偏是福建作家，福建这地方有什么特点呢？

第一，海外性。"海水所到，华人所到；华人所到，罪恶所到。"陈希我曾在接受采访中谈道："中国近现代有三种著名的逃难，一是'闯关东'，二是'走西口'，三是漂洋过海，而这其中最可怕的就是漂洋过海。前两种只是放逐于陆地，第三种是放逐到海洋。人必须附着土地，没有土地，就失去生存根本。"中华民族自古以来便是立足于黄土地的民族，与西方那些蓝海洋民族的根本区别在于固守不变，若大山挡住门口，便祖祖孙孙挖山不止，所谓愚公移山的精神。与"移山"所不同的西方则主张"移人"，美国便是移民的美国。而陈希我的《移民》所表现的是不同传统的流动，不同于主流文化的福建"流民"。用一部小说来阐释"流"这个世代中国人内心深处共同的恐

[①] 刘小新：《推动闽台文化合作 推进文化精品建设》，《学术评论》2014年第4期。

惧和隐痛，实在是非常准确地抓住了民族历史和国民文化的软肋。年轻学者陈庆妃指出：作为一个有着5年侨居日本经验的留学生，陈希我后来的写作屡屡回首他"痛感"出发之处——日本体验。陈希我来自"流乡"，这个叫"流乡"的地方有着移民的传统，最初，流乡人从中原移民到南方，后来又移民到海外，下南洋，闯东洋，入西洋……生命不息，流动不已。他的家族历史的基本姿势都是"跑路"，源源不断上演着"胜利大逃亡"的戏剧。家族的历史和自身的经历让陈希我对"外人"的身份、生活的表现更具有穿透力。陈希我涉及日本题材的小说有《风吕》《罪恶》《大势》《移民》。《移民》的主要叙事情节，即是以改革开放之后的几波出国热为背景展开的。和陈希我的其他小说一样，完成出版于2013年的长篇小说《移民》也是几易其稿，在最初命名为《流之氓》的初稿中，主人公的人生遭遇绝大部分被放置在了日本，几经修改之后重心虽被移回到国内，但"移民"的主题未变，日本部分的内容也基本得以保留。小说之所以最初会被命名为《流之氓》，这与陈希我长期对近代以来中国人在迁徙过程中所表现出的"流"状态的观察和思考密不可分，《移民》这个题目看上去虽然更为隐晦，然其本质上体现的仍是"流"的内涵。

我们亦不难看出，陈永和作品中的"我"有陈永和的影子：经历"文革"，旅居日本，现在福州和日本两栖。这些都与作品中的"我"相似。作为"文革"的见证者和经历者，这个"我"的创伤之痛，也是陈永和的痛。陈永和与"我"一样，有着两种文化身份。"我"在离国前，选择把"过去、将来、心的一部分、包括生命"与梅娘的发卡一同埋葬在土里，这能显示出多年后此刻的"我"孤独、悔恨、绝望，以致灵魂依旧无处安放；福州已经不属于"我"，"过去已经过去，将来没有到来"，那么，"我"只能是"过去"的"我"，"我"只能从过去来，也要回到"过去"里去。这都反映出双重身份的"我"对自己身份的迷茫和归宿的不确定。

在经历了两种文化的熏陶和洗礼，在两个空间之间的辗转，华文作家的双重身份，让"福建二陈""游走于中心与边缘"。正如演员因扮演了多重角色而真正成为伟大的演员一样，"跨文化作家"因有机会扮演多重角色，"有更多的机会体验现代性语境下的多重创伤，这决定了他们作品的深刻性和现代意识"①。

第二，边缘性。所谓天高皇帝远。北京打出的热弹，到福建就冷了。所谓"闽"字，门里一条虫，只有出了门，虫才能指望成龙。陈希我在小说中引入大量史料和传说来佐证福建的尴尬处境，祖先逃难来到这片"南蛮之地"，是靠吃蛇肉，与蛇交媾活下来的，这里的人阴柔、孤僻、病态，拜女子（妈祖）为神，将自己放逐至水，"流"的状态是他们的常态，面对的大海却是变幻无常的。于是放逐与迁徙成了生活的常态，与中原光明正大的形象形成剧烈反差。福建的不少氏族大家世代以读书考取功名为业，读书之风很盛，甚至一个家族内就出过不止一个进士，但这些人及第后几乎都选择了北上京城，只有当仕途遭遇挫折时才会想到返回故乡聊度余生。作者似乎是想借此说明，无论是"闽"这个特殊的地理位置，还是"流"这种特殊的生存方式，终究是边缘化的，不稳定的。所以他们的一生都只能是奔走在路上，流离外乡，走南闯北，下南洋，渡西方，时至今日，大凡有海水的地方就有华人，有华人的地方就可以听到福建话。

第三，多元性。也可以说是碎片性。福建存在多种方言便可窥一斑。陈永和在小说里将其喻为一个"桶"，各个阶层、各个人物的交错命运被迫混合在这个"桶"里。福州的文化遗产三坊七巷，当年的达官贵人聚集居住的地方与台江三保鱼龙混杂的地方，都混在桶里。陈永和小说中的重要人物芳表姐妈就属于这里。那个荒唐年代的荒唐身体，那间满是老鼠的屋子，还有异化成老鼠的读书人……一切都在"桶"里。

陈永和向我们展示了在"文革"背景下，通过身体性异化的独特描写，批判和讽刺了人性的丑陋。她的回忆和故乡福州联系在一起，她离开福州留学日本，思故乡又回故乡是所有游子所走的回忆之路。

---

① 周桂君：《现代性语境下跨文化作家的创伤书写》，博士学位论文，东北师范大学，2010年。

中编　成长期:"跨"世纪的日本性体验(第二个十年:2000—2010年)

因为故乡就是回忆的源头。但我们发现,故乡不仅是出生地,也是身体的源头。身体是天生的与生俱来,从故乡出发;回忆是后天的源源不断,回归故里。这种出发与回归,既是时空意义上的,更是情感和精神意义上的。

从精神归依的维度看,故乡从现代自我的价值源头,上升为一种理想的生活状态,一种生存方式的暗寓(精神家园),寄寓着对现代人生存处境的思考和批判。所谓故乡就存活在创伤记忆中。20世纪为人类留下了各种巨大的创伤记忆。沉默不语的历史,只有靠现实的人激活。"福州二陈"用文字像刻碑铭一样,记下一代人如何经受创伤,如何反省创伤,如何表现创伤以及如何从创伤记忆中走出来,活出来,不再无奈地沉溺于历史的惰性,不再把创伤记忆作为亏欠的遗产丢弃。由是,下一代或许就不会在新的生活方式中将这些创伤记忆轻易地遗忘、抹去,不会重复前人曾经有过的命运。

这令人想起中国现代文学著名的女作家萧红的故乡体验。其书写已成为"现代性的无家可归"之苍凉的注释。① 同样有离家赴日的异乡体验,日本性体验。

日本新华侨作家陈永和的回归之路,并不在习以为常的"灵魂深处闹革命",而是身体性的忏悔。它有别于创伤文学的"赎罪"书写(通过赎罪,人的心灵得到净化、矛盾得到化解)。其通过身体性忏悔的这种回归,具有更为深刻的现代性意义,冷静而清醒。我们只能从身体的出生地、从我们的历史和传统而不是"心灵"中寻找救赎的资源和希望。这是《一九七九年纪事》不同于其他跨文化作家的创伤书写之处,也是日本华文文学对中国文学所奉献的一点"收获"。

不同于欧美华文文学的移民心态,日本华文文学背负着两国沉重的历史,直面中日敏感的现实,彷徨于似近非近的中日文化之间,留下了非凡的创作实绩。"福建二陈"的精彩登场,以实绩在世界华

---

① 卢建红:《"乡愁"的美学——论中国现代文学的"故乡书写"》,《华南师范大学学报》(社会科学版)2012年第1期。

文文学新格局中画上一个惊叹号：请关注日本华文文学的独特性与现代性。

著名学者李欧梵从个人的切身体验出发，对此有自己一番独到的见解和看法。他自言身处异国，常常要扮演两种不同的角色，一种是寻根，一种是归化。但他认为这不再是一种两难的选择。他深有感触地说："我对于'漂流的中国人'和'寻根'作家的情绪上的认同固然是因为其中包含的共有的边缘性，只是我在面对中国和美国这两个中心时，我的边缘性是双重的。"[1] 正因如此，当代闽籍作家的日本"性"体验及其性书写具有了独特的价值与意义。"性"作为方法，赢得了小说的历史纵深与现实批判力，为世界华文文学提供了新的视野。

---

[1] 李欧梵：《徘徊在现代与后现代之间》，上海三联书店2000年版。

第九章　女性叙事与"私小说"的受容

"私"在日语里首先是"我"的意思，然后才有中文的私心、私人、私自、私处、私密等意思。而日本的"私小说"范式，即以作者自身为主人公，在自身的生活和体验的基础上，发掘和展示主人公内心深处的世界，应该可以解读为"小说我的私"吧。

"受容"也是日语中的汉字，意为接受美学。笔者特意将它"和文汉读"，是希望将接受并容化的意思"移植"过来，"翻译"过来，为我所用。"受容"讲的是文化认同的重要问题。

既然"跨"了国界，就必然面临"跨"文化的问题，也就是"受容"或不"受容"的问题。可以说，在日本新华侨华人作家中，或多或少，有意无意；或深或浅都受到了日本文化的影响。作为跨文化作家，可以从异文化的角度观察问题、思索问题。它既是某种文化的参加者，又是旁观者，同时，又可以充当一个文化的中介，将各种文化在作品中结合起来理解世界，这样，跨文化作家的视角就具有了世界性。

跨文化作家是现代性社会的文化语境的产物，同时又是现代性文化语境下人类生存状态的思考者。跨文化作家自身的跨文化经历本身就是一个自觉的视角。作家在写作的时候会情不自禁地将自己的文化杂交性在文本上留下痕迹，所谓的文化印痕。这种文化印痕可能是各个方面的，作家"本文"的"跨"使作品"文本"本身"跨"题材、主题、叙事视角等，蕴含丰富的内涵和多元之意绪。

我们看到，日本的"私小说"影响了一批日本华文女作家。她们的"本文"和"文本"或多或少带有"私小说"的日本文化印痕。似乎女性更容易接受"私小说"吧，为什么呢？

我们选取代表性作家黑孩加以分析，看看她的女性叙事对"私小说"的受容情况，也许可以从中获得有意味的启示吧。

第一节　樱花情人

黑孩，原名耿仁秋，1963年4月6日出生于辽宁大连。东北师范大学中文系毕业后，曾在中国青年出版社任编辑。历任中国青年出版社《青年文摘》《青年文学》编辑。文学创作开始于1986年。出版作品。

中文版：

《父亲和他的情人》，短篇小说集，中国文联出版社，1989年

《夕阳又在西逝》，散文随笔，安徽文艺出版社，1991年9月

《秋下一心愁》，长篇小说，春风文艺出版社，1992年5月

《女人最后的华丽》，散文随笔，文汇出版社，2003年

《樱花情人》，长篇小说，百花洲文艺出版社，2012年2月

日文版：

散文集《雨季》，樱枫社

长篇小说《惜别》，纪伊国屋书店

长篇小说《两岸三地》，白帝社

翻译作品：《禅风禅骨》《日本新感觉派作品选》《女性的心理骚动》《樱花号方舟》《中学生与问题行为》《死亡的流行色》等日本著作。

还策划出版过亚洲女性作家作品系列。日本各大报如《朝日新闻》《每日新闻》《世界日报》《神奈川新闻》等都对黑孩及其作品做过介绍。其作品《醉寨》曾获得《作家》杂志优秀作品奖。

一　"原风景"：母爱与苦难

黑孩于 2018 年 8 月 18 日答笔者的"田野调查"问卷.

问：1. 你是怎么走上创作道路的？在中国时你主要从事哪方面的写作？

2. 你的原风景（人生第一印象）是什么？

黑孩：我觉得第一个问题和第二个问题对我来说是合成的，可以一起来回答。我写作的出发点是我对我母亲的爱。我想用语言来表达母亲风风雨雨的命运。我家里有六个孩子，父亲酗酒成性，小时候的我最大的痛苦就是看到母亲总要不断地面对各种各样的苦难和困境。比方说，我父亲的工资都用来喝酒抽烟，而六个孩子里有三个上山下乡的知识青年。我母亲白班晚班地打各种工，赚来的钱依然不够全家的开支，每次交学费我都要厚着脸皮去邻居家借钱。熬不住种地之苦，一次接一次从农村偷偷跑回家里的二姐，只要她一敲窗玻璃，母亲的手就控制不住地发抖。交通费不说，户口在农村，家里哪里有她可以吃的粮食。这样的例子比比皆是，所以我人生的原风景就是苦难和母亲的基于爱的挣扎与奋斗。稍微懂一点儿事，有一次看到母亲在默默地流泪，我拉着母亲的手对母亲说：长大了我要把你受的苦难都写出来，让全世界都知道你。所以我的创作主题可以简单地说成是苦难和母亲。在国内时我的文字多是我童年眼里的母亲。母亲是我一生的背景，是我的文字的现实背景。

苦难和母亲是黑孩的"原风景"。笔者将"原风景"从日本语中直接"移植"过来，所谓"和文汉译"，就想取其义而用之。日本人把人生的"第一印象"称为"原风景"，认为"原风景"将决定人的一生。黑孩的"原风景"是否决定了她的一生？我们可以从她的女性叙事中看到其轨迹，看到她"基于爱的挣扎与奋斗"。

她 1992 年来日本之前，已经是国内有名的青年作家，也是中国作家协会会员。她的成名作是 1989 年中国文联出版公司出版的短篇小说集《父亲和他的情人》①。她在中国历史转折带动文学复苏之初，就把"情人"这个专指婚外恋的敏感词汇带进文学作品之中。

1992年出版的长篇小说《秋下一心愁》②则讲述了一个知识女性对爱的守护和渴望，她的孤独和幻想，她的爱情和焦虑。当时已有人把黑孩归类为女性主义作家，与陈染、林白们一样，作品中充满个人体验和对女性内心的关注。

二 遭遇日本"性"

问：3. 何时赴日？为什么赴日？

黑孩：1992年2月来日。完全是随波逐流。那时国门打开不久，很多人想看看外边的世界，我也一样。还有，刚好我翻译的书的作者是大学教授，他发邀请，希望我能到他所就职的大学留学。当然那时我已经开始写母亲，正全力完成对母亲的承诺，所以对去日本这件事犹豫很久，但当时我接触的作家，好像冰心、汪曾祺、石湾等人，她们对我说，好多有名的作家都是在日本留过学的。最著名的是鲁迅吧。那时我自己也觉得应该多见世面，世面见多了或许可以写出更有视野的作品。就这样，从世俗出发，从理想行动，我就来日本了。

1992年黑孩留学日本，1995年在横滨国立大学心理学硕士毕业后，到东京的一家出版社工作。1995年，用日语出版了第一本小说与散文集《雨季》③，1997年出版了用日语写作的长篇小说《惜别》④，2000年出版了同样是用日语写作的长篇小说《两岸三地》⑤，成为在日本文学界非常引人注目的华人女作家。

《惜别》这部小说，被当年日本的很多报纸评价为"女性版的

---

① 黑孩：《父亲和他的情人》，中国文联出版公司1989年版。
② 黑孩：《秋下一心愁》，春风文艺出版社1992年版。
③ おうふう，1995年。
④ 紀伊国屋書店，1997。
⑤ 白帝社，2000。

《失乐园》",获得了诸多日本女性读者的支持。甚至有评论这样说:虽然在日本近现代文学里有樋口一叶《里紫》①;田村俊子《炮烙之刑》②等不少表现人妻的恋爱小说,且大部分描写和表现了女性强烈的"生"的欲望。但是,在现今仍是父权制的婚姻制度下,《惜别》从婚姻内侧动摇它,不能不说是一部具有划时代意义的作品。③ 日本的近现代文学研究者对《惜别》这部小说亦予研究和关注,认为黑孩的小说是通过恋爱描写年轻妻子对"生"的探索及其心路历程。

《两岸三地》是黑孩的另一部力作。小说以年轻的中国女留学生"我",带着与相爱的男人离别的伤心,来到日本留学。初到日本时她所面临的一系列生活困境,是那个年代大陆留学生的共同经历,也是黑孩自己的真实写照。在横滨的中华街,她爱上了一个出生在台湾,有着良好教养的"翔哥"。翔哥是结了婚的男人,"我"在翔哥的爱河里沉醉不能自拔。中国大陆出生的我,中国台湾的翔哥,相遇在日本的偶然等,让"我"在两岸三地的种种文化碰撞中破碎和幻灭。在这部小说中,黑孩在她第一本小说集《父亲和他的情人》里所呈现的"奇幻的想象力,敏锐的艺术感觉,和对人灵魂的细腻发掘,以及忧郁的诗意和野性的激情相交织"的艺术表现力不仅依旧存在,而且运用技巧更加成熟。黑孩给日本的小说界展现了一个跟以往国内作品所不同的层面,让日本的中国现当代文学研究学者惊叹不已。

《两岸三地》(2000年)这部长篇小说是用日语出版的。我们看到,日本华侨华人文学创作除了中文写作外,自20世纪50年代至今一直都有日文写作的业绩,而这些日文作品在日本主流社会一直占有较高的地位。恰如廖赤阳所指出的:"比较世界各国的华侨、华人文学,我们至少可以确认两个现象。其一,日本华文文学无论是在中国的主流社会还是在日本的主流社会,均在纯文学的领域达到过顶峰。其二,娴熟地驾驭日文写作,并且产生出在当地主流社会形成普遍影

---

① 裹紫. 新文坛,明治29年2月。
② 砲烙の刑. 中央公論,大正3年4月;森瑶子. 情事. すばる,1978年12月号。
③ 译自《公明新报》1997年9月29日。

第九章　女性叙事与"私小说"的受容

响的诸多日语作家与作品。这两点，无论在华人为数最多的东南亚，还是最近深受瞩目的美华文学领域，甚至在有着发出'告别中文'宣言的华人作家之澳华文坛，都是看不到的。"①

在日本新华侨作家群里有着重要地位的女作家黑孩，不仅能够用中文写作，在日本华人社会及中国国内享有读者，而且在日本文坛，也是知名作家。她用中国人的视角看日本，不但用中文写作向华语世界发声，而且用日语写作向日本的主流文学及普通读者倾诉自己的心声和情感。被日本评论家吉田忠则誉为"站在日本社会舞台前面的中国人"。

吉田忠则是日本经济新闻社经济金融部兼亚洲部门的编委，2009年出版了题为《必须重视的邻居——中国人和日本社会》② 一书。他以一个新闻人特有的敏锐感觉，看到了"无论在日本的内面还是外面，中国都在不断膨胀"。其"内面"指在日本居住的外国人中，中国人最多这样一个存在；"外面"指中国的经济发展在 GDP 方面已经超过日本成为世界第二经济大国。针对大多数日本人一时不知该怎样面对和接受这两个事实，吉田忠则想通过对留日中国人，尤其是对1978年改革开放以后来日本的中国人的介绍，告诉日本人该怎样与自己的这些"邻人"和睦相处。他写道："我希望更多的人能通过此书对身边邻人的介绍，理解和关注他们，同时通过对他们的理解了解今天的中国和中国人，让日本也成为更加开放的社会。"

吉田忠则在该著第三章题为"光芒四射——走在前头的人们"③中，介绍了黑孩和杨逸（见下一章），说她们是"站在日本社会舞台前面的中国人"，是在日本的文学界奔跑的"一流选手"，是两位"有着独特个性和放出强烈光彩的女性作家"。可见，在中日之间的双语

---

① 廖赤阳、网维：《"日本华文文学"：一座漂泊中的孤岛》，https://max.book118.com/html/2014/0414/7670019.shtml。
② 吉田忠则：《見えざる隣人——中国人と日本社会》，日本经济新闻出版社2009年版。
③ 吉田忠则：《見えざる隣人——中国人と日本社会》，日本经济新闻出版社2009年版，第124—138页。

写作，不仅对日本文坛而且在日本社会产生了极大的影响，在中日文坛上具有独特的地位与价值。

黑孩同绝大多数新华侨一样，先是以留学方式进入日本。20世纪80年代，随着中日关系的正常化，中国终于又一次打开了关闭了许久的国门，留学日本成为一条走向自由、走向富裕、走向世界的近道。大量的中国人涌入日本，构建成现在日本新华侨的主体。从而也产生了新华侨文学。而其中的一批女性作家，则构成日本新华侨华人女性书写的先锋/先驱。

郭沫若说过："中国文坛大半是日本留学生建筑成的。创造社的主要作家都是日本留学生……"[①] 此话一点不假。追溯历史，我们可以看到，中国人留学日本始于1896年，由清政府派出13名学生到东京高等师范学堂学习开始，百年来日本留学史在中国社会的现代变迁中重叠及变化，文学随之诞生、发展，甚至在一个特定的历史时期，留日作家群创作的大量文学作品影响了中国新文学的走向。鲁迅、周作人、郭沫若、郁达夫、成仿吾等如雷贯耳的名字以及他们在中国现代文学史上留下的名篇，都是与他们的留日经历息息相关的。

三　痛苦的"归化"

问：4. 到日本后，在身份认同（诗人知识分子的职业身份、中国人的国族身份、留学生的旅居身份等）上你经历了怎样的困惑、纠结、迷茫、挣扎、不适、调整？

黑孩：跟来日本一样，也是随波逐流。我的运气好，研究生毕业后，马上在日本出版社就职，跟国内干一样的工作，跟在国内时一样开始出版并发表自己的书。所以身份认同上我几乎没有苦恼。但是，一个人如果没有看过海也没有看过雪，看过大海后就会想着看雪，以为雪比大海更好看。想象总是彩色的。到了日本后，交通、电信、安

[①] 郭沫若：《桌子跳舞》，仙岛书店1931年版。

全、国民性等，给我的冲击很大。现在的年轻人已经司空见惯，但是二十五年前，家里有浴室，水龙头往左开是热水往右开是冷水，一张卡塞到机器里就可以存钱取钱，忘在公共电话亭的钱包会有日本人在后面追着你还给你。好像堆积在岩石上的生活，瀑布一样倾泻下来，眼前出现了几十个世界。于是我在脑子里画了一个地球一样的圆圈，除了中国和日本，我把美国画在里面，把比我们落后的非洲也画在里面。我想看看美国、非洲甚至更多。但是持中国护照的我，当时想走出日本的话，只有归化日本。爱国不一定标榜中国护照，我是这么想的。现在的中国人，没必要归化了，因为时代不一样了。中国发生了翻天覆地的变化，中国人拿着大把的钞票，拿着中国护照，想去哪儿就去哪儿，澳大利亚政府还打出旗来欢迎你。所以说，在身份上我没有任何困惑就做了归化的选择。我归化不是身份认同，就是想看看地球上更多的地方。

如果一定要说困惑和挣扎，我觉得属于另外一个问题，应该归结为国民性的不同。日本人的确排外，但是换一下位置，如果日本人到中国去随地吐痰，乱扔垃圾，不守规矩的话，你也会排斥日本人。和日本人一起工作，为了得到日本人的认同，认同你跟大多数中国人不一样，是一种非常痛苦的心情。打一个比喻，好像自己是隐藏在苹果里的一只柔软的小虫子。

问：5. 在日本，你于何时、何种状态下开始重新执笔写作，当时写作的动力/冲动，现在（动态把握），写作的内容与生活的关联度？写作时是否会有意反映或有意隐去你个人的经历、感受，为什么？

黑孩： 除了工作和生育以及照顾孩子的时候不能写作之外，我不时断断续续地写一些文字，没有根本放弃写作。我将所感受到的东西写成散文，收集在上海文汇出版社出版的《女人最后的华丽》一书里。《樱花雪》《尺八》《小日本大帝国》《日本的夏》《温泉情结》等，都是我眼中的日本。至于樱花风流、尺八悲壮、日本的夏格外凉爽，当然跟我生活的现状有关。对事物的感受，是被我们正在承受的现实处境垄断的。我特别关心流浪猫，因为我寂寞而软弱。至于小说，我觉得跟散文不同。小说是说故事。给你一大块空地，你喜欢盖楼还是喜欢变身花园，随你的便。但是有一点我很固执，就是小说一定要读起来有真实感。连想象的细节都必须要有真实感。我写的长篇《樱花情人》，由百花洲文艺出版社出版。小说并非写实，但我使用了第一人称，我将读研究生时的打工体验，自己的，他人的，原模原样地写了不少。为什么？我想国内的读者在阅读时能够发现国内所欠缺的东西。而这正是我们非在日本就体验不到的东西。读者不是学者和评论家，要来解释你的文字，读者通过你的故事感受苹果是不是甜的。通常甜的苹果才会隐藏小虫子。但真吃的时候看到小虫子的话会觉得恶心。米兰·昆德拉说生命中很多不能承受的轻。小虫子是轻。

第二节　女性的"私心理"

黑孩善于描写女性的内心体验，"私心理"，其创作手法和小说特征，具有"超越了民族认同，而从性别看问题"（青野繁治——大阪外国语大学教授）的特点，巧合了日本近代文学所特有的"私小说"。"私小说"范式是女性书写的一大特征。黑孩在日本有意无意地受到"私小说"的影响。可以说，在日本新华侨华人作家中的影响在黑孩这里达到了极致。

黑孩的第一人称使用手法，常常会让读者误认为小说的"我"就是黑孩自己，这当然与她自己的生活经历有关，但其中的虚幻和想象的成分，也能够常常让读者信以为真，她所描写的爱，她所描写的性，她大胆的写翔哥给"我"的身体的甜蜜和享受，让"我"觉得"女人有一半意义就是为了感知这一瞬间和一刹那而活着的"[①]。黑孩的小说里不仅仅写情和写性，她用中国女性的眼睛，写出了她所接触和了解的日本的生活世相，尽管这个世相是局部的，是狭窄的，是"我"个人的观察和经历，但也写出了这个世相中的众生百态。如黑孩自己所

[①] 黑孩：《两岸三地》，日本白帝社2000年版。

说,"我讲述的不是故事,而是由无数个点所构成的平面"。"我"所经历的各种打工场景,加油站,面包房,横滨中华街的高级中国餐馆,各种来自中国大陆或早先来自台湾的人,各种形象栩栩如生,或互相扶持,或彼此倾轧,日本人也参差其中,并无种族之分的人性和爱恨情仇。汪曾祺曾为黑孩的散文集作序:读黑孩的作品,"有一种不可捉摸的东西,但是不要对这种东西做过于实质的注释,不要把栩栩如生的蝴蝶压成标本"。黑孩的小说正是如此,《两岸三地》也是一只蝴蝶,飞翔在日本的读者心中,美丽、凄婉,让日本了解中国年轻女作家的感觉和诉说。从这个意义上说,新华侨女性文学走进日本社会,是由黑孩首开其门的。其《两岸三地》的中文版《樱花情人》[①] 在2012年与国内的读者见面。如今,她在停笔十多年之后,再次拿起了笔。我们将继续看到她的光芒。

问:6. 你喜欢日本文化吗,喜欢它的什么?

黑孩:论起文化,范围太宽。日本文化指日本国形成的一系列关于思想、行为、生活、教育以及价值观等实体或非实体的事物和象征。好比汉字、花道、茶道、武士道、摇滚、j—pop、AKB48、短歌、假名、和歌、俳句、歌舞伎、落语、浮世绘、相扑、立宪、和食、美少女、漫画、动画等,数不胜数。只能说你喜欢其中的什么。我个人受儿子的影响,喜欢日本的次文化,次文化包括漫画、动画和电子游戏。漫画我不看,我看动画,玩电子游戏。《神奇宝贝》《神隐少女》《千与千寻》。日本的新海诚的动画《她和她的猫》《你的名字》等,百看不厌,不是我喜欢他独特的孤独感,而是喜欢他的画风。他画什么都很美。美到我无法用语言来描述。我看他的动画,不看情节,看雨滴,看落叶,看女人的裙子上的褶皱。就一个字,美。看完后觉得内心被干干净净地净化了,会舒服一天,舒服一个月。而电子游戏,和儿子老公一起玩,胜过人世间所有的快乐。

问:7. 你喜欢哪位作家及其作品?

[①] 黑孩:《樱花情人》,百花洲文艺出版社2012年版。

黑孩：我喜欢川端康成。基本上我喜欢颓废和静寂的情绪。这应该与我的心理气质有关。我从不写大题材，因为我知道我写不好。读小说得要读下去。我对文字特别挑剔，文字没有吸引力的话，我就不读。川端康成的文字给我想要的静寂的幽微的感觉。尤其窗外凄风苦雨的时候，或者一点儿也打不起精神的时候，我就读川端，川端的书总是摆在我的枕头边上。摆在我随手可以拿到的地方。"雪国"的凉，雪的洁净，雪后的静谧；"古都"的京都的树香，花开的声音伴着潺潺流过的融雪的声音交响曲一样。"驹子的头发又凉又硬，但胸脯软软的膨胀出温暖。"也就是说我喜欢他的细致入微的观察和天籁般优美的文字。对我来说，他的作品是中药，我颓废的时候为我解毒。

日本华文作家的大多数人，或描写自己的经历，或描写两种文化的碰撞，或倾诉自己的遭遇，或维护自己的尊严，等等，多是用中文书写，既引不起日本文学圈的重视，也得不到日本普通人的了解与理解，从某种程度上来说，是日本华人们在自己圈内的自娱自乐。与"多数"不同的是，黑孩边学日语边开始日语的写作与出版，率先用日语向日本的主流文学和日本普通读者发出声音。用女性的声音向日本文坛发声，向男性霸权的日本文坛挑战。

第三节 "私小说"的受容

"身体写作"是女性主义关于女性书写（或称私人化写作）的一大热门话题，也是日本新华侨华人女性书写中的另一主要内容。日本新华侨华人的女性创作中，有意无意地糅合了日本"私小说"的诸多元素。日本新华侨华人女作家与日本"私小说"有着一见如故的亲近感，一见钟情的亲切感，一往情深的执着感。笔者认为，其身体写作与日本"私小说"的亲密性，既是日本新华侨华人女作家身体写作的一大特色，也是由女性叙事自身的特性和"私小说"所具有的特点决定的。就笔者的理解，女性叙事主要包括两个方面的内容：叙"事"与抒"情"，即对女性个体生命/生存/生活体验的叙述及对女性身体

第九章　女性叙事与"私小说"的受容

欲望/情感的表达。对抒"情"方面——"身体欲望的表达",女性主义文学批评一直以来都有争议。也许是因为身体暗喻了性、延展为性欲望的表达,加上20世纪90年代网络文学中兴起的"身体写作热"把它给污名化了。不得不说,在泥沙俱下的网络文学中,一些赤裸裸的所谓"身体写作",一味热衷于性过程性行为的描写而混淆了女性书写所呼吁的表达身体欲望的初衷。

"私小说"一词则是"和文汉读"的用语,有人译为"自我小说"。"私"在日文里是"我"的意思。"私小说"即用第一人称写"我"的故事("物语"),它是20世纪初形成于日本的一种独特的文学表现形式,是"作家或客观细叙一己的生活琐事,或一吐自我心境的告白"。日本私小说重视"自我"的真实性,其鲜明的文体特征为:"个人日常生活"的展现、心理"解剖"式的挖掘与"感伤忧郁"式的笔调。可分为两大类:身边杂记小说和心境小说。身边杂记小说主要是如实描写个人私生活的事实;心境小说则是彻底抛开日常现实生活素材,单纯描写观察人生时所浮现出来的某种心境。评论家中村光夫曾在《日本现代小说史》中断言,日本所有的现代作家都写私小说。

"受容"一词也是"和文汉读"用语,是接受的意思,却多了一点容人的味道,这个词可以望文生义,所以笔者直接引用。20世纪初东渡留学的郁达夫等一批中国文学青年(包括萧红、庐隐等女作家),受到日本私小说的影响,在体现私小说"自我"内核的同时,将日本私小说中超时代、超社会而封闭的"自我",置换为时代的、社会的"自我",将"忏悔的自我"置换为"反省的自我"[①]。值得留意的是,私小说的核心——"自我"内核的如此变异,决定了中日"私小说"的根本不同。可以说,郁达夫等人的作品不是严格意义上的私小说,只能说是受日本"私小说"影响的中国小说,只是在"私"——

---

① 王向远:《文体与自我——中日"私小说"比较研究中的两个基本问题新探》,《四川外语学院学报》1996年第4期。

"自我"这点上中日作家一拍即合。这也是华人女作家与日本"私小说"之所以会有一见如故的亲近感之故,因为身为女性的"我"与"写我的私生活"的"私小说"原本就亲密无间。浸淫于日本文化多年的日本华文女作家,在文本创作中自觉不自觉地表现出日本"私小说"的范式——区别于其他地区华人文学的独特标签。关于这一特点,过去的日本华文文学研究关注较少。因此,研究日本新华侨华人女性叙事与"私小说"的关系就具有特殊的意义与价值。

长期以来,受日本私小说影响的小说在中国文坛一直不占主流地位,不被关注甚至受到批判。尽管如此,改革开放后跨出国门的第二代留学生走进日本,在异国他乡、在独特的日本体验中还是受到私小说"个人日常生活展现"之特点的影响。尤其是女作家把目光更多的聚焦在处于多重边缘状态下的个人主题上。在脱离"母亲"的身影之后,她们沿着"女人是人—不是女人—现代女人"的妇女解放历程不断向纵深发展,最终以身体写作这一最敏锐、最富于挑战性的方式重新审视自我,书写了身为越境女性(移民)处于边缘困境的生存体验与痛苦思考。在此自我"解构"与"重构"过程中,日本私小说的写作样式成为她们书写创作的最有力的工具及借鉴。

黑孩出国前,在国内已是一位知名作家。在她1989年出版的短篇小说集《父亲和他的情人》中,她大胆地将"情人"这个敏感词汇带进文学作品中。在她的笔下,父亲的出现多伴随着母亲的痛苦与家庭暴力,父亲成为"我"心中的仇恨与疯狂,"我"盼着父亲的死,甚至希望自己亲手杀死父亲。但是,父亲突然自杀了,没有死在充满日式情调的房屋里,而是面朝东吊死在仓库的房梁上,上吊用的绳子,则是"我"作为礼物送给父亲的,两瓶老白干上曾经系成死结被父亲吃力解开的绳子。"我"的母亲告诉"我",面朝东死的人代表着"有罪",父亲的自杀是一种自我定罪,那么父亲的罪究竟为何?父亲与"我"又是怎样一种关系?

"我"在文本中认为,父亲是最讨厌"我"的,他不曾与"我"有过语言交流,因为"我"从不懂事起一看见父亲的情人老黄婆便会

第九章 女性叙事与"私小说"的受容

不断哭闹，而"我"也厌恶着父亲。在父亲一次醉酒归家，"我"的哥哥姐姐一起将父亲沾满呕吐物的衣服脱下时，"我"第一次见到了男性两腿间的物体，那次经历，在"我"的心中挥之不去，同时也成为"我"的一次"性启蒙"。

黑孩愤怒地揭露"父权"对女性的暴力（母亲的痛苦与家暴），揭露"父权"的粗暴（从未"有过语言交流"）及对性的蹂躏（一次"性启蒙"）。女作家不仅将父亲的丑陋与恶行暴露在人们面前，还将"我"对父亲的仇恨与疯狂的心理活动毫无保留地和盘托出。

《父亲和他的情人》（1989年）题目虽为"情人"，但是"我"、"我"的母亲以及哥哥却占了大部分内容，父亲的存在在文本前半部分成为一条隐线。作为"情人"这一主要角色的老黄婆，"我"不知道她的名字，只知父亲每晚都会去她那里，直到有一天母亲派"我"去叫父亲吃饭，"我"目睹父亲与"老黄婆"的行径后，故事也迎来了最为精彩的部分。随着父亲的自杀，我与戴维的偷情行为被对方年纪尚小的女儿撞见，同样的悲剧开始重复在"我"的身边，而"我"则将这些归咎为"从父亲那里继承来的疯狂"，并将之暴露在世人眼前，这种"自我暴露"式的写作手法，是日本"私小说"的主要特点。在整部小说中，贯穿着"我"从小到大的亲身经历及生存体验："我"所看到的、"我"所想到的。它们都以一种自我陈述的写作手法展现出来。

黑孩出生于大连。如她自己所说，在战火纷飞的年代，母亲不幸的婚姻经历使得她自身有着大和民族一半的血液，从小居住的日式房屋与"笑起来像那个日本兵"的哥哥成为她童年的一部分。日本与黑孩早已结下了不解之缘。久居日本成为华人女作家的黑孩，其作品带有"私小说"的浓烈味道，其"自我"的内核中，既有中国式"反省的自我"的批判，又有日本式"忏悔的自我"的告白，这是情理中的事。

与黑孩20世纪末出版的作品——《父亲和他的情人》相比，黑孩于21世纪出版的《樱花情人》在情感成长上更成熟。《樱花情人》

里的主人公"我"到日本留学,因为寻找工作而结识了来自台湾的翔哥,并与之成为情人坠入爱河,最终又不得不分离的故事。翔哥是"我"心中的"原型"。虽是个已婚之人,却带给"我"的身体上的愉悦与甜蜜。"我"已不再是当年那个初入社会的小姑娘,而是一名步入25岁、"激情好色"的女孩,"我"开始以一种成熟女人的状态不断从"身体"和"性"上去"感知着那一瞬间",一种将欲望发泄而出的快感。"我"与翔哥的恋爱是一种露骨且"甜蜜"的,并在放荡之中迷失自我。

作为一名女性,家庭往往是她们的最终归宿,这也是女作家在一开始就不断强调"我风华正茂",后期却逐渐发现自己开始衰老的容颜,频频表示"我玩累了",开始渴望翔哥能为"我"带来一个家庭。但是,情人终归是如樱花那样美好却很短暂,《樱花情人》这书名贴切地暗示了两人的最终结局。婚外情关系伤害了翔哥的孩子和妻子:"我"第一次去到翔哥家里,看到翔哥女儿的照片时,心中的愧疚感才不断发酵;翔哥的妻子以"算命"为借口找到了"我",并让"我"了解到她作为一名妻子的优秀之处,"我"虽然感到嫉妒与不甘心,但也意识到真正与翔哥般配的人到底是谁。最终在不忍池畔,伴着飘落的樱花与毛毛细雨,翔哥终于说出与"我"不能在一起的缘由,"我也终于明白,樱花盛开转瞬即逝,但逝时美丽至极,且蓬勃着自然界的生机"。"我"与翔哥就此"永别",各自回归自己的生活。"我"也"青春不再",组建了属于自己的家庭。

小说除了"我"与翔哥的主线外,女作家也以"我"这名中国留学生的眼睛,观察着横滨中华街的"浓缩型日本社会"下的女性生存状态。在这个微型社会中,有来自中国大陆的女人,也有来自中国台湾、日本、以及东南亚的女人,但她们无一例外都是为了实现自己的幸福而聚集在这里。从制果厂到富贵阁,发生在"我"身边的不过是些繁杂琐事,但这不禁令"我"产生了思考,对于一名女性而言,到底何为幸福?"我"对此最先得出结论的是富贵阁的日本女人藏下。藏下嫁给一位上海男人,由于男方在富贵阁的偷窃导致藏下不得不一

第九章 女性叙事与"私小说"的受容

人养活全家,但夫妻俩却依旧恩爱如故,以一种"女主外,男主内"的模式相互依存,在"我"看来,"又黑又矮又丑的藏下的笑容里有一个普通女人的一辈子的幸福"。作品中对日本人的刻画已不再一味地脸谱化,而是较客观多元地反映了日本女性在现代社会中的生存状况。

可以说,黑孩到日本后发表的中日文小说,在"私小说"的"私"上表现得更加成熟老辣。她一再强调:"我讲述的不是故事,而是由无数个点所构成的平面。"所谓的"平面"是由一个又一个女性的故事拼接而成。这些女性,她们在社会的底层不断挣扎,仅仅只为找到属于自己的幸福与归属。女作家以日本女性"为镜",对女人的幸福、对婚姻家庭、对性别分工等一系列性别议题不断进行拷问。

黑孩的许多作品中,均出现一个重要人物——父亲。不论是前面提到的《父亲和他的情人》,还是近年出版的《樱花情人》以及本书无法展开的其他作品。如:在《樱花情人》的文本中,"我"曾做了一场有关自杀的光怪陆离的梦。梦里出现了"德道",他阻止了"我"接下来的"演习","我"醒来后的第一时间,就确定了"德道"就是父亲。如果抛开黑孩的其他作品不去考虑,在《樱花情人》中"我"虽然多次对父亲的所作所为表示反感,但前来阻止"我""自杀演习"的偏偏是他……

父亲这个角色常常出现在黑孩的作品中,始终存在于"我"的人生与潜意识里,挥之不去呼之即来。父亲的种种影响,使"我"在对待爱情上十分"挑剔"。《樱花情人》里与"我"有所关联的几个男人:北京的大头、前夫零儿、翔哥、桥本、教授……都对"我"这个年轻的女孩产生爱慕之情,在这几个人中,大头其实也算一个情人。对于大头的描写并不多,只知道他有个养着几十只猫的太太,"我"在北京期间最好的朋友就是他,而他也在不断追求着"我"的过程中遭到拒绝。"我"选择了翔哥,没有选择大头,更没有选择与零儿重新复合,是因为翔哥是"我"心中的"原型"。

"原型"一词,主要出现在荣格心理学的解释中,"原型"是一种集体无意识的内容,荣格将"原型"分为"阿尼玛"和"阿尼姆斯"。

— 187 —

其中,"阿尼姆斯"代表女人无意识中的男人性格与形象,在文本中"我"提到翔哥是"我的爱人我的情人我的父亲"。那么,是否可以说,"我"爱着父亲,也爱着翔哥,甚至可以说"我"对父亲存在着一种恋父、弑父式的心理。父亲的死是一个冲击,这种冲击使"我"始终脱离不了对父亲这个人的回忆与思考;父亲的存在却是一个"罪恶"的渊薮,让"我"仇恨让"我"疯狂,让"我"忏悔让"我"反省。如艾伦·莫尔斯所说:"历史证明,女性在文学创作中无所不能。"① 女性的细腻与敏感为女性书写带来了不可低估的贡献。

一直以来,中国"风骨"的传统内在制约了女性话语的自主性表述,而日本的"物哀"精神不张扬、不激进的柔和性更适合女性书写的风格。在黑孩对于父亲的爱与思念中有一种"哀",这种"哀"与日本的"物哀"有几分相似,即一种对"心性"与"无常"的失落之感。父亲的死因一直是个解不开的疑团,这是"父亲"如影随形、挥之不去呼之即来的重要原因。边缘处境下的彷徨多愁、细腻善感使"物哀"的手法顺其自然地得以发挥。这就是为什么黑孩及其他新华侨华人女性作家多与私小说、与"物哀"结下不解之缘的重要原因。

日本的物哀美学中渗透了佛道文化观念中的"心性"与"无常"。按佛道学说的解释,心性与三境,即物境、情境、意境相连。物境者,触物于心用思而得形似;情境者,用思而漂得其情;意境者,思之于心而得其真。这种美学原则贯穿在"私小说"的创作中。日本新华侨华人女作家的创作亦将"心与情"共同寄于物中,在追求心的自由而不可得的基础上,让人物染上悲哀的色彩。这种物哀中的"无常"感契合了边缘人的漂泊感,也反映在"我"心中的"原型"的无常。心理"解剖"式的挖掘是日本新华侨华人女性作家受私小说影响的最突出表现之一。

日语的"私"可以译为"我"。私是我的根隐喻吧。

日本从温泉到"毛片",无处不充斥着一种从身体到"性"的解

---

① 李保杰:《艾伦·莫尔斯与〈文学女性〉:回溯性视角》,《外国文学》2013年第6期。

第九章　女性叙事与"私小说"的受容

放。留日而来的许多中国留学生,最先接触到的往往就是日本的温泉与"性文化"。黑孩也不例外:从温泉开始的暴露身体再到小说中毫不避讳的"性描写"。如果说《父亲和他的情人》在对待这个问题上还有些拘谨,那么《樱花情人》则彻底地将"我"作为女人的感受释放出来。与翔哥的性体验中,"我"感受到前所未有的快乐,意识到前夫零儿只是为了在"我"身上找到快乐,并没有在乎过"我"的感受。来到日本后,一直受到压抑的身体突然得到快乐的体验,也就是黑孩所说的"那一瞬间"。陈希我曾说:"从艺术的起源就看得很清楚。我们活得太累了,被阉割了,需要一种狂狷。日本是个充满鬼气的民族,所以其艺术才非常璀璨。"① 温泉与性"治愈"了彷徨在日本的边缘人,激发了她们放纵自我的本能,创作出许多充满私小说特点的身体写作。

为什么日本新华侨华人作家中,尤其是女性作家的写作,喜欢"私小说"的表现方式?黑孩以"我"的身份,描述了第一天到日本后的体验:

> 叫不上名字的菜,说不出是什么滋味的汤,身边听不懂的人的语言,还有,如今我孤零零一个人不知道明天会是什么样子,所有我的朋友其实都离我十分遥远,横滨的第一顿晚餐是失魂落魄的。

初到陌生的国家,连明天会怎样都成为未知,迷失与寂寞成为很多背井离乡人的主要感受。下着小雨的横滨,"我"找不到属于自己的归属感,旅馆里的电视成为唯一的消遣。被"有料"所吸引,"我"看到了不同于欧美式的"毛片",二十多岁的"我"看着十几岁的女中学生的身体,感到她们"只是还不懂得做爱,不懂得放荡","尽管我有一点点儿心痛,但是残缺甚至是变态的性的覆盖还是安慰了我"。

---

① 陈希我:《真日本》,山东画报出版社2011年版。

许多留日者初到陌生的日本所获得的最多信息便是"性"。小说中的"我"也不例外。

在日本文化中,"性文化"相比其他东方国家,以一种"前所未见"的形式与欧美一较高下,不同于欧美的"生猛",日本的"性文化"更追求一种带有变态的美。"我"作为一个常年生活在中国的女孩,来到日本的第一天看到的是来自日本的"性"。强烈的新鲜感与刺激感让"我""忽然觉得自飞机起飞时便困扰着我的不安、孤独以及悲伤都不过是一种临时的夸张"。

对自我身体感觉的感性关注,以及对性爱本质的挖掘,是日本新华人华侨女性书写从生命生存体验的叙述延展到身体欲望的表达之必然。日本的文化形态以感性出发为主,但又以"感觉制约"为原则。单纯地表现主观的内在感情,具有很大的含蓄性和暧昧性。这种主观的内在情感通过各种感官出发,如从视觉出发,色彩美成为日本美的首要相位,成为所有日本文学上的美形态的原型。又如日本的"好色"的文化理念,追求的是肉体与感官、精神与心灵美的结合。在这样的文化浸染下,女作家在创作中也自觉不自觉地聚焦于感官。通过细微的眼、耳、口、鼻、舌等多方位的感觉描写,呈现呼之欲出的细腻而真实的女性独有的身体感受。这种身体欲望的表达方式是女性书写发展的深化。

综观黑孩的作品,采用的多是第一人称的视角,以"我"及情人为主线,其中夹杂着在日本生活的繁杂琐事。女作家通过"自我暴露"式的书写,将自己及身边发生的琐事带入小说里,并在此中对"我"——"私"心理进行大胆的"解剖",把自己的想法与感受如实地展现在众人面前。黑孩将"个人日常"的展现、心理"解剖"式的挖掘与"感伤忧郁"式的笔调等私小说的元素和写作特点自如地运用于作品创作中。

曹惠民曾将日本华人写作总结为"想象扶桑"和"记忆华夏"两个中轴。在"想象扶桑"的书写中,女作家最偏爱的主题便是关于性的叙述,其中很重要的一个原因是深受日本传统的性爱主义文学思潮的影响。在这些"私"情感题材的作品中,无论是处于"边缘情境"中的东渡女性,还是委身于现代男权社会压制下的日本女性,她们的情感世界都是焦虑的、抑郁的、孤独的,她们用身体话语,大胆地揭露出这种生活状态下的女性性意识。在黑孩的许多作品中我们都能读到它。

我们看到,同样是走出国门的中国女性,在日本的书写风格也就不同于西方的激扬而更多了一份柔性(阴性),也许,日本华文女性文学的成也在此,败也在此。从黑孩、陈永和的"身体语言"可以读到日本"私小说"的影子。黑孩的《樱花情人》有日本"私小说"风味,却是中国女性之"身体语言"。

第十章　"东洋镜"媒体：以东洋为镜，以镜照东洋

在 20 世纪初与世纪末，中国人有过两次留日热潮。

世纪初的秋瑾、鲁迅、萧红、郭沫若们，在寻求民族解放的大革命中留下灿烂的诗文。"我以我血荐轩辕。"那是充满激情的岁月，那是一个英雄的时代。而世纪末的留日学生，得益于"改革开放"走出国门，追求中国的富强与自我价值的实现。虽然也有痛苦与追求，所谓"生存的逃亡"，却身处不见刀光剑影的和平年代；虽然 20 世纪中国人追求自由与民主的时代主题并不曾改变，却增加了实现自我价值的"副题"。毕竟这是个趋向日常生活的非英雄的时代。面对这样的时代，文学失去其诗情澎湃，文学成了奢侈品了吗？尤其是面临一个高度发展的现代国家，陷入他国语言圈的华文，又何以生存与发展呢？华文在海外"彷徨"，特别是在日本。

由于中日间特殊的历史原因与现实问题，造成了在日中国人特殊的境况。所谓"出对了国，走错了路"，所谓"万一中日交战了，真是里外不是人啊，日本人根本不会把你当自家人，中国人则认定你是汉奸了，到时候只好奔第三国了"。

"三十年代，鲁迅们彷徨日本；八十年代至今，我们也彷徨日本。时代不同了，我们唱的是同一首主题歌吗？彷徨其间，变与不变的是什么？"

如此彷徨日本，于是有了彷徨日本的华文。上承鲁迅们的彷徨，

第十章 "东洋镜"媒体：以东洋为镜，以镜照东洋

依然彷徨于现代。若问这个时代的旅日华文有何特点？笔者认为，可以一言以蔽之：彷徨。

如今得益于日本的言论自由和经济竞争，华人的媒体社会已经初步形成。"东洋镜"便是其中活跃的媒体之一，它"以东洋为镜，以镜照东洋"，成为一个反映旅日本华人生活、思考和写作的"家园"。从这个"集合华人百家写手，荟萃东洋万种文字"的多维网，我们可以看到在日华侨华人的兴奋点、彷徨度及其问题所在。

华人圈里"博客热"是近期海外华人社会出现的一个新现象。以网络为平台，以华文为载体，世界各地的华人博客如雨后春笋般迅速发展起来，在网络搜索引擎 GOOGLE 中输入华人博客，立刻展现出 2960000 个结果。仔细浏览后可发现，华人博客网站几乎涉及世界各个国家和地区，华人聚居的国家以及网络技术发展较快的国家均建立了华人博客门户网站。

2006 年 5 月，继其他国家海外华侨华人博客网站的建立，在日华人也建立了属于自己的 BLOG 网站："东洋镜。"网站主要以旅日写作者的个人专集为主，兼收专家学者、在日中国留学生或者外派劳务者关于日本话题的文章和议论，整体上反映旅日本华人的生活、思考和写作。网站宗旨为"以东洋为镜，以镜照东洋"。在形式上，"东洋镜"不讲究花哨的东西，以简单实用为主。

据《华声报》报道：由在日华文写手、电脑工作者陈骏倡议发起、精心制作的"东洋镜"网站，于 5 月份正式开通。这个标举着"集合华人百家写手，荟萃东洋万种文字"的专业网站，以沟通中日理解、提供独特的观察视角为出发点，以在日本华人为主要作者，意在为日本华文写作者建立"自己的园地"。

陈骏在答中文媒体报道时披露：

> 我从 1998 年开始做个人主页，纯属业余爱好。后来，陆续给几个喜欢写字的好朋友做过个人主页，杜海玲杨文凯的个人主页就是我做的。但是，帮张三李四做了，王五赵六也要做，一个人

中编 成长期:"跨"世纪的日本性体验(第二个十年:2000—2010年)

应付不过来,我就想干脆做一个让大家一起来玩的网站。可是,由于种种原因始终没有开工。今年元旦前,热衷于博客的网友唐辛子提议说,我们一起做个在日华人博客网怎么样?一拍即合,"东洋镜"就这样诞生了。

当然,我们也是摸着石头过河的,边讨论边设计边摸索边修正,最后搞成了现在这个模样。有点像博客又不是博客。特邀作者可以自己贴专栏文章,一般读者可以写回复上论坛。网站主要以留日的旅日的写作者的个人专集为主,兼收专家学者平民百姓相关日本话题的文章和议论,整体上反映旅日本华人的生活、思考和写作。以东洋为镜,以镜照东洋。整个网站都是自己设计制造的,也吸取了其他网站以及博客的优点。在人力财力资源有限的前提下,一个重要的原则就是"简单实用"。

简单实用意味着不讲究花里胡哨的东西,这成了"东洋镜"的特点。当然,"简单实用"并不意味着放弃对精致的追求。

"东洋镜"得到了华人朋友的热心支持和帮助。第一批上榜名单的数量和质量超过了最初的预料,其中大多数是现在活跃于日本中文媒体前线的记者编辑和专栏作者,成员在不断增加。有老牌作家李长声,网络写手林思云、九哥、刘大卫、亦夫,《中文导报》"三家村"随笔的杨文凯、张石、杜海玲,曾留学日本的大陆作家陈希我、孔明珠,长期坚持专栏写作的王东、阮翔、万景路,中日文杂志的主编段跃中、刘燕子,颇具特色的女性作者邓星、郭向宣,新老报人赵海成、孙秀萍、陈梅林、黄文炜、李莹,身居大陆关注日本的晨曦我,等等,笔者亦在其中。

陈骏的理想是把网站建成:在日华人写作资料库。网站的近期目标是逐步完善网站功能,联络更多的日本华文写作者,适时搞些网友聚会以文会友;中期目标,寻找合作者,搞些有奖征文活动,条件成熟的话,争取出版系列丛书。

从"东洋镜"的活跃可以看出:"网络无国界",网络良好的公开

第十章 "东洋镜"媒体：以东洋为镜，以镜照东洋

性以及互动性，使身处异国他乡的海外游子很容易从中找到共鸣，进而产生相当的凝聚力和吸引力，使其逐渐成为相互交流的主要媒介。而共同的"中文"载体以及对"母语"的渴望，更促进了对这一块"文化特区"的开辟。一种发自内心的"亲近感"，加速了海外华文写作的迅速发展。

第一节 "反日"与"哈日"冲突的焦迫感

"反日"与"哈日"，可以说是在日本华文文的兴奋点。

陈骏在《笑谈旅日本华文人的尴尬》一文中指出：

> 有人说旅日本华文人在对峙的中日关系中是尴尬一族。且不说那些"中日合资"的家庭，即使全家是"国产"的，不止一人对我说过，万一中日交战了，真是里外不是人啊，日本人根本不会把你当自家人，中国人则认定你是汉奸了，到时候只好奔第三国了。哈哈，真的有这么尴尬？

老唤在《日本人的背影》一书中写道：说到我们的东邻日本，我们的交往不可谓不久，我们的认识不可谓不深。然而日本又总像一团难解的"谜"，促使我们不断地产生新的兴趣，不断地重新认识、研究甚至有所警惕。[①]

该书引入了一个关于日本文化的新概念——"常识"，剖析了日本文化中两个非常独特而重要、同时又不常为人或不屑为人提及的现象：大众化的嫖和赌。"嫖"和"赌"当然并非日本所独有，但透过这两种现象，作者的确成功地为读者勾画了日本文化中的一个侧面，或者如标题所言，一幅"日本人的背影"。作者写作此书的目的当然不是猎奇，也不仅仅是揭露和批判日本社会的阴暗面，而是帮助读者

---

① 老唤：《日本人的背影》，百花文艺出版社1999年版。

更深刻、更全面地了解日本，这对中日之间今后的交流和友谊无疑有其现实的意义。

"东洋镜"的写手非常欢迎国内的朋友一起来看看，理性地探讨中日关系以及相关问题。虽说这里言论自由，想骂谁就骂谁，想写到哪个部位就写到哪个部位，可是也要言论自律。写文章要以理服人，尽我们的努力，争取到更大的言论自由空间。

也许是事出有因。在网络论坛上，国内愤青和旅日本华文人的是非观点往往是大相径庭阵营分明。应了那句物以类聚人以群分的话，似乎吃了"煞西米"睡了"踏踏米"就具有愤青标定的"汉奸"素质了。

这些所谓的"汉奸文学"却不那么文学，似乎继承了留日先辈鲁迅的文风，不平则鸣，鸣里带讽："说起来要互相沟通也并非难事，首先要理解人家愤青啊。"

扯到中日关系的话题，实在是太大了。"东洋镜"的写手主张超越爱国主义，提升爱"球"主义的情操，即爱我们共同拥有一个地球。可以这样说，这就是"东洋镜"的简单法——提升爱"球"主义的情操，主张超越爱国主义。

第二节 "归而不化"无根的漂流感

以往听到"海外""华文""作家"几个名词联想起来都可能有边缘、受歧视、弱势的经验，流放到海外无论是自愿或被动，故乡的失落总是悲情与无奈，所以"漂流感"是海外文学的共同特点，但在日本，它有更加独特的内容，因为日本是一个严重排外的岛国，它把改变成日本国籍的行为称为"归化"，而这些"归化"成日本人的，还是不被当作"自家人"对待，总是难以取得日本人的认同。"归而不化"的无根感觉，没有归宿的恐慌心态是在日本华文人的特征。而且，和取得美国国籍被国人羡慕不同的是，取得日本国籍就像戴上汉奸的帽子似的，心里多少揣着不安。

在"东洋镜"经常可以看到这类感慨：你说，这是一种什么样的情怀呢？一种孤儿心态。而我们之所以迟迟不愿"归化"，也是怕成为孤儿。我们以为，日本可以给你金钱和自由，却不可能给你血缘，不可能认你为自家人。看周围"归化"的友人，"归化"者其实无处可归，又该化向何方呢？

孤儿心态促使我们漂流他乡。

我们有家而迟迟不归，为什么？

我们有家却选择漂流生活，又是为什么？

为了钱和自由吗？是，却不仅仅是。

笔者曾写过《哈日是什么？》一文：凤凰电视台的访谈者说，爱情是一种习惯。只是一种习惯。某老公突然不在了，突然听不到他的鼾声，太太失眠了，就像失恋一样。

哈日是什么？同样，一百个人可以有一百种回答。一百种都是正确的。

老"新华侨"的笔者认为，哈日也只是一种习惯。

哈日"的"哈"本来自台语，且作一番"索文解字"："哈"原指烟瘾、酒瘾即"哈烟""哈酒"，后引申为痴女"哈男人"，等等。以"哈日"在台湾风光的大有人在，比如女流作家"哈日杏子"，以扬扬自得的口吻，大书特书，庆幸自己患了"哈日症"。

港刊对中国台湾"哈日"的解释是：对日本事物痴迷沉疴，甚至幻想自己是日本人。在中国香港，"哈日"则更是一种时尚，用他们自己的话说："本地对日本流行文化、娱乐、精品（如日剧、漫画、电子游戏机）及时尚打扮（如 BabyG 手表、PN 化妆风）的追捧到了一波未平，一波又起，应接不暇的地步。"那么，在中国内地"哈日"该如何注释呢？

不知为什么，在中国流行的观念中，你可以爱美国、加拿大、澳大利亚……想方设法混他们的国籍，生"香蕉"崽，养混血儿，就是别爱日本别"归化"，即便归了化了也请少说为佳。中国民众向来不喜欢日本，何况中日关系正处于冰冻时期。所以即便开着日本车，用着日本电器，也绝不说自己"哈日"。在他们眼里，哈日是什么？

第三节 独特的幽默与自由感

这些经历过"文化大革命"的一代人，信手拈来熟悉的红色的革命话语，巧妙地嫁接在黄色的资本主义现象上，时不时幽你一默。

这些早已脱离那个时代那种环境的写手，敢于直言不讳，甚至矫枉过正，看看日本"九网"就一目了然。

九哥已成为海外中文网络受人关注的人物，有好些文学网为他做了个人专集，比如"文学城""世界名人网""博讯""海纳百川"，还有中国台湾的"优秀文学""明日报"等。

九哥为了维护自己的形象，是这样为自己辩解的："如果你有空写文章谈九哥文章的特'色'，那当然是你的自由和权利。但是，你是文人，一定能透过现象看本质，看出我写'色'不是目的，而是手段，因为'性'往往最能揭露人的秉性。所以，我写的'色'是作为剥去人类虚伪外装的武器。"九哥被台湾优秀文学社评为"优秀人"。2002年9月，九哥文集《提琴夫人》由该社正式出版发行。

我一口气读完九哥送我的《提琴夫人》，时而忍俊不禁，时而拍案叫绝。然后又上网乱读一气，读到我眼花缭乱。

要让我说九哥文的特"色"吗？我以为可以说是"灰色幽默"。不同于美国的"黑色幽默"，这"灰色幽默"是我们这一代中国人特有的专利。"灰"没有"黑"那么浓重那么浓烈，属于中间色，但包含特别丰富。

生长在困难时期，曾经历"文化大革命"，下过乡，下过海，出得国。你说哪国的同时代人能有我们这么多经历？

我曾把这些经历说给中国台湾朋友、日本友人，他们或者像听天方夜谭，嗤嗤乱笑；或者像听老奶奶讲故事，言者忆苦思甜，闻者不可思议。而九哥期待着有读者告诉他，"读九哥有点像看卓别林的电影，让人笑在脸上哭在心里"。

我觉得九哥写到中国生活（对他来说，是最宝贵的青少年时代呀），就如鱼得水，就为有源头活水来，就嬉笑怒骂，皆成文章。

就连写开汽车"乱游"欧洲，本来跟中国生活没有关系，他却自然而然就联系到过去，使文章顿时生辉，于调侃中增添了沉重的历史感——如，本以为可以亮亮我那小红本本，不是"毛主席语录"的小红本本，而是挪威护照的小红本本。可从挪威往瑞典就是一座桥，根本就没有边境护照检查，甚至连车都不用停，只是放慢到时速40公里开过去就是。早知道这么容易，以前去瑞典时拿着中国护照找那么多麻烦看那么多脸色去签证干什么？

笔者认为，这些文章比起他那些写性的，要精彩得多了。还是那位姓陈的同胞说得好，"贯穿九哥文字中有一种近乎油腔滑调或者故弄玄虚的气息，因而他的文章可读性极强，我估计这是九哥备受网民青睐的看家本领……当然，以我向来比较挑剔的目光来看，九哥的作品中不可避免地流露着网络作品特有的随意和粗糙的痕迹。不过作为一个网络写手，能够短期内得到读者的认可，九哥是非常幸运的，这也证实着他的写作实力"。九哥曾自叹"只是一个失意的提琴手，努力在文字上找条出路"。听着九哥寄给我的CD，我就想说，九哥拉的小提琴确实非常动听，可是即使拉得再好，也是人家的曲子；而每一个故事每一篇文章哪怕写得很差，无论长短，不管深浅都是自己的东西。这是我要安慰九哥的话，也是我竭力把九哥推荐给《中文导报》读者的原因。

我竭力推荐大家读读中国台湾出版的《提琴夫人》一书（笔者跟台湾出版社素昧平生，不可能领红包，请读者放心）。如果你能找到书，你一定要读"克里斯与她的小提琴"：一天，一个高雅的女人送给"九哥店"一把提琴。那是一把无价之宝，而它带来的故事更是奇绝感人。这个女人一生深爱的男人（兼养父、恩师、情人、丈夫于一身），偏偏是当年枪杀她父母的仇人，而且偏偏死后在遗书里忏悔了这件事。女人再也不敢拉这把心爱的提琴而送给九哥保管。九哥也就这样珍藏了这把提琴和这个故事。其实，如果如泣如诉地奏响它，展开它的百般凄美与无奈，准会让你柔肠百转，一叹三叠，于沉思中频频叩问人性。

我特别欣赏其对人性挖掘的深刻。可惜只是短篇,未免太浪费素材了,如果拍成电影,该不亚于《战场上的钢琴》吧,让人生在音乐休止的地方重新出发。

可以说,丰富的阅历,特殊的经历与身份,使这些留日作家得以游走于各个不同的文化间,时而窥探东瀛异象,时而返视故乡人情,淋漓尽致地解剖人性。锐利与纤细,幽默讽刺与悲天悯人,看似矛盾的元素在他们笔下融合成和谐而韵味无穷的奏鸣曲。

东京博士在《暧昧的日本人》一文中写道:其实,日人自古以来就把暧昧当作爱美,中国也是。到了现代中国,暧昧成了作秀,暧昧成了资产阶级的虚伪,是披着羊皮的狼,暧昧成了抹杀阶级界限的罪名,中国大地在刀枪棍剑下,彻底地把这种暧昧之美扫进了牛鬼蛇神的垃圾桶,收起刀枪时,却发现我们的社会像生锈的齿轮,想要快速运转,到处碰撞。伤痕累累的一个齿轮对另一个齿轮吼着:"你干嘛碰我?滚远点。"另一个齿轮回敬道:"是你先咬我的,你给我滚远点!"

东京博士是学理工的,文风却颇为老成,信手拈来,嬉笑怒骂,皆成文章。他的"粉丝"不少。我也很欣赏他的长篇小说,心理描写细致,作文化分析且入木三分。本书篇幅有限,不多评论,请诸位直接上网阅读,定能有所收获,没准一不小心就成了他的"粉丝"。

张石的文笔也特别老练。他在《中国女作家"自恋"溯源》中写道:"我知道有一个女作家名字叫安妮宝贝,我还知道有一本轰动一时的小说叫做《上海宝贝》。不过女作家总是有些特异。她们一定是我不了解的那一类宝贝,应该不多见。"

"这是怎么了?时尚女性新追求——宝贝正在成为城市女性的普遍自称?是不是名字里有个宝贝,整个人都能跟着宝贝起来、金贵起来、千娇百媚起来了?天下男人都去当总经理,女人就都去当宝贝。大家一见面,互递名片,人家是某总,我们就是某宝贝。这样感觉是不是就好?……哈!我是宝贝我怕谁呀!"到此读者自然随之开怀一笑，但作者继而将我们引往文化的深层。

由此可见，自恋正在中国形成一个"潮流"，而人们都认为，自恋的原型，来自希腊神话，希腊神话中美男子那喀索斯，不爱任何一个少女，而有一次，他在一山泉饮水，见到水中自己的影子时，便对自己发生了爱情。当他扑向水中拥抱自己影子时，他淹死了，而灵魂便与肉体分离，化为一株漂亮的水仙。

那喀索斯的神话具有很深湛的内涵，他不仅是"自恋"的原型，而且还说明了西方美学的一个本质的特征，那就是美和爱的核心是"本质的力量对象化"，即在爱的对象中实现自身的本质，如果爱不能在对象中实现，或者爱的对象非为对象而是自己，那么爱与美就无法实现，就会像那喀索斯那样，不是淹死就是发生灵魂与肉体分离。

宗白华的论述，使笔者了解了不同于产生自恋情结的西方美学与文学的一个源流，同时也了解了东方美学的华严境界。但是在不断的阅读中我发现也不能这样一概而论，洋不分东西，自恋不分中外，中国也有那喀索斯……

特别值得一提的是文笔老到的李长声。且不论他大量的文化随笔，仅看他在《风来坊闲话》的自我介绍就可以看出其文笔之随意的老练："自由撰稿人。无专业，无所属，无偏好，江湖上人称长老。"

由于表现的自由带来了文风的随意，文思的开阔。在"东洋镜"你可以读到不少轻松的随笔，使读者在一笑二笑之后三思。

由于在日本的中国人太忙，在日本的忙人们也就习惯于短文随笔之"快餐文化"。称之为特色的同时，必须意识到它的局限。毕竟，文学必须是"静"下来的艺术。

从"东洋镜"可以看到批评的自由以及随之而来的"酷评""恶搞""拍砖头"。

笔者认为没有以"同情之理解"与批评对象对话，批评也就无从谈起。批评也是一种对话，是一种批评之心与文本之心的交流。

文学批评应该是对于"文学"的"批评"，回到文学批评本身才是真正的文学批评。从深切的阅读体验出发，正是批评家对难度的自我挑战。现在好作品太少，而发表量又空前的大，因为发表的门槛降低了，写作难度近于消失。大浪淘沙式的阅读苦不堪言，阅读遭遇前所未有的困难。批评的难度在此。批评的可贵在此。笔者认为，"东洋镜"需要批评家，需要批评家的思想、勇气、智慧甚至人格魅力。

第十一章 华文叙事与日本"物语"

出生于中国的杨逸，2008 年因获日本芥川文学奖而亮相于日本文坛。由日本文艺春秋社主办的这项文学奖是为了纪念日本著名作家芥川龙之介（1892—1927）于 1935 年设立的纯文学新人作家的一个奖项。至今，通过该奖项已向日本文坛推出一大批新人作家。但是，在母语非日语的外国人作家中，杨逸是首位获此殊荣的。因而引起巨大的反响。

杨逸的闪亮登场，在中日之间立起一座文学的灯塔。一个华人用日语写作，在异国获得最高文学奖项，其价值不仅在于"跨"语言的实践业绩，更具有"跨"文化的理论意义。而且，其作品所提出的问题，是"跨"时间的。正如杨逸曾对笔者说：我们当时完全不明白的事情，时间和历史都会告诉我们答案。

日语的"物语"是小说的意思，但又有不同于小说的意思。它是日式的、物哀的、娓娓道来，更接近于女性叙事。我们从浸染过日本文化的华人的女性叙事中，可以听到她与日本"物语"的对话：用日语讲着中国故事……

其获奖作品《浸透时光的早晨》描写了参加学生运动受挫后结婚并东渡日本的青年人的半生经历。日本芥川文学奖推荐、评选人员认为：该作品与其说是一部具有政治倾向性的小说，不如说是一部描写年轻人成长及受挫经历的正统的现代"物语"。

日本骏河台大学教授秋山洋子在一次研讨会上评论说杨逸"在中

日夹缝间"写作，她笔下的主人公们也"在中日夹缝间"，"虽身处逆境，却不失开朗与坚强，令人读罢泛起声援之情。作为日本人和60万旅日中国人之间的沟通者，杨逸的文学作品将会为日本的广大读者所接受……其他如《小王》《金鱼生活》等作品以与作者同时代的女性为主人公，描写了她们颠簸于'文化大革命'到改革开放急剧变化的时代潮流，最后流落到日本的经历。从中可以看出，她们所处的中国农村与城市，依旧存在严重的女性/性别歧视，就这一点而言，可以说杨逸是中国新时期女性文学的后继者"。

我认为秋山洋子教授所谓"在中日夹缝间"的定位是很准确的，这些在"夹缝间"的日本华文作家难能可贵。因为被夹，有着新鲜的痛苦体验；因为被夹，有着被夹的叙事：用日语讲着中国故事，用中文讲着日本物语……

第一节 中日之间的"红娘"

杨逸，原名刘莜，1964年6月18日生于中国黑龙江省哈尔滨市，五个兄弟姐妹中排行第四。父亲曾是大学教师，杨逸出生的第二年，中国开始了"文化大革命"运动，1970年杨逸随家人下放到兰西县。在那连电灯都没有的酷寒的村庄里待了三年半后，才返回哈尔滨市，继续在由教室改装成的临时住房里生活。杨逸的外祖父曾是地主，在国共内战期间受到批判后逃往台湾。为此，杨逸兄弟姐妹几人都受到出身不好的牵连，工作学习均不能如愿。到了70年代末杨逸十来岁时，"文革"结束、中国进入了改革开放的时代，可与国外进行书信往来。因此，得知与外祖父共赴台湾的一位舅舅正侨居在日本横滨。

高中毕业后进入大学学习实用商业会计的杨逸，盼望着通过舅舅的关系留学日本。当得到日本留学签证后便中途退学，于1987年3月前往日本。80年代，中国年轻人掀起了海外留学的热潮，其中就有数万人蜂拥到了离中国最近的日本。那时的中日经济差距较大，留学生几乎不可能获得国内父母在经济上的支持。为了挤出学费、生活费，只能边上语言学校边打工。来日本的第二天,杨逸便开始在一家塑料零件工厂打工,一天 15 个小时、从傍晚 5 点到第二天清晨 8 点,下班后,直接坐电车去语言学校上课。虽然工资低廉、生活艰辛,但能够在向往已久的日本生活她已感到满足。那时的她,觉得哪怕 24 小时工作也行。①

杨逸在日语学校学习日语后,进入国立御茶水女子大学教育学部地理系,之后转入文学系。从御茶水女大毕业后到华文报社做过编辑,现在是日本大学的文学讲师。她跟许多同时期来日留学的中国学生一样,日语是从基础发音开始学起的。为了交学费和生活,她洗过碗,在电脑工厂的流水线打过工。从在中文报社做编辑时起,她开始用中文写一些散文和诗歌。1991 年与日本人结婚,2001 年离婚后自己抚养两个孩子。

杨逸用日文写小说的起因是在日本的中文写作几乎没有稿费,而自己又面临生存和抚养儿女的压力。她喜欢写作则源于自幼受当大学老师的双亲之影响。离婚后,面对自己必须独立生存的日本社会,她开始了一边翻字典一边用日语写作的尝试。2007 年,终于以处女作《小王》(ワンちゃん)成为在日本第 105 届文学界新人奖得主,且获得第 138 届芥川文学奖候选人的提名。2008 年她凭《浸透时光的早晨》一书获得第 139 届芥川文学奖。她是首位获得芥川文学奖的日本华侨华人,也是首位日语非母语却获得日本文学奖的作家。对于获得这个奖项杨逸说:"我一直把日本文学界最有影响力的和权威性的芥川文学奖视为天空中的美丽云彩,可望而不可及。日本文学界不拘一格,激励文学新人的举措,给我鼓励和增添了自信。"

杨逸 2007 年 12 月在《文学界》上发表的日语作品《小王》,获得第 105 届日本文学界新人奖,继而这部作品又获芥川奖提名。1 月 16 日在东京筑地新喜乐饭店举行的有 9 名日本著名作家参加的评审会上,日本青年女作家川上未映子以中篇小说《乳房和卵子》折桂,而

---

① 参照杨逸日语版的自传随笔《好吃的中国——甜酸苦辣的大陆》,受奖访谈《天安门与邓丽君之间》,载《文艺春秋》2008 年 9 月号。

《小王》以一票之差屈居第二，与此届芥川奖擦肩而过，但是在评选过程中，《小王》成了争论最激烈的一部作品。

那天晚上7点多，著名作家池泽夏树代表9名评审委员公布了评选结果。在谈到杨逸的《小王》时池泽夏树说：关于《小王》是否获奖，评委们一直到最后还在争论，杨逸把日本语文学中所没有的素材，把我们不知道的文化，或者说我们已经忘却了的生存方式，从中国带到了日本文学中。总之，主人公小王的生存方式，她的执着和充满朝气，在我们这里似乎已经不存在了。而中国农村的贫困和结婚的成立过程，也是我们已经忘却的存在，在这里，文化的比较也历历在目，这是非常重要的。如果作者不是超越了国境和文化，到我们这里来，学会日语，这些重要的东西就不会传达给我们。从情节来看，也充满了戏剧性。另外，对各种微妙的人际关系的描写也非常出色。可以说，这部作品把一股清新的气息吹进日本文学中。

但是也有的评委认为：现在杨逸所写的日语是不是日本文学文体？这种文体真的达到了获得芥川文学奖的程度了吗？她那里有很好的素材，本人也希望继续写下去，她的日语也会进步，因此把她放在下一次再进行评选怎么样呢？

芥川文学奖评选通常是由评选委员投票，然后评选委员对候选作品进行讨论，讨论后再投票，决定获奖作品。池泽夏树说，第一次投票时杨逸获得了多数的支持，但是在第二次投票时票数在川上未映子之后。川上的《乳房和卵子》得到4票，而杨逸的《小王》以3票惜败。

笔者在发表现场问池泽夏树：对于《小王》的日语文体，是不是评委们一看就知道是外国人写的作品呢？

池泽夏树回答说：因为评委们事先得到了有关《小王》这部作品的资料，我们通过对这些资料的综合和消化，虚心坦怀地阅读了这部作品。我们觉得她用并非母语的日语写作，并达到这种程度，可以说日语程度已经非常不错了，但是并不是说到了得芥川文学奖的程度。

而杨逸本人说："本来我写这个东西也没有想得奖，只是想以写作为职业。我原是想给《文学界》投稿，但是《文学界》不接受投稿，一般的日本文学杂志也不接收投稿，但是他们却在募集评选《文学界》新人奖的作品，我只好这样投稿了。我想，要用日语写作，必须先翻过两座'大山'，一个就是要让出版社看，看编辑们是否认可。而我得了文学界新人奖，说明编辑们已经认可了我的作品。再一座'大山'就是要看日本读者是否接受我的作品，而我的作品《小王》得到了芥川奖的提名，这说明日本的读者也认可了我的作品。"

虽然《小王》这部作品在第138届芥川奖评选时惜败，但是它成为在这次评选中争论最激烈的话题，在记者会上，记者提问最多的也是关于《小王》的问题。为什么这部作品会把一种"日本人已经忘记的""清新的气息"吹入日本文学中呢？这与作品在中日文化的对比中选用的新鲜素材及两种文化在接近与冲撞中产生出来的距离感以及距离感中衍生出来的"距离的美学"有着直接的关系。

一 渴望"距离"

作品中的小王来到日本，其原因是中国前夫的不断骚扰。在她怀着6个月的身孕去广州进货回来时，发现丈夫和自己店里的年轻女员工裸体躺在自己新婚的床上，不得不和丈夫离婚。

离婚半年后，当她好不容易从精神的苦痛中渐渐挣扎出来，她的前夫出现在她面前，向她索要儿子星星购买钢琴的费用，她把店里收银机的钱全交给了前夫。为了躲避前夫，她卖掉了店铺，在临街开了一家批发店，卖自己工厂生产的服装，可是前夫还是找到她，她绝望极了，卖掉工厂，逃往广州，去一家服装厂做设计师。可是前夫还是千里迢迢追踪她，向她勒索钱财。

她一心想脱离前夫的骚扰，只想去一个前夫永远也到不了的地方，于是她嫁给了一名语言不通，也没有感情的日本人而来到日本。

她在精神的伤痛中希望得到远离伤痛的距离，她以为距离可以解决一切，她在一阵踉跄的后退中，进入逃离创伤的遥远距离，来到人地两生的异国，然而当她奔向空间的距离时却陷入了文化、语言、心理甚至夫妻关系中的更深刻的距离,这种距离不仅不能帮助她逃离创伤,反而使她陷入近于疯狂的寂寞之中。

二 与距离苦斗

她奋不顾身地投入距离,而新的距离使她不仅不能成为一个真正的妻子,也使她无法在日本成为一个独立的人,她陷入寂寞与孤独的精神荒漠中,使她必须和距离苦斗才能生存下去——"丈夫晚上6点下班,她6点开车到丈夫的工厂去接他,6点半一起到家,开始了漫长的夜晚。吃饭、洗澡后就是与电视形影相吊。两个人存在于除了电视声音以外,什么声音都没有的房间中,似乎都能感到氧气在悄然流动,如此的空气令人窒息,一到这样的时候,小王必定会产生一种逃离这里的心情,她焦躁不安,似乎要疯了"。

她以国际长途电话试图缩短与故乡的距离,但是日本丈夫发现了高达10万日元的国际电话账单,空啤酒罐迎头砸来,轰毁了她克服距离的尝试,她下决心"必须自立地生活",于是她选择了做国际婚姻经纪人这个职业,这个选择最直接的理由是她克服距离的尝试受挫,最直接的目的是自己付长途国际电话费。而从这个工作内容本身来说,也包含着小王克服距离的愿望。对于小王来说,她在肉体和精神方面都没成为日本人的妻子,也不是经济上独立的个人。在做国际婚姻经纪人之前,她不过是和日本社会与日本丈夫之间,存在着遥远的现实与精神距离的旁观者,但她的内心中潜藏着成为真正的妻子和自立的个人的强烈愿望,而国际婚姻经纪人这一工作,既是一种商务,同时也可以通过婚姻这个形式,超越中国和日本的空间的距离,超越中日文化及语言的距离,促成跨国夫妇的结合。因此这个工作也是她超越夫妇间距离,成为真的妻子的心理与体验的模拟。她要打通贫困的中国农村和荒废的日本农村的通道,融合日本的婚姻方式和中国的婚姻方式,让民族的距离在红彤彤的双喜字中媾和。

她和距离苦斗，身姿笨拙而执着，她用一种可能实现的外在的形式，与内在难以消除的距离拼搏，正像那些穿着中国马褂和运动鞋的日本新郎，拉着黄牛上的盖着火红盖头的新娘，走进幻觉般的乌托邦，再走进 21 世纪的日本一样，距离和鸿沟是很难消除的——从 2001 年开始每年中国女性与日本男性结婚的夫妻都超过 1 万对（大多数中国女性像《小王》中所描写的那样，以结婚签证来日）。根据日本厚生劳动省的"人口动态统计"，2001 年日本丈夫、中国妻子的结婚件数是 13936 件；2002 年 10750 件；2003 年 10240 件；2004 年 11915 件；2005 年 11644 件；2006 年 12131 件。但是 2001 年日本丈夫、中国妻子的离婚件数是 3610 件；2002 年 4629 件；2003 年 4480 件；2004 年 4386 件；2005 年 4263 件；2006 年 4728 件。

但是日本人在顽强地娶着中国新娘，中国姑娘也踊跃嫁到日本，而无数小王，也在奋不顾身地做中介人。用池泽夏树的话说："不管是好家伙还是坏家伙，他们都在用尽全力地活着。"

三　距离的宿命

无论小王渴望距离还是憎恨距离，她作为生活在两种文化夹缝中的边缘人，距离对她来说是一种宿命。

小王在日本的婚姻中既没有得到由性所肯定的婚姻的实质，也没有作为妻子在经济上的安全感。她在介绍中日婚姻的过程中爱上了开蔬菜店的土村，她觉得他粗糙的，带着泥土气息的大手，有一种深笃的安全感。然而土村通过小王的介绍，和中国女子吴菊花结婚了。小王在自己的工作中发现了爱——"她看着土村粗糙的大手，喉咙里的甘甜的味道在口中蔓延。酒端了上来，轻柔的清爽浸透肺腑。是有点儿喝醉了吧？这样平稳而幽雅的片刻在现实中还是初次体验，正像在梦里见到的一样"。而土村在心里也爱着她，他曾笨拙而诚挚地表达过自己的感情，他那粗壮的大手一下子抓住小王的手："我的心情……我的心情，我自己都不明白……"然而也正是小王自己制造了她和土村永远的距离，她一手操办了土村与吴菊花的见面与婚礼，她完全没想到她在这次介绍国际婚姻之中得到的 75 万日元，其实是用来制造她爱的坟墓的费用。

在最后的公婆逝世场面中，作者这样写道：

> 已经到那个世界去了吗？在小王泪眼朦胧的眼睛里，出现了盖着通红披肩的婆婆向湛蓝的天空飞升的身影，渐渐远去，红色的披肩渐渐变小，小王的脸在热泪的浸染中感到了微微的隐痛。那红色的披肩愈来愈远，终于变成了红色的光晕，泪珠般地从脸上坠落，落在手上，脚上。
>
> 突然红色的光晕飞舞着回来，一点一点接近，可能是婆婆忘带什么东西了吧？小王的泪水在一瞬间止住了，那红色的光点看起来像人似的，正在幸福地笑着。那殷红的嘴唇在笑。脸，还有嘴唇。那是吴菊花。是穿着通红的，宽松的旗袍，横坐在牛背上的吴菊花，她在牛背上摇晃着像电影慢镜头一样向小王接近。从那晃动的红盖头下，那通红的嘴唇紧咬着，泪水从小王的眼睛里夺眶而出，像洪水一样喷溢。

在色彩学中，红色是具有最长的波长的颜色，它象征着强烈的生命，强烈的欲望和强烈的刺激，但是由于它也代表着血的颜色，因此有时也带有强烈的死与灭的暗示。小王希望红色能给婆婆带来强壮的生命的运势，因此在中国为病中的婆婆买了红披肩。但是胸前披着这块红披肩的婆婆死去了，红披肩象征着她与婆婆之间横亘着生死之间永远的距离。

远去的红披肩又飞舞而回，这次红色属于吴菊花。对吴菊花来说，这是通红的盖头，通红的嘴唇，通红的旗袍——小王亲手撮合的土村和吴菊花红彤彤的婚礼，却把她和土村的爱带入坟墓。

小王在克服爱与性的距离的模拟中，发现了克服这种距离的可能性，但是她用自己的手，在这种可能性和她自己之间制造了新的距离。

她试图逃离客观现实的距离的陷阱，同时又用自己的手为自己制造了新的距离的陷阱。距离对于她这种生活在两种文化的交界的边缘人来说，是一种永远的宿命，无论她是渴望还是憎恶。

四　中日的"距离"

距离不仅构成了这部作品的内在的张力，在语言与表现上也构成了一种距离美学。

笔者所理解的所谓"距离美学"，就是从作家与所表现的人与事物之间一个适当的距离中产生的美学效果。苏轼诗云："不识庐山真面目，只缘身在此山中。"作家如果过于被一种文化同化，失去了与这种文化的距离，往往会失去对于这种文化以及在这种文化中成长的人的客观与全面的视点，容易产生偏袒或者嫌恶的感情。另外，如果离这种文化的距离太远，就难以看清这种文化与在这种文化中成长的人的具体形象，而处于这个遥远的距离中的作家，要描写这种文化与在这种文化中成长的人时，就只有用自己凭空的想象来弥补视界的模糊和力所不及，当然，这种描写不可能是客观且公平的。

到目前为止，作者杨逸的人生一半在中国度过，一半在日本度过，这使她十分了解中日文化及在这两种文化中成长的人的个性，却没有被其中的某一种文化过度同化的倾向。她站在一个恰到好处的距离并运用具有"距离的美感"的语言。描写在中日文化中生活着的两国的典型人物。

首先这部小说的文体和语言与传统的日本文学语言不同，它没有日本文学语言那种过多的婉曲，模糊的话语光晕及内心的千愁百转，作品的语言富有汉语直率的力度和逻辑上丝丝入扣的紧张感，这使它在日语词汇的丰富与情绪的密度上逊色于川上未映子的《乳房和卵子》，但是由于语言直率而毫无拖沓的演进，却使内容获得了极大的丰富性。《文学界》的总编船山干雄对笔者说，杨逸的《小王》是在1700多篇应募作品中脱颖而出的，作品很有深度，也很有意思，在日语表现上也很有特色。一般日语的表现比较委婉，而杨逸的日语表现比较直接，这样反而更有力度。

同时它在表现上也不同于中国文学中最常见的表现形式，也就是词采飞扬与变形的比喻与夸张——我们中国的著名作家，譬如莫言和苏童的作品中经常可以看到这样的比喻和夸张。

而在日本文学中，无论是诗还是叙事文学，都强调描写的精确与自然，日本文学的长处在于，最精心地截取一段最富有表现力的自然与人文景观，然后最自然而平实地加以描写。他们不习惯于李白"白发三千丈"式的夸张，而对芭蕉"古池呀，青蛙跳水的声音"式的平淡情有独钟。而《小王》的表现可以说更接近于芭蕉式。它选取的素材非常精彩，但是它的叙述非常自然、宽容，不带有中国人对日本人的偏见，也没有日本人对中国人的轻视，它毫不夸张地描写中日两国人物的可爱、滑稽和人性中固有的清爽与黏稠，自私与热忱，自轻自贱和自不量力，但是没有来自站在两国特殊文化视角的偏颇，而只有一个对人性深切而毫无偏见的关怀的自然视角。这使作者笔下的人物，从中日两国的生活中呼之欲出。无论是满嘴四国方言，愿意用召唤小狗的名字召唤小王的婆婆，还是她像"喘气的家具一样"，盘踞在电视前常年不动的大伯哥；无论是吵着要"闹洞房"的老镇长，还是"把拇指放在中指和食指上，做着捻钱姿势的"小王的前夫，都似乎在中国和日本的四面八方向我们走来，如此似曾相识，使我们有一种走进了活生生的生活的感觉。

五 逃离距离的徒劳

为了逃离伤痛而渴望距离又陷入距离的深渊而和距离苦斗，和距离搏斗而又制造了新的距离——小王像每天周而复始地在推动巨石的希腊神话里的西西弗斯，她的奋斗是一种徒劳。小王的婆婆将要逝世时，她觉得如果婆婆逝世，她存在于日本的理由都没有了。为了躲避前夫的骚扰，她千里迢迢逃到日本，然而她的心中正孕育一种新的逃离，而每次逃离都不能实现她所希望的解脱。

然而尽管是徒劳，她仍然用尽全力地活着，用尽全力地工作，这正像西西弗斯，徒劳而永不休止，这徒劳本身就是一种悲壮，这也可能就是池泽夏树所说的《小王》的意义所在："杨逸把日本语文学中所没有的素材，把我们不知道的文化，或者说我们已经忘却了的生存方式，从中国带到日本文学中。总之，主人公小王的生存方式，她的执着和充满朝气，在我们这里似乎已经不存在了。"

西方人所表现的徒劳，往往带有非常浓重的悲剧性。有趣的是，在东方的文学与宗教中，也有很多典型的有关"徒劳"的表现，但往往体现了和西方式徒劳完全不同的意境。禅宗语录《毒语心经》中有这样一首诗："德云闲古锥，几下妙峰顶。唤他痴圣人，担雪共填井。"这里讲的是像"闲古锥"一样迟钝古旧，无用闲置的比丘德云，几次从修行的妙峰顶上下来，其目的就是雇用一个"痴圣人"，和他一起担雪填井。可是雪放到水里马上就会融化的，担雪填井，纯粹就是一种"徒劳"。而德云式的"徒劳"，却和惩罚性的西西弗斯式的"徒劳"，有着截然不同的意义。这首诗是一个禅的公案，解释这个公案的人说，这是对一种永不完成、无始无终的宇宙精神的体认，正是这种摒弃世俗的目的性的"徒劳"，才能使人体认生命，融于宇宙精神的无限的广延性，正像雪融于水一样。而目的性本身没有"无限的广延性"，是一个"终止符"。

而在传统的日本文学中，徒劳往往也是一种美。日本作家川端康成所写的小说《雪国》，可以说表现的就是一种"徒劳"之美。

《雪国》以越后的汤泽雪国为背景，主要是描写小文人岛村三次来雪国，和艺伎驹子间的交往。驹子真挚地爱着岛村，而岛村是个无为徒食之辈，他不过是一个"通过工作嘲笑自己"，从而产生悲哀的梦幻的"虚无"的代言人，他的妻子在东京，雪国没有把他吸引过来的力量，在《雪国》的全篇中，他只不过"三年来了三次"，他注定要回东京，驹子那炽热如火的爱，在他那里只得到了"像撞击墙壁般空虚的回声"。

由于爱的对象的虚无，爱的本身也带有了"不可实现"的虚无感。然而这爱之美，正是在这虚无中实现的。驹子犹如雪国朝阳般的生命力，也正是在对岛村的挚爱中实现的，而且她知道这爱不过是一种"美的徒劳"。

然而在川端康成看来，这虚无中的爱是极美的，它"虚无得像一朵濡湿的花"——不是为了其他的目的而开放，而是为了开放而开放。花的美在于它为花而红、而黄，而不在于它会结出有实用价值的果实和种子。虚无的爱正像花一样，爱本身就是价值，虽然它是不能实现其他目的的徒劳，然而它是美，是生命之花鲜活的美，美的价值在美本身，而不在于实现某种功利。

《小王》也是如此，逃离伤痛而渴望距离，又陷入距离的深渊而和距离苦斗，和距离搏斗而又制造了新的距离——她的奋斗从结果上看是一种徒劳，但这个过程是执着而充满朝气的，是拼命地活着，这种生存的方式本身就是美的。

作者杨逸似乎很早就理解了这种徒劳之美，十多年前，她在1996年9月12日的《中文导报》上发表过如下的诗作：

> 本是去尝试海风的清爽／迎面吹来的却是饱含着咸味的湿凉／万里晴空的下面／为何不禁会感到几分凄伤／环视左右的人群／当然觅不到似曾相识的面庞／走进凉凉的海水／那感觉就像我初次踏入成田空港／那拍打我的海浪／也许曾是我的追求、抑或是一种动力／促我去深海中／寻找那渺茫的宝藏／尽管我已被裹进无数的孤独／我却没有勇气回头望／因为我不想／那妈妈笑脸一样的太阳／会阴沉／更不想只染湿了双脚／就灰灰地败逃回安全的家乡／尽管海风无情、海水冰一样地凉／也许我无法适应、更难以战胜／只要海水里溶进了我的体温／小鱼们的记忆里有一个不曾偷懒的玩浪人／也许仅仅只有一瞬间／但那也一定会成为感人一章

这只求在小鱼们的记忆里留下感人一章的玩浪人，难道不是十几

年后在卓绝的徒劳中苦斗的"小王"的先声?

第二节 "罗生门"与女性之门

2008年7月15日晚,第139届日本最有权威的文学大奖——芥川奖揭晓。"罗生门"开了,为一个华人女性打开它沉重的大门。

中国籍作家杨逸继中篇小说《小王》获得文学界新人奖以后,又以小说《浸透时光的早晨》摘取了这次芥川奖的桂冠,这是中国人首次获此殊荣,芥川奖评委高树信子认为,获奖作品是一部细腻描绘人生苦恼与悲喜的青春小说,它以"触手可及的新鲜度"写出了一个人拼命生活下去的强烈意愿,这种感觉只有跨越国境的作家才能体会得如此真切。虽然与上届候选作品的选材全然不同,但作品水平很高,且日语能力大有进步,"和日本作家相比毫不逊色",与其他候选作品相比有着压倒性的力度。

高树信子还认为:这是一部出色的"个人史",最近20年以来,日本作家已经没有人完成这样出色的"个人史"了,而笔者认为:这部作品的意义不仅在于它的"个人史"的意义,而是一部在苦恼、彷徨及反思的个人史中,浓缩了民族在二律背反的历史选择中冲突与苦恼的作品。

一 "罗生门"

这部作品描写两个从偏远农村考入大城市的秦都大学的梁浩远和谢志强,"完全像是从黑白电影,一下子跳进了彩色电影的银幕中似的",进入了色彩斑斓的校园生活,使他们兴奋得在早晨来到校园里的湖畔大声喊叫,由此获得了"向着寒空嚎叫的二狼"的"雅号"。而校园生活中最使他们兴奋的是文学,最使他们崇拜的是中国文学系的年轻教授甘凌洲,他那"在流动空气的节奏中震颤"的读诗的声音,使整个大讲堂鸦雀无声,呼吸骤停,戴望舒那"寂寞的秋的清愁",渗透了两个在黄土房黄土墙的"黄一色"中生长的梁浩远和谢志强的心扉,使他们完全沉醉于诗那缥缈与美丽的梦境中。

1989 年春夏之交发生的政治风波中,他们的偶像甘凌洲老师自然也把他们带入了"风波"的旋涡之中,更何况在甘教授的身旁一直陪伴着美丽的、有着"像在清泉里摇动的大葡萄粒"似的美丽眼睛的女生白英露。

但是每次与民主派的集会,都使他无限失望,北京人老黄参加民主派的集会只不过是为了得到特别在留的签证;他的大舅哥大雄只是为了打发无聊的时间;民主同志会日本支局的代表袁利四处兜售"101 增发剂";他崇拜的革命家张北松由于殴打女儿受到美国学校当局的谴责,被女儿称为"独裁者",最后他找到了甘教授,呕心沥血支持甘教授的妻子已经在中国积劳成疾死去,儿子在来信中指责他:一个无法照顾妻子和儿子的人能够爱国吗?而烂漫的"民主之花"白英露带来了一个她和法国人生下的蓝眼睛的孩子淡雪。更使浩远受到毁灭性打击的是他在报纸上看到了一条题为"在日中国人庆祝香港回归"的新闻,而那上边有一张相片,发言者竟是民主同志会的日本支局代表,现在是"新华侨实业家代表"的袁利,他光亮的额头正在向头顶的头旋处延伸,不知是没有使用"101"还是"101"不起作用。

一切悲壮都变成了面对生存的无可奈何的叹息,有气无力的挣扎,用尽心机的经营,没有浪漫,没有理想,曾在民主大旗下呼号的悲壮在生存和时间中泛黄、风化,风化得斑驳陆离,面目全非。

美国现代著名政治学家亨廷顿认为,在战前,一个国家向民主社会的"转变带"的中心是人均 GDP 300 美元—500 美元(1960 年币值),到 70 年代提高到 500 美元—1000 美元,进入 80 年代又有所提高。在 20 世纪 90 年代和 21 世纪 10 年代,一个国家的人均国民收入在 1000 美元—3000 美元间是开始向民主转变的阈值;当它达到 3000 美元—6000 美元时,则是完成转变的阈值。这个阈值上下,是其他因素起作用的领域。

被袁利摇身变色的相片彻底击沉的浩远,深深体味到做一个"革命家"的孤独，在给父亲打电话时，他失声痛哭。父亲劝他明天早晨去看朝日，告诉他朝日是无比美丽的，他还可能看到彩虹。

第二天早晨，他真的带着妻子梅坐在他家后面停车场的矮墙去看朝日，"不知经过了多长时间，太阳带着倦怠的表情开始伸展腰身，它的气息吹进高楼的间隙，静悄悄地把自己的存在渗透在各个角落，终于也在浩远他们的头发、脸和身体上洒满了阳光，在道路对面灰色的楼房房顶露出了它四分之一的笑脸，灰色的楼房上放射着耀眼的银灰，渐渐增强的光辉变成了七月的灼热。正像父亲所说，太阳真美。这美是和1989年那个初夏的早晨，在黄土高原上通过的列车，看到的初升的太阳有着不同光彩的另一种美丽"。

"笼罩着心头的愁的曙色，被夏日的晨光划破。隔断时空的灰楼群那一边，黄土高原曾眩晕过的金色，溶载着那朝阳中狂驰的列车的血液，若流淌着苦难的黄河。"在通勤的列车中，浩远反复吟唱着从灼热的胸中涌出的诗句。

这就是渗透了时间的早晨，新的时间托起了闪烁着新的美丽的早晨，不同于黄土高原曾眩晕过的金色，但是美丽依然是美丽。

青春的悲壮浇灌出的青涩的果实坠落了，但是新的朝阳依旧升起，它渗透了时间，渗透了时间的阳光为浩远培育了新的希望：曾和他一起奋斗的志强，从中国向他走来，他成了艺术家和实业家，风流倜傥，成熟富足，中国在突飞猛进地进步，朋友在新的历史中成功。

杨逸曾对笔者说："我们当时完全不明白的事情，时间和历史都会告诉我们答案。"

"细雨茸茸湿楝花，南风树树熟枇杷"，这是明代诗人杨基的诗作，他是浪漫而美丽的。但是"熟枇杷"不是南风，而是时间，三月的南风吹不熟枇杷，而六月的朝阳一定会给青涩的枇杷染上一层美丽的金黄。

当送走了准备回国到农村小学教书的甘教授后，儿子民生问浩远："爸爸的故乡？那是什么呢？"

浩远慢慢地对女儿樱和儿子民生说："故乡就是生我的地方，也是我要死在那里的地方，那里有父亲、母亲、兄弟和温暖的家。"儿子说："那么民生的故乡就是日本了。"

浩远对故乡的思念仍然不失浪漫与悲壮，但是他已经不为悲壮的错位、风化与不可传承去愤怒和痛苦，他没有去纠正儿子，坚持是美的，但是变化也许更美。世界在变化，他和儿子理应有不同的故乡，他凝视着儿子的脸，微笑着说："回家吧！"

也许，儿子也是"渗透了时间的早晨"吧？

杨逸的女性叙事走过时间和历史之门，它在告诉我们什么呢？

二　女性之门

杨逸的作品多以中日为舞台，且登场人物也往来于中日两国之间。她们并非拥有远大抱负的精英分子，而是由于偶然的机缘跨越了国境。她们在为命运驱使的同时竭尽全力坚强地生活着。

《小王》中的主人公就是这类女性的代表。她从事国际婚姻的中介服务，向寻找结婚对象的日本男性介绍中国女性并从中收取手续费。故事开始于日本男性相亲旅游团来到只有一个招待所的某村镇，同与小王联手的住在国内的亲戚秋姐所召集来的中国当地女性举行的相亲会。

随着经济的向前发展，在日本，生活在城市的公司职员可以考虑怎样寻找理想的结婚对象，而继承农业或从事零售业的男性连找寻结婚对象都变得困难。于是，在这一群体中就开始出现寻找外国籍新娘的动向。从20世纪80年代开始，日本男性与外国女性结婚的事例不断增加。居中牵线搭桥的，既有善意的提供无偿服务的国际婚介者、地方行政实体，也有以盈利为目的的中介公司。小王与秋姐搭档的就是其中规模最小的中介。

虽彼此言语不通，但六名来自日本的男性与十五名中国女性的相亲会却办得热火朝天、圆满收场。故事的后半截，描述回到日本的小王边帮助参加相亲会的日本男性与中国女性进行沟通交流，协

第十一章 华文叙事与日本"物语"

助他们办理结婚手续。也许《小王》篇幅小致使小说的情节没有进一步展开吧。

小王的前半生，紧随改革开放的时代潮流，从最初摆地摊卖服装开始，到后来自己开店并拥有多处店铺，乃至最后承包了倒闭的国营服装制造厂，生意做得风生水起，可婚姻生活却是失败的。小王的老公虽然帅气却靠着小王的收入过活，不仅不工作反倒四处拈花惹草，对此无法忍受的小王只得选择放弃儿子及所有家产与之离婚。可没有想到的是，正准备在新的地方重新来过的小王，被前夫找上门来死乞白赖地要钱，无奈之下，小王决定出国以回避前夫的纠缠。不顾一切面子，小王经人介绍与一名日本男性结婚，随后东渡日本。

鉴于前夫是个美男子却尽干玩弄女性的勾当，给自己带来极大伤害的经历，小王选择了相貌平平、似乎也不会主动和女人套近乎的人做自己的新丈夫，并将自己的后半生寄托在新丈夫身上。始料不及的是，结婚后发现新丈夫极端的寡言，回到家喝着酒对着电视，什么话都不说。发火的时候，扔过正喝着的啤酒罐仍旧是一言不发。幸好共同生活着的婆婆对她比较满意，不断地与她对话、教她日语，好歹让生活得以为继。不巧的是婆婆从楼梯上摔下骨折住了院，这让小王意识到自己无论如何要学会自立，于是开始做起了婚姻中介。

不论在中国还是在日本，作为女性，小王的体验只有不幸二字。把女性作为蒙骗对象的小王前夫，与其说是中国，不如说是具有世界性的玩弄女性的那类男人的代表；而寡言少语的新任丈夫，用中国媳妇的眼光看，或许就是日本男人的典型。小王所期待的那份微小的幸福，哪一种男人都给予不了。

小说中小王对其中一个客户抱有好感，那就是经营青果店的土村。土村那双劳动的大手、那份对工作的热情、对自己所销售的蔬菜水果的喜爱及其所拥有的丰富的相关知识，都深深地打动了小王。小王为之牵线搭桥获得了成功。土村的结婚对象不久就将到来。无奈，小王只好把这份感情深埋心中。

期待与日本人联姻的中国女性自身也存在诸多的问题。其中让人

— 219 —

左右为难的是这些女性都经历了婚姻的失败。孙领弟,因为生了女孩而被婆婆逼着离了婚;李芳芳,新婚第三天和老公骑摩托与卡车相撞,老公当场死亡而被斥为"克夫命";吴菊花,出外打工的老公跟别的女人私奔了。她们集改革开放初期中国农村所存在的矛盾于一身,假如不管她们,让她们一直处在原先的生活环境的话,可以想见她们将会死于世人的唾沫。因此,小王下决心要为孙领弟、李芳芳她们找个好婆家。

与小王同时代(也与作者杨逸同时代)的还有《金鱼生活》里的主人公玉玲。在改革开放的浪潮中,玉玲原先的工作单位——国营粮店被改为餐厅,她就在那做了服务员。她的也是同事的丈夫则顺应潮流成了个体的士司机,有段时间混得不错也抖了起来,可却死于交通事故。相对于实际年龄显得年轻的玉玲,受到了来自餐厅店长的近乎性骚扰似的诱惑,在丈夫周年祭后,她与早就倾心于她的周先生开始了同居生活,只是,对于明显不如死去老公的周先生的事,她没有对任何人说起,别说是店长、同事,连在日本工作的女儿她都没有说。就是这么个玉玲,为照顾女儿的月子去了日本。在餐厅里还负责照管店长喜欢的金鱼的玉玲,着一鲜红短大衣,平生第一遭踏上了外国的土地。小说结尾的描写暗示了玉玲将最后回到等着她归去的周先生的身旁。

如上所述,《小王》《金鱼生活》描写了改革开放以来生活在中国大地上的女性,以及移居日本的中国女性面对的问题。主人公小王也好玉玲也好,以及那些在小说中一晃而过的农村妇女,她们在与多舛命运抗争的过程中努力地生存着。从这个意义上说,小说就是自20世纪80年代、新时期文学初期由中国女性作家们掀起的"女性文学"的延伸。

只是,杨逸笔下的女性,虽被残酷的命运拨弄,但她们终究是乐观而坚强的。比如其中最具代表性的小王。小说中的小王并非一直是乐观的。只想出国的她,与日本老公的新婚之夜可不幸福;我们还可以看到她惧怕老公暴力、绝望流泪的场面。在相亲旅游的归途,她顺道拐到北京王府井时，对自己的境遇，流露出如下的感慨：

> 从前也好、现在也好，无论在中国、还是在日本，带着迷惘的眼神毫无目的地在街头踯躅。连脚下的街道都各式各样，生活中也该有别样的色彩吧。她茫然的眼神、空荡荡的大脑、孑然孤独而麻木无主。脑际间不断闪过的是这样的情形：不知几时、或许就这么晃着消失在黑暗中①。

在日本还是返回中国，无论选择在哪里生活，对于无钱无势也不再美貌的中年女性来说，生活虽然艰辛但仍必须活下去，且想方设法也总能活下去。小王也好玉玲也好，无论发生什么事，最终她们都会选择义无反顾地活着，并朝着这一方向迈步前行。这种顽强的生命力洋溢在通篇的小说里。

作者杨逸跟随时代的潮流留学日本，虽然经历了千辛万苦，但也和同时代的英雄一起从同一时空中走了过来。用日语写小说，这一近乎本能的尝试，也源自无论如何也要以自己的力量在日本活下去的坚强信念。小说主人公们所拥有的那股顽强的生命力，也正是杨逸自身所拥有的。与此相对应的是，在《浸透时光的早晨》中，以梁浩远为首的初次亮相的男性却没有女性来的坚强，他让人觉得总有着那么点脆弱。

第三节　渗透时光的中华"物语"

《浸透时光的早晨》写梁浩远在坚持原有的中国志向与承受在日抚养妻儿的生活重压这两者之间挣扎着，但他还是决定生活下去。

仅从故事梗概看，这似乎是部以政治为主题的小说。但随着阅读的深入，我们可以看到，作者着力想展示的并非政治运动的本身，而

---

① 「ワンちゃん」文春文庫版、31頁。

中编　成长期："跨"世纪的日本性体验（第二个十年：2000—2010 年）

是在急剧动荡的社会变革中，为追求理想社会屡遭挫折却不懈为之奋斗的年轻人的形象。总之，该小说描写的仍旧是自我意识觉醒而苦闷着的年轻人，这是现代文学共同的主题，它让对中国社会不甚了解的日本读者也可以毫无抵触地加以阅读。

物语/小说的书写形式，采用了正统的写实手法，较容易为一般读者所接受。因此，在入选芥川奖时，有些评委批评说它是"陈腐的旧时代式的表现"（宫本辉）[1]。但肯定它的人们认为，这看似陈旧的话题中蕴含着日本文学曾经拥有而今却消失得无影无踪的那股活力，正面地评价了其敢于面对现实社会的那种态度。其中，极具代表性的评语有：

> 《浸透时光的早晨》描写了一名中国男性二十年间的青春年华及个人奋斗史。同样的二十年光阴里，日本逐渐地走下坡路，出现了停滞，二者间的结局是那样的不同。此外，人们还可以从那作品中找到一个久违的、值得高扬的词汇——"人生"。四十年前的日本，也曾有过那么拼命地为了社会、为了国家而思考奋争的情景，有过奋斗受挫而变节的青春少年，有过描写这类风情的文学。但不知曾几何时，小说中曾描写的青年人却变得不问世事，躲进自我的天地。（高树のぶ子）[2]

因此，评述杨逸的文学作品，与其说它是位于现代文学的前沿，不如说它让人想起了已被现代日本忘怀了的文学原点。

20 世纪 90 年代，除了以留学为途径外，还出现了一批以"国际婚姻者"身份东渡日本的女性。杨逸首先在小说中揭示了这种"国际婚姻"的悲情。在西方，美国的华人出现过特殊的"纸儿子"现象。在东方，为了取得日本国籍，一些中国女性选择与日本人结婚，也出

---

[1]《芥川赏选评》，《文艺春秋》2008 年 9 月号。
[2]《芥川赏选评》，《文艺春秋》2008 年 9 月号。

现了中日"纸妻子"。在纸的婚姻状态下，双方的情感交流几乎为零，这种家庭的冷暴力，对女性的压制无论在身体还是心灵都造成了双重摧残。女作家杨逸的小说《小王》和《金鱼生活》，为我们展现的就是这些异类者的生存状态。它讲述的是渗透时光的中华"物语"。

《小王》是杨逸到日本20年后用日语写的第一部小说。它讲述是主人公小王（王爱勤）在中国因婚姻不幸，以逃避的方式选择跨国婚姻，不料又陷入另一种不幸的婚姻的故事。小说梗概如下：主人公王爱勤，昵称小王，初中毕业后就顶替母亲进厂当缝纫女工。中国迎来改革开放后，勤快的小王很快就辞职下海，开始往返于广州、深圳做个体服装经营。因她丈夫好吃懒做又花心，导致婚姻破碎。为了离开婚姻的伤心地，小王通过跨国婚姻中介，远嫁到了人生地不熟的日本松山的一个小乡村。在日本的新的婚姻生活，也因为语言文化及生活习惯等方面的差异进入了另一个困境。当小王了解了日本的乡村环境后，为了生存也当起了婚姻中介人。

小说通过描写小王这个"红娘"组织日本男性到中国的相亲活动，让读者看到了一幅没有刻意渲染却又真实生动的中日跨国婚姻的素描，揭示了在现实生活中各取所需的日本男性和中国女性，在文化差异和生活背景不同下所遭遇的无奈。同时，其刻画的中国女性在生存方面的顽强和韧性也让读者深为感叹。小王这个人物形象，既是男权社会中的牺牲品，又是一个在双重边缘境遇下苦苦挣扎和反抗的边缘人。女作家曾经说过，她写这部小说的主要目的，就是想反映许多嫁到日本后的中国女性的真实处境，以及她们如何在夹缝似的环境里求生存的艰辛。

所谓"夹缝"就在"之间"。在中日两国之间，在两种社会之间，在两种文化之间，在男人女人之间。在多重"之间"状态下生存的人，无论是作家本人，还是小说里的主人公——跨国婚姻者，都是在这种不安定的变化状态中碰撞、焦虑、彷徨。《小王》这样一部作品，既反映了作者本人身为女性作家的女性意识的觉醒，也反映出杨逸本身对自我身份的重新构建。同时还是女作家自身心路历程的再现。由于"夹缝"、因为"之间",它产生出"另类"文学的新颖特质,由此进入日本的主流文学刊物和日本读者的视野。

在获得日本文学界及广大的读者认可后,杨逸的另一部长篇小说《金鱼生活》出版了。用中国人的视角看日本的写作手法,是杨逸一直采用的叙事视角。《金鱼生活》的前半部描写了主人公在中国的前半生,着重描写了深受中国传统文化束缚的中国女性林玉玲,她在中国东北的某饭店工作,店长让她照看金鱼。后半部则把重心移到日本,透过主人公玉玲的眼看日本。叙述了主人公玉玲为了照顾远嫁日本的女儿生孩子来到了日本。女儿希望母亲能长居日本而介绍她嫁日本人,但母亲时常想念一位平凡而对她疼爱有加的东北男人,最终还是决心回归故乡。女作家把离开自己熟悉的生活环境到国外经受精神上的孤独、生活上的不习惯以及不同文化的冲击时的彷徨、困惑、不安描绘得淋漓尽致,将由此而生的思乡之情和对过往生活的怀念描写得细腻婉约。让人看到即使故乡环境较差,故乡的人过去并不那么可爱、东西也不那么值钱,但对远离故乡者而言,那一切都是那么令人怀念。女作家细腻地描绘了在日本和中国之间,在不同国度、不同文化、不同生活环境和阶层之间,面临抉择的玉玲那犹豫不决的复杂心境。其中有一个十分清晰的意象——生活在自己世界里的主人公玉玲和在水池里自由游动的金鱼时常融为一体,女作家甚至通过金鱼生病濒临死亡的细节刻画来表现玉玲对自己处境的无奈和悲哀。身处异国他乡时所产生的强烈的爱国之情和那挥不去剪不断的乡愁,在杨逸的笔下得到淋漓尽致的表现,从而反映出女作家身为"他者"——边缘人的彷徨、困惑等复杂心态和对性别意识的重新审视和思考。

杨逸在日本发表的第二部作品《浸透时光的早晨》,叙述了中国两位大学生梁浩远和谢志强的故事。他们在中国80年代后期这一特定的历史时刻,因参加社会活动受挫,一个留在中国一个来到日本,在不同的社会和生活中,两人不同的价值观和思维方式发生了碰撞。杨逸所揭示的是跨越国境之后才能看到的东西,在她的笔下,可以看到人性的光辉,看到中国人顽强的生活姿态。

第十一章 华文叙事与日本"物语"

《浸透时光的早晨》在日本的读者群里反响很大（以下译自日本报刊文学评论）。有读者读了杨逸的这篇小说后说：小说若不描写自己与周围、社会、国家等关系就没意思。在时代的洪流中，并不那么特殊的人却能与时代的悸动合拍并找到自己的位置，作者对这一种过程的描写体现了小说的本质。还有读者评价：这部作品主题鲜明，我被中国人在国家和社会的驱动下，作为主体在寻找自己的位置并顽强地生存下去的故事所感动。宫本辉评价道："从语言表现方面来说，杨逸的作品是比较个性化的，也是比较民族性的，这让我们思考。跟现在的日本作家相比，她确实把很多素材包含在内容和语言当中。在日本的文学孤岛上，能够让文学为世界或当今社会推波助澜，我认为是一件很好的事。"[①]

此外，杨逸小说里塑造的中国女性形象有很多共同之处，她用各种表现手法想说明的是：女性的追求更重于精神而不是物质，这是与男性的根本不同点。《金鱼生活》中的主人公玉玲的形象就是作者刻意塑造和展示的大多数中国普通妇女的生活状态和性格特征。她们虽不富裕，却有着自己的"小康"生活方式和满足感。杨逸之后出版的长篇小说《狮子头》、《流转的魔女》、《给你的歌》等，都反映了她寄托在女主人公身上的这种思想共性。随着她写作技巧的日趋成熟，她自己的心理构建也逐步完善，早期作品里呈现出来的一些犹豫不决以及在中日两国文化上的左顾右盼，在《给你的歌》中已经淡出。

如今，杨逸这位新华人作家已不再是边缘人，她用日语写作打开了走向日本文坛的大门，并不断向日本文坛发声，让中国形象走入日本社会。她们的存在和女性书写确立了华文文学在侨居国日本的地位，扩大了日本人对中国女性的认识，也扩展了日本的世界和世界中的日本视野。

那么，日本的读者是怎样评价杨逸的文学作品的呢？

第一个理由是，日本的读者对在小说中出场的小王、梁浩远般的

[①] 以上均由笔者译自《日本报刊文学评论》，2000—2015年。

中编　成长期:"跨"世纪的日本性体验(第二个十年:2000—2010 年)

人物觉得非常熟悉,他们对这些随命运的变迁而顽强地生活着的、极为普通的中国百姓有一份亲近感并能产生共鸣。芥川奖评选时,评委们的评语证实了这一点。评委山田咏美评价道:"该作者擅长描写需要世人援助的人物形象。"① 评委川上弘美的评述则是:"对于小说中登场的人物,起初虽然还很陌生,但是,随着阅读的深入,却渐渐地喜欢上了小说中不断出现的每一个人物。类似的情形虽说在读其他作品时也存在,但毕竟较少。"② 这些充满善意的评语,都出自与杨逸年纪相近的女作家之口,真是耐人寻味(与之相反,来自年纪较大的男作家的评语,多是否定的)。

　　日本读者善意地接纳杨逸作品的第二个理由是,小说满足了日本人对近二十年来如此迅速地进入日本社会的中国人的那份好奇心。20世纪 80 年代,在改革开放国策的推动下,中国留学生蜂拥到了日本(日本政府限制引进外籍劳动者,因此获取留学签证成了合法进入日本的捷径)。他们半工半读,课余在日本的商店、餐厅打工。学成后,大多数人选择在日本工作或与日本人结婚而定居日本。来日本的中国人,在 1980 年时,尚不满 1 万人,如今却超过了 60 万人。2007 年,在日中国人的人数超过了因历史原因占在日外国人压倒性多数的韩国籍、朝鲜籍人而位居第一。③

　　今天,在日本熙熙攘攘的都市,在交通车辆里,听到中国话的概率已经远远大于英语;在职场、学校、邻近的商店、餐厅,几乎都能接触到中国人。尽管如此,令人意想不到的是,在日中国人的生活实态,他们在想什么,一般的日本人一无所知。日本人书写的小说里,不乏中国人的身影,可多是一些犯罪或从事性产业的可疑而靠不住的人,多是一些被程式化了的没有实感的存在。

　　在杨逸的小说里,除了前述的那些出场人物外,还有在日本餐馆打工的留学生——《寿喜烧》、有单身的大学老师——《老处女》、还

---

① 《芥川赏选评》,《文艺春秋》2008 年 9 月号。
② 《芥川赏选评》,《文艺春秋》2008 年 9 月号。
③ 由笔者译自《日本报刊的文学评论》,2000—2015 年。

第十一章 华文叙事与日本"物语"

有中国餐馆的厨师——《狮子头》等。他们是些在日本随处可见的现实中的人物。这些人在中国所亲身经历的"文革"到改革开放的历史阶段，以及他们到日本后的困惑与奋斗，都为日本大众所不知。对那些一直以来对生活在自己周边的中国人总觉得别扭、总是用异样甚至偏见的眼光来看待的日本人而言，杨逸的小说在他们将中国人视为邻居加以理解的过程中，起了重要的媒介作用。

比如，在某网页的读者自由投稿栏中的"阅读表"[①]上，就登载了如下有关《金鱼生活》的读后感：

> 初次读到以极为普通的中国人的视线书写的小说，感到很新鲜。到日本后的那些描写鲜活而有趣，虽同是亚洲人，但那金鱼色短大衣让人感觉到中国人与日本人间的某种不同，因此给人留下深刻的印象。
>
> 从中国人的角度看日本人和中国人在文化、价值观上的不同，读着、读着，觉得颇有意思的。同时，也感受到作者细腻描写的女主人公人生过程中所怀有的困惑与迷茫，是本耐人寻味的书。
>
> 既有到日本大把大把撒钱狂购的中国人，也有连日本位于何方尚且不知的中国人。通过中国人作家用日语书写的文章，让人捕捉到了电视、报纸都不曾报道过的真真实实的现代中国人的感受。

如上所见，用日语写作的中国人作家杨逸的存在，被日本的广大读者接受，而她也在日本文学界占据一席之地。此后，杨逸更是迸发出旺盛的创作生命力，不仅写小说，还在2009年出版了随笔集《美味中国——"酸甜苦辣"的大陆》，将自身半生所吃美食述之笔端；2009年2月开始长达一年在报纸《朝日新闻》上连载小说《狮子头》；2011年成为《朝日新闻》书评专栏的长期撰稿人。其活动的范围还在不断地扩大着。

[①] 由笔者译自《日本报刊的文学评论》，2000—2015年。

那么，今后将继续在日本大显身手的杨逸还必须克服哪些问题呢？

于芥川奖颁奖之际，评委曾提出其存在的两大问题。

问题一，日语表达的不成熟。对此，杨逸自身也已意识到了。在获得文艺界新人奖后，她说自己"反复读评语，特别是那些认为不合格的评语，深深地自我反省"。确实，从她的近作上看，她的日语表达能力已有所提高。

另外，有人对杨逸的语言表达却给予了肯定的评价，认为杨逸将中国式的表达直接植入日语所产生的违和感，反而刺激日语向良性发展。比如，俄罗斯文学研究者沼野充义就认为，因文化、价值观的差异而导致的比喻表达的不同，正是杨逸的风格，是值得加以开拓的充满魅力的领域。又如翻译家鸿巢友季子指出，杨逸的文体与翻译外文时的翻译文体存在相似之处，都是超越母语，然后经过"各种语言交流的广场"再进入日语。这些评述者的视野，不仅立足于日本文学，而且建立在当今具有国际化的文学越境的角度上。[①]

问题二，有人批评杨逸的文风仍处在近代写实主义的水准上，相对于当今后现代主义文学而言，显得过时、落后了。日本近代文学有严格区分"纯文学"与"大众文学"的传统。芥川奖就是以"纯文学"为对象而颁发的奖项，同时颁奖的直木奖的对象则是面向大众的小说，即娱乐小说。在评选芥川奖时，就有人认为，以杨逸的资质似乎更适合于直木奖[②]。不过，在今天的日本，"纯文学"与"大众文学"的界限已显模糊，不少的作家活跃于这二者之间。杨逸自身对自己的作品是否属于"纯文学"并不那么介意。她只是写自己想写，而所写的能得到日本社会的认同、获得收入就达到目的。打一开始，她就没有要挑战最新潮的后现代文学的意图。况且，在日本的读者群里，追求狭义的纯文学的读者为数不多，希望通过读书思考人生，与主人公产生共鸣的读者居多数。

---

① 以上均由笔者译自《日本报刊的文学评论》，2000—2015年。
② 《山田咏美的评论》，由笔者译自《日本报刊的文学评论》，2000—2015年。

第十一章　华文叙事与日本"物语"

　　今后杨逸书写的世界将朝哪一个方向发展呢？对生活在中日间的各式各样的人物描写，杨逸的笔触是日本人所无法企及的。今后，她还将继续以此为核心构思自己的作品吗？此外，出现在杨逸作品中的日本人，几乎都是作为主人公的陪衬，描写都过于表面化，落入俗套的居多。就是日本社会习俗、日本人的想法，也有让日本读者产生误会的地方。那是为彰显主人公的无知与偏见而刻意描写的，还是作者自身理解的不够透彻导致，令人难以判断。作为外国人，跨越障碍的同时，开拓更加广阔的自我创作天地，这是杨逸今后要面对的课题。

下 编

丰富期:"放题"于中日之间
(第三个十年:2010—2020年)

导　言

第三阶段（下编）——丰富期："放题"于中日之间（第三个十年：2010—2020年）

这一阶段的主题："放题"于中日之间。"放题"为日语，意为自由、自助，此乃和文汉读也。旨在探讨自由与不自由之间的日本华文文学。笔者称其为"之间"文学。这是介于两种或两种以上的文化之间的，可与本土文化对话，又因其文化上的"混血"特征而跻身于世界移民文学大潮。这就为中华文化提供了新的视界与新的空间。

第三阶段为日本新华侨书写的丰富期。这一异质文化的特点是多元的，也就带来各种形式的丰收。

特别值得关注的是，三十年来，从抗日—哈日—知日的日本体验中，我们听到贯穿三十年的知日长声。这种知日随笔，是不同于西方移民文学而特别富有"日本味"的文学样式。

回顾近代以来中国文人写日本，大抵分三个"批次"，第一批不必多言——自清末黄遵宪始，到鲁迅、周作人、丰子恺、戴季陶、陶晶孙、钱稻孙、郁达夫，不仅奠定了现代日本文化研究的基石，言说者自身也时常成为两岸中国当代作家想象日本的中介。

第二批主要是50年代到80年代，文洁若、刘丕坤、高慧勤、唐月梅、叶渭渠等人，多为日本文学的资深译者，严格地说，不算"言日"，只是在时代压力下断断续续而又锲而不舍地致力于翻译与绍介，为80年代后期的文化热铺路。

下编 丰富期:"放题"于中日之间(第三个十年:2010—2020年)

第三批,也是今天所谓的"知日派",生人50年代到70年代不等,赶上中日邦交正常化和80年代的出国热,三十年零距离的日本考察,三十年菊与刀式的"田野"功夫,说话有了底气,于是不反日亦不哈日,强调知性、智性乃至中性的立场,尽管写来仍不免一副刚硬严肃的面孔。进入21世纪,愈演愈烈的全球化、频繁的"代际切换",使中国与日本的文化联结呈现出空前复杂的面貌。"日本三书"(《五轮书》《武士道》《菊与刀》)之外,更添"四书五经",一版再版,鱼龙混杂;当周作人等"第一期"文化名人与日本的交流成为"佳话"之时,国人写日本的题材和语调也发生了变化。一方面,在日有年的学者、作家、文化人,以纸媒为中心,批量生产文化随笔,题材从社会学观察、业界趣闻、小资游记到家长里短的平民生活,无所不包,成为日本言说的最大"股东";另一方面,两岸三地均出现了一批以网络、报刊专栏为平台书写速食性杂文小品的双语作家,比起"知日派"有着更加"平民化"的书写姿态,对于普通读者心中日本形象的建构,影响不可小觑。

第三代言日者虽有不同的写作面向,却都有一个共通的读者群——包括"哈日族"在内的"80后",或曰,改革开放后第一批独生子女。他们不仅是"日本书"最主要的接受群体,也是第四批"言日者"。他们并不被动接受日本文化产品和前代作家的叙述,而是积极参与和表达。"80后"在童年和少年期经历的"动漫日本"和"政治日本"的错位与重叠,是不同于"知日派"的独特体验,而一些"知日派"对历史、政治和文化的处理手法,却又部分地迎合了他们想象日本的路径。

原汁原味的"日本"鲜见,旅日学者的"所见"却汗牛充栋:《冰眼看日本》《你以为你懂日本吗》《哈,日本》《看不透的日本:中国文化精英眼中的日本》《拨云见日》《梅红樱粉》《樱雪鸿泥》《左手中国人右手日本人》《落花一瞬:日本人的精神底色》《与"鬼"为邻》……

从这些富有"意味"的标题中,不难揣摩出编辑者(不一定是作者）的某种"噱头"心态。以刘柠《"下流"の日本》为例，此"下流"，乃为取日文的汉字意思，意指社会等级，近似于中文的"下层"或"底层"。而以此为题，利用"误解"在某个词上制造磕绊的意图便不言自明——面对"日本"时，我们应该具有某种复杂心境。

以"知日文丛"的李长声、姜建强、张石、王中忱、刘晓峰为代表，加之刘柠、李兆忠、董炳月、靳飞、毛丹青、萨苏等。这些"知日派"强调写作的中间姿态，具有更强的"文学"自觉；他们常热心担负起中日文化交流中的"桥梁"角色，如毛丹青为莫言、李锐和大江健三郎等人"牵线"、靳飞为歌舞伎名家坂东玉三郎搭桥，以及李长声与诸多日本文化名人之间的交往等。

由是，笔者把日本新华侨华人作家及其书写定位于"之间"：在中日两国之间，在两种文化之间，在历史与现代之间，在昼夜之间，在男女之间……"之间"是一种不安定的变化状态。在"之间"碰撞。在"之间"彷徨。在"之间"焦虑。然而，"之间"促使思与诗成长。

在2016年的这一年里，召开了两场对日本华文文学颇有意义的会议。

其一，2016年6月13日、14日，暨南大学和日本华文文学笔会在暨南大学联合主办"新世纪，新发展，新趋势——日本华人文学研讨会"。林祁作大会主题发言："日本华文文学与世界新格局——日本新华侨华人文学三十年述评。"

其二，2016年12月7—8日，第二届世界华文文学大会在北京新世纪饭店隆重召开。日本新华侨作家李长声与陈永和荣获中山文学奖。日本华文文学笔会有十几名会员欢聚北京，集体亮相。

2016年的这两个会议，可以看作对日本新华侨华人文学三十年的概括，又预示着新的起点。

特别值得一提的是，"陕军东征"①的亦夫"东征"日本后，以

---

① 陈忠实：《〈城市尖叫〉阅读笔记（代序）》，亦夫：《城市尖叫》，文化艺术出版社2001年版。

《无花果落地的声响》获得第五届华侨华人"中山文学奖"（2019年）。亦夫在这部小说中，为读者呈现了最日常、最真实又鲜为人知的日本。亦夫"转型"日本是一次命运赠与的机会，成为华文知日派的"知情者"。在中日之间，家国、情感、欲望和乡愁被掰开，被揉碎，亦夫又试图把"碎片"粘合起来，展现出别样的"物哀"。当日本经济进入"泡沫"后的滞退，当中国在为高速发展付出各种现代的代价之时，我们对"无奈"与"荒谬"的感受是如此的相近。

在这一代知日派作家之前，鲁迅称自己要"改造国民性"，郭沫若以"凤凰涅槃"宣告新生，茅盾写《子夜》想要表现一个时代的精神面貌。后来者的这一代华文作家呢？

早在2008年，著名学者资中筠就发文讨论：日本人的"知华"与中国人的"知日"。开篇提出的问题可谓振聋发聩：

> 百年来，中国赴日留学生一波又一波，人数远超过日本同期的来华留学生。为什么中国对日研究始终不甚发达，总是停留在大而化之的浅层次？这与国人对外国的心态有关，不仅对日本为然，当然日本有其特殊性。

我们看到，日本的书店里，总是摆着各种关于中国及其研究的书，而在中国的书店里，研究日本的书并不多，其中能与黄遵宪《日本国志》和戴季陶《日本论》相提并论的更是屈指可数。中国现时爱国"愤青"的态度，已经让不少中国人不屑或不敢"以客观的态度了解和研究日本了"。资中筠看到问题的严重性，发出"知日"的呼声。继而分析其原因有三。

其一，情绪化。"对某一外国的研究和认识往往与国家关系混为一谈。"中国人提起日本总是血海深仇，义愤填膺，如果不咬牙切齿，必有"汉奸"的嫌疑。把"知日"等同于"亲日"，"使一切爱国人士更耻于接近与日本有关的事物，包括语言、文化"。

其二，把日本作为"二传手"。早期中国留日的学生或以日本为基地从事革命工作，或通过日本学习西洋。实际上许多欧洲文献也是从日文转译而来，因此现在许多通用的新名词究其源头是从日文的汉字发展来的。即使长期身在日本，受到不少日本文化熏陶，但把日本本身作为研究对象，孜孜以求，在现场做深入调查的很少。

其三，泛政治化和高度实用主义。日本尽管居亚洲"四小龙"之首，常被提到，但注意力也只在其经济，甚至把它的繁荣纳入"儒家"文化的成就，"从深层次讲，国人对日本在文化上无法摆脱以文化源头自居的心态"。资中筠的分析切中时弊，入木三分，引发"知日"讨论的深入。

正如资中筠所指出的，这些长期身在日本，受到不少日本文化熏陶的中国留学生、学者及华文作家，开始把日本本身作为研究对象，孜孜以求，在现场做深入调查。他们/她们的知日叙事由此开始了。

第十二章　贯穿三十年的知日随笔

日本新华侨华人在日本长住后，从"怒视""仰视"走向平视，出现了知日派。知日派作家多擅长写随笔，一般倾向于选择自己了解或擅长的领域撰写文章，评价日本的社会现象，讲解文化知识，评价人情世故。文风轻松随意，有时又幽默风趣，这是知日派作家的一个共同特征。

即使知日派作家都有着独立的知识人背景，但仍然会受到中日关系的影响，摆脱不了两边的身份束缚。这往往体现在一些细微的地方，即使对日本某一社会文化现象给予了赞赏的态度，但知日派作家总是会再添上一笔对日本的某一国民性或习惯、现象的讽刺，轻微的挑刺或揶揄。这是因为华侨作家的华文写作，读者大部分还是国人，这种创作势必考虑到广泛的母国读者的心情。在中日两国邦交正常的情况下，知日派读者会尽量保持客观的态度，在比较中寻找其中的优点或缺点，致力于给祖国带来有益的文化借鉴。

日本是说不完的。常有作家东渡一游，走马观花，旋成一书。关于日本人闻名于世的戏剧性格，友邦惊诧了几代，甚至译制片的中文配音都特意运用急促呼吸法，来表现日语那神经质的语调。谁能揭开京都艺伎的面具，深入江户武士的内心？更何况，还有中日两国一衣带水、剪不断理还乱的一段"孽缘"。

如同日本"欲望"着中国，中国人也内在地"欲望"着日本。近年来，中国出版界一直不温不火地煲着中日文化汤。日本作家的"中国行记"被一一挖掘,歌舞伎、能乐、浮世绘等文化普及本琳琅满目,而其背后的"推手",正是第三代、第四代中国"言日者"。笔者旨在泛列言日者的文化姿态,借用文化研究的视域,考察在当代不同的表意系统——不同聚合关系中,有哪几种"资源",以何种形式,悄悄形塑着全球化时代中国读者空前复杂的日本想象。

由于知日派作家处在双边之间,是跨文化、跨空间的写作,所以他们在致力于兼容多元文化的同时,也不可避免地显露出了特殊身份带来的边缘化。他们处在社会、生存空间和文化领域的边缘,游离于母国与他国之间,这一特征自然影响到了他们的思考与创作。

他们将新移民文学作家游离中国内地,又被日本社会阻隔,被封闭在华侨社会的小社交圈中无法脱离的现状深刻地揭露出来。苦于这种肉眼可见的边缘性,华侨华文作家在写作时不由自主会被影响,产生彷徨的情绪。用一句老话来形容,日本华侨华文作家属于在中国和日本"两边都不是人"的一个状态,因此,"边缘性"成为这些作家作品中的最大主题。

就目前而言,知日派随笔创作的规模与成就最大,著述颇丰的李长声与姜建强是日本华文文学笔会的标杆,还有万景路、杨文凯、库索等知日派快手随笔作家。

知日派随笔作家对日本的社会、文化等有着深刻的思考与透彻的理解,并带着一种对等身大的日本文化进行传播的使命感与敬畏心,他们用灵活、闲适、机智、反讽、诙谐等艺术手法,记录自己对日本事情的有个性精神与人格色彩的认知与看法。这是海外其他华文文学难以企及的一块领域。

李长声旅日30年间,已出版的随笔专著至少有28部,从1994年敦煌文艺出版社刊行的《樱下漫读》,到2019年社会科学文献出版社刊行的《日本人的画像》,洋洋洒洒已累计几百万的文字。

李长声移居日本之前,在国内曾任《日本文学》杂志编辑与副主编,因对日本文化、出版业感兴趣,于1988年自费赴日留学。90年代初,李长声接受北京《读书》杂志主编沈昌文邀约,开设专栏"东瀛孤灯",侧重介绍日本文化。后来上海、广东、中国台湾等地的报刊邀他写随笔专栏。李长声后来把不同阶段的随笔文章陆续结集在国内出版,是当下在日本华文人著书最多的作家之一。著名学者陈子善对李长声的评价很高:"在我看来,长声兄是当下国内状写日本的第一人,就像林达写美国,恺蒂写英国,卢岚写法国一样,尽管他们的视角和风格各个不同。"诚然,李长声对日本文化的认识与书写,不仅涉猎广泛(尤其对日本出版文化十分熟悉),又有自己的独特思考。他跟周作人一样喜欢借助大量阅读文学作品来比较中日之间的异同,推崇并秉承周作人的随笔写作模式,注重知识性与趣味性,即讲究有益与有趣,其文笔于轻松幽默中凸显老到睿智。

李长声在25种随笔著作中,冠于书名最多的词语是"闲话",比如《居酒屋闲话》、《风来坊闲话》、《日和见闲话》、《四方山闲话》、《长声闲话》(五卷本)、《瓢箪鲶闲话》、《昼行灯闲话》等。李长声自嘲说:"闲话,无济于'世',于事无补。即便自己很当回事的话,别人听来也像是扯淡,用日本话来说,那是'昼行灯'。"虽然"闲话"是表明随笔写作的不拘一格,兴致所至,诙谐幽默,但其背后的语境并非等闲,而是渗透着作家对所写事物的人文关怀与自身的人格色彩、真知灼见。

李长声谈及日本人自己的日本论时,他指出"日本论的最大缺陷是无视亚洲",他认为"日本文化在很大程度上是通过贬低、否定、破坏中国文化来建立的",他还揶揄日本人把《菊与刀》奉为经典,他说:"本来美国人写给自己看的,日本人却从中看见了自己,看的是自己在美国人眼里什么样。原来日本文化还有个型,作为'耻文化'与西方的'罪文化'相对,平起平坐,哪里还能有这么长志气的呢?从此日本人更爱日本论。"[1] 其中说的"型",指的是日本文化为耻文化类型。再如,对日本每年的赏樱活动,李长声指出这几乎是日

---

[1] 王海蓝:《当代华人知日派随笔作家们是如何写作的》,中国世界华文文学网,https://huawenwenxue.jnu.edu.cn/85/d3/c5195a165331/page.psp,2020年9月30日。

本文化的一个符号，世界上无处不赏花，唯有日本赏得匪夷所思。一般人从生命短暂的樱花之美来谈大和民族的物哀精神，李长声却拿出自己好酒的豪爽、洒脱与嘲讽之力，把樱花喻为泼妇，哗地开了，又哗地落了，他在随笔中写道："樱花的一哄而起、一哄而散最符合大众的脾气。似乎江户人在世界上也是最好起哄的民众，樱花的暴开暴落像打架、着火一样打破日常，特别让他们昂奋。赏花是由头，喝酒是主题。没有酒，樱花算个屁。"

在李长声随笔作品中，不难发现，汉诗功底厚实为其另一特色，几乎在他的每篇随笔里都能读到汉诗，或引用或自创，信手拈来，出口成章。例如，谈到《菊与刀》里的二重性被视为日本人一大特性时，他指出："这种二重性，中国人早在唐代就指出了：野情偏得礼，木性本含真（包佶《送日本国聘贺使晁巨卿东归》）。"[1] 李长声曾说自己在"文革"时是逍遥派，当时学校罢课，他每天待在家中读书、写毛笔字、作古体诗，他那时偏爱魏晋文学，而诗赋是魏晋文学的主要成就。他对日本的短歌、俳句、川柳都有研究，在随笔中有几篇文章专谈这些，如《俏皮的川柳》《滑稽的汉俳》《芭蕉的俳号》《几只蛤蟆跳水塘》《连句与团队精神》《君若写诗君更好》等。他写道，"拿俳句打油就变成川柳，不像俳句那样拘泥于季语，好用应时口语，跟生活脸贴脸。俳句与川柳都带有滑稽，但俳句的滑稽须不失雅趣，而川柳的滑稽多乐在嘲讽"，即使不懂日本文化的读者也会觉得浅显易懂，颇多受益。

留日资历长、严谨又幽默练达的李长声无疑是知日派的重镇人物，1988年他从中国东北自费负笈东瀛，专攻日本出版文化，留日多年，自励"勤工观社会，博览著文章"。陈浩说他写日本作家与书、出版人与事，写流行现象，文学奖书评漫画，"笔下无虚字，俱是硬里子"，2005年以来，两岸三地纷纷出版或再版他的散文集，

---

[1] 王海蓝：《当代华人知日派随笔作家们是如何写作的》，中国世界华文文学网，https://huawenwenxue.jnu.edu.cn/85/d3/c5195a165331/page.psp，2020年9月30日。

下编　丰富期："放题"于中日之间（第三个十年：2010—2020 年）

媒体称之为"北京到上海广州东京一路开专栏的最有人气的旅日本华文人随笔作家"。

李长声以"书话"著称，下笔有春秋之气，颇具知堂遗风。《日下闲谈》开篇，即说逛东京的胡同是随笔，而繁华的表面则是散文。李本人无疑是以随笔自谓的。从《东游西话》《浮世物语》《日知漫录》《日下书》到《日边瞻日本》的一系列随笔中，似以《四贴半闲话》最为厚重，而《日下闲谈》等则较为轻松。长期的专栏写作，自觉的文化意识，李长声形成一种独特的说书人文体，端稳亦悠然，其精妙处，在于对历史、政治与文化的配比难题，常有善巧方便之法，内中既有对日本"弹丸之地"的调侃，亦有对自己"大国心态"的轻嘲：

> 大宝元年，参照中国律令制定了大宝律令，从此确立中央集权体制，小帝国像模像样了。信心满满，于是时隔 33 年重新派出遣唐使。[①]
> 中国从古至今的大而化之、外交气度，日本人似乎从古至今也不曾领会。
> 西乡反政府不反天皇，大概从来没想过鸟皇帝人人做得。（《梅花与梅干》）

同样说梅说樱，李长声总能从常见的文化比较框架中，见出细节之新意：

> 日本有一句谚语：梅与樱，两全其美。如果让我从中选一个来爱，那我还是选中梅花。因为它不仅可观，而且可食——中国人到底是讲究实用的。（《梅花与梅干》）
> 旧书铺，与其说是生意，不如说是店主的嗜好。出久根刚进

[①] 李长声：《昼行灯闲话》，译林出版社 2015 年版。

第十二章 贯穿三十年的知日随笔

东京那会儿，东京都城里有八百家旧书铺，几十年过去，还是八百家，并没有减少，全日本也还是两千七百多家，不可思议。（《出久根达郎之路》）

将文人骚客的雅致与尖酸，配以文化政治背景，便晃出一番风味：

话再回到苍蝇上来，我最喜欢这句歇后语：苍蝇叮在玻璃上：有光明没前途。似乎可以作成一首汉俳，试之：光明灿灿呀，苍蝇叮在玻璃上，前途几万里。

以夏目漱石为例，似乎我们更多些理由厌恶日本，当然也可能出于自卑感。说不定因此能确保不当周作人，只是别忘记，对英国的反感使夏目漱石成其为夏目漱石。（《作家的自卑》）

李长声文字的特色与功力，也常见于他与知日派和日本友人之间的唱酬之上。从现代漫画浮世绘大师杉浦日向子的《百物语》到历史小说家池波正太郎的《食桌情景》，李长声均现身"捧场"而独具慧眼，强调画非寻常漫画，吃非美食家的矫作，不经意间涉及的人、事、物，渐渐勾勒出半个世纪以来的日本形象。池波写到"吃"时，文字间幸福感四溢，李长声便"食为生之乐"酬之。配合作品的"深度"，短短一篇序言，从池波其人其文直牵到他亲去池波去过的馆子"体验"，进退有度的弹性语调，既符合国人欲知日言日的微妙心理，又不乏文化底蕴与智识创见。

李长声的写作对日本知识和文化的剖析不是每一个在日华文作家都能做到的。"李长声说，'侨日不等于知日'，表面上的走马观花在他看来都不是对日本文化的恰到好处的把握，只有从细微处和深层次中看日本，才能捕捉日本文化之所以是这般的奥妙'深义'。由此可以看出李长声的边缘文化立场，他完全是站在一种独立知识人的位置上看待日本和中国，这样，在他笔下的中国既需要不断地自我批判，而日本也并非是中国人想象中的天堂。"①

第一节 "知日派"的文化姿态

与第一、二代"知日者"致力于翻译原著不同，第三代更长于介绍见闻，难免导致"日本书"种类的失衡：书店里"日本文学"专柜中长年不变摆放着渡边淳一和村上春树，古典文学中，除常设的几部"物语"之外，偶见17世纪的"大家"井原西鹤、近松门左卫门的作品一二，却多为老前辈译者的再版重印。《在世界中心呼唤爱》这样的轻小说于日本国内属于"一本书主义"，"西渡"之后却成为代表"日本"的常销书目。出于种种原因，翻译界对日本文学和文化的译介有限而滞后，翻译理论著作者，多为旅日学者，在日本攻学位，读什么译什么，或译导师的旧作，于日本文学的新动向，鲜有空闲关注；而文学方面，近现代文学的著作权丧失，译起半新不旧的永井荷风、太宰治来，倒无须费钱费事。于是，和辻哲郎写于20世纪20年代的《风土》在2006年才译出，而在知识界造成广泛影响的《日本现代文学的起源》，主体部分写于70年代，却在2003年前后才与中国读者见面。看着几十年前"崭新"的日本著作时，一种"倒时差"的眩晕感油然而生。

在旧历史的阴影下，言说日本，无论视其为友邦抑或对手，翻译的脚步相对滞后，知日者的转述便显得至为重要，2004年以来，两岸三地的出版界纷纷打出知日牌。如秦岚主编的"知日文丛"，苏静、毛丹青主编的"知日"，傅月庵主编的"日本馆·文化风"等。

以"知日文丛"的李长声、张石、王中忱、刘晓峰为代表，加之刘柠、李兆忠、董炳月、靳飞、毛丹青、萨苏等，写作主体多为文学学者、编辑、艺术评论家或出版人，其特色在于学有专攻，将目光对准日本本身，而非缘日而看西洋。时有卸下专业套装的"纸背后的心

---

① 张益伟：《1990年以来日本华文文学的叙事学研究》，博士学位论文，武汉大学，2014年。

情"，付梓之际，又往往再经职业眼光的"回炉再造"。总的来说，"知日派"强调写作的中间姿态，与电视媒体人白岩松、中国香港的蔡澜、汤祯兆等相似而具有更强的文学自觉；他们常热心担负起中日文化交流中的"桥梁"角色，如毛丹青为莫言、李锐和大江健三郎等人牵线，靳飞为歌舞伎名家坂东玉三郎搭桥，以及李长声与诸多日本文化名人之间的交往等。他们不仅观察日本，也观察"哈日族"，学者如李长声，记者如萨苏，在自身的写作中，主动构造一种较为包容的语义空间，形成了与这些"新新人类"的一种"理解"（或反理解）的方式。

"知日文丛"中作者的文化姿态不尽相同，如张石《樱雪鸿泥》，情感论的倾向颇重，动辄以小事而直接挂钩"国民性"，先入为主的预设性较为明显。

与李长声语调相类的还有资深意见人刘柠，刘在《南方周末》《南方都市报》《凤凰周刊》《南风窗》等报章上开设专栏，著书撰文，受到广泛的好评。

刘柠本人的言论与此呼应，《南方周末》曾以"假如中国失去日本""假如日本失去中国"为命题，请两国学者加以描述。刘柠认为，今天的中国在文化上失去日本，"至少会少一些趣味、精致和异国情调的梦幻，或许还会失去可资参考，并有可能孕育本土创意产业商机的弥足珍贵的参照物"。

"惟其东邻有日本的存在，中国对外部世界的想象才不至完全落空，虽然有误读的成分，有基于误读的情绪性发泄，但随着双方沟通的日益频密，理解的加强，一个对异邦的想象会渐渐逼真起来，离事实越来越近，这将有助于中国学习接受并心平气和地与一个现状的日本相处。"[①]

这种客观公正、平等博爱的语调和姿态，使言说者获得了更大的

---

① 王海蓝：《当代华人知日派随笔作家们是如何写作的》，中国世界华文文学网，https://huawenwenxue.jnu.edu.cn/85/d3/c5195a165331/page.psp，2020年9月30日。

自由度。然而，不能不看到，文化随笔这种既严谨又放松的体裁，有一种天然的盲区，即其引用材料和观点的方式，较学术批评要灵活得多。特别是讨论那些"标志性"的日本文化主题，如艺伎、樱花、过劳时，经验材料、二手甚至三手的材料，或隐或显地穿梭于中，难免鱼龙混杂。文化随笔和网络平台本身的性质，又极大地掩盖了这种传递过程中的翻译机制。

如董炳月、刘柠和刘晓峰在讨论艺伎的文章中，均借章子怡主演的电影之风潮，引用了电影改编原著——美国记者高顿的纪实文学《艺伎回忆录》。他们引用其"二手"的日本读解，并节选日本文学片段为证，认为这些外国学者发掘到了日本文化的深层。董炳月写道：

> 中国人与日本人有许多差异，性心理和性道德观的差异正是主要差异之一。日本人似乎依然保持着原始时代对"性"这种生命本能，所怀有的质朴的感觉和坦然、从容的态度，并将这感觉艺术化。在这个意义上，"艺伎"就是"艺术化的妓女"。

事实上，为说明这种"情色"乃是日本文化中的典型特征而引用的高顿文本本身，曾受到其受访"原型"——岩崎峰子的激烈批驳，并告上公堂。峰子更借势写出"真正的"《艺伎回忆录》，极力强调艺伎与"娼妓"无关，乃是一个贵族化的艰苦行业，根本不涉及性服务。比起"日本是一个性开放的国家"，这才是日本人更加希望树立的国际形象。不论这种反驳是否符合"实况"，至少代表了一种有别于"中国式理解"的向度，和文化随笔的某种话语"空隙"。

萨苏与毛丹青是"第三代"中更为"民间"的日本言说者。他们以普通侨居者的姿态，在与异民族身体和伦理的日常遭遇中，记录点滴感动的瞬间。

60年代出生的毛丹青早年毕业于北京大学，1987年移居日本，从1999年开始双语写作。当年只身闯东瀛的年轻人早已过了"愣怔期"，下笔游刃有余，态度娴熟悠然，被藤井省三誉为继鲁迅、周作人以来

第十二章　贯穿三十年的知日随笔

最富感性与悟性的知日派作家。在他笔下，呈现的是一个在道德伦理上绝少违和之处、有着纯美的文化与人情的日本。毛丹青标榜以"虫眼"观日本，他在图文并茂的随笔集《闲走日本》封面题辞中写道：

> 许多人都说日本人做事细，但我偏用虫眼看他们，这样就可以看得更细，细到烂的地步。
> "闲走"之于虫子来说，应该是他们的属性，慢慢地，不慌不忙，跟人比起来，似乎大度得多。不过，虫子的眼睛应该是敏锐的，看什么都看得非常狠。

毛丹青的所谓"细"，乃是直接摄取那些"精彩瞬间"，所谓"狠"，乃是狠狠地煽情——凸显那些"动人"的日本情调：在车水马龙的大街上闲庭信步的盲女、"报恩"的野猫、敬业的甜点师、有浩然气、具快哉风的真言宗大和尚……"虫眼"并非"不经意的一瞥"，而是精心策划的"发现"，那些摄入"虫眼"的瞬间，被寄予了某种"瞬间即永恒"的至高期待。

又如2007年，李锐、毛丹青共同执笔策划的《烧梦——李锐日本演讲纪行》，这是一个极富意味的套层文本，集合了二人各自的散文、日记和对谈，从中时常可以看到毛丹青"诱导"李锐去注意日本的微细之美、瞬间之美、伦理之美，如路边的小佛像，因每日被前来供奉的路人浇水而长满青苔，被李锐叹为"活的传统"。同一细节在毛那里着笔，便见出明显的戏剧化倾向，仿佛日本是一个能剧舞台，时时处处富于表情和深度。

"虫眼"本意是标榜细致、丰富、多角度观照世界的态度，而在毛丹青那里，丰富多彩的题材、形形色色的"遭遇"，却始终只有同一种取景法则——一种从历史、国族的大概念中下降的视角。普通人的人情温暖与家常中的传奇，无不是在日本色彩浓艳的四季风光中演绎的。同是写温暖人情，李长声是偶尔流露，毛丹青则是作坊式写作，难免刻意做旧。这样的"日本"并不新鲜，乃是活脱脱的日剧场景、主题和情态。

毛丹青的态度,莫言赞同并为《狂走日本》作序,以作家的权威性幽默感,发表了一通"鱼虾歪论"。

这种在情谈情式的二分法,恰恰成为毛丹青隐含的"国族"书写的技巧模式:无可否认的是,毛丹青笔下所有的"人情"与"人性",都同时是对"日本性"的书写,而且是着意的书写。在散文《蜂巢》中,毛丹青与邻居河田夫妇共同对付院子里的马蜂,故事进程极其紧张,而作者强调,整个"战斗"过程中,自己始终关注着那闯祸捅了蜂巢的河田家的小儿子的表现。

在这里,这里所有的瞬间都属于"日本"。尽管不去言说"日本是……",但整个文本无不指向"这就是日本"的断言。这样一个经过高度"过滤"和"提纯"的日本所映照出的,是否同样是一个被"提纯"的"中国人"的自我?

毛丹青的同龄人萨苏,同样有一种看似潇洒实则精心的风格,属意却不在"人情"。萨苏最早成名于博客,在"知日派"中,属后来居上者。其人兼具多重身份:留日十年的中国工程师和外企管理层;在日本娶妻生女落户的北京侃爷;资深军事迷。举凡医疗系统的运作、政治选举的裙带关系、邻里街坊的交往、色情业的规矩,和一个军事上长期受压抑的国家的隐痛和烦恼,萨苏一一道来。

由于这种多重写作身份,萨苏既有《国破山河在——从史料中揭秘日本抗战》的血泪控诉之作,又有《与"鬼"为邻》等对"日本日常生活"的评价。将政治的日本与百姓的日本分开,将个人与集体分开,将历史与现实分开,是萨苏最得意的姿态。一些读者拥护他轻松调侃又敢于判断的态度,也有些颇怀微词,因其笔下的日本人不无漫画化的意味。萨文总是从日本人的"轴"入手,然后调侃几句历史和名人,予人道听途说之感。他创作出一种"短语式"描述法,如"一根筋""内向拘谨""上品暧昧"的性格等。幽默调侃之中,往往有一种不无"小恶"的揶揄口吻。萨苏乐于书写文化差异中日本人闹的各种"笑话",与李长声的嘲弄与自嘲不同,萨苏当然也调侃自己、调侃中国人，其性质和面向却并不平衡。他笔下的"小日本"，很像中国小品中的东北人：自身严肃，却引人发笑。

一些读者却认为，日本的国民性，"唯萨苏这样深入日常生活，才能从本质上揭示"。不能不说，类似萨苏这种先"博客"后纸媒的日趋流行的文学生产模式，对于建构某种"速食化"却并不能轻易"降解"的日本形象，有着不容忽视的作用。值得注意的是，"文化日本"的写作姿态本身具有一个"左右逢源"的位置：因为从文化角度言说日本，时常成为政治压力的隐喻和转移的对象，同时，这一角度，也常常是使问题激增的关键领域。当国内的"民族主义"炽盛之时，便集"文化"以缓解之，对于日本这个太过符号化的国家，"饮食"之或"文学"之，既容易使人暂时搁置历史和现实的政治纠葛，将目光对准那个"先进、清洁、舒适、精致、古老、温情"的日本，也很容易将这些对文化的形容再次接驳回某种具有敌意的情绪端口上：未免"太先进""太清洁""太舒适""太精致""太温情"了吧？一句话——"小日本儿变态嘛！"[①]

萨苏和毛丹青都算是双语写作的"两面人"，这里只谈其面对中国，为日本"建魅"的一面，对日本如何言说中国，尚不得而知。而另有一些作家，因其身份特殊，恰能为日本"解魅"。那就是以茂吕美耶和新井一二三为首，面向中国写作的日本双语作家。

将两个日本作家放在当代中国的"言日者"里，并非牵强附会，因这批作家的存在，恰恰反映了全球化时代中国的日本言说的复杂局面。与李长声、毛丹青等"随大溜去日本"的知日派的经历正相反，这两位作家都有于80年代改革开放之初留学中国内地的经历。多年以后，他们的"日本言说"，先是经由港台而至内地，后直接在内地接连出版，形成相当大的影响力。这种中日文化交流之中的"双向流动"，在今日的后现代语境中拉平了"时差"，李长声的"80年代"

[①] 王海蓝：《当代华人知日派随笔作家们是如何写作的》，中国世界华文文学网，https：//huawenwenxue.jnu.edu.cn/85/d3/c5195a165331/page.psp，2020年9月30日。

日本与茂吕和新井的"80年代中国"相映成趣,对影三人,何者为是?这些"所来之路",颇具戏剧性与传奇性,对读者构成一种"时隐时现"的身份"诱惑":不断有人在茂吕的网站上表明自己的身份,与主人分享共同的跨文化经历。①

第二节 调侃中生产的"短语日本"

在全球化所创造的共时性奇幻图景中,自我与他者、读者与作者的界限皆已模糊。伴随着日本文化出版热,即将成为"新的中日关系承担主体"的"80后"一代,开始以戏仿、改写等"互文本写作"的形式,继续打造"知日派"的"日本符号学"。

一部动画的"民间改写"之所以重要,原因之一是,就日本想象的构成趋向和途径而言,仅仅以传统的纸媒文学形式为参照,已渐无说服力。对于"80后"来说,"日本想象"的主要来源并不在于纸媒文化,即便是从纸媒输出的日本符号,也往往经过了各种亚文化媒介的重组和过滤。可以说,当代中国的日本想象,比起此前近一个世纪以来,最大的变化是符号信息"端口"的复杂化——想象的主体与对象,是以某种跨媒介的"印象联盟"(image alliance)的方式建构起来的。

知日派,在横向上,将一切通过动漫等文化软体向世界输送的各个领域的"日本印象"全部搜罗起来加以戏仿,从纵向上,将一切关于日本历史、文化、科学的"正史"完全颠覆。无论是圣德太子出使隋朝的"日出处天子"的故事、"俳圣"松尾芭蕉还是敲开日本国门、促成明治维新的"黑船事件",都是日本向世界输出的自我主体形象中的重要符码。然而,这种形象,乃至上文中所呈现的一切中日作者的"严肃意图"——戏剧化的日常生活的温暖、活的传统、历史的沉重、身份的焦虑……被知日派只是稍稍改变了语调和姿态,就面目全非。

---

① 本节由卢冶博士执笔。

这种后现代式的"拼贴"是对历史的一种回溯性的"总结",即使新时期的一代人的日本想象的"内容"没有太大变化,但形式的重组、符号的排列方式、语气语调的"变奏",却形成了对批量生产的日本表情的根本颠覆。这种颠覆指向一种心酸的"无厘头"处境,为中国青年所心领神会,立即博得了两岸中国网友的一片眼泪。成长环境完全不同的中日青年,却在某种既是全球化的也是亚洲性的"共时态"中,调整出一个相似的频率,在充满岔口的小径上奇异地相逢,这无疑是一个值得回味的现象。

知日派所呈现的奇特的日本形象,暗示出跨越中日差异。"80后"也是"知日派"的重要读者群,其阅读范围跨越小资情调的毛丹青、偏邪的萨苏和厚重的李长声。他们在成长期与成人期所接受的,其实是内容与形式都截然不同的日本。

这一代人在初次与日本的"动画表情"接触之时,大多处于记忆深刻而无"话"可说的少年时期,而学习中日之间的"正史",则是在初中到高中这一阶段。此时,与这段血泪史同时降临的,是学校教育体制下整套知识系统的询唤和社会对语言表述本身的要求。于是,在动漫与历史、想象与真实、记忆与表达之间,形成了一个小小的"旋涡"。有一部分青年被"分流"出去——他们接受了"正史"之中对日军残忍与暴力形象的叙述。他们在那些标榜热血、战争、友情、胜利的少年动漫如《圣斗士星矢》《七龙珠》《高达系列》之中辨识出了这些暴力符号的面孔。但对于大多数动漫爱好者来说,"记忆"依然难于割舍。与其说,他们将正史与动漫的关系看成关于日本的"两种表情",不如说,对他们而言,一直存在两个对象——文化日本与政治日本。这种态度,比较类似于"知日派"萨苏式的"历史是历史""老婆是老婆",其文化消费者认同与民族国家身份认同是界限分明的。

中国台湾学者的调查显示,许多"哈日"的内地学生与日本没有任何直接关系。正像70年代的日本青年憧憬中国一样,中国"80后"最渴望了解那个"梦幻国度"的少年时代,很少有人能得到动漫本身

下编　丰富期："放题"于中日之间（第三个十年：2010—2020 年）

以外的信息，或有机会真正前往日本游览。在那个没有 DVD、动画片，只能依靠电视台播出的时代，许多孩子有向电视台写信要求重播某个剧集的经历。而今日，当年可望而不可即的声优、动漫配乐、歌曲、广播剧等以爆炸式的方式涌向中国，他们已有太多的机会可以与日本接触。当一首动漫配乐可以轻易地在网上找到，甚至那些神秘的幕后人员频频造访中国时，当年的热情却已不复存在。从某种程度上说，资讯的缺乏与过剩，也造成了"80 后"与"90 后"之间的代沟。

今日中国的文化产品含有多少 80 年代日本的"元素"，2000 年前后网络上开始通行的表情符和变体字，正是 80 年代登陆中国的日本幽默动漫（如高桥留美子《乱马》、北条司《城市猎人》）中普遍的表达方式，甚至在汉语中不合语法的"被动句"，如"被出国"等，其根源也是日式的。

三十年来，使"80 后"少年对日本动漫的兴趣，在成年后也转为对其政治、经济、文化、历史的"全面补课"阶段。知日派的写作正好迎合了这些认识和表达日本的需求。"知日派"的表达有以下三个特点。

1. 老一辈写作而新一代"围观"。对于并不十分了解日本流行文化，往往只能从"外部"评说或绕行的知日派的"日本"，"80 后"往往能较为中肯地指出其偏颇或盲区所在。

2. 村上春树、郭敬明这样的年轻作家，将其日本动漫记忆浮泛地表达出来，而获得了大批支持者；另一些作者虽不在写作中直接表现日本内容，但其行文风格以及文本所建构的文化氛围，显然受到了动漫日本潜移默化的影响。

3. 当穿越、耽美这些青春期心理幻象被社会、媒体公开命名，成为广为人知的次文化时，动漫学术化现象也逐渐成为一种再解读的趋势。除了《搞笑漫画日和》式的合作创作，更有许多年轻学者，将"后学"、文化研究等理论方法，积极地应用到自己所喜爱的日本文化产品中，或发表论文，或广贴"动漫学术贴"。

不论如何，知日、言日者的崛起，意味着中国人对日本"爱憎分明"的他者化姿态将越发软化。而将动漫仅仅视为"亚文化"现象，而作为"正统文学、文化"的一种补充或附件来加以总结，恐有失偏颇。从"80后"的"两种日本"来看，所谓"日本"，在历史政治想象和大众流行文化想象中的存在形态是不同的。正是由于对这种差别缺乏了解，成为一些文化研究文本的问题所在，如以"哈日族"为对象的研究时常存在一种"内在的裂隙"：一方面认为他们很难会对日本进行"理智消费"，对中日历史进行深入思考；另一方面，却又"号召"哈日族去"思考"。事实上，这类对研究对象的根本的歧视态度使文章的分析陷于无力，也不可能与"哈日族"形成所谓的"交流"。

研究者既要考察当下"日本想象"的书写形式，又对日本书写中传播较广、影响力较大的部分执有先入为主的观念，那么不难想象，在研究中建构出来的"日本想象"，已经通过了几道"过滤"？要言之，无论文化或知识，"温情"或"客观"，都无以掩蔽我们对日本强烈而暧昧的情感。无论谈饮食、描风景、叹人情，即使说者"无心"，听者却有意。

今天，中日的历史早已被纳入商业运作的体系，梦魇与梦幻狭路相逢，构成了想象的后现代形式。每当讨论国人对日本的态度时，"爱其文化，恨其政治"的组合仍然是最有效的。

在全球化的今天，中日差异在"文化交流"中正迅速拉平，时差逐渐让位给共时性的日本消费。而"知日者"良莠不齐的大量生产，则加剧了文化印象的凝固化，而不是它的流动性与开放性。事实上，在作为一种商品的文化想象之中和作为一种历史的政治想象中的日本的存在形态是完全不同的。

第三节 随笔日本"大家"写

日本随笔成为日本新华侨华人写作的一大特色。当下活跃在腾讯·大家的"东瀛丛谈"专栏作者，就有一批日本的知日派作家，喜欢写随笔。随手写来，不拘一格。

传统意义上的随笔，比如《枕草子》，是片段性地记述日常生活中对自然的观察和对人生的感受。对"Essay"这种新式随笔的特点，日本著名的文艺评论家厨川白村在其《走出象牙之塔》中有所论述："如果是在冬天，便坐在暖炉旁边的安乐椅上，倘若在夏天，便披浴衣，啜苦茗，随随便便，和好友任心闲话，将这些话原样移在纸上的东西就是Essay……所谈题目，天下国家大事不必说，也可以是市井杂事、书籍评论、熟人之间的传闻以及自己对过去的追忆，把所思所想当作天南海北的话付诸即兴之笔……它最重要的条件是笔者要浓重地写出属于自己的人格色彩。"

对于现代随笔（Essay）的审美特征，中国学者黄科安在其专著《知识者的探求与言说——中国现代随笔研究》中，认为"随笔具有三个方面的美学特征，即：兴之所至与任心闲话；个性精神与人格色彩；信笔涂鸦与雕心刻骨，尤其抓住了'个性精神与人格色彩'这个随笔美学的核心内涵，由此引申出随笔创作的五个方面的艺术表现形态，即：非系统、闲笔、机智、反讽和诙谐"[1]。如果通俗一点，正如在日本华文人随笔作家李长声所说的："中国的随笔，用今天的话说，特色在于掉书袋，抖机灵。这也是日本人的随笔概念。"[2] 不过随着这一"序文"所言，他又在《太宰治的脸》之"代后记"中补充道："观照自我、表现自我是近代随笔的精神所在。它借助传媒扩大读者群，并且对读者有启蒙之功。"[3]

当代知日派随笔作家越境的文化随笔，核心就是比较文化，两国之间传统与现代的文化比较。这种随笔作品的价值大小，就在于这种比较的深度，在于比较视角的独特性，其艺术含量也在于作家在一种生存状态下对自身的独特体验的一种生动表述。

当下活跃在腾讯·大家的"东瀛丛谈"专栏作者，主要有李长

---

[1] 黄科安：《知识者的探求与言说——中国现代随笔研究》，中国社会科学出版社2004年版。
[2] 李长声：《四方山闲话》序文，联合文学出版社2011年版。
[3] 李长声：《太宰治的脸》，生活·读书·新知三联书店2014年版，第299页。

声、毛丹青、姜建强、万景路、唐辛子与张石等几位。毛丹青与唐辛子都是早前在博客和微博流行时，他们把对日本的见闻思考诉诸文字后发在自己的博客上，随着阅读点击量渐增，成为人气博主，博客文章也不时被相关媒体转载，在知日方面逐渐有了话语权。

毛丹青自述写日本选择了两个角度：一个是气味，另一个是色彩。他随笔里记述的人物接近修禅，因为崇尚日本的仪式感。他喜欢写周边的小人物、小故事，由此为大时代提供一些现场可思考的元素，他认为日本是中国的一面镜子，这点跟前述陈舜臣的日本观一致。

唐辛子的博客名为"辛子IN日本"，博客名下注明了博客的内容与性质，即"用眼睛与镜头记录一个图文的日本"。她把记录日本见闻的博客归类整理出来，结集为《唐辛子IN日本——有关教育、饮食和男女》一书出版。

唐辛子主要是通过中日比较，从女性视角来看日本孩子的教育、高品质的生活以及最流行的时尚文化，也有关于历史的反思。其内容丰富，文笔流畅，轻松有趣，给读者展现了一个多维度、多方位的富有时代气息的日本。

一　随笔黑马姜建强的"另类"写作

在日本华文人作家姜建强，可以说是近十年杀出的一匹黑马，是当下日本华人圈里有名的随笔作家之一。20世纪90年代，他留学于日本东京大学，出国前曾在大学任教10年。现为日本华文文学笔会会长，东京《中华新闻》主编，腾讯·大家"东瀛丛谈"专栏作家，致力于日本哲学、历史与文化的研究，除了前述七部专著外，近年来还在《东方早报》《上海书评》《南方都市报》《书城杂志》等发表数十篇文章。

姜建强的著作题名中高频出现的词语是"另类"，不同于李长声的"闲话"系列，"另类"的基本义是思想或行动跟传统理念或方式不符，表现出独特、个性或新意。姜建强的《另类日本文化史》《另类日本史》《另类日本天皇史》等著作不同于传统意义上的史作，作者运用自己独特的思考力另辟蹊径地为读者提供了一个新视角、新文本。《另类日本史》洋洋洒洒38万余字，它实际上是围绕着日本史上一些人物与事件进行深层解读，运用随笔体为读者解答了"十万个为什么"。而33万余字的《另类日本文化史》呈现给读者的是一本意象的文化史，所谓意象，属文艺美学的概念，指客观物象经过作者独特的情感活动而创造出来的一种艺术形象，可以说作者是出于让读者更好地理解，将文化信息通过抽象、升华达到更有深度的诠释，换言之，《另类日本文化史》不是传统意义上的日本文化史料的照搬性译介书写，而是作者从种种意象诸如樱花、艺伎、相扑、寿司、武士道、浮世绘、动漫、美少女等，以全新、另类的视角对日本文化进行了解读，文笔优美，深入浅出。

姜建强是哲学专业出身，所以他的随笔往往哲理性很强。他认为日本人也讲"无"的文化哲学："何谓'无'？日本人说，剥去所有的虚饰即是'无'。'无'就像茶，茶是'无'的艺术，是无须语言论理的艺术。所以也是无言的艺术。"姜建强也因雄厚的哲学功底，对事物的看法总是一针见血，准确到位，比如他说："我们看到了一条清晰的因果链：俳句的艺术原点是脱俗；和歌的本质是草庵思想；茶道是在空无一物的贫寒的小屋里完成了精神的洗礼；花道是在去繁去艳去色的基础上插出了原本'生花'的'清'与'贫'；枯山水则是用最经济最原始的几块石粒再造了一个无穷大的自然的小宇宙。"另外，姜建强随笔善于紧紧抓住社会现实热点，对当下流行元素或时代信息的敏感度很强，比如村上春树最新长篇小说《杀死骑士团长》的问世，日本喜剧歌手Pico太郎创作的神曲"Pen-Pineapple-Apple-Pen"，山下英子首提的在收纳界异军突起的"断舍离"概念，等等，让读者感到他的随笔活在当下，与读者同思考共呼吸。但正因为姜建强的哲学思考，其随笔偏于长文写作，也因为思想深刻，就少了些许有趣与诙谐，易让当下浮躁的读者错过或放弃阅读。

二　随笔新秀万景路的"碎片"书写

万景路是典型的专栏撰稿人，1989年赴日定居后，出于对母语写作的天生爱好与不离不弃，二十年来一直为日本数家华文报刊撰写散文、随笔。之所以称其为随笔新秀，是因为万景路直到2016年才将自己发表在报刊上的随笔作品结集出版，而且几乎同时在国内出版了两本著作，给人耳目一新的感觉。万景路目前仍在为多家媒体撰写专栏文章，比如在《中文导报》有他的"亥鼻东瀛"专栏，《日本新华侨报》有他的"坐景谈天"专栏，笹川日中友好基金的微信公众号"一览扶桑"有他的"日景寻路"专栏。

如果说李长声着重读书札记，姜建强着重史料思考，那么可以说，万景路着重生活碎片的拾遗。正如姜建强所说的那样："在一个失去意义的时代，章节目式的宏论已经式微，取而代之的是碎片书写的'颠三倒四'，在不经意间将历史的大珠和文化的小珠落入玉盘，倒也呈现出世界和生命的切切声响和多重色彩……有时，意义就在玉盘转动的不经意间生出，给予启迪和不枉然。毫无疑问，万景路这本书的意义也在这里——启迪和不枉然。"万景路随笔写作的最大特色，是对日本生活细节处的真实还原、素朴有趣，紧要处又不乏对日本文化的辛辣讽刺与黑色幽默。《灰暗的日本人》一文中，他指出日本的武士道说穿了就是死道，随时要为主子赴死的，因此说："武士心理就难免阴翳，所以我们在电视里也几乎很少看到武士的笑容。如此种种，也都影响到日本人的心理趋于灰暗了。"再如他谈到日本女子和服恰到好处的"藏"与"露"时，他认为"是牵系住日本男性那颗不安分之心的最好的灵丹妙药，'女为悦己者容'，在日本应该改为'女为悦己者色'才恰如其分"。他得出结论是"一藏一露，也再证了日本文化中那份浓郁的暧昧成分"。可能与移居日本长达近30年有关，万景路随笔的中文表述中时常夹杂着日语表达，例如"从音乐方面来看《君之代》。也说明了这样一个道理，它虽然没有中国、美国国歌那种激越与亢奋，却在日本人贯穿古今的'知伤感之心'的'我慢'中，孕育出了无穷的生命力，并将其转化为决绝的意志"。这么精到的解读，却因为日语"我慢"让那些不懂日语的读者感到理解上的困惑，即便是文章的前半部分对该词已做了补充说明，但在这里仍需要做注释，这些都应该从读者的受众与需求上对文本语言再做准确调整。

由于是文化随笔，这些知日派作家作品的共同特点是很明显的，各自选取在日本感兴趣或擅长的领域，或讲述文化知识，或评析世态人情，兴之所至，笔随心动，闲适轻松，睿智幽默。

同时又因为他们是越境写作，呈现出多元文化兼容状态。他们的思考与写作在母国与所在国之间游离。日本《新华侨》杂志曾组织在日本华文人作家李长声、靳飞就所谓新移民文学进行座谈，这些作家痛切地指出了新移民游离于中国、阻隔于日本、封闭于华侨社会小圈子的现状，用在中国和日本"两边不是人"来形容这种多重性的边缘处境。这种边缘性，不仅体现在日本华文小说的创作上，还体现在散文、随笔的创作上。

武汉大学张益伟的博士学位论文《1990年以来日华文学的叙事学研究》分析李长声的写作："对日本知识和文化的剖析不是每一个在日本华文人作家都能做到的。就像李长声说的，'侨日不等于知日'，表面上的走马观花在他看来都不是对日本文化的恰到好处的把握，只有从细微处和深层次中看日本，才能捕捉日本文化之所以是这般的奥妙'深义'。由此可以看出李长声的边缘文化立场，他完全是站在一种独立知识人的位置上看待日本和中国，这样，在他笔下的中国既需要不断地自我批判，而日本也并非是中国人想象中的天堂。"[①]

随着中日关系的不断变化，他们的立场与思想多少都要受到冲击与影响，这些微妙变化之处，就体现在他们对日本某些文化或事物赞许的同时，总不忘在最后添加一笔对日本的挑剔或揶揄，毕竟他们著作的消费主体在母国，无论如何在他们心里装着的仍然是母国的读者。

---

① 张益伟：《1990年以来日华文学的叙事学研究》，博士学位论文，武汉大学，2014年。

第十二章　贯穿三十年的知日随笔

当然，这些随笔作家在正常的国与国的关系下，都会尽最大可能保持客观态度，审视日本文化或中日之间的文化比较。

随着全球性数字时代与消费时代的到来，知日派随笔创作又受到快餐文化的冲击与影响。尤其是现代生活节奏加快，当下浅阅读成了主流阅读方式，网络媒体为顺应这种潮流，逐渐推进快餐文化模式，随笔的创作在内容上、篇幅上与思想上越来越去迎合读者的口味，媒体甚至在标题上做文章，比如前述姜建强《下流日本为何成了中国有钱人的后花园》一文，作者用的原标题是《一个失去30年的国家又为何成了中国有钱人的后花园》，网络编辑的作为纯粹是当下流行的"标题党"行为，就是在网络中故意用较为夸张、耸动的文章标题以吸引读者点击观看文章的一种行径，这当然不是作家的初衷与意愿，但媒体对作家的要求是这样存在的。这种短平快的文化快餐式随笔，难以在艺术上精雕细琢，缺少文学作为一门艺术的那种厚重感，但好处是能拉近文学与读者的距离，同时也提高了随笔作家观察生活的敏感度，增强作家对现实生活的关注度，提高作家对流行元素的快捷反应，激发作家的创作灵感与欲望，同时也增加了文学的多样性，强化了文学的时代性。随笔作家万景路的写作趋于这种模式，比如西方情人节来临之际，他在专栏就写下："日本是怎么把情人节巧克力变成职场文化的"；但因为还有姜建强与李长声的那些稍有长度或厚度的随笔，所以短时期内知日派随笔将呈现出多元并存的模式，读者可以按需选读。

无论是文化知日第一人李长声的"闲话"创作，还是随笔黑马姜建强的"另类"写作，以及随笔新秀万景路的"碎片"书写，这些活跃在当代日本的华人知日派随笔作家作品，他们是中日文化关系下的一种有着历史经验的文学产物，是其他语种诸如英语、法语等国家的移民文学（越境文学）中不多见的一种文学现象。成果丰硕的在日本华文人知日派作家将引起世界华文文学界的关注与重视，同时，他们的边缘性写作与快餐式写作也将成为学界进一步探讨的话题与焦点。

下编 丰富期:"放题"于中日之间(第三个十年:2010—2020年)

三 "侨日瞧日"何以知日?

姜建强在"腾讯·大家"发出《抱着硅胶娃娃回家的日本人在想什么?》一文,引起"朋友圈"一阵热议:也想抱一个回家试试!貌似轻佻的玩笑,却也引人深思。当今的现代社会怎么了,我们面临的是生活不可承受之"轻"或之"重?"

显然,姜建强"抱着硅胶娃娃"来吸引大家的眼球,是想触及"日本人在想什么"这一难以捉摸的问题;以"硅胶娃娃"之"轻",探究"日本想法"之重——事关中日两国"知己知彼"的重要问题。

以"轻"击"重",不仅看到日本人曾做什么,在做什么,还可能做什么,而且看到日本人一直在想什么,可谓知日知到"心"了。

姜建强曾经说过:"知日是有条件的,而且条件相当苛刻。其中一个最基本的条件就是看你是否有一种知性将日本社会的种种世相,切入其背后的历史文化之中。"以其人之道,治其人之身。今日且以其"苛刻"之道,审视一下其人之笔。

姜建强真的知日吗?在他笔下,富士山"这座日本人的灵魂之山",赞美性由一般性的"日系纯爱"上升到"日系灵性",指出"异质性的底部是灵性"(与笔者主张的文学首先在"灵性"相通);年年"花见"的他,新任日本华文笔会会长后更是热心引领新华侨赏樱吟诗,不取中国人"后会有期"之慢态度,而体验日本人"一期一会"之快人生,身入瞬间美追寻日本人美意识之深层,进而探讨中日生死观之异同;他以陌生化的眼光,观察细致入微,不仅看到"一棵荠菜花/开在篱墙边"(俳句),而且发现"日本文化的红尘黑齿"(而非"红白歌会"更非"绿肥红瘦"),感受其幽玄的生命力,并试图剖析日本人包容万物的宗教性根源;他从"留住古色苍然"的"百年老店",看到日本人对传统的坚守到了"不顾死活的程度",这种后现代意识就是:"好生活不是用钱可以买的,而是用时间来积存的。"姜建

第十二章 贯穿三十年的知日随笔

强道不尽日本的"道",语不完日本的物语。

日本新华侨华人文学最突出、最有成就的是随笔。他们不仅著书立说,还与中日两国媒体联系紧密,创作内容包罗万象,应有尽有。这些生活在日本的华人零距离体验日本,并钻进日本文化的深层肌理中去探寻答案,以报刊纸媒为中心,批量生产文化随笔,成为日本言说的最大亮点。

李长声主编"侨日瞧日"丛书时,曾代表大家"自我言说":这套"侨日瞧日"丛书的作者有个共同点,那就是长年侨居日本,甚至瞧它瞧了二三十年,他们生活在日本,为生活而观察、而学习,而且有一点研究把体验和心得写出来,既不是走马观花,也不用妙笔生花,无非要告诉大家一个活生生的日本,日本是这样的。

李长声自序中说:"旅日多年,写了几本随笔,被称作知日。信奉知之为知之,不知为不知,总之,不装。"侨日瞧日的他,同时学会了日本人的聪明劲。

现代中国的知日派周作人有句名言,"我们在日本的感觉,一半是异域,一半却是古昔,而这古昔乃是健全地活在异域的"[1],读李长声的随笔就有周作人的这种感觉。

从李长声《哈,日本》这富有意味的标题中,就不难揣摩出作者心态。在日本华文人心中都有一个中国情结,而对日本是既熟悉又陌生,看似近实则远,剪不断理还乱……"哈"独立其首可为惊奇感叹,亦可连读成为"哈日"。哈日要哈到痒处,反日要反到痛处,友好要恰到好处。作者机智幽默,从一个细节读懂一个真实的日本。《昼行灯闲话》则以微醺之笔,将日本文字信手拈来,趣谈开去:日本有茶道、武士道,几乎"头头是道",料理却偏偏不讲"味道"?漫步日本,赏"枯山水"、逛二手书店、品吟酿酒;懂点门道更好。浮世春画、AV产业,日本色情产业古今传承?日本僧人吃肉娶妻,风头盖过偶像明星?道德绅士、夏目漱石的隐秘情史,村上春树笔下人

---

[1] 《周作人作品集》,岳麓书社2019年版。

名的讲究……话题丰富多样，堪称日本文化万花筒。

李长声笔下的日本形象，姜建强随笔樱花的生死哲学等，似远非远，随手拈来，针砭时弊，如道家常。这种知日随笔，是对中国现代传统鲁迅、周作人等的承继。

唐辛子说："甚至中国的文人们来了日本，去京都和奈良看了看，回国就热泪盈眶写文章在日本看到了唐朝——中国人面对日本时的优越感，还真是充满悲壮：明明看到的是日本人的京都与奈良好吗！但中国人偏偏要梦回唐朝。"

由于长期亲历日本而成"知日派"。"知日"是一个很重要的概念，也是一个很有意义的角度，即进入其内的写作，而不是外在的臆想话语。李长声奇思妙想，其实源于敏锐犀利的洞察。李长声的一本随笔集取名《日知漫录》，日知者，知日也。在古今中日的纵横对比中，许多事态的深层意蕴就变得显豁了。这是从事跨国写作的独得之利，知日随笔者显然深得其昧。

张石探讨日本人为什么特别喜欢禅味，写道："禅的'平常心是道'精神，使禅深入到于国民文化生活的所有层次中，也使日本的每一个制品，就是一个锤子，也精致得像艺术品，日本的企业文化中，一般都掺入了禅的精神的。"

随笔体裁本来就"轻"，日本文学比起中国文学本来就显得"轻"，唐辛子讲述五个日本有名女人的爱情故事，娓娓道来，更是轻文学了。有如濑户内寂听对爱情的看法：爱情从感觉开始，并且又从感觉结束。"感觉爱情"本来就来无踪去无影，你就感觉去吧。唐辛子居然用武士道精神，给一个个爱情贴上了标签，命名为《日本女人的爱情武士道》。大概因为怕爱情之情太轻，压上武士道搞平衡。当今随笔之道便是一轻一重。

李长声擅长轻轻说来："女人，是我们对日本感兴趣的话题之一。有一个说法：吃中国菜，为妻温顺，当情人也温顺。这却可能是外国人对日本女人的一个误解。"想想也是，我们对日本的误解或者叫误读还少吗？李长声便很善于"误读"，善于读史而知今，一说日本就扯到中国。

日本新华侨华人以随笔之轻探知日之重，唐辛子在2014年曾在网络上发表过一篇《日本人如何看待抗日神剧》的文章说道：

> 从日本历史就可以看出，日本人一直都是被动钝感的民族，被黑船打开国门，后来又被美国牵着鼻子走，这种后知后觉是日本人一贯的态度。但同时，他们也很关注细节，很敏感。所以你会看到一个日本人对一朵樱花飘落感到伤感，却对国家的大事毫不关心。所以，即使日本人看抗日神剧，也不会有太大的反应，需得分三次，给他时间让他自己回想，让他思考，才会越发觉得这件事情有多奇妙。大部分日本人不懂中文，并不能第一时间理解抗日神剧在讲什么，后来又觉得画面惊悚，鬼子被武林高手白刀子进红刀子出像割韭菜一样杀得东倒西歪，日本鬼子哭爹喊娘丑态百出。日本人看到这个画面，只会觉得怪异，浑身不自在吧。

语言是"民族精神的外在表现"。民族文化可以通过民族的语言展现出来，民族词汇是民族文化的重要标志。日本一直盛行的"御宅文化"看起来是一种享受孤独的生活状态，实际上是对"唯美"生活的追求。

日本人对于审美有一种偏执且病态的执着，他们痴迷于樱花凋零的瞬间美景，却不屑于繁花似锦时的百花争艳。有人认为是地理上的岛国特征导致了他们畸形的审美观，因为日本是一座"孤岛"，生活相对比较闭塞，所以日本人的性格比较封闭。

观看日本电影、电视剧，读者也总是能轻易便发现隐藏于日本文化深处的那份惶恐和不安，世界仿佛并不具备吸引力，而死亡是永恒的期待。究其原因，笔者认为是日本长期处于土地狭窄、各类资源稀缺、自然灾害频发的岛国，所以使得他们时刻心存"危机"与"绝望"。

李长声、姜建强、万景路、唐辛子、毛丹青这些在当代日本活跃的知日派随笔作家，与其他英语、法语等跨文化作家不同，他们的文学作品是受到中日历史关系影响的产物。由于21世纪产生的动漫御宅族对日本文化的崇拜与追随，原本处在边缘的知日派作家终于获得重视，在快餐式写作中对中国当代文学创作的发展产生了巨大的影响。

第十三章 日本"美意识"与"汉字力"

日本华人作家姜建强，近十年才开始写作，就获得好评。他毕业于东京大学，在留学东瀛之前就已经在大学任教十年，现任东京《中华新闻》主编，是现任日本华文文学笔会会长。他最擅长的是日本哲学、日本历史与日本文化，做过多年的研究，已发表过七部学术专著，为腾讯日本文化专栏的撰稿人"大家"。

姜建强致力于寻找日本文化中的新奇之处。其中《另类日本文化史》《另类日本史》《另类日本天皇史》等，都不是传统意义上的历史书籍。姜建强有自己的独特视角，另寻新鲜的趣事为读者展开。《另类日本史》总字数将近40万。该书围绕着一些重要事件中的各色人物，深挖他们的经历，做出深层次的解读。《另类日本文化史》也多达33万字，从日本文化意象的角度剖析了日本文化史。意象本是一个美学概念，作者为了让读者通俗易懂，将意象揉开，深度诠释。所以，《另类日本文化史》是一本超脱传统意义上文化史书籍的读物，作者逐个分析了日本文化中常出现的意象，深刻解读了其中包含的内核。

姜建强原本是研究哲学的人，所以他的随笔也处处有着妙不可言的哲理性。在他看来，日本人讲究的文化哲学可以称为"无"的境界，"什么是'无'？日本人认为，去掉所有的虚饰便可以称为'无'。'无'就像茶，茶是'无'的艺术，是无须任何修饰任何语言论理的艺术。所以也是无言的艺术"。① 并且由于哲学的逻辑思维的影响，他总能把握住事物的关键，看到问题总能一针见血。他自己曾这样说："我们看到了一条清晰的因果链：俳句的艺术原点是脱俗；和歌的本质是草庵思想；茶道是在空无一物的贫寒的小屋里完成了精神的洗礼；花道……枯山水则是用最经济最原始的几块石粒再造了一个无穷大的自然的小宇宙。"② 他也会随时关注社会新闻和时事热点，对时下的流行有相当敏锐的洞察力，紧跟热点，且涉猎的范围极为广泛，从村上春树的新小说，到音乐界出现的某个神曲，再到收纳女王提出的"断舍离"。他随时都在思考着。但是由于其文章的哲学性，有时也会使一些读者望而却步，过于浮躁或追求快餐文化的人是读不懂姜建强的。

第一节 对日本"美意识"的剖析

日本人将审美称为"美意识"。在全球都进入信息化时代的大背景下，快餐文化成为时下受到追捧的主流。传统的写作形式受到了极大的冲击与挑战，华侨华文作家也一样，纷纷为此感到苦恼。知日派作家其实是在这种快餐文化下取得了成果的一部分人。他们也有自己的快节奏生活，利用业余时间写一些浅显易懂的随笔文字，不需要摆大道理，也不需要针砭时弊，网络快餐文化只是为了图个乐呵。新媒体人会主动配合读者，随时应对读者的阅读需求，甚至在标题上做出一些调整。姜建强的《下流日本为何成了中国有钱人的后花园》一文，原本拟定的标题是《一个失去30年的国家又为何成了中国有钱人的后花园》。这样的标题改动很明显是夸张了些，是为了怂恿读者点进来阅读，这是如今媒体们惯用的标题党行为，比这夸张的更是数之不尽。这种行为并不是作者们的初衷，而是为了顺应新媒体的快餐文化现状，如果不作出这样的改变，就没有人来阅读，自然就会被新媒

---

① 姜建强：《另类日本文化史》，上海交通大学出版社2014年版，第7页。
② 姜建强：《下流日本为何成了中国有钱人的后花园》，腾讯·大家"东瀛丛谈"专栏，可参照。http://dajia.qq.com/original/japan/jjq20170123.html。

体淘汰。这也是一个很残酷的现实。这种标题党的文化随笔一般没有什么内核,也没有任何艺术雕琢,只是短平快的快餐随笔。要论起来,可能根本算不上什么有文学价值的文章。但是好处是与读者的距离拉近了,受众群体也变多了,同时也磨砺了这批作家抓住社会热点的功力。如果不能敏锐地跟上时下的潮流,也做不出读者喜闻乐见的作品。这其实也促使作家不断地发掘新的事物,追求真的灵感。这样的文学是多样性的,是活的。给新时代的文学注入了新时代的活性。

前面曾经提到的随笔作家万景路就熟练地运用了这种写作模式。同时也有姜建强和李长声等人这种专注与有深度有厚度的随笔写作的作家。知日派随笔呈现出多元化,能够满足不同的读者对阅读的渴望。

第二节 发现日本的"汉字力"

汉字作为中华文化瑰宝,对日本语言系统形成产生了深远影响。姜建强《汉字力》[①]一书,从汉字传入、消亡与创生、反哺与回传、汉字"热"四个方面探查汉字文化在日传播与发展轨迹。同时,结合汉字"危机"问题,进行一番思考,提出中日两国可以以汉字文化为支点,创造汉字发展新机遇。

近年来,汉字文化研究逐渐被学术、社会各界关注,基于字音、字形、书写、教学等方面的相关探索更是方兴未艾。而文化之所以称为文化,即为一国一地之"文"如何"化"与"被化"的过程。谈及跨文化传播,作为同属于"东亚文化圈"中的中日两国,从古至今,经历着数次的交流与碰撞,汉字在其中扮演的角色自不容忽视。从"受容"到"变容",自汉字传入日本以来,经历了多个发展模式,也呈现出其各自不同的时代特征。

在前人的研究中,多将视角置于本文化领域,而缺少"互视"。作为深深植根于两国文化的 20 世纪 90 年代留日一族,又同时致力于

---

① 姜建强:《汉字力》,上海交通大学出版社 2018 年版。

日本文化历史的研究学者,双重身份下、情感性与敏感度之间,会带来何种"汉字力"体验。此外,以随笔之轻,道出文化之重,平添了生动性及真实感。姜建强作品《汉字力》为探析汉字在日发展轨迹提供了参考样本。

诚如法国汉学家所言,汉字文化圈的"同一",是"汉字(符号)的同一。这个'符号'的亚洲是使其区别于亚洲其他文明区域的最显著的特点"。[①] 姜建强以在日传播与发展的汉字为对象,从源头、接受、转化、逆输入等方面进行研究。同时,进行"现代性"反思,直面"汉字危机",探讨汉字未来发展。

(一)汉字传入日本

早在公元前,汉字就已开始了它的域外传播,形成了以汉字文化为纽带的"文化圈"。以中国本土为中心,北到朝鲜半岛、南达越南、东至日本。"传播",顾名思义,先"传"再"播"。谈及汉字在日发展史,何时传入则是问题的起点。

具体时间节点,众说纷纭。姜建强认为,根据遗留文物"金印""货泉"推测,大致在公元1世纪前后,已有汉字传入日本列岛。但传入并不代表理解和使用。有关汉字开始被使用的文献记载可追溯到《魏志·倭人传》。随着上层社会开始学习、部分精通汉字者出现后,汉字也已开始向庶民阶层普及。而后一段时间,佛教盛行,读汉文经文的人增多,会读、会写、会看汉字的日本人数量自然上升。汉字也逐步在日本传播、普及开来。

随着近年来考古探索的不断深入,日本国内与汉字相关的史料也在不断更新。但新发现的出现,虽在一定程度上会起到辅证作用,但汉字传入日本的路径与时间轴基本已经定型。

道路千万条,但有一条或许是被多数日本人承认的。"汉字在古代中国诞生,之后漂洋过海来到了日本,据说在2000年前日本就有了汉字。那时日本虽然有一种叫做'大和言葉'的口语,但是却没有文

---

① [法]汪德迈:《新汉文化圈》,陈彦译,江西人民出版社2007年版,第1—2页。

第十三章　日本"美意识"与"汉字力"

字。日本人把从中国传来的汉字，很好地融入了日本的文化。"这是日本汉字博物馆"漢字の歴史絵巻"中，关于汉字如何在日本生根的介绍。

由于汉字的引入，日本人第一次拥有自己的文字。但不难发现在日本的汉字发展中，并非全盘接受，而是巧妙运用，如撇去原义只选用字音、字形，或是单纯利用形、义，改造发音，借此改造使汉字更好地应用于日本。汉字与中国文化的传播，提高了日本社会文明的程度，极大地丰富了日本的文化生活，也使其开始用汉字书写民族历史。

如今，日语中保留近2000个汉字，汉字已在日本语言文字中占据了不可或缺的一席之地，在各时期都扮演了重要的角色。

（二）汉字在日本的消亡与创生

姜建强曾说："知日是有条件的，而且条件相当苛刻。其中一个最基本的条件就是看你是否有一种知性将日本社会的种种世相，切入其背后的历史文化之中。"倘若以"汉字"为参量，在被称为"知日派"的他眼中，这条纵向时间轴并不是直线式发展，一次次的转型背后或许也是受某些文化"变量"影响的。

"从无文字到有文字，从有文字到表象文字，从表象文字到灵性文字。"从过去到现在，汉字在日本的发展轨迹过程中，关于其是否适用于日本的争论始终存在。

"早在18世纪日本就已出现了如新井白石、森岛中良等批评汉字不如罗马字的声音。"明确提出的"汉字废除论"则是1867年，前岛密的"汉字废除之议"。以此为开端，日本相继出现了"汉字节减论、罗马字论、汉字限制"等各种关于汉字使用的建议。在姜建强的论述中，可以看到此时期主张废除汉字者不在少数，但这样一个以和为贵的民族，比起激进的观点，诚然有讲求"限制"但不"废除"的客观中立派的存在。

笔者认为，之所以刮起"废除汉字"之风，主要基于以下几点原因。

首先，西方文化的强力影响。幕府末年至明治时期，"西洋"二字充斥着日本施行全盘西化、向西方看齐政策的意味。在西方先进文化、学术用语传入的同时，自然引发了知识分子对"国语""国家""教育"的思考，普遍认为接触到的罗马字不仅可以代替复杂的汉字，还可以借此共享欧洲精神财富。

其次，"去中国化"意识。早在镰仓时代就有日本人因不服气"日本在汉字传入前无文字"一说，而提出"日本在神话时代就有'神代文字'"。虽已被证实为主观推测，但也侧面说明日本人曾试图为日本文字寻找另一根源。由于明治时期制度改革成果显著、发展突进，国力增强、自主意识提升的日本企图摆脱对"中国化"的依赖，具有代表性的"汉字"自然被列为"头号目标"。

日本学者高岛俊男在《汉字与日本人》中言："汉字是日语中令人棘手的'重荷'。"但倘若撇下这一负担，那日语又是怎样的景象？他用"幼稚，甚至会死去"这一字眼做以想象。

从 1900 年，文部省颁布《小学校令施行规则第三号表》，限定 1200 字；到 1946 年《当用汉字表》、1981 年《常用汉字表》，再到 2010 年，《改定常用汉字表》发布，经广泛调查，最终确立字种 2136 字。从当用到常用，再到改定；从明治政府拒绝接受汉字废除论，而选用汉字限定论，到战后美国政府因震惊于日本人识字率之高而放弃日语拉丁化主张。姜建强说这是日本人对"汉心"的执着与喜爱。

不过，在百年攻防中最终被保留至今，汉字本身之于日本，于"情"于"理"都有其不可替代性。

于"情"，正如姜建强提到"时尚"与"时光"的不同心绪，汉字之于日本人是有一定情结的。此外，汉字文化自传入日本以来，对其历史文化发展影响深远，若废除汉字，则意味着在某方面割裂传统文化。于"理"，日本学者子安宣邦曾在专著中表示，"汉字之于日本人（日语）是'不可避的他者'，日语是由汉字这个他者建构起来的"[①]。汉字之于日语，牵一发则动全身。其一，汉字同音词数量众多，单凭

---

① 子安宣邦：《漢字論——不可避の他者》，东京：岩波书店 2003 年版。

第十三章 日本"美意识"与"汉字力"

读音无法正确分辨；其二，造词能力优越，构词成分极为广泛，如在单词后加"化""性""力"就可造出颇多新词；其三，"见字如面"，视觉印象突出，可直接反射到词义。

（三）"汉字"在日本的生长力

"雫""峠""躾""畑""鱈""鱇"……在姜建强细致入微的观察中，诸多以汉字形式出现但又极其陌生的"汉字符号"吸引了他的注意力。他说，这是日本语内在的魅力。

"中国汉字是立足于中国文化的，'国字'用以弥补汉字在表现日本文化时的不足。现实的需要促使了国字的产生，重形的汉字，遇上重意的日本人，又会是何种景象？"根据目前常用国字，从内容分布来看，与生产生活、自然、地形等密切相关的字数量颇多；在构词法上，会意字所占比重较大。最具代表的，作为渔业发达的岛国，日本人所造的鱼旁国字数不胜数，诸如"鰯、鱈、鯤、鱈、鮄、鱇、鮟、鯤、鮴……"。姜建强在书中更是将"脚底到舌头：鱼旁汉字知几何"单做一章分析。

除引人注目的变异汉字——"国字"外，有些极易被忽视的细节差异也被他发现。"对"与"対"，"步"与"歩"，"别"与"別"……看似相同，实则不同。借用他的话，这大概是日本人"不守旧的创新吧"。

带有矛盾心理的日本人一方面秉承着对"汉字"的执着与热爱；另一方面，又对这种系于中国的产物带有莫名的抵抗与尴尬。日本文化形成虽受部分中国文化影响，但由于地理环境、生活习俗、社会形态、思维方式等差别，必定有其个性所在。汉字即使用法广泛，但终不能包罗万象，不足以涵盖日语全部概念。于是，日本人则选择用属于他们的新思路，进行了"汉字"的创生。

可以看到汉字顽强的生命力，同时，也看到日本人对汉字从学习、借用，到仿造、改造的过程。"消亡"与"创生"或许是每一种文化的经由之路。不漠视汉字在异环境中的变化，思考本民族传统文化被打上的"日本化"标签。这位在日华文作家，在用他的观察与分析，

— 271 —

客观地诉说"自我"与"他者"之间的汉字体验。

汉字对日本文字系统形成的促进及影响无可非议,与此同时,日语中的汉字词汇也在一定程度上推动了中国文字语言的发展与完善。这种作用力是双向的,且这种"力"不可小觑。

"东风遇上西风:可口可乐与俱乐部的强强对决",姜建强以和制新词的创造及海外输出为中心展开了分析。近代面对大量日本新名词涌入,洋务派领袖张之洞批示"不要使用新名词",而幕僚辜鸿铭则悄悄告诉他:"名词"亦来自日本。从书中事例可见和制新词向中国传播之势。

"古代中国→古代日本/近代日本→近代中国",姜建强直言,"受恩到返恩的回路,就是用汉字表示的两个无法割舍的情分世界"。

从中国古典中寻找灵感是和制汉语构成来源之一,除部分"照搬全抄"延用外,富有"文化心机"的日本人选择在对某些词汇领悟后,赋予其与西文词汇相契合的含义,进而打造成为符合本国需求的文字概念。虽形同,但义异。其中,许多词也从日本逆输入至中国。据学者整理统计,《汉语外来词词典》中"传入中国的日语来源词共873个,其中来源于古代汉语的词汇有216个"。[①] 由此可见,和制汉语词已渗透至中国社会诸多领域。

以《汉字力》一书中具体词汇为例:如被中国广泛采纳的封建、权利、义务、文化、革命等。其中,"革命"在中国古典汉语中为"顺应天命"之意,日本人将其对译英文的"revolution","辛亥革命""十月革命"由此应运而生。除此之外,"影响""文明""思想"等词在中国古籍中都可找到原型。借用古代汉语词汇创制的和制汉语与古代汉语虽存在一定联系,但由于汉字文化的不断发展、地域差异及时间跨度问题,在语义上不免存在一定变化。与借用古代汉语典籍词汇相异,以汉字为载体,日本创制了诸多西学领域的和制译词,并广泛传播至中国。

---

① 李莹:《和制汉语形成及对汉语反哺情况研究》,硕士学位论文,北方民族大学,2017年。

第十三章　日本"美意识"与"汉字力"

　　以西方传教士为媒介，西方新科学和知识传入东方，大量西学著作被翻译。日本在译西文的同时，中国知识分子也在译。姜建强以近代中国翻译家严复为例，指出在几个关键词上，严译未能打败日译，如"天演"与"进化"、"计学"与"经济"、"群学"与"社会学"……后者似乎略胜一筹。此外，在中日对译西文的较量中，"philosophy"一词颇具代表性。据学者钟少华研究，"philosophy"自17世纪传到中国，或是直译为"斐录所费亚"，或是明末大儒李之藻依照原意将其解释为"爱知学"，抑或借助儒学概念翻译为"格物穷理之学"① 但最终仍败北于日译"哲学"。

　　以翻译词为镜，后人为何采纳日本人创造的汉字译词。姜建强指出，作茧自缚的"母语"陷阱是问题所在，这种束缚"不对日本人起作用，能超脱地驱遣汉字，是他们的幸运，也是汉字圈的幸运"。

　　究其原因，一部分因素是西学东渐后，国内创造的某些翻译，或直白音译不利于普及，或是深文奥义难以理解、掌握，加之20世纪初期，中国留日人数上升，学成归国的留学生将部分日译"新词"带回中国。王力在《汉语词汇史》中曾言："日本人先译了，中国人看看也还顺眼，也就用开了。汉字是我们自己的东西，现代青少年很少知道它们来自西洋，途经日本的词语了。"② 根据汉字来创造出表现日本特有事物及内涵的"和制汉语"也极为常见。

　　如茶道、歌舞伎、自动贩卖机、刺身、寿司、便当、物语等。其中，和文汉读的"物语"一词，作为代指日式文学体裁——小说之意，在文学作品命名时常被采用，如《源氏物语》，近年来也常被借鉴使用，如华人女作家元山里子作品《三代东瀛物语》。传统技艺、日常生活、专有名词、独特概念……我们可以看到这些"回传"对中国文化的影响。

　　"汉字是一种文化行为。它不仅鲜活于纸上，还物化于所有的空

---

① 钟少华：《清末从日本传来的哲学研究》，《世界哲学》2002年（增刊）。
② 王力：《汉语词汇史》，商务印书馆1993年版。

间。"作为中日之间的汉字使用者,姜建强感受到的是两种文化的融合与碰撞,这些既熟悉又陌生的"外来语"充分说明了这一点。

语言与文化,如树与藤般相互缠绕。语言是文化传播的载体,文字是语言的构成元素。

早期和制汉语的传递群体大部分是旅日学者及留学生,现代引入渐渐依靠于国内年轻群体。在两国关系缓和、交流趋于频繁、交往日益密切的今天,更多日本新词流向中国。"和制汉语"传入的同时,中国社会文化也受到了些许影响。

一方面,表达效果突出的和制汉语使大众感受到强烈个性与自我的展现。在年轻人中流行且具辨识度的日语词与日俱增。如"暴走""超人气""壁咚""XX族""元气满满"等。而诸如村上春树作品中出现的"小确幸"("虽小但确实的幸福"之意)等词,在日本并没有引起大众注意,却意外在中国"走红"。独特的语言表达方式,迎合了求新立异的年青一代。另一方面,伴随着日本高速发展的动漫、时尚、网络游戏产业,新兴词汇不断产生。令人耳目一新的新词传入,也代表着新兴文化的输入。

再者,"文化是要再造的,文明是要流动的"。姜建强指出,汉字与汉字的碰撞,有相克也有相融。一定程度而言,正是因为对汉字的不断创新,才更为其赋予了新的生命力,中国汉字文化系统也得以更加完善。传入中国的和制汉语也正体现了汉字强大的潜力与包容力。

第三节 汉字热带来的冷思考

时间与空间,汉字在中间。作为时间的纽带,悠久的文明得以传承至今。作为空间的桥梁,跨越国家、文化,沿袭轨迹中不断创新,源远流长的文化在异国璀璨依旧。近年来,无论是国内,还是日本,都刮起了一阵"汉字热"风潮,在这场狂欢背后,诚然充斥着挑战。与此同时,也带来一定思考,即便是自身魅力强大的"汉字力",也仍需要保护。

第十三章　日本"美意识"与"汉字力"

一　日本的汉字推广

"软权力的力量来自扩散性，只有当一种文化广泛传播时，软实力才会产生强大的力量。"① 所见所闻、所听所感，令姜建强"惊讶"的不只是日本人高妙的"拿来"主义，更是"到家的"文化传播力度。

他看到"每年12月12日'汉字日'这天，举行推选'年度汉字'活动。当清水寺住持当众挥毫，将票选出的汉字通过巨笔，龙飞凤舞地写在1.5米长、1.3米宽的纸面上"，这张挥毫的图片传遍全世界的同时，"东洋思维和传统艺术，也淋漓尽致地传遍世界"。23个汉字，记录了23年间日本世态及重大事件留下的独特光景。这首日本人"岁末的社会风物诗"，在不经意间吹进了姜建强心里，所谓"润物细无声"，大抵如此。

正如他所感叹道："软实力输出，日本人又走在前面了。"但走在前面的原因是什么？才是更值得思考的问题。"高参与度、长久持续性和模式化"或许是答案之一，但实现软实力输出所需的因素是人，使用汉字的也是人，人是与每一个国家的历史、社会和文化紧密关联的。相较于刻板的硬性植入，国民从内而外的理解、接受，带着情怀之心力行之，或许会事半功倍。

"在幼稚和拙笨中，看到的是一颗'汉心'在跳动。"在面对明治神宫展出的中小学生书法字时，字里行间，姜建强似乎也发现了这从小培养的汉字力，除此之外，"应试者从5岁到94岁不等的汉字能力检定考试"，他认为也足以表明日本人对汉字的兴趣与热情。文化自觉与文化自信，先有自觉、再谈自信。汉字传播的越广，其潜在的影响力就可能越大。作为同属汉字文化圈的中国，拥有悠久的汉字历史和丰富的文化资源，在汉字保护、文化输出上，日本的一定经验是值得我国参考、借鉴的。

---

① 王沪宁：《作为国家实力的文化：软权力》，《复旦学报》（社会科学版）1993年第3期。

二 汉字的危机与机遇

"1978年，是日本汉字史上必须要记住的一个年份。"姜建强于文中提到自第一台文字处理机诞生以来，汉字处理能力提升惊人，已达日本"常用汉字"几倍之多。他认为，"文字处理机和电脑对汉字的稳定起到了相当重要的作用。是它们拯救了汉字，电脑不灭汉字不灭"。

持此观点学者不在少数，如潘钧教授所指出的，"计算机技术突飞猛进，汉字不利于日语学习和交流的说法不攻自破，日本社会对汉字开始有了反思，逐渐形成一个汉字回归的潮流"。① 与之相对，美国学者杰茜卡·贝内曾把电脑称为"手写体的诅咒"。对此，笔者进行了一定思考，问题的关键在于如何定义汉字不"灭"的标准，以及感受的方式。

任何事物都具有两面性，科技的高速发展所带来的便捷之处无疑不可小觑，但"数字化时代"的到来，令握笔书写的机会少之又少，也令汉字在某一层面上被人遗忘在角落。键盘渐渐取代钢笔、罗马拼音拼凑出一个个方格字，输入法给出一系列联想词语，显示屏的光芒盖住纸质本，电脑代替人脑，"字如其人"的评价标准渐渐成为文档字数的较量。2013年，由央视及国家语言文字工作委员会联合主办的《中国汉字听写大会》播出，"书写的文明传递，民族的未雨绸缪"一句不仅是节目宣传语，更是道出对汉字文化传承的危机感。能听音、识字，但"提笔忘字"已成为一种社会现象，屡见不鲜。"中国人对汉语产生的母语情感有很大一部分来自于对汉字的书写情感。不书写，久而久之就会导致情感淡化。"② 南京师范大学郦波教授如是说。

在大趋势下，绝大多数人不可避免地成为科技的信徒，笔者并非

---

① 潘钧：《日本汉字的确立及其历史演变》，商务印书馆2013年版。
② 郦波：《汉字遭遇百年来最大的危机》，《天津日报》2014年8月18日。

完全否定、排斥打字，而是呼吁唤醒汉字危机意识，引起大众对书写汉字的重视，即自觉传承汉字文化，发现汉字魅力所在。

三　中日间汉字互动的必要性

2018年，正值《中日和平友好条约》缔结40周年之际，日本前首相细川护熙将36部、4175册珍贵"汉籍"无偿赠予中国国家图书馆，其中包括已失传许久的重要典籍，此举为推动中日文化交流起到示范作用。但与此同时，也侧面说明建立资源共享机制、促进学者互访、加强文化交流合作极为重要。

姜建强说，"汉字是东洋共同的血脉，是世界文字的心与魂"。对于汉字文化的关注及传承，不应只是个人行为，而应是汉字文化圈的共同使命与趋向。两国应以珍视"汉字"这一联结点，在互学互鉴、互利共赢基础之上，实现"汉字"的跨文化交际。把握机遇，为两国关系稳定发展注入新力量。

姜建强的汉字力之体验与发现，是锐利的、也是亲切的。他以在日本华文人独特的视角，生动且真实地重现了汉字漂洋过海的故事线。"知日"的他，在自我与他者之间，诉说着汉字文化的张力。"一种心向，一种人文，或者一种思绪，透过汉字内在的气韵，艺术地述说着宇宙本体的故事。只有汉字，才有这样的终极意向。"由于"知日"，他发现了日本的"汉字力"；由于中华文化之根，他坚定着对汉字文化的自信。

汉字不仅作为我国"自源字"，简洁、生动、高效，拥有极高传承性与稳定性，经过几千年发展演变，仍然璀璨如新、魅力无限。同时，如日本作家河野六郎在《文字论》中提到："汉字是有魅力的文字，在我们的生活中已经永远离不开她，她已经融化在我们的肌体中……"[①]汉字是日本文字形成的基础，以异国文字的形态传入，经过吸收、改

---

① 河野六郎：《文字论》，东京三省堂1994年版。

造，相克、相融，发展、传播，最终成为其不可或缺的一部分。

　　全球化浪潮的今天，保持某种文化绝对纯粹的可能性几乎为零，在"文化软实力"的激烈竞争下，文化更新与进步的重要性自不待言。中与日，同为汉字血脉的传承者，在各自发展轨迹上留存着一方文化的影子。就两国而言，理应"求同存异"，共同维护"汉字文化圈"，守住汉字文化的心魂，激发出更具生命力的"汉字力"。

第十四章 走出家/国的"女性身体"

"身体"进入西方思想与学术界众多学者的视野,是对"现代性"进行反思的结果,具有后现代的色彩与特性。福柯以新的视角阐释了围绕在身体和生命周围的政治权力,揭示了医学、精神病学、犯罪惩罚、性的管控等对身体的权力运作机制,明确了身体"是文化性的,联系着丰富复杂的社会文化和意识形态话语",成为"一种被分裂与规训的肉体"。[①] 身体承载着历史的印记,诠释着被历史建构的过程。

日本新华侨女作家陈永和的长篇小说《一九七九年纪事》,反映的正是"身体"被历史建构并摧毁的过程。她以敏锐细腻的女性视角回望经历过的那段"失语"岁月,选择了以精神病患的"心灵控诉"来审视那段历史。有如鲁迅《狂人日记》所揭示的,精神癫狂的人物或许才是扭曲的历史下的真正清醒者。陈永和通过精神病院和火葬场这样的生活场域来发觉与铭记那段历史记忆。她借男性的"我"进行叙述。这种"女扮男装"的发声不失为一种高明的写作策略。女性主义叙事学的代表人物苏珊·S. 兰瑟认为,"在以男权为中心的现代社会里,女性主义表达'观念'的'声音'实际上受到叙事'形式'的制约和压迫;女性的叙事声音不仅仅是一个形式技巧问题,而且更重

[①] 欧阳灿灿:《论福柯理论视野中身体、知识与权力之关系》,《学术论坛》2012年第1期。

下编 丰富期："放题"于中日之间（第三个十年：2010—2020年）

要的还是一个社会权力问题，是意识形态冲突的场所"。① 小说中的主人公——二十岁的"我"，因为是男性才可能被安排在火葬场工作，因为是男性才可能爱一个被迫躲在精神病院而美丽绝伦的"梅娘"，因为是男性才可能对小说中出场或不出场的几位半疯或全疯的人物一次次地进行"拯救"，自己却在这过程中陷入更深的迷惑，甚至崩溃。

这部成稿于20世纪80年代，后几易其稿才定格于《一九七九年纪事》这一看似简单的题目，实则含有深意。这篇先发表于《收获》然后成书的长篇小说，以身体性忏悔的冷静，对当今社会具有现代性意义的问题进行深入探讨，可以说这是日本华文文学对中国文学所奉献的一点"收获"。

第一节 身体·性·忏悔

作为一名日本新华侨女作家，陈永和在经历两种文化的冲击与熏陶之后，面对生存与人性等现代性问题的思考，产生了不同于本土女作家的角度和深度。这种独特的角度和深度，使文本不仅具有女性叙事的文学价值，而且具有反思历史的深刻意义。

陈永和大学时代就喜欢写小说，尽管专业是历史。或许是历史专业的浸染，使她的小说每每富有历史深度。作为"文革"的见证者和经历者，陈永和对这一疯狂年代有深刻的历史批判与反思。旅居日本后，异国文化的感染与碰撞，使她能够以国际性的文化视野来反思现代社会，她的写作更有后现代的历史纵深。

陈永和在回答笔者制作的日本新华侨华人女作家访谈提纲时作如下回答（以微信方式回复，力求原汁原味）。

1. 你是怎么走上创作道路的，在中国时你主要从事哪方面的写作？

陈：年轻时就想写作，就断断续续一直写到今天了，或许受环境

---

① ［美］艾丽斯·沃克:《紫颜色》，陶洁译，译林出版社2008年版，转引自潘坤《〈紫颜色〉中的女性主义叙事学解读》，《吉林省教育学院学报》2014年第7期。

的影响吧，父亲是写剧本的，母亲在大学图书馆工作。出国之前也写随笔跟小说，篇幅比较短。

2. 你的原风景（人生第一印象）是什么？

陈：最早的印象是在师大幼儿园一栋大礼堂有点像教堂的房子里，都是人，乱哄哄，妈妈来接我。

3. 何时赴日，为什么赴日？

陈：1987年4月赴日，没有什么远大理想，只是想看看中国以外的世界。

4. 到日本后，在身份认同（诗人知识分子的职业身份、中国人的国族身份、留学生的旅居身份等）方面，你经历了怎样的困惑、纠结、迷茫、挣扎、不适、调整？

陈：印象中没此类的困惑，或者说什么困惑也没有，就这么一路走过来了。

5. 在日本，你于何时、何种状态下开始重新执笔写作？当时写作的动力/冲动，现在（动态把握），写作的内容与生活的关联度，写作时是否会有意反映或有意隐去你个人的经历、感受，为什么？

陈：基本把生活安顿下来以后，就开始写了。想写而已。过去写的习惯的一种延续吧。至于写什么，也并不刻意，头脑浮现出某种情绪或画面，浮现的次数多了，就有写的冲动，就写了。

6. 你喜欢日本文化吗，喜欢它的什么？

陈：什么是日本文化呢？我不清楚。我理解的日本文化跟别人理解的日本文化是一个东西吗？所以这个问题很难回答。

7. 你喜欢哪位日本作家及其作品？

陈：我喜欢的日本作家有三岛由纪夫（《金阁寺》）、川端康成（《雪国》《葬礼的名人》《睡美人》）、永井荷风、远藤周作（《沉默》）。

我们在她的小说里，可以读到这些作家的影子吗？应该说三岛由纪夫理解的日本文化跟她所理解的会比较接近吧。

笔者从她的小说读到，在现代性语境下重新看待历史、直面对现代性的焦虑与困境。它使女作家陈永和能"站在日本这似近非

下编　丰富期："放题"于中日之间（第三个十年：2010—2020年）

近的彼岸，站在今天审视那并不遥远的历史，独特的空间与时间距离产生独特的视点，使其作品具有不同于大陆一般作家的清醒与冷峻"。① 笔者认为，正是这种忏悔的冷静、"忏悔的自我"通过身体写作、通过"私小说"的形式流淌出来，使《一九七九年纪事》具有了深刻的历史与现代性寓意，也使日本新华侨华人作家的女性叙事达到一个新的高度。

作为一名日本新华侨女作家，不同于本土作家的角度和深度在于她能够尽量以国际性的文化视野来反思现代社会。在现代性语境下，我们该如何重新看待历史？如何面对现代性的焦虑与困境？站在日本这似近非近的彼岸，站在今天审视那并不遥远的历史，独特的空间与时间距离产生独特的视点，使其作品具有不同于一般作家的清醒与冷峻。

一　身体与身份

福州的文化遗产三坊七巷，当年是达官贵人聚集居住的地方。陈永和小说中的重要人物芳表姐妈就属于这里，她不仅有着林黛玉似的病态美，还有着林黛玉似的高傲心气儿与淡淡的愁容，五官分明的棱角下更是流露出不轻易妥协的气质。与三坊七巷不同，台江三保是鱼龙混杂的地方，除了商贩以外，还杂居着各种各样的苦力、娼妓、外地来打临时工的农民，林家驹就居于此，俨然一副生活于社会最底层的工人模样。小说揭示，这两者完全是两个世界的人，本毫无瓜葛的人，只因一场革命，命运被婚姻缠绕在一起。芳表姐妈为了给女儿一个"红色"的、"成分好"的工人阶级出身，嫁给了林家驹。林家驹因迷恋芳表姐妈的美貌而与她结婚，但没想到这个来自知识分子家庭的小姐，这个看似柔弱的女子，不愿放下自己的身段和骄傲，宁愿被

---

① 林红：《身体·性·忏悔——评日本新华侨女作家陈永和〈一九七九年纪事〉》，《湘潭大学学报》（哲学社会科学版）2016年第4期。

毒打也不愿意和这个工人阶级的丈夫睡觉。最后逼得这个"绝了后"的强壮工人拿其女芳表姐作为复仇对象，对芳表姐进行多年残暴的性虐待，致使芳表姐身上永远打上他"工人阶级"的印记。

政治的阶级的身份，使与生俱来的身体发生可怕的分裂。小说一开始就揭示这一分裂，指出这种看似因外在身份的矛盾带来的不相容，实则是身份背后所代表的文化、心理和精神的不相容。林家驹自认为属于工人阶级，政治身份的优越性让他自负又自傲，这种人性的扭曲和黑暗通过"身体"暴露无遗。

有同样命运的还有小说中的梅娘和银棣。身为县委书记的银棣对知识分子有所同情，但军人出身的他，行为方式带有侵略性："喜欢一个女人就是占有她的肉体。"然而，这女人偏偏成长于知识分子家庭，偏偏她"那个阶层的人，天生不能接受暴力，甚至有一种从生理上的厌恶"。这种从生理上厌恶一个人并非谁的错，恰如书中所言："有暴力和没有暴力是完全不同的两码事，这是两个阶级，两种完全不同的人，这两种人结合在一起是不会幸福的。"虽然中华人民共和国成立后它们都被装进一个桶里，桶里的东西似乎被搅和在一起，但实际上，油还是油，水还是水，即使混在一个桶里也结不成块。小说中的儒谨、梅娘、表芳姐、林家驹、银棣就是这桶中的油、桶中的水，看似在一个桶中，不仅结不成冰，而且互相激烈地碰撞、斗争。结局也就或死亡或疯癫或疯魔，命运悲凉。

二　身体与权力

尼采之所以提出对一切价值进行重估，就在于他发现了"身体"的奥秘——"权力意志"。他写道："我们的物理学家创造上帝和世界的那个无往而不胜的'力'的概念，仍必须加以充实。因为，必须把一种内在的意义赋予这个概念，我称之为'权力意志'，即贪得无厌地要求显示权力，或者作为创造性的本能来运用、行使权力，……动物具有的一切欲望，也可以说成是'权力意志'派生出来的；有机生

下编　丰富期："放题"于中日之间（第三个十年：2010—2020年）

命的一切动能来自同一源泉。"① 当人拥有权力，就可随时脱下文明的外衣，显示动物的本性；权力通过对身体进行规训、禁闭、压迫，使之驯服，产生异化。我们看到，权力一旦彰显和扩散，人性便被扭曲了。

小说中的关根，身材粗壮但目不识丁、又聋又哑；儒谨满腹经纶却手无缚鸡之力。两个男人，在莫大的荒山野岭里守护森林，一个是"监狱长"，一个是"阶下囚"。监狱长的权力和欲望，是通过对儒谨身体的强暴表现出来的。如给儒谨挂上"大右派特务"的牌子，让脖子戴牌的儒谨只能弯下腰才能吃到饭。关根通过控制他人的肉体行使权力，使欲望得到无限的膨胀。我们心酸地看到，身体的惩罚对儒谨来说是更大的折磨，是权力通过身体对知识分子长期的精神压制和羞辱。

儒谨被关在一间满是老鼠的屋子，在书里写满老鼠的字样，每一页每一行每一个缝隙。因为眼前满是老鼠，心里充满老鼠，到最后也变成老鼠了。与老鼠做伴，与老鼠为伍，因为只有把自己变成老鼠，才能在老鼠的世界中待下去。我们不无恐怖地看到，"身体是在世界上存在的媒介物，拥有一个身体对一个生物来说就是介入某一确定的环境，参与某些计划和继续置身其中"②；"身体以及一切与身体相关的食物、气候、土壤等元素，都是源头兴起之所在"③。儒谨身处老鼠的世界，从身体到精神丧失了自己，不得不变成老鼠："文革中的批斗，还只是打人流血，那种场面你可以说它丧失人性、惨无人道，但毕竟还跟人沾得上边，可这是人对鼠，完全是另一个类，无可理喻的另一类，碰一下它们的皮都会使我颤抖。"永和借助老鼠，来批判权力对人的统治。在满是老鼠的世界里，儒谨能做什么？"除了老鼠，

---

① ［德］尼采：《权力意志：重估一切价值的尝试》，张念东、凌素心译，中央编译出版社1991年版。

② ［法］莫里斯·梅洛-庞蒂：《知觉现象学》，姜志辉译，商务印书馆2001年版，第116页。

③ 高宣扬：《福柯的生存美学》，中国人民大学出版社2005年版，第241页。

第十四章 走出家/国的"女性身体"

还是老鼠,什么马恩,什么女人,一切的一切都会被这些可怕的动物赶得干干净净,他还能想什么?还能做什么呢?他只能机械地把他头脑里的老鼠重复地写下来,所以他的书,有空的地方就全是老鼠了。"最后,异化成老鼠的儒谨,也成了权力的犬儒,成了政治的身体。

政治身体被福柯看成"一组物质因素和技术,它们作为武器、中继器、传达路径和支持手段,为权力和知识关系服务,而那种权力和知识关系则通过把人的身体变成认识对象来干预和征服人的身体"。① 即"通过对被统治阶级身体的规训,使他们的身体变得驯服。对身体的规训过程,就好像是对野兽驯化的过程,被统治者的身体成为权力的玩物"。② 而且,"现代刑罚的对象不再是身体,而是非身体的人的灵魂,身体的痛苦相对于精神的痛苦而言,是短暂的、易逝的,而精神的痛苦则是触及人的灵魂的,是一种更为长久、更令人难以忍受的折磨"。③ 儒谨就是如此,他活着,但真正的儒谨早已死去,那个有血有肉有温度的作家,灵魂早已灰飞烟灭。

在火葬场停尸房里,疯了的儒谨把铁床上的尸体扛起来靠墙站队,口里喊着:"银棣,你起来!""现在轮到你了,关根!别以为你是个哑巴,就可以逃过人民的审判。跪下!"此时,疯了的儒谨以关根曾经对待他的方式对待尸体。如果说"疯癫所涉及的与其说是真理和现实世界,不如说是人和人所能感觉的关于自身的所谓真理"。④ 陈永和借儒谨变老鼠的异化,批判了权力对身体以及精神的摧残与迫害。这是《一九七九年纪事》中最怪诞最恐怖最惊心动魄也是最深刻之处。

---

① [法]米歇尔·福柯:《规训与惩罚》,刘北成、杨远婴译,生活·读书·新知三联书店2003年版,第24页。
② [法]米歇尔·福柯:《规训与惩罚》,刘北成、杨远婴译,生活·读书·新知三联书店2003年版。
③ 胡颖峰:《规训权力与规训社会——福柯政治哲学思想研究》,中央编译出版社2012年版,第120页。
④ [法]米歇尔·福柯:《疯癫与文明:理性时代的疯癫史》(第4版),刘北成、杨远婴译,生活·读书·新知三联书店2012年版,第31页。

三　身体与性

显然，陈永和的《一九七九年纪事》持有一种讽刺性的距离。但是，面对性压迫、性虐待，她的女性主义立场使之不得不反抗，不得不短兵相接，直指要害。

无奈而嫁给工人的芳表姐之母，本想以此改变女儿的家庭出身，没想到反而酿成更大的悲剧。芳表姐的身体被继父霸占，内心的煎熬与身体的凌辱，让她恨母亲、恨男人，渴望被拯救。儒谨的一句"向前看才是美的"，给生活在苦海中的芳表姐以希望。但儒谨的懦弱使希望终成绝望。儒谨所爱的芳表姐，其身体变得只能适应于丑陋的继父："没有反抗，而且很快就适应了，她喜欢得很呢，后来用不着我去找她，到晚上她都会自动来找我，你没有看到她那个疯狂劲，她躺在我身体底下发出像猪叫声音的样子，我那个小屋都要给她震塌了。"她从适应继父的身体继而迷恋继父的身体。这位"工人阶级"甚至让她迷恋于他的性虐待。从反抗到臣服，从痛恨到快感，从性虐到享虐，陈永和无情地揭示了女性身体的悲剧。这种悲剧又何止于女性，何止于身体？

林家驹借助"性"来规训和控制芳表姐的身体，又通过控制芳表姐的身体，让自己的性欲望得到满足，也让自己的权力得到实施和彰显。如他自己所言，"明跟你说，我是为报复她妈才跟她"，"我恨她，我下决心要狠狠报复，我要让她女儿永远嫁不出去，就是嫁出去了也离不开我，身上永远打着我的印记"。甚至到最后，这种对芳表姐身体上的侵犯和性虐待，让他产生自豪感和优越感，直至最后的快感。权力产生快感，快感规避权力。正如福柯所言，权力是作为一种召唤机制发挥作用的，它"通过快感与权力相互增强的螺旋线"引发性行为（性倒错）的各种变化。林家驹对芳表姐的控制，不就是这种权力快感"螺旋线"作用的表现吗？他让芳表姐一辈子离不开他，以此使自己的权力得到扩张。在这里，权力"产生不和谐的性经验"（所谓

"性倒错"),并将它固定下来,而这种"不和谐的性经验"恰恰是"受到许多权力机制的召唤、揭示、区分、强化和整合","是一种权力形式干预身体及其快感的真实结果"①。从性虐到享虐,是对男权政治的批判和挑战,更是女性主义的深刻反省。这是女作家直视性要害的剖析,惊心动魄,入木三分。

"梅娘对儒谨的死恋,其实,也可以说并不是爱,只是一种习惯吧。"习惯是一种很可怕的力量,梅娘到最后终究没有解放自己。但是能怪谁呢?看似因为和银棣的一次意外错误,她被扣上"被强奸"的罪名,与其说是被伦理、道德、法律追逐,倒不如说是被话语追逐。这种权力所产生的话语追逐,无形之中使梅娘受歧视、内心受到惩罚。银棣的一番话道出了事实:"她害怕你们,你们说我强奸她,实际上是害了她,她本来没有觉得那样受伤害的。本来我们、我和梅娘是可以幸福的,她会嫁给我,我会使她幸福的,可是你们把强奸的帽子戴给我的同时也把被强奸的帽子戴给了她,难道你们不知道,被强奸者有时名声比强奸者更恶劣吗?她能不避开我吗?即使她再爱我,被强奸者与强奸者结婚,这种非议对于她那样心比天高的人能接受吗?你们毒害她的心灵比我更甚。"原来,舆论是可以杀人的,特别是性的话语、性的舆论。

米兰·昆德拉在《不能承受的生命之轻》中写道:"最沉重的负担压迫着我们,让我们屈服于它,把我们压到地上,但在历代的爱情诗中,女人总渴望承受一个男性身体的重量。于是,最沉重的负担同时也成了最强盛的生命力的影像。负担越重,我们的生命越贴近大地,它就越真切实在。相反,当负担完全缺失,人就会变得比空气还轻,就会飘起来,就会远离大地和地上的生命,人也就只是一个半真的存在,其运动也会变得自由而没有意义。"② 年少无知的"我",自认为要拯救痛苦中的梅娘,却根本不懂女人,更不明白一个女人想要的幸

---

① 吴奇:《话语与权力——分析福柯"认知的意志"》,《山东科技大学学报》(社会科学版)2005年第9期。

② [捷克] 米兰·昆德拉:《不能承受的生命之轻》,许钧译,上海译文出版社2010年版。

福是什么。甚至,恰恰是因为自认为的拯救,让芳表姐终生处于痛苦之中。陈永和"女扮男装"的写作策略,到此"图穷匕首"呈现在我们眼前。

四 身体性忏悔

小说中带着梅娘逃跑的关根最后掉下了悬崖,疯掉的梅娘被送进精神病院,即使疯,也逃脱不了内心的道德审判:"死并不可怕,死很单纯。可怕的是这种软绵绵的东西,它会漫漫长长地延续下去,使你变得优柔寡断,使你对生命产生一种留恋,可是你又不知道该怎样活下去……"身体被关在精神病院,但"负罪感使疯人变成永远可能受到自己或他者惩罚的对象。承认自己的客体地位,意识到自己的罪过,疯人就将会恢复对自我的意识,成为一个自由而又负责任的主体,从而恢复理性。也就是说,疯人通过把自己变成他者的客体对象,从而恢复自己的自由"。那种"软绵绵的东西",在梅娘的意识深处,就是对关根的死负有道德责任。梅娘最后想为关根做坟墓,无疑是对自己内心罪责的一种安抚,是对自己身体的最后一次拯救。

不同于往常的"灵魂深处闹革命"的轰轰烈烈,陈永和《一九七九年纪事》以身体性忏悔的冷静,对当今社会具有现代性意义的问题进行了深入的探讨。

"我",作为整个故事的参与者、推动者及叙述者,肉体与内心也经受着煎熬及惩罚,"身上布满绳索,遍体鳞伤"。"我"想挣脱,想洗净身上的绳痕,"愿意去当个时间的纤夫,要是时间能够倒流的话。那我将重新选择一次我"。可是,时间无法倒流,人生无法重活,"我"最后选择"出国",但是,"出国"能够拯救"我"吗?忏悔能够让自己的内心得到安宁吗?多年后回国的"我",在离开福州的前一天,把梅娘那枚别针埋在精神病院后山的土里,"过去走了,可是将来并没有来。我的将来都已经埋葬在那堆土里了。土干了,地碎了,我的生命也就完了。我愧对于梅娘、芳表姐和儒谨。要是我能够,我愿意把我的以后全部献给他们"。"我"必须也只能通过一辈子身与心的忏悔,来弥补过去、拯救自己。精神无处安放,肉体也会随时毁灭。"出国"其实就是"我"以"身体"的形式对自己肉体和精神的放逐和流亡。

"我"的这种自我放逐和流亡,充满"俄狄浦斯式"的悲剧意味。其悲剧性表现在:芳表姐、梅娘、儒谨这些人的命运不会通过"我"的任何努力而得以救赎,"我"越是想要带他们逃脱,就越是向命运的深渊靠近,甚至到最后"我"也身处其中无法挣脱。这种人生被命运折磨而又无力逃避的巨大痛苦,使《一九七九年纪事》有不同于其他"文革"作品的"悲剧性"。更深层的悲剧性还在于:"我",恰恰因自己所认为的"强大""知识""智慧",使自己陷入了宿命;"我",从一开始认为自己有义务和责任、有正义和勇气,必须来拯救芳表姐和梅娘,可以凭借万能的知识的指导,可以通过自我选择帮助芳表姐和梅娘摆脱命运的牢笼,走向自我解放和自由。可恰恰是因为我的这种"智慧",在不知情的情况下犯下了让他人和自己走向死亡、疯癫和流亡道路的罪行。由此我们看到:"我"借这种"俄狄浦斯式"的悲剧形式,折射出对人类惨伤命运的哀痛,以及对人类自身认识能力的无限恐惧与无可奈何。

我们亦不难看出,作品中的"我"有永和的影子:经历"文革",旅居日本,现在于福州和日本两栖。这些都与作品中的"我"相似。作为"文革"的见证者和经历者,这个"我"的创伤之痛,也是永和的痛。永和与"我"一样,有两种文化身份。"我"在离国前,选择把"过去、将来、心的一部分、包括生命"与梅娘的别针一同埋葬在土里,这能显示出多年后此刻的"我"孤独、悔恨、绝望,以至于灵魂依旧无处安放;福州已经不属于"我","过去已经过去,将来没有到来",那么,"我"只能是"过去"的"我","我"只能从过去来,也要回到"过去"里。这都反映出双重身份的"我"对自己身份的迷茫和归宿的不确定。永和也一样,在经历了两种文化的熏陶和洗礼,在两个空间之间的辗转,华文作家的双重身份,让永和"游走于中心与边缘"。正如演员因扮演了多重角色而真正成为伟大的演员一样,"跨文化作家"因有机会扮演多重角色、"有更多的机会体验现代性语境下的多重创伤,这决定了他们作品的深刻性和现代意识"①。"游走于中心与边缘"的华文女作家永和的作品亦如此。

第二节 地域是精神概念

陈永和成长于福州,之后留学日本,目前两栖于北海道和福州。作家陈希我谈及陈永和时讲到:地域是精神概念。这里谈及的"精神",是"精神病性",是"精神黑暗",是"人性黑暗"。那"地域"又是什么?一九七九年的三坊七巷与台江三保,在福州是两个完全不同的街区,蕴含着"身份"的差异,以及身份背后的"精神黑暗"。陈永和主动离开故乡又时常返回故乡。故乡是身体生生死死的地方,是"生死场"。在"生"的故乡看"死"的火葬场,从"精神病院"求生或求死。这种清醒而冷静的生死意识,使这位女作家驱笔深沉,不乏哲理。

在世界华文文学会议②的北京之夜,我们三个闽籍女作家"泡茶话仙"(闽南语)。泡着家乡的茶,谈着世间文学。永和说她正在写四个女人与一个男人的故事,那男人留遗嘱要求四个女人一起住进他买下的古厝。四活一死三份遗嘱,故事很奇特,却容易滑向庸俗写作。只是永和确认这个故事可以成为好小说的"种子"。她对小说的把握具有独特的敏感性。她讲完故事便为小说征集题目。于是我建议以光禄坊三号命名,以为福州三坊七巷的古厝极具象征性。她果然采用了,小说发表在《收获》。显然,这颗"种子"发芽长大了,一不小心就长成了参天大树,有如我们经常看到的福州古榕,郁郁葱葱,盘根错节,一树成林。树荫下是四个女人和光禄坊三号。三份遗嘱吊着所有

---

① 周桂君:《现代性语境下跨文化作家的创伤书写》,博士学位论文,东北师范大学,2010年。
② 第二届世界华文文学大会于2016年11月7—8日隆重召开,会议地点:北京新世纪饭店。

第十四章 走出家/国的"女性身体"

人的胃口，让人一直想看到"图穷匕首现"。然而，小说却在第三封遗书拆开前戛然而止，留下四个女人盼着读遗嘱，留下一个期望却不知是什么的期望，留下一堆疑问让我们深长思考。高！（好像有高人替她改了这么一个结尾）这个结尾既不效法中国式的"大团圆"，也不学西方悲剧的"全死光"，只留下一堆问号，出奇制胜，余味无穷。

光禄坊象征着什么？一座包罗万象的历史和现实的福州文化。这里的男人女人可以走出光禄坊，可以走到很远很远的英国，甚至走向月亮，但他们毕竟都离不开光禄坊，他们总要在那扇不大不小的门进进出出。这也是永和经历的门里门外的世界。当她提起笔，她在挑战光禄坊。福建向来有抒情诗传统，当舒婷的爱情诗浮出历史地表，挺立在"文革"后的荒原上时，它具有挑战性，但随着时光的浸染，似乎已成为温情脉脉的新传统。我们看到永和的小说除了在体裁上挑战福建的诗传统，更在题材上挑战爱情诗，直逼性与人性。

一 地方文化的光禄坊

福建特别是福州这地方有什么特点呢？笔者认为，至少有三点：海外性，边缘性，多元性。福州地缘的"山海经"使它天生具有海外性；远离"天圆地方我为中"的中原文化，使它天然具有边缘性。所谓天高皇帝远。北京打出的热弹，到福建便冷了；所谓"闽"字，门里一条虫，只有出了门，虫才能指望成龙。福建不少氏族大家世代以考取功名为业，以北上做官为荣。福州的文化遗产三坊七巷之一的光禄坊，便是当年达官贵人聚集之地之一。光禄坊以求官位名利命名，曾经在"破四旧"中被毁，复原后的现今可谓名副其实。各个阶层、各个人物的交错命运被迫混合在这里。"恋爱遭遇革命，公主遭遇猛兽，结果有张爱玲式的，有王小波式的"，陈永和及其小说中的人物则是光禄坊式的。四个女人四个样，门里门外，来来去去，像四个碎片似的共同粘着一个"光禄"男人。"光禄"是一种缠脚布式的传统，不臭了，却依然存在。剪不断，理还乱，福建的边缘性使之更为顽固不化。

显然，福建的海外性与边缘性则带来了多元性，其实也可以说是碎片性。碎片性使很多事情不得统一，比如民俗民风。《光禄坊三号》里的一号人物沈一乂"一进家门就成了老爷。所以沈一乂年轻时常说：男人嘛，讨老婆得讨对地方。讨莆田女人，在家就可以翘脚做老爷；讨福州女人，就等于给家里讨回个老爷"。各个地方的妻性不同，岂是说统一就能统一的？

又如福建多种方言，难以用北京标准统一，索性普通话夹杂着地方话，或者称南下的、外来的为"两个声"，多种声音像碎片似的碰响、杂存。永和的小说里说："改革开放以后，沿海一带先富，唰唰长出一排有钱人来，根肥茎粗，能吸到别人秧田里的水。单说福建福州，福建有钱人比不上广东多，福州比不上闽南多，但捏过去一把还有。有个叫沈一乂的，就是其中之一，六十三岁，脚一伸，死不透。""死不透"便引自福州方言，永和顺手牵来，激活了光禄坊语言。看来这种"两个声"具有独特的语言魅力。语言又何止于语言？

作家陈希我谈及陈永和时讲到：地域是精神概念[①]。可以说，光禄坊就是永和的"地域"。陈永和成长于福州，之后留学日本，目前两栖于北海道和福州。永和主动离开故乡又时常返回故乡。我们发现，故乡不仅是原风景，是出身地，也是身体的源头。身体是天生的与生俱来，从故乡出发；回忆是后天的源源不断，回归故里。这种出发与回归，既是时空意义上的，更是情感和精神意义上的。光禄坊是生生死死的"地域"，是"生死场"。也许，恰是这种清醒而冷静的生死意识，驱使这位女作家抓住遗嘱戏弄男女众生吧？

著名学者李欧梵自言身处异国，常常要扮演两种不同的角色，一种是寻根，一种是归化。但他认为这不再是一种两难的选择。他深有感触地说："我对于'漂流的中国人'和'寻根'作家的情绪上的认同固然是因为其中包含的共有的边缘性，只是我在面对中国和美国这

[①] 陈希我：《一个纯粹的写作者——陈永和印象》，《福建文学》2016年第2期。

两个中心时，我的边缘性是双重的。"① 永和虽然嫁给日本人，但她至今没有"归化"，在面对中国与日本这两个中心时，她的边缘性也是双重的。闽籍、日本华文的双重的边缘性写作，使她的光禄坊书写赢得独特的视角与相对的自由。而且比起李欧梵的双重边缘性，她还多了一重，那就是面对男性话语中心时女性书写的边缘性。女性书写的边缘性能否赢得小说的历史纵深感与现实批判力呢？

二 男性无性的光禄坊

《光禄坊三号》曾是男人的历史，又是被男人买下的现实。不同时代的女人（"50后"到"90后"）以不同的方式爱着同一个男人，这个男人符合成功企业家的三个标准："一，肚子不挺（娄开放最讨厌大腹便便的男人），二，不穿名牌，三，说话真实不夸张。最要紧的沈一义还很绅士。这从许多细节可以看出来，比如给娄开放开车门、让她先进电梯等等。娄开放见的企业家多了，但可以称为绅士的极少。"

而爱着他的四个女人呢？有"猫型女人，恋家"；有"狗型女人，恋人"；还有"俗话叫嫁鸡随鸡的嫁鸡型"。其实还有"仰视型"："90后"的娄开放"在沈一义公司上班时，公开对人说过，这世上她就崇拜两个人，一个鲁迅一个沈一义。别人说崇拜是崇拜，可娄开放说的崇拜里包含爱"。更有"献身型"："整个更衣室的衣服都是按照沈一义的趣味挑选的……女人能阉割自己对衣服的趣味来迎合丈夫，这不是最高的爱是什么！"极写女人爱男人，似乎没有男人，女人就活不了，至少活不好。但男人呢："沈一义明白了，跟女人不好说理。女人的道理跟男人的道理不一样，源头不一样，一个是水，一个是油，就算混在一起，也是一点一滴各归各的。"谁是水谁是油呢？

米兰·昆德拉在《不能承受的生命之轻》中写道："最沉重的负担压迫着我们，让我们屈服于它，把我们压到地上，但在历代的爱情

---

① 李欧梵：《徘徊在现代与后现代之间》，上海三联书店2000年版。

下编　丰富期："放题"于中日之间（第三个十年：2010—2020 年）

诗中，女人总渴望承受一个男性身体的重量。于是，最沉重的负担同时也成了最强盛的生命力的影像。负担越重，我们的生命越贴近大地，它就越真切实在。相反，当负担完全缺失，人就会变得比空气还轻，就会飘起来，就会远离大地和地上的生命，人也就只是一个半真的存在，其运动也会变得自由而没有意义。"① 看来《光禄坊三号》的女人像油一样轻。而男人呢？

《光禄坊三号》的一号男人死了，活着管遗嘱的男人阳痿："张竞赤胆忠心，一步不离，关公张飞跟刘备的关系。但这些都还不够，能让沈一义安心的是张竞是孤儿，天生阳痿，无妻无子，明妻暗妻明子暗子都没有，光棍一个，太监似的。还有比断子绝孙的人更可靠的吗？"

这个二号男人的"父亲没有性，从结婚开始那一天就没有。这就是父母离婚的原因……他不想见父亲，也不想见母亲。去他妈的！什么男人女人，全是球！他心一横，想，除了男性女性，不还有人性吗！我他妈的照样做人，是人就行。但他没法不穿衣服。世界上就两种衣服——男人衣服和女人衣服，他没法不挑一种穿。他挑了男人衣服穿，看去像男人，像而不是"。

永和对这号男人的挖苦穷追不放："张竞恰巧属狗。狗是个好东西。他不知道从哪里看到的，说蒋介石就愿意当孙中山的走狗，他也就此喜欢上了走狗这种说法。"结果，"他把狗带到动物中心，阉了"。被阉的男人大概只有阉狗的本事吧。人性之恶毒可见一斑。

笔者曾在论文《当代闽籍作家的日本"性"体验》中指出：福建二陈②的写"性"之笔都很"毒"——入木三分，惊心肉跳。在陈希我看来，中日女性在反抗男权的方式上有"阴毒"与"阳毒"之别，日本女性往往表现为"阴毒"——以自虐而虐人，中国女性往往表现

---

① ［捷克］米兰·昆德拉：《不能承受的生命之轻》，许钧译，上海译文出版社 2010 年版。
② 福建二陈：陈希我与陈永和。陈希我：2002—2004 年连续 3 届获"华语文学传媒大奖"提名奖，2006 年获"人民文学奖"，第 8 届、第 17 届"黄长咸文学奖"，第 4 届福建省优秀文学作品"百花奖"，被《中国图书商报》评为 2003 年新锐人物。陈永和：2016 年《一九七九年纪事》获中国海外交流协会主办的华侨华人"中山文学奖"。"中山文学奖"是中国首个面向华侨华人开展的文学奖，此届共有十位获奖者，闽籍作家占其中三席，为历史第一。

第十四章 走出家/国的"女性身体"

为"阳毒"——虐人而自虐。"阳毒"则多以行动示人,推进情节的发展。"阴毒"连接着"物哀"的传统,更多显现为心理上或精神上的病症——自闭、抑郁、歇斯底里。压抑越深,"阴翳"(谷崎润一郎《阴翳礼赞》)越甚。以此病症反映于文学,则揭示人性更尖锐而深刻。特别值得一提的是日本文学传统"私小说"的影响。私小说对中国现代文学产生了巨大影响。20世纪初,郁达夫、郭沫若、张资平等在日本留学期间凭借日本开放的窗口,广泛接触和接受了西方先进思想,也受到正在兴起的日本自然主义及私小说的影响。如,郁达夫创作的"自叙体小说"[①],以直率的自我心迹坦露与内心独白为其特色。心理描写成为主要手段。在郁达夫的小说中,男主人公的压抑更多地表现为青春期的性压抑,男性之间的同性恋被认为是最美的、纯一的爱情。到了世纪末的留日热潮,曾经留日及还在留日的华文作家,长期浸淫于日本社会独特的物哀文化当中,也有意无意,或多或少受到私小说的影响。显然,它也影响了永和,使之性书写大胆而细腻,精彩而出彩。

《光禄坊三号》继承了女作家的"阴毒",她先扬后抑,先借四个女人的爱之眼,塑造了光禄坊三号男人却故意让他死了,留下遗嘱阴魂不散,而掌管遗嘱的是个阉男,加上个男律师却半男半女,"知道自己只能跟穿旗袍的女子结婚。可这样的女子在哪里?"这种被旗袍化的男人注定被女人唾弃。

《光禄坊三号》以四个女人的活眼从各个角度写尽一个死男人,绝的是又用男人曾经的眼光写女人,他的女人形象是由四个女人碎片(身体的不同部分)拼凑而成的(揭示了多妻制吧)。可惜,四个女人"看久了,每一个人都在画上找到了自己。娄开放说眼睛像林芬,冬梅说额头像龚心吕,林芬说嘴巴像冬梅,龚心吕说鼻子像娄开放,整个脸型像沈一义母亲,但气质整体感觉又像她奶奶"。"越看真的越觉

---

① 郭勇:《郁达夫与日本"私小说"及"唯美主义"文学》,《宁波大学学报》1999年第4期。

得像，四个女人不约而同想。让这个神秘的女人保佑我们这个院子吧。"莫非这就是永和的女性观？

三 女性身体的光禄坊

《光禄坊三号》又是女性的。这些女人的过人之处在于，"所有的苦恼纠结可以通过手脚的动作从身体里赶出去，从不堵塞在意识里。精神就是这样从肉体里解放出去了"。陈永和把对准男性的视点掉转回来对准自己——女性的身体。"她想写的过去，所有的过去都埋藏在这座老宅里……她不能消灭自己的肉体呀。"

20世纪以来，对"身体"的关注成为现代和后现代的一个重要议题，哲学领域对身体的重新发现引发文学的深层探讨。福柯对身体研究的最突出贡献是，明确了身体"是文化性的，联系着丰富复杂的社会文化和意识形态话语"，成为"一种被分裂与规训的肉体"。[1] 可以说，身体承载着历史印记，并诠释着被历史摧毁的过程。陈永和的长篇小说《一九七九年纪事》揭示的就是身体被历史摧毁的这个过程。[2] 继而这篇《光禄坊三号》揭示的又是怎样的女性身体语言呢？

俗话说"三个女人一台戏"，小说提及李白的诗也是"对影成三人"，而今《光禄坊三号》再加一个，四个女人同台戏，钩心斗角，何其热闹。"四个女人同居，那不等于锅碗瓢盆的战场吗？"也有静的时候，月下故人和今人，相邀在何处？"镇上一座破四旧时被敲得千疮百孔的节妇牌坊。为什么皇帝要给女人立碑呢？女人死了丈夫守寡是一件大事。可解放不就是要把妇女从丈夫那里解放出来吗？守寡可是万万不行了，最好死了丈夫赶快就嫁，要不还谈什么妇女解放，解放不就是解放这些吗！"陈永和绝不会赞同守寡，她是与时共进的主张"现在时兴女人合住"，但她存有疑虑："纯粹的爱，没有肉体参与

---

[1] 欧阳灿灿：《论福柯理论视野中身体、知识与权力之关系》，《学术论坛》2012年第1期。
[2] 林红：《身体·性·忏悔——评日本新华侨女作家陈永和〈一九七九年纪事〉》，《湘潭大学学报》（社会科学版）2016年第4期。

第十四章 走出家/国的"女性身体"

的爱,纯精神的,你不懂。年轻男人不懂这些爱。"她朝自己或是朝着女人们喊,"你们被肉体控制,等你们老了,身体不再说话,你们才会听得到另一种声音"。

且听听另一种声音吧。"你觉得滑稽吧。跟一个老人怎么能有爱?……我不知道……沈卓的声音颤抖了。"这些女人颤抖着,犹豫着,但都窃喜着,给自己找到入住理由,堂而皇之搬进光禄坊三号。四个女性的身体为了一个共同的男人走到一起来了。"她们在一起住,就等于剩下的沈一义在一起。总之她觉得让剩下的沈一义分散到各处不如让他们集中起来的好。"这是作者创造的乌托邦奇迹。男人不在了,退场了,"这天晚上林芬又睡不着了。她在想老沈。她一直觉得老沈没死,只是在很远的地方活着,她看不到的地方,因为在他活着的时候,就是活在离她很远的地方"。男人退到远方,但阴魂不散,除了地窖暗藏的女人形象,还活在每个女人的身体里。从性虐到享虐,是女作家直视性要害的剖析,惊心动魄,入木三分,是对男权政治的批判和挑战,更是对女性主义的深刻反省。永和的"阴毒",就毒在无情地揭示了女性身体的悲剧。

"很多年以前开始,龚心吕就一直想找一个地方把自己安顿下来。现在的家太舒适太热闹太入世,一走进去,她就变成软体动物,泡在缸里似的,浑身找不到一根直线。她需要找一个世界,这个世界具有一种魔力,能够让她把在身体里已经发酵了几十年的东西,像抽丝一样一点一点抽出来酿酒。像希腊哲学家们做的那样,永远活在一条河又不活在一条河里。"男人被阉女人则被泡,泡出温柔、泡出浪漫、泡得软绵绵的。莫非20世纪以来探求的娜拉"出走",可以回归《光禄坊三号?"房子是曾祖退位回乡时盖的,奶奶说曾祖留下条古训:门不宜大不宜显,宜厚宜重。"女人们,也许必须重新出走,走向哪里呢?

也许作者主张的女性乌托邦可以让四个女人同居一厝,求大同存小异,其乐融融吧。作者说,"女人需要男人,更需要女人"。莫非女人可以是女人的出路,女作家写女人就必然是女性主义立场吗?不过,

— 297 —

恰如小说结尾只留下问题，我赞赏作者对女性出路问题的探讨。我以女性身体保护对女性身体的研究。

第三节 现代性的困境与焦虑

在现代性语境下，我们该如何重新看待历史，如何面对现代性的困境与焦虑？作为闽籍日本华文女作家等三重边缘人的永和，写作受日本性别文化的深层影响，其独特的性别意识与书写为当下女性主义研究提出一些新的问题与讨论思路。"女性主义研究进入中国已逾二十年，当女性（主义）研究成为一个'话题'而逐渐丧失其问题性，研究者需要寻求研究视角以及参照体系的更新。中国女性主义的发展往往以西方女性主义为参照系，普适性追求与差异性存在一直是当代中国女性主义研究试图突破的现实困境。如何调整、获取女性主义新的活力源，成为一个问题。"①

一个女作家，写了四个女人，力求探讨女性出路，这无疑是女性主义的作为，是小说颇有意义的一大"收获"。

如上所述，陈永和向我们展示了在"文革"背景下，被迫混合在一个"桶"中的各个阶层、各个人物的交错命运。通过身体性异化的独特描写，批判和讽刺了荒唐年代的荒唐身体。她的回忆和故乡福州联系在一起，她离开福州留学日本，思故乡回故乡是所有游子所走的回忆之路。因为故乡就是回忆的源头。但我们发现，故乡不仅是出身地，也是身体的源头。身体是天生的与生俱来，从故乡出发；回忆是后天的源源不断，回归故里。这种出发与回归，既是时空意义上的，更是情感和精神意义上的。

日本新华侨女作家陈永和的回归之路，并不在习以为常的"灵魂深处闹革命"，而是身体性的忏悔。它有别于创伤文学的"赎罪"书

---

① 林祁、陈庆妃：《"日本新华侨华人文学中的性别话语研究"专题主持人语》，《湘潭大学学报》（社会科学版）2016年第4期。

写（通过赎罪人的心灵得到净化、矛盾得到化解）。其通过身体性忏悔的这种回归，具有更为深刻的现代性意义，冷静而清醒。我们只能从身体的出生地、从我们的历史和传统而不是"心灵"中寻找救赎的资源和希望。这是《一九七九年纪事》不同于其他跨文化作家的创伤书写之处。

作为一名日本新华侨女作家，在经历了两种文化的冲击与熏陶之后，面对历史、面对人性、面对生存等现代性问题的思考，产生了不同于本土作家的角度和深度。这种独特的角度和深度，使文本更具有文学价值。一方面，作为"文革"的见证者和经历者，促使她对这一疯狂年代进行深刻的历史批判与反思；另一方面，作为长期旅居日本的华文作家，异国文化的感染与碰撞，使她能够尽量以国际性的文化视野来反思现代社会。在现代性语境下，我们该如何重新看待历史，如何面对现代性的焦虑与困境？站在日本这似近非近的彼岸，站在今天审视那并不遥远的历史，独特的空间与时间距离产生独特的视点，使其作品具有非同一般的清醒与冷峻。

一 女性叙事与历史记忆

20世纪90年代中国文坛涌现出一批关注女性命运的女性作家。她们以特有的人生体验、独特的视角和极具个性化的叙述语言，创作了一批耐人寻味的女性题材的作品。这批女作家已经不再是脆弱的自恋主义者或痛苦的理想主义者，而是在性别意识的觉醒过程中积极表现当代女性的生活生存状态及其困境与挣扎的内心体验。一种被指称为"个人化"和"私人化"的女性写作堂堂正正地走进了文坛。女作家们对女性经验和女性心理的全方位敞开，对个人的生存/生命体验的书写，对个体欲望的表达均达到前所未有的境地。在日本新华侨华人女性作家的创作过程中，也出现了类似的情形。在女性解放的道路上，女性主义经历了"建构"、"解构"与"重构"的思想推进过程。即从20世纪60—70年代女性意识的再觉醒，认识到性别是一种"社会文化建构";到80—90年代对男性霸权及其性别文化的猛烈抨击与批判,以及21世纪以来对当代性别关系的思考与憧憬。受女性主义解放思潮的影响,日本新华侨华人女性作家中的许多人纷纷走向对性别文化的批判(即解构),甚至有些女作家开始了对现代性别文化的反思及性别关系的思考。

自20世纪末性别研究在国际学术舞台上成为"显学"后,人们对女性解放道路、对性别问题的思考日益深入也日趋尖锐。女性主义在经历了一系列的"建构"及"解构"的批判与反思后,如今面临着"重构"的困惑与徘徊。这种情态或多或少地折射在作为知识分子的日本新华侨华人女性作家的身上。当她们的女性意识觉醒且认识到性别是一种"社会文化建构"后,她们纷纷奋起批判,用自己手中的笔抨击男性的霸权话语及性别文化,开始对现代性别关系加以思索。在日本新华侨华人女性作家陈永和身上,这点表现得尤为突出。笔者认为,小说《光禄坊三号》是作者对性别问题更深入的、直逼后现代的思考。

二 "边缘性"带来"多元性"

光禄坊象征着一种包罗万象的历史和现实的福州文化,同时是一个新旧性别人物及性别观念混杂汇聚的大舞台。这里的男人女人可以走出光禄坊,可以走到很远很远的英国,但毕竟还是离不开光禄坊,总要在那扇不大不小的门进进出出。这也是陈永和经历的门里门外的世界。当她提起笔,她在挑战光禄坊,挑战既有性别文化。现代女性可以走远,但最终还是挣不脱性别文化的束缚,挣不脱"光禄"这缠脚布式的传统。

福建省省会福州有三个特点:海外性,边缘性,多元性。地缘的"山海经"使它天生具有海外性;远离"天圆地方我为中"的中原文化使它天然具有边缘性,即"天高皇帝远"("闽"字门里一条虫,只有出了门,虫才能指望成龙);而海外性与边缘性带来了多元性,或者说是碎片性。

福建不少氏族大家世代以考取功名为业，以北上做官为荣，光禄坊就是当年功成名就的达官贵人聚集之地。其名由此而来。"文革"破四旧被毁，如今复原后，各个阶层、各种人物的交错命运被混合于此。陈希我谈及陈永和时讲到：地域是精神概念，光禄坊就是陈永和的"地域"[1]。是进进出出的"地域"，是生生死死的"地域"。这种清醒而冷静的生死往复意识，驱使作者抓住一号人物沈一义的遗嘱戏弄男女众生。作者笔下的四个女人就像四个碎片共同黏着一个"光禄"男人。"光禄"这缠脚布式的传统，阴魂不散，依然存在。福建的边缘性使它顽固不化，不但不臭，在某种意义上还更香了。

福建福州的多元性在"妇德"上表现得最为生动。《光禄坊三号》里的一号人物沈一义"年轻时常说：男人嘛，讨老婆得讨对地方。讨莆田女人，在家就可以翘脚做老爷；讨福州女人，就等于给家里讨回个老爷"。福建南北各地不仅方言不同，连妻性都不同。《光禄坊三号》尽管以四个女人的活眼从各个角度写尽一个死男人，但更有意思且更绝的是，又用男人曾经的眼光写女人，他的女人形象是由四个女人碎片（身体的不同部分）拼凑而成的，同时又用女人的眼光看女人自己。四个女人"看久了，每一个人都在画上找到了自己。娄开放说眼睛像林芬，冬梅说额头像龚心吕，林芬说嘴巴像冬梅，龚心吕说鼻子像娄开放，整个脸型像沈一义母亲，但气质整体感觉又像她奶奶"。多元素的回归与统一，难道亦是边缘性所致？难道女性就跳不出"如来佛的掌心"？

三 性别解构与超越二元性别

传统与现实社会中的女人及其眼中的男人，还有男人及其眼中的女人，均被女作家刻画得活灵活现。一个男性中心主义的"性别差异"、性别歧视的社会呈现在读者面前。

---

[1] 陈希我：《一个纯粹的写作者——陈永和印象》，《福建文学》2016 年第 2 期。

下编　丰富期："放题"于中日之间（第三个十年：2010—2020 年）

　　这个不男不女的律师"知道自己只能跟穿旗袍的女子结婚。可这样的女子在哪里？"女作家笔下，一方面质疑难道两性的结合（婚姻）非得以性，以男女两性为基础，没有性就只能离婚？——"这就是父母离婚的原因"；"父亲没有性"，为什么还要结婚？——"从结婚开始那一天就没有！"是被"阉割"了，"性无"；还是天生"无性"，还是……性话语太敏感，作者不便进一步挑明，留给读者想象的空间。另一方面，女作家挑战二元性别文化，试图超越性别，管他"什么男人女人""男性女性"，"是人就行"；但在向男女二元性别挑战的同时，还是抛不开社会给定的性别刻板印象——不是男装就得女装，不能男扮女装，不得男不男女不女。二号男人不得已裹上男人的"外衣"，努力像男人却不是男人。跨性别的身影出现在女作家笔下。笔者尚未访谈到陈永和，不知她对女性主义酷儿理论了解多少，对 21 世纪以来性别议题中最尖锐的话题——"跨性别"族群浮出地表为争取自己的生存权而奋力抗争的事态持何态度？但不管女作家是自觉还是无意，其辛辣的笔不仅拷问了传统"男婚女嫁"婚姻制度的天经地义，而且触碰到二元性别文化的底线；不仅打破性别刻板印象，而且超越二元性别，解构既有性别文化。

　　在前面的文本中曾引述过陈希我"阴毒"与"阳毒"的观点。陈希我认为，中日女性在反抗男权的方式上有"阴毒"与"阳毒"之别，日本女性往往表现为"阴毒"——以自虐而虐人，中国女性往往表现为"阳毒"——虐人而自虐。"阴毒"连接着"物哀"的传统，更多显现为心理上或精神上的病症——自闭、抑郁、歇斯底里。压抑越深，"阴翳"（谷崎润一郎《阴翳礼赞》）越甚。以此病症反映于文学，则揭示人性更尖锐而深刻。女作家在《光禄坊三号》更加大胆地释放出"阴毒"的能量，借四个女人的爱之眼塑造了光禄坊三号男人，却故意让他死了，留下遗嘱阴魂不散，而掌管遗嘱的是个阉男，加上个男律师又半男半女，这种性别模糊、性别越界预示着性别革命即将到来。

四 性别关系的叙事重构

21世纪以来，对"身体"的关注成为现代和后现代的一个重要议题，哲学领域对身体的重新发现引发文学的深层探讨。福柯对身体研究的最突出贡献是，明确了身体"是文化性的，联系着丰富复杂的社会文化和意识形态话语"，成为"一种被分裂与规训的肉体"。可以说，身体承载着历史印记，并诠释着被历史摧毁的过程。如前面的文本所见，陈永和在《一九七九年纪事》中揭示过身体被历史摧毁的这个过程。《光禄坊三号》再次揭露了身体的被摧毁、被解构。

《光禄坊三号》的女人有一过人之处："所有的苦恼纠结可以通过手脚的动作从身体里赶出去，从不堵塞在意识里。精神就是这样从肉体里解放出去了。"陈永和把对准男性的视角掉转回来对准自己——女性的身体。她描绘出女人眼中的女人，过去怎样，将来怎样？"她想写的过去，所有的过去都埋藏在这座老宅里……她不能消灭自己的肉体呀。"

俗话说"三个女人一台戏"，《光禄坊三号》再加一个，四个女人同台戏，钩心斗角，热闹非凡。但这种热闹已经不同往昔。"四个女人同居，那不等于锅碗瓢盆的战场吗？"与时共进的作者主张："现在时兴女人合住！"女作家认为，"年轻男人不懂这些爱"："你觉得滑稽吧。跟一个老人怎么能有爱？"；年轻女人也不懂这种爱，于是她朝女人们喊："你们被肉体控制，等你们老了，身体不再说话，你们才会听得到另一种声音。"对爱与性的时限性、可变性及多样可能性，陈永和做出了自己的诠释。"纯精神的"无性之爱的可能性及现实性，一直是她对多元性爱孜孜以求的探讨，是对爱、性、婚姻三者是否统一的命题的反思。

站在妇女解放的立场上，陈永和不赞同守寡：

镇上一座破四旧时被敲得千疮百孔的节妇牌坊。为什么皇帝要给女人立碑呢？女人死了丈夫守寡是一件大事。可解放不就是要把妇女从丈夫那里解放出来吗？守寡可是万万不行了，最好死了丈夫赶快就嫁，要不还谈什么妇女解放，解放不就是解这些吗！

但她对"妇女解放"的理解有所欠缺，或者说有些偏激。当她笔下的那些女人给自己找到入住光禄坊三号的理由、堂而皇之地搬进光禄坊三号时，四个女性的身体便为了一个共同的男人拼凑到一起了。"她们在一起住，就等于和剩下的沈一义在一起。"她觉得让剩下的沈一义分散到各处不如让他们集中起来得好。这是作者创造的《女性乌托邦》（借用李小江同名论著），性别重构！

值得注意的是，男人不在了，男权退场了，但阴魂不散：

这天晚上林芬又睡不着了。她在想老沈。她一直觉得老沈没死，只是在很远的地方活着，她看不到的地方，因为在他活着的时候，就是活在离她很远的地方。

男人死了但阴魂不散，仍活在女人的身体里。在"看不到的地方"，在"很远的地方"。因此，需要"泡"开化解：

很多年以前开始，龚心吕就一直想找一个地方把自己安顿下来。现在的家太舒适太热闹太入世，一走进去，她就变成软体动物，泡在缸里似的，浑身找不到一根直线。她需要找一个世界，这个世界具有一种魔力，能够让她把在身体里已经发酵了几十年的东西，像抽丝一样一点一点抽出来酿酒。像希腊哲学家们做的那样，永远活在一条河又不活在一条河里。

传统性别文化对人骨子里的渗透，不是一场革命一次洗礼就可以清除掉的。它需要"泡"，更需要冷静地"像抽丝一样一点一点抽出来酿酒"。因为性别是社会文化建构的,所以只有逐一解构才能重新建构;因为女性是建构而不是天生的,才有可能解构,也才有可能重构。这就是性别"建构—解构—重构"之路!

男人被阉、女人被泡,泡得软绵绵的"浑身找不到一根直线",泡出"温柔"。在女人被消费、被商品化的当下,女作家对女性解放的道路有自己的看法:20世纪以来"出走"的娜拉真的可以再回归光禄坊三号?女作家看不惯女性的显摆夸张,偏爱厚重沉稳,便借主人公之口说:"房子是曾祖退位回乡时盖的,奶奶说曾祖留下条古训:门不宜大不宜显,宜厚宜重。"女作家甚至时常疑惑:娜拉是否必须重新出走,可走向哪里?

综上所述,女作家陈永和主张的女性乌托邦可以让四个女人"同居一厝",求大同存小异。在她的创作、她的观念中,亲密关系并非只能存在于异性之间,亦能存在于同性之间、女人之间。她说"女人需要男人,更需要女人"。难道她理想中的这种其乐融融,就是当代女人的出路?笔者质疑陈永和的女性主义立场。

显然,女作家写女人未必就是女性主义立场,但陈永和写女人确实另辟蹊径。这也许是其"边缘"的之间地位所致吧。作为闽籍日本华文女作家、三重边缘人的陈永和,写作受日本性别文化的深层影响,其独特的性别意识与书写为当下女性主义研究提出了一些新的尖锐问题与讨论思路。女性主义研究进入中国已近三十年,当女性(主义)研究成为一个"话题"而逐渐丧失其问题意识及批评性后,需要寻求新的研究视角及参照体系。如何调整、获取女性主义新的活力源成为一个迫切的现实问题。小说结尾只留下问题,作者对女性出路问题的探讨没有完结。

第十五章　双重美学熔铸的"金戒指"

笔者试图用"风骨"与"物哀"来概括中日文化及美学的特点。而哈南创作的小说《金戒指》[①]，恰是融合了这双重美学的佳作。哈南因其生活跨越两个国家、两种文化，而使其小说创作具有双重性。哈南创作的小说《金戒指》探寻日本新华侨华人共同追寻的身份认同等一系列问题而具有深度。

一批日籍华人作家站在外面回看中国，有着独特的视角，看法也很新鲜，值得我们借鉴，从审视他者中自我反思，得到经验。这对全球化背景下，不同民族国家间的文化交流具有良性的促进作用。

而另一批华侨作家不愿加入日本籍而在日本"永住"（持日本永住者签证），哈南便是其一。这批"永住者"为数不少，是中国人在日本滞留中特有的一种现象（不同于西方的移民倾向）。这批人可谓在中日之间行走，他们笔下的日本形象又该如何？都是中国人，由于在日言日所言之日相同吗？通过形象学分析，我们可以得到一些什么样的启示呢？

李怡曾在《日本体验与中国现代文学的发生》中提到："如果说留学英美的中国知识分子主要是为我们带回了一系列自成体系的西方文化资源，那么留学日本的中国知识分子却常常陷入一种难以言述的文化纠缠与生存纠缠中。"

---

① 哈南：《金戒指》，《中国作家》2018年第3期。

第十五章 双重美学熔铸的"金戒指"

近年来,周宁《天朝遥远:西方的中国形象研究》以中国形象为方法问世并影响着世界,李怡《日本体验与中国现代文学的发生》更是将"日本体验"上升到与中国现代文学的发生有关的高度。记忆文化与形象学的关系密不可分,文化记忆是人形成身份认同、文化归属感的重要因素,同时记忆往往也影响着个人感知,故一个人所成长的环境、经历,在历史与文化的大背景下,都会有意识或无意识地将这些东西投入对"他者"的总结中,正如孟华在《比较文学形象学》中说的:"任何个人都不可能绝对脱离集体无意识的樊笼,无论他有多么强烈的批判意识。"[①] 文学作为社会的一种表现,巴柔提出:"'我'注视他者,而他者形象同时也传递了'我'这个注视者、言说者、书写者的某种形象。"[②] 曹惠民《华人写作在日本》介绍了当代旅日华文人文学创作的情况,并总结出"想象扶桑"和"记忆华夏"是旅日作家创作的两个中轴。[③] 日本新华侨在异国思乡,记忆里的中国包含创伤与反思,创伤记忆是一种深刻的文化记忆。记忆中的中国是一种想象的中国。

日本由于地理位置与中国相邻,同时文化相似于中国,因此当中国被西方列强强行打开大门后,大批的年轻人将日本作为首要的留学点。然而,中日两国的关系发生了天翻地覆的变化:自诩为"天朝上国"的中国在长期"闭关锁国"中,已远远落后于进入现代化的日本。日军在中国的暴行,更加深了两国民族仇恨。李怡将从清末以来至抗战的中国留日学生分作五代,而这五代留日学生的最主要的特点,即他们背负着国家在最危难之时,远渡日本,通过学习西方理论、西方思想,解救中国的重任。但是,面对着"现代性",这些人的作品往往呈现出焦灼的情绪,在这批留日学生中,郁达夫的《沉沦》颇具代表性。小说中的主人公面对着现代化的日本,在痛苦与渴望爱情的

[①] 孟华主编:《比较文学形象学》北京大学出版社2001年版,第190页。
[②] [法]达尼埃尔-亨利·巴柔:《形象》,孟华译,载孟华主编《比较文学形象学》,北京大学出版社2001年版,第161页。
[③] 曹惠民:《华人写作在日本》,《常州工学院学报》(社会科学版)2007年第6期。

同时，又不断地提醒着自己"复仇、复仇"，尤其是小说在最后所呐喊的："祖国呀祖国！我的死是你害我的！你快富起来！强起来罢！你还有许多儿女在那里受苦呢！"①更是喊出了"自我"遭遇"他者"，从"集体想象"中脱离后所面临的困境。

之后的鲁迅兄弟，二人的体验可谓全面地展现了日本的双面性这一特点。鲁迅在日本学医期间，既遭到"自己人"与日本人的歧视与排挤，又经历了同日本人一起观看日俄战争中的细菌实验纪录片，但是，鲁迅并没有表现出同其他留日知识分子的激进性，而是将中日民族的冲突引向国人自己的人性上，他意识到："中国是弱国，所以中国人当然是低能儿，分数在六十分以上，便不是自己的能力了。"这与郁达夫小说阐述的观点相同，即将日本体验落到对个体的重视。周作人的日本体验则与鲁迅完全相反。周作人说过："老实说，我在东京的这几年的留学生活，是过得颇为愉快的。"对于鲁迅在日本的种种遭遇，周作人都不曾遇到，这就使周作人更向日本靠拢，"在异域并无孤独，反而'感到协和'"②。

20世纪70年代末期，尤其是1988年前后开始，新的"留日热"再次掀起一波浪潮。不同于李怡所提到的前五代留日学生，在"后殖民"的大环境下，新的知识群体不再受到"以救国为己任"的影响，然而又遭遇了"文革"的伤痛，同时两国之间的历史与政治问题使人们很难以理性评价日本，这些新旅日作家不断游走于两国之间，他们在追寻自我与个体的同时，也产生了新的困境，即自我身份的认同与归属。作为个体，这些作家相比过去更为开放，对于"性"的理解与追求也更为大胆。大部分人虽然获得日本的"永居权"，但是他们的国籍始终保持着"中国"，因此，他们体验日本的同时也徘徊于日本，徘徊于两国之间。

---

① 郁达夫《沉沦》定稿于1921年5月9日。同年10月由上海泰东书局出版短篇小说集《沉沦》。后多次再版。
② 李怡：《日本体验与中国现代文学的发生》，北京大学出版社2019年版，第134页。

第十五章　双重美学熔铸的"金戒指"

第一节　永住者笔下的日本形象

持有中国记忆的作家跨越到日本这个"他者"环境中，并将自己所塑造的形象"跨"回中国，"它们或以异国读者为受众，或以处于异域中的中国人为描写对象。无论在何种情况下，这些形象都具有超越国界、文化的意义，因此在一定程度上可被视作一种异国形象，至少也可被视作是具有某些'异国因素'的形象，理应纳入到形象学研究的范畴中来"。

漂洋过海的中国作家，身处异域时，"原风景"往往成为他们与家乡的紧密联系。"原风景"，即为一个人出生后到有记忆开始，脑海中所记住的第一个也是最深的场景，并且往往会影响人的一生。福建作为"内销转出口"的一大侨乡，不仅留学生多，在日本现代化进程中，大量的福建劳工也参与其中。然而，哈南的书写中，很少提及他的故乡福建，小说中的人物大多是北京人，福建的乡土记忆变成了北京的乡土记忆，这是非常值得注意的一点。

哈南本名徐金湘，1949年10月出生于福建省莆田市，中国国籍，旅居日本。"文革"前毕业于莆田第一中学初中部，"文革"中"上山下乡"。1978年考入福建师范大学福清分校中文专业，毕业后留校执教。1984年调莆田市委宣传部工作。1988年赴日，先就读于东京王子日语学校。1990年进国立琦玉大学大学院修中国文学研究。1992年就职日本东洋电机株式会社。2001年取得日本永久居住权。现住北京和东京两地。1978年开始文学创作，在《厦门日报》和《福建文学》上发表短篇小说，两次获福建文学奖。1980年加入省作协。1988年发表的《唐平县委有两个秀才》入选《小说月报》。赴日后停笔，21世纪后重新开始业余写作，陆续在《收获》《上海文学》等文学刊物发表一些中篇小说，小说入选多种年度选本及《中篇小说选刊》。

哈南在"文革"期间上山下乡，之后于1988年赴日，以这条线索代入他的小说中可以大致推测出每部小说的发生时间。《那一刻你

下编 丰富期："放题"于中日之间（第三个十年：2010—2020年）

不再担保》中，通过"山口百惠"这一关键词可以推断出主人公欣欣到达日本的时间是1985—1990年前后。在小说中，欣欣提到了自己的自设目的，即通过与日本女性发生性关系，"替咱中国的那些姐妹们报仇"，然而到了日本的欣欣却一直没有"完成"这个"任务"，"他嘴上没说，可心里头却是在国内一旦需要信誓旦旦时肯定会有的最高层次的保证，那就是请组织上审查吧。他是纯洁的，他有一颗红得发亮的心"。很显然，"红得发亮的心"这种套版词以委婉的黑色幽默的形式点出了诞生于"文革"中后期那个年代的年轻人的思想，这种思想与哈南的经历密不可分。在哈南的笔下，这些中国人对于自己的过去只字不提，正如他对自己及自己小说所评价的："总是在躲着什么。"

天斌"六岁的时候"（小说《六岁的时候》）远渡日本去做劳工。当他瘦小的个头通过气势赢得了日本当班对他的肯定时，兴奋地爬上了开往工地的汽车，然而坐在车上的他又"竟然想到和自己挨在一起的这一伙既有点像是被关押在船舱里的被贩运着的黑奴，又有点像是不顾一切地争着去淘金的亡命之徒"。"文革"之后，中国的劳工大量涌向日本，为了"多赚一点钱"，他们每天聚集在高田马场的劳务市场，"希望找到一份清扫的工作"，当被选中时，"那些被他看中的有福了，一个个都好像是中了彩一般浑身是劲地爬到了车上"。只是被选上去做清扫工作，却感受到"福"，对于现在这个年代的年轻人来说，恐怕是不能理解的。

在创作方面，哈南有着自己的"黑色幽默"，如欣欣被日本人问起有没有在日本和女人发生过性关系时，欣欣觉得："我操的，怎么会去操呢？"这些语言的幽默也时时发生在小说中。

无论是中篇小说集《北海道》还是长篇小说《猫红》，其中徘徊在日本的人们都带着些许寂寞的色彩。他们仿佛没有过去的记忆，一个个"空降"到日本，独立穿梭于灯火辉煌的现代社会。洁雯虽与王珊是一对好闺蜜，但二人很久才会碰上一次，她们的相聚也总是以讨论王珊的"日本老头"为重点；天斌不断往返于两国之间，却不曾提起自己的日本朋友。

《北海道》是一部描写旅日本华文人生活的小说。作者以海外的视角来观察世界，叙说了在日本华文人的生活，同时也描述了怎么也离不了的乡土和故国。《北海道》题材广泛，时空的跨度较大。比如写留学生，不写漫长东瀛路的艰辛，写他们站稳了脚跟之后所面对的茫然，以及与他们在日本出生的日化了的孩子之间的"代沟"。

哈南写嫁给了日本人的她们，自以为把曾经有过的情感留在了国内，生活已经有了重中之重，可是没想到有时候那轻盈的一缕也会漂洋过海，成为不速之客。有时候是回国和在日本的生活穿插进行的，有时候则被国内变革的大潮吸引，流连忘返。

文化的融合与碰撞从来都是小说诞生的重要因素！

第二节 "暧昧日本"与"间性"美学

读哈南的小说，字里行间漂浮着"暧昧"的气氛，像日本语或像日本人。这大概因为他在日本待久了，被浸泡出来了。可是他会讲日语，却坚持华文写作；可以娶日本老婆，就是不入日本国籍，自由自在地在中日之间来来往往。

在《西村的装置艺术》中，哈南想告诉世界，血脉与亲情是中国人不管走到天涯海角都无法割舍的情感。例如雪红，不断地告诉自己的儿子西村是日本人，要慎交，但是回国时，俩人毫不犹豫地走到中国的申报通口，直到海关人员要求他们出示护照时，才意识到对方说的是日语，自己已经是"日本人"了，面对尴尬的景象，雪红"脑子里浮上来的是一个连她自己都觉得有些奇怪的责难，怎么，从哪个地方看，你把我们看成了日本人？"在日本死不松口生怕暴露自己的中国话，在过海关时脱口而出，并且"十分标准"。早已舍弃的中国身份在重新踏回中国的土地时被拾起，甚至当对方更正他们的身份时产生了"责难"。文化记忆充斥在他们的脑海里，正如书中所说："有时候一个人的语言会比护照更能够证明自己的身份。"

《北海道》的洁雯"准备结婚时做的第一件事是替自己起一个日

本名字"。并且拒绝教自己的丈夫说北京话，就连自己也闭口不说，即使丈夫有意"讨好"她，她也极力躲避自己的过去。但是，当洁雯面临自己的姓要改成"安藤"后，"开头还兴致勃勃的她"便"没了劲"，抗拒着自己身份的变更。随着真由美"北京丈夫"的出现，洁雯隐藏的过去开始渐渐浮出水面，她不停地打听着"北京男友"的消息，又害怕与他见面。到了故事的最后，她随着丈夫开车前往真由美家，带着"白色恋人"，"透过车窗，洁雯看到真由美和她的北京丈夫已经站在公寓的大门口等着他们了"，这种结局，似乎象征着洁雯不再逃避，接纳了与故土无法分离的自己。

在《那一刻你不再担保》中，"山口百惠"作为一种象征意义贯穿整条故事线。80年代的山口百惠，不仅火遍日本，在中国也几乎家喻户晓，在欣欣的心中，"山口百惠"也是自己对日本的憧憬，"当他在异国的土地上奔波的时候，这种憧憬还会涌上他心头带来一种温暖的感觉，带给他荒野中的一缕芬芳，甚至成为他在艰难的环境中努力奋斗的一种动力"。随着故事的发展，原本寄人篱下的欣欣在事业上突飞猛进，甚至超过涉谷时，他意识到自己正在融入日本，这一刻，他感到自己"不但远离了山口百惠，他也远离了他自己，远离了他的过去"。

在哈南的小说中，日本人往往显露出精明、狡诈、虚伪的一面，欣欣对待性时所说的"操"，到了日本演变成"SEX"，对此他觉得"日本人进口了那么多的外来语，大概已经忘记了他们的祖先是怎样给这种天经地义的行为下定义的""日本人赤裸裸的"；天斌"从来没有得到过一个日本工头的赏识。在日本人的眼中，他是一个典型的东亚病夫""那个日本人一开始就令天斌那样地生厌，用那张脸去扮演一个穷凶极恶的日本兵是再合适不过的"。对于日本的恨，他们往往会联想到"小日本"或"抗日战争"，这种对日本的刻板印象与现今抗日题材的电视剧有着异曲同工之处。

在《北海道》与《猫红》中哈南着重写了三个日本人。即便小说中那些日本人有着虚伪狡猾的一面，但对哈南而言，日本又有可"爱"

第十五章　双重美学熔铸的"金戒指"

之处,所以在他的小说中,也存在着一些温馨的场景。涉谷利用欣欣击败自己的竞争对手,但是他与欣欣的相识,无不体现出真诚。面对初到日本的欣欣,涉谷不断提醒他每天都要吃青菜,"那个时候日本人已经在转变饮食的观念了。涉谷是真心的,他用最新的科学来呵护欣欣"。欣欣带涉谷到中国玩时,涉谷如同一个"小学生"一般认真阅读了欣欣写下的,"看上去好像是一本老师备完了课的教科书"的旅游攻略,二人甚至在中国游玩时发生了身份置换——原本作为下属的欣欣像个领导一样带着涉谷四处游历。

虽同样作为东方国家,但是两国在处事方式上有着截然不同的风格。相比于"中国人老是强调什么古老的文化",日本在"明治维新"后全盘西化,在《北海道》中,洁雯对于真由美时而冷淡的态度,觉得"毕竟是一个日本人,不大习惯过多地去涉及个人的隐私"。当欣欣听到涉谷要求菜馆里的老板娘为他倒酒时,他看到的是一个"体面"的日本人,他知道"一个没有十分自信的日本人是不会这么大胆地抛头露面的。至少日本人在表面上是含蓄的,不喜欢出风头"。又如《猫红》中苏国强与吴元华二人来到新宿的歌舞伎町想找个小姐,买了门票后苏国强对卖门票的说"本番……"吴元华在旁边用英语补充"sex……"遭到卖门票的谩骂。

《金戒指》是哈南创作的一部描写归国华侨生活的中短篇小说,哈南以《金戒指》中的主人公"大杉"为自己的缩影,叙写"大杉"从日本回国后的生活,历史记忆与现实生活一一对应,通过对比在"记忆"与"现实"之间发生偏差的故乡,表达作者的内心诉求。

《金戒指》较之哈南以往的小说作品在叙事场景上作出了明显的改变——由日本华侨的在日生活描写转移至日本华侨的归国生活叙事。场景的改变揭示哈南写作角度的重新出发,作品不再只是精神的还乡,更从肉体的还乡展示了日本华侨的精神困顿。

《金戒指》以"现实"与"记忆"来回穿插的写作手法进行叙述,"记忆"与"现实"的互存是构成《金戒指》故事完整性的两大要素。

《金戒指》中的主人公大杉可以分为两个时期的大杉，一个是"年过半百的归国华侨大杉"，一个是"年十六七的小镇少年大杉"。他们不论是在时间、空间以及生活背景上都不尽相同，唯一存在于他们之间的联系便是"少年大杉"是作为"老年大杉"的一部分而存在。而"老年大杉"又比"少年大杉"多了国外生活经历，在思想文化上更受过他国文化的浸淫。

"少年大杉"为了逃避"文革"对他的家庭和生活带来的痛苦，用从家里做营生的买卖中昧下的钱，用在那个年代相当于巨款的二十元买了一把小提琴。还记得大杉将小提琴拿回家时的庄重和爱护："他把那麻袋搁在吃饭的桌子上，然后轻轻地把系住麻袋口的带子松开。大杉慢吞吞地把麻袋的口顺着有些圆滑的盒子往下挪着，一点点地，一点点地。"[1] 可以想见"少年大杉"对小提琴的期待与珍重。这个时期的"少年大杉"有着一股无知无畏的精神，在姐姐蓉蓉的打击下："你看得懂五线谱吗？你也想学小提琴？"他丝毫不畏惧，反而反唇相讥："去你的吧！和你一点关系也没有。"[2]

回到"现实"中去，此时的"老年大杉"面对小提琴教师张超的诱惑——重新学习小提琴，犹豫了，以各种借口婉转地回绝了小提琴教师张超的好意。此时的他不论是在经济上还是师资上都有了更好的学习条件，却有些却步：不，我打乒乓球存心只想玩玩。谢谢你了。只是……此时的大杉不再是那带有莽撞的"少年大杉"，而是更多了一份理性和谨慎，也由于小提琴对"老年大杉"的特殊意义，"老年大杉"需要对重拾小提琴这件事做出更多的考虑。

而在面对男女之事上，"老年大杉"比"少年大杉"更多了一份成熟，多了对男女之事平和的心态。"少年大杉"在某一天被母亲要求着装整洁和她一块上街，一道去了一位叫唐大嫂的家。"少年大杉"觉得十分奇怪，陌生人唐大嫂不仅以审视的眼光在他身上不断地来回

---

[1] 哈南：《金戒指》，《中国作家》2018 年第 3 期。
[2] 哈南：《金戒指》，《中国作家》2018 年第 3 期。

第十五章 双重美学熔铸的"金戒指"

打量,母亲更是破天荒地对他"大逆不道"学小提琴的事大夸了一通。直到见着一位少女端着茶杯而来,他什么都明白了,他的内心一下子烧了起来,他觉得十分难堪和恼怒。在自己不知情的情况下就被他的母亲给骗来了,由着这股愤怒,"少年大杉"不管不顾的,一下子飞奔着离开。

"老年大杉"从来没有想过自己已年过半百还会有"男女之事"与他相关。在新的乒乓球俱乐部,"老年大杉"遇见了陈氏夫妇,老陈和他的妻子陈敏。由于陈敏对"老年大杉"暧昧的态度:自从大杉过来了之后她打得更少了,经常坐在球桌旁边的椅子上关注大杉。陈敏还是原来的样子,而且对他的黏糊有增无减。让"老年大杉""得意"之后又十分"惶恐",他并不想成为破坏别人家庭的第三者。虽然同样是男女之事,"老年大杉"与"少年大杉"的不同之处在于"老年大杉"面对这种不安,他会以更成熟的方式面对——在与陈敏多次被动或主动的交谈以及与老陈敞开心扉的畅谈之后理解了陈敏对他独特的关注原因:直面心中的隐痛,他们在追求一个完满的人生。如果"老年大杉"像"少年大杉"一样以逃避的姿态狂奔而去,可能留在他心中的只会是如当初"少年大杉"一般的怅然若失。

"少年大杉"与"老年大杉"之间的关系就如同没有海外经历的中国人与在日生活的华侨华人之间的关系。这种身份由时间、空间以及文化背景等方面的影响而产生的转变,使同样的他们在不同的时间、空间节点上的性格、行为与思维方式都与以往不同。这种身份转变给"现实"中的他们(日本新华侨)的身份带来了心灵伤痛,一种"身份认同之殇"。

"少年大杉"与"老年大杉"之间的关系更代表了"记忆"与"现实"之间的联系,"少年大杉"是"老年大杉"不可抛却、不可或缺的一部分,一旦失去,"老年大杉"便不会存在。正如"记忆"之于"现实",看似"记忆"依靠"现实"而存在,实则"记忆"是组成"现实"的血肉,盘根错节,已与"现实"无法分割。而日本新华侨正是依靠这"不可分割、不可失去的记忆"所给予的能量,作为找寻身份的依托和根据，汲汲追寻着"我们是谁"的答案。这份"记忆"之于"现实"——日本新华侨犹如"金戒指"一般珍贵。

第三节 故乡与他乡之间

《金戒指》的叙述由"现实"转向"记忆"时，两者之间必有某一物品或某个人作为牵引。作者将《金戒指》的故事分为三个部分：第一部分"现实"与"记忆"的转换，缘起于小提琴；第二部分"心中的痛"，则由老陈夫妇、姐姐蓉蓉作牵引；第三部分则是所有主要人物的"释怀"。

大杉因为结识了小提琴教师张超，重新开始了与小提琴的缘分。对大杉来说，小提琴是他在那个失落的年代里的唯一倾听者：是的，有过许许多多的秘密，也许连上帝都不知道，然而小提琴知道，是他过去的那把吱吱嘎嘎的破琴，见证了大杉家里曾经发生过的那一切。姐姐蓉蓉与来自上海的小提琴师私奔，给大杉的家带来了沉重的痛——父亲的病逝更给这个残缺的家庭笼罩了一层厚厚的悲伤。原谅了蓉蓉的母亲，将本该给大杉的家里唯一的金戒指给了蓉蓉；蓉蓉戴上金戒指几十年从未摘下，金戒指成了蓉蓉心中的痛："我戴着它的同时也会回想起和你在一起的许多往事，想起我们家的过去……"在新的乒乓球俱乐部，大杉认识了老陈夫妇，在一番"纠缠"中，得知每个人都有自己心中的痛，大杉也不例外。

作为处于两个国家的中间人，大杉一面无法完全融入日本社会，一面又被故乡人看作他乡客。受固有文化思维的影响，大杉对日本社会的流行观念进行了批判：在日本看过的流行一时的电视连续剧《失乐园》，写的就是中老年人的乱伦，或者说是偷情。是现代社会了，不用那么偷偷摸摸，不怕被人谴责了。可他不太喜欢，接受不了片子里带有正面颂扬的那个调儿。当时他就有这么一个感触，日本社会真有点怪，那片子怎么会有那么高的收视率，有那么多的日本人被感动呢。大杉眼中的日本社会是奇怪的，日本人的价值观是扭曲的——这

第十五章　双重美学熔铸的"金戒指"

让大杉始终无法完全融入日本社会，无法在日本这个他已经生活了几十年的第二乡有切实的感觉。由此大杉的心产生了一个"缺口"，因而需要回国寻找弥补"缺口"的药方。

大杉的"灵魂"丢失了，心开了个口，这导致大杉心里生了病。一个人灵魂的丢失意味着他生命活力的终止，可见大杉心理之病的严重性。而大杉归国正是为了将"灵魂"找回、弥补"缺口"：由于在外头自己很少碰到这样的夫妇这样的家庭，有点久违似的，他因此又有了回国了的那种切实的感觉。他知道他自己一直在寻找这样的一种感觉。老陈夫妇的相处模式给了大杉一种切实的熟悉感，这是日本这个异国并不能给予大杉的感受。由此，大杉在回国后第一次体会到了"家"的亲切，大杉对自己的身份开始有了一丝丝朦胧的确定。

然而在北京人的眼里，大杉也只不过是一位受他们欢迎的客人，而这位客人随时都有打包就走的可能：北京人不喜欢无数的农民工弄脏了他们的城市，北京人也不喜欢外地的有钱人霸占了他们的资源，可他显然什么都不是。不是为了安居乐业，不是为了在这里淘到什么，随时都可能会打点行李，去另外的一个什么地方。可是比自己随和比自己容易赢得别人信任的北京人难道还会少吗。对了，关键是自己是外地的，是从国外回来的，跟每天和老陈他们生活在一起的北京人不一样。在北京，在故国的地域上，大杉成了他国的客人。大杉心中的痛被清晰地剖开：夹杂于两个国家两种文化之间的第三者，对自身身份认同的迷茫——他一面希望通过回国治好心理的"病"，一面却又被排挤在主流社会群体之外，接下来他又该何去何从？

《金戒指》中表达的痛不同于二三十年代旅日作家的家国仇深之"剧痛"，而是20世纪80年代后的日本新华侨这个群体的每个人心中的"隐痛"——身份认同之殇。而这"身份认同之殇"又是在怎样的时代背景下存在的呢？主人公大杉回国的定居地"北京"，就是这个时代背景的缩影啊。作者哈南将主人公大杉回国定居之地设置为北京，用意颇深。北京不仅是作为中国象征的地标存在，它更是中国时代与社会快速发展的缩影。随着中国几十年的发展，二三十年前的北京与现在的北京早已截然不同，北京成为一个新旧更替极速、"新陈代谢"极快的大都市，北京的"新"无不体现着日本归国华侨大杉的"旧"。作家哈南通过这一伏笔，引申出日本华侨作家建立在双重身份、双重文化背景下，对时代发展的内心迷茫，中国的快速发展给日本华侨作家带来了被时代遗忘、丢弃的失落感。作家通过对这种情感的表达，述说日本华侨作家群体内心的隐痛，发出一个独特群体的心声，希望能被中国主流群体关注。

《金戒指》中的主要人物无论是蓉蓉还是老陈夫妇，最后都释怀了自己心中的痛。蓉蓉摘下了戴了几十年的戒指，把它和给大杉写的信放在一起："其实妈是给我，也是给你的。妈的那份心意永远是把你和我包含在一起的，所以我戴着它的同时也会回想起和你在一起的许多往事，想起我们家的过去……实际上从我们来到这个世上的时候，妈就是用对你的偏爱来把我也包含在内的。"老陈与大杉坐在咖啡厅里敞开心扉交谈，大杉更理解了陈敏疑似出轨的一系列举动。他对他们夫妻能够一同携手共进：不，我（老陈）是在参与。表示真诚的祝福。

那么大杉自己呢？大杉回了一趟老家，在扫墓时将蓉蓉写的信念给父母听，以及再次游历了曾经约会的老地点——摘菱角的池塘、小提琴铺子所在的商业街以及那个让他经常"偶遇"的河塘边。只是，在河塘边，他再次逃离了：

"大伯，你要不要见一下我姥姥，她会请你到我们家去坐坐的，我姥姥可喜欢客人呢……"大杉是在那个时候让自己成了一名逃犯的。（《金戒指》，p. 130）

逃离之后，大杉"丢失灵魂"的病症再次复发，给他看病的黄医生说：

关键的是在那一刻。你不能后退，你更不能逃之夭夭。你应

第十五章 双重美学熔铸的"金戒指"

该跟着那个小女孩进到小院子里头去,你应该跟小女孩的姥姥见面……于是该过去的都会过去,不会一直停留,生活会重新开始……但那也不是一点都没有补救的方法的。(《金戒指》,p. 132)。

"逃离"表现了大杉内心的彷徨与不安,对未知的担忧;作者哈南也通过这一情节的设定,为读者留下了想象及思考的空间。

《金戒指》中慈善的黄医生为大杉"找回灵魂"提供了有效药;哈南则以温和的笔调为日本新华侨华人的尴尬处境,留下了和解的可能——最重要的是要去面对。哈南改变以往小说创作的场景选择,不再只是让人物以"他乡客"的身份回望故乡,而是将人物转移至"故乡",在切实的"故乡"里寻找问题的答案。这一明显的转变体现了哈南的勇气——直面"故乡"——可能是失望至极或白费心力,这种勇气的价值等同于金戒指的价值。

一 小结:"金戒指"与"私小说"

显然,哈南的《金戒指》融合了日本"私小说"的特质。

日本"私小说"滥觞于自然主义小说家田山花袋的中篇小说《棉被》。它体现出三个特点——由社会收缩到个人家庭的视野、个人私生活的着重描述、柔弱的笔调和感伤的抒情。随着日本各个流派作家的"私小说"创作,日本"私小说"的内涵不断丰富发展,逐渐形成了自己的特点。

日本"私小说"之"私"译为中文是"我"的意思,即是描写"我"的小说;描写的场景主要集中于作家个人身边的人和事,空间狭小、视野局限;主要表达"我"心中的所思所想,是对内心的披沥。由此可见,日本"私小说"是带有自传特质的专注于个人的写实小说。

《金戒指》以第三人称"大杉"的视野出发进行叙事,讲述的是归国华侨大杉在北京定居的故事,以及北京的定居生活引起的大杉对过去少年时代的回忆。在身份上，大杉与作者哈南一样，同是日本华侨。从文章中可以得知北京并非大杉的家乡，北京只是他选择回国定居之地："日后他选择回国长住的落脚点时首选它（北京）。"作者哈南是福建莆田人，来自鱼米之乡。在书中，大杉曾这样描述姐姐蓉蓉做出来的家乡美食："其实炒米粉好吃是好吃，可最浓的味道是在那汤里头。那是用家乡特产的红菇和虾米调出来的。"这段文字里的面食米粉、食用菌红菇以及海产品虾米都是福建有名的土特产。从以上主人公大杉和作者哈南身份背景的种种相似之处可以得知大杉是作者哈南的化身，哈南将自己的背景赋予《金戒指》的主人公大杉。虽然作者并不以第一人称"我"进行叙事，但根据以上几点可以发现《金戒指》带有的自传色彩。

除此之外，哈南在《金戒指》中的叙述范围只专注于主人公大杉的个人家庭和生活圈子。故事从"打乒乓球"展开，最初出现的主要人物是大杉在乒乓球俱乐部认识的小提琴教师张超，之后是在新的乒乓球俱乐部认识的退休教授老陈和他的妻子陈敏，这三人都是因为乒乓球这一业余爱好相识。这其中的巧合——"乒乓球"虽具虚构性，但故事内容贴近实际生活场景，具有写实的特点。哈南在叙述故事时，并未过多着墨于故事发生的背景或环境，只专注于事件本身的讲述——现实里的自己是如何重新开始学习小提琴，与老陈夫妇的相识以及自己和姐姐蓉蓉最终对往事释怀的故事；回忆里的自己是如何热忱地学着小提琴，母亲是如何带着他去相亲，以及蓉蓉的私奔，给本就艰难的家带来重创的故事。当回忆中国六七十年代艰难处境时，也只是一笔带过或为了故事完整性偶作"解释"：他们的父亲在校园铺天盖地的大字报上头曾经被称为"三套黑色的马车"，屡屡地被打上红叉，砸烂狗头。那一天红卫兵来得十分突然。以前红卫兵也来过，可是来之前总有一些风声，会闻到一些不同寻常的气味……相较于中国许多小说作品偏向于以描写特殊年代的背景以增强故事情感色彩，宏大小说主题，《金戒指》摒弃了这种写法，而以写作视野的收缩披沥主人公的个人心境，以小见大。《金戒指》专注于主人公个人生活圈子的描述,体现了日本"私小说"中"私"的特质,但在这"私"之中同时包含了中国"私小说"之"私"特质。

中国"私小说"受日本"私小说"的影响发展而成,形成于中国一二十年代的留日学人群体,代表人物有郭沫若、郁达夫等中国创造社的作家。这些中国作家们前往日本的大正时期,正值浪漫主义文学的凋落,自然主义文学占据主流。郭沫若、郁达夫等作家受日本自然主义及其他流派"私小说"创作的影响,结合中国时代与社会特征进行文学创作。

郭沫若、郁达夫等代表作家的"私"小说创作并非对日本"私小说"的延承,而是借鉴模仿日本"私小说"的创作形式即文体,内容的自叙性、材料的日常性、风格的抒情性与感伤性以及情节的散文化,共同构成了中国"私小说"创作的前期特征[①]。文体对小说创作来说只是流于表面的存在形式,真正决定小说思想本质的是作家的创作动机。五四时期的中国正处于战后恢复期,国弱民穷,在国际社会中处于弱势。前往当时作为亚洲强国的日本留学的中国留学生饱受民族歧视与他人冷落,一面在内心忧虑家国,一面在异国的恶劣求学环境中生存,不论是肉体还是精神都饱受折磨。处于"内忧外患"境地下的作家自然不可能只将小说创作的重心放置于个人私欲上,这就决定了中国"私"小说创作的社会性与现实意义。

然而,通过借鉴日本"私小说"这一文体,五四时期的"私"小说作家如郁达夫,摒弃日本"私"小说中闭塞、内缩、狭小的部分,以自我从一个人的角度出发,密切联系社会特征与时代特征,通过"自我"剖露反抗、批判社会与时代,使小说创作独具时代特色。五四时期中国"私"小说的萌生,不仅丰富了中国现当代文学的创作形式,同时是中日之间跨文化碰撞与融合的具体展现。

中国"私小说"与日本"私小说"最本质的不同在于,日本"私

---

① 王向远:《文体与自我——中日"私小说"比较研究中的两个基本问题新探》,《四川外语学院学报》1996年第4期。

小说"中超时代、超社会、封闭的"自我",在中国"私小说"中则置换为时代和社会中的"自我";日本"私小说"中忏悔的"自我",则转变为"反省"的自我①。这种转变使中国"私小说"形成了自己独特的特质,与有意识的逃离社会、描写闭塞的日本"私小说"相比,中国"私小说"更关注时代与社会的发展,中国"私小说"更具社会责任意识。

小说《金戒指》中,哈南虽将故事的展开囿于主人公大杉的个人生活圈子,但正是作者聚焦于大杉历史记忆与现实生活的对比描写,有意识地展现了快速发展的中国——故乡给日本华侨华人带来的不适与冲击。格格不入恰表现出他们内心的失落与迷茫:"我们"是谁?这个问题最终转化成华侨华人群体对"自我身份认同"的追寻,成为这一群体的时代特征,同时体现了哈南小说《金戒指》创作中的社会责任意识。

哈南对日本"私小说"的借鉴及对五四"私小说"内涵的传承,使《金戒指》拥有了如"金"一般的光泽。

---

① 王向远:《文体与自我——中日"私小说"比较研究中的两个基本问题新探》,《四川外语学院学报》1996年第4期。

第十六章 日本新华侨华人母女作家的别样登场

日本新华侨华人母女作家孟庆华与清美是战争遗孤的配偶及女儿，属于另类日本人。母女两代皆以华语写就长篇小说，从母亲"无性"的叙述《告别丰岛园》，到女儿遭遇的"性无"《你的世界我不懂》，试图从契入女性生命体验的、浸透记忆和想象的日常生活出发，对国家的"他者"、历史的女性、性爱之救赎等进行深入性探讨，从而获得女性自述体小说的历史纵深与现实意义，也为世界华文文学提供了别样的视界与空间。

第一节 从"无性"到"性无"

继日本新华侨作家孟庆华的小说《告别丰岛园》[①] 出版之后，其女日本新华人清美《你的世界我不懂》[②] 接踵而来。母女两代人皆以华文执笔，皆以自述体长篇小说，反映了战争遗孤的特殊命运——被祖国日本遗忘的特殊人群。孟庆华为战争遗孤的配偶，持日本永住者身份，清美是战争遗孤的女儿，持日本国籍，但母女两代皆为另类日本人。母亲"无性"的叙述和女儿遭遇的"性无"，皆以另类的女性的特殊眼光及笔触，真实地道出在战争记忆与现代性的混杂中，一种

---

① 孟庆华：《告别丰岛园》，中国青年出版社2012年版。
② 清美：《你的世界我不懂》，世界知识出版社2015年版。

似可告别却无以告别的生存状态,道出你所不懂的世界,从"无性"到"性无"的日本焦虑。

不同于欧美华文文学的移民心态,日本华文文学背负着两国沉重的历史,直面中日敏感的现实,彷徨于似近非近的中日文化之间,留下了三十年非凡的创作实绩,虽至今尚不被举世瞩目,却不容轻易抹杀。

两位在日母女作家的闪亮登场,不仅见证了日本新华侨华人文学三十年的艰难历程,而且以实绩在世界华文文学新格局中画上一个惊叹号:请看这块被"你的世界"有意无意遮蔽或忽略的"丰岛园",请关注日本华文文学的独特性与现代性。

相对于政治,文学是一种更为深入社会和民心的文化因素,文学固然受制于政治,但又可以超出政治的种种限制,这种超越最典型地体现在更加关注日常生活、血缘情感、异域经验的日本新华侨华人文学上。他们的写作是介于两种或两种以上的文化之间的,可与本土文化对话,又因其文化上的"混血"特征而跻身于世界移民文学大潮。它无疑为中华文化提供了新的视界与新的空间。从离家产生的乡愁,到身份认同的困境,直至走向精神家园的回归。这种日本华侨华人的心路历程,其实是各国华侨华人以及华裔的普遍历程。

第二节 "无性"的遭遇与质疑日本"性"

"他者"(the other)是后殖民理论(Post-Colonial Theory)中的一个核心概念[①],强调的是其客体、异己、国外、特殊性、片段、少数、差异、边缘等特质。这一概念,已经深入当代西方人文学科的众多领域,频繁出现于现象学、存在主义、精神分析、女性主义和后殖民批评等众多学科或流派中,成为西方文学批评理论中的一个关键词,也

---

① 参阅杨大春《语言·身体·他者:当代法国哲学的三大主题》,生活·读书·新知三联书店2007年版;孙向晨《面对他者——莱维纳斯哲学思想研究》,上海三联书店2008年版;张一兵《不可能的存在之真——拉康哲学映像》,商务印书馆2006年版。

第十六章 日本新华侨华人母女作家的别样登场

成为海外华文文学以及解读母女作家本人与文本的关键词。

"他者"作为"国家"的对应物，以显示其外在于"国家"的身份和角色。这批被祖国日本国遗忘的特殊人群——战争遗孤，与生俱来地具有了双重甚至是多重的"他者"身份，游走于国家与国家之间。《告别丰岛园》中的"我"作为中国人，是日本这个国家的"他者"；作为中国知识分子，是日本文化的"他者"；作为女性，又是男人的"他者"；作为母亲，有一半日本血统的女儿，依然是"他者"的"他者"，和她一样站在边缘的边缘，一样用华文书写"他者"的焦虑、迷茫、受伤、感伤。

《告别丰岛园》开篇痛言：

> 十五年来，我的先生老祖，跟我说的最多的一句话就是："我这一辈子呀，最大的心痛就是：不知道自己的生命起源在哪儿，也不知道自己死后该葬在何处……你说，我有两个祖国，可两个祖国都待我像外人，在日本吧，一张口就是中国味儿的日语，日本人从心里就把我当成了中国人。回到中国呢，我又莫名其妙地变成了日本鬼子。就好像是我对中国人民犯下了滔天罪行一样……"我想，这些话就是他心里永远也抹不去的遗憾吧。

祖国的概念在此遭遇了前所未有的质疑与颠覆。爱祖国是一种没有政治含义的人性本能。对于一个出生于中国，由中国父母含辛茹苦地养育成长了大半辈子的日本人的后代，他能感受到的实实在在的爱与被爱源自何处，其民族文化认同将归依何方？本来有"两个祖国"的人，两个祖国都爱是可能的。但中日两国历史上的恩恩怨怨，血海深仇，致使两个祖国都爱成为两难。这些人被历史和命运推到两国的"夹缝"中，虽是大和民族的种，却洒落成长于中华民族的土壤中。如今尽管认祖归宗，却出现认同危机、归属焦虑。有"两个祖国"的先生心事重重。女主人公"我"/女作家孟庆华理解丈夫的心结，写出了这种心理纠结，虽然淡淡道来，却给读者以重重的感染力。

— 325 —

下编 丰富期:"放题"于中日之间(第三个十年:2010—2020年)

更重要的是,女作家孟庆华并非旁观者或采访者,而是亲历者,其中的焦虑者、纠结者、思考者。她作为中国人,跟丈夫去日本则意味着出国,去一个异国甚至是自幼接受的教育中的有着血海深仇的"敌国"。"我"痛苦地看到:"他们替父辈背负着时代的罪名,在曾经的敌国长大,老年后,他们又在不解和责难声中,让自己疲惫的身躯回归故土,他们真正成了姥姥不疼,舅也不爱的人。"

但不管怎么说,作为妻子,也许是传统美德让她"嫁鸡随鸡嫁狗随狗",也许是善解人意使她理解丈夫执意要回日本的心情,也许作为一名中国女作家(孟庆华80年代就是哈尔滨的专业作家),她也想去看看新世界,体验新生活……总之,"我"情愿中带有苦情,主动中带有被迫:"去日本定居,去重演半个世纪以前,我的先生被他的亲生父母扔在中国的历史悲剧。戏剧性的是:地理位置发生了倒转。"看得出其中带有一种被历史"扔"到日本去的无奈。关于历史与国家大事,"我"似乎来不及做理性的思考,而直接逼近的是情感,是离开祖国告别乡亲之痛。

一家人移民,一个回国,一个出国。从一回一出,可以看出二者对国家的认同有别。由此更增添了认同的困惑、焦虑、抵触。认同(identify)是一个现代词汇,意谓寻求确定性、确立某种价值和意义,并将它们与现代自我的形成联系在一起。查尔斯·泰勒从"我是谁"这个问题来讨论认同。他认为认同是一种框架和视界,在其中人们获得方向感、确定性和意义。泰勒又指出:"分解性的、个别的自我,其认同是由记忆构成的。像任何时代的人一样,他也只能在自我叙述中发现认同。"[①] 作者在"我"的叙事中发现认同危机,一方面表现为夫妻间产生了认同的差异;另一方面表现在本身的观念发生裂变,由于迁移产生变动而出现危机。作者至今也没认日本为"我们",至今也没加入日本籍:

---

① [美]查尔斯·泰勒:《自我的根源——现代认同的形式》,韩震等译,译林出版社2001年版。

第十六章　日本新华侨华人母女作家的别样登场

一九九七年，当秋风扫落叶的时候，先生和孩子们加入了日本国籍。全家人只有我保留着中国国籍，而且至今都没变。先生说，不管怎样，我们家也得留下一个中国的根儿。

为什么呢？其实她保留中国籍会碰到很多苦恼，比如去周游世界，丈夫子女说走就走，她却必须签证，一家人享有的待遇不同。就连回中国过关时，她要被抽血（庆幸这国门一针已经取消多年），而顺利出关的丈夫子女只好干等……但还是坚持不入籍、不归化，为的就是"留根"。

国家并不仅仅意味着国籍，但国籍显然意味着某种认同：政治的或精神的，理想的或现实的。这里说的中国根，多半指的是精神的、理想的。在日本，要获取永住者签证（类似美国绿卡）远比放弃母国护照而获得日本国籍难，但还是有很多人知难而上、知难而为之。为什么呢？和这位女主人公、女作家一样，护照被这些华侨认作自己的最后一片国土。流浪的生命必须有这种精神寄托。

孟庆华真切地记录了这种国家认同、民族认同、身份认同的情感纠结，使其文本具有历史价值和现实意义：

这些代表日本政府，板着面孔的人，他们的话一次次地刺激着我们，羞辱着我们。仿佛我们来到日本就是要来做寄生虫的。就像我们欠他多少似的。

仿佛当年把孤儿们扔在中国，并不是他们的过错。怎么接我们回来时的灿烂笑脸，顷刻之间就变成凶神恶煞了。

现在能到哪儿去讲尊严，讲自由啊。周围的人如狼似虎地盯着我们。他们夺走了我们的尊严。那时候，我们才深刻地体会到：弱者的尊严是不值钱的。失去尊严的痛苦是说不清的。有时这种痛苦既能转变成动力也能变成仇恨。

从精神归依的维度看，故乡从现代自我的价值源头，上升为一种理想的生活状态，一种生存方式的暗寓（精神家园），寄寓着对现代人生存处境的思考和批判。所谓故乡就存活在创伤记忆中。20世纪为人类留下了各种巨大的创伤记忆。战争遗孤就是这些创伤记忆的承担者。沉默不语的历史，只有靠现实的人激活。孟庆华用文字像刻碑铭一样，记下一代人如何经受创伤，如何反省创伤，如何表现创伤以及如何从创伤记忆中走出来，活出来，不再无奈地沉溺于历史的惰性，不再把创伤记忆作为亏欠的遗产丢弃。由是，下一代或许就不会在新的生活方式中将这些创伤记忆轻易地遗忘、抹去，不会重复前人曾经有过的命运。

在日本新华侨华人作家的笔下，对中日历史的一再涉及，已成为小说创作中最具实绩的部分。与同时期中国内地文学中对这段历史的书写相比，日本华文文学具有明显的"他者"特征，这不但表现为作品中的主要人物都是被历史边缘化的人物，他们远走海外，或从历史的创造者转为历史的遗忘者，或从历史的参与者变为历史的旁观者；而且还表现在作者对这一领域进行处理时流露出一种强烈的"他者"意识。

多重的"他者"身份，使孟庆华的母亲之笔顾不上性别写作，因为面临国家认同，背负战争记忆，她首先是人，作为大写的女人，她甚至比男人更厉害，更尖锐，更尖刻。就这样站在中日之间，她"无性"的叙述却直逼男权社会，成为一道独特的风景线。

母亲为女儿《你的世界我不懂》一书作序，曰："当有一天，作为日本人的丈夫，要回他的祖国寻根时，我们也只好带着孩子，来到了这个陌生而又繁华的东京，看似风光无限的路，有时也不得不让我们，人前欢笑，人后落寞……"女儿感受得更多，写得更多的恰是"人后落寞"。母女俩同为国家的"他者"，但书写内容及风格并不相同。母亲的文本所探讨的侧重点是国家、历史与个人的关系，女儿的文本则直接进入个人与个人之间，无性婚姻与网恋风行的日本。如果说母亲的《告别丰岛园》像一个无以告别的感叹号，那女儿的《你的世界我不懂》则似一串"不懂"的大问号，直指现代"性"。

第十六章 日本新华侨华人母女作家的别样登场

清美《你的世界我不懂》写的是一个 38 岁的日本女性洋子在经历了一段"无性"婚姻后,开始在网络上寻找爱情的故事。洋子的父母是在中国成长的日本战后遗孤,20 世纪 70 年代携全家回到日本。看似他人的故事,实则讲的是作者的亲身经历。也许亲临"性无"的遭遇,用第三人称更方便于叙述吧。

母亲是女儿的影子。清美(洋子)随母亲迁居日本,也随母亲嫁给日本人,不同的是母亲嫁的是中国养大的日本人,而她嫁的是本土的日本人,竟然遭遇了无性婚姻:

> 曾几何时,一个温文尔雅的日本男子赢得了洋子的芳心。他不仅颇具绅士风度,还曾是名校毕业的高才生,而且还一表人才,于是洋子欣喜若狂地嫁给了这位羽生君。未曾想,她的这位如意郎君竟然是一位同性恋,他们经历了 10 年的无性婚姻……她曾哀哭过、委屈过、痛苦过,也曾悄悄地咨询过,得到的结论竟然是:原来日本竟有 1/3 这样的家庭,生活在无性之中。

"你的世界我不懂。"曾几何时,日本以"好色"著称,而当今的日本居然有 1/3 无性家庭!这是怎么了?有人说日本的节奏太紧张,日本男人是闻名于世的"工作狂",没时间做爱,或者说日本人总怕麻烦别人,把自己束缚得太紧,以至于连做爱都嫌麻烦。莫非这就是所谓的"现代病",严重的日本"性"问题?

真实生活中的她,居然悄无声息地经历了十年的无性婚姻。终于离婚的她,又走进了一个更为难懂的世界——网恋。在形形色色的性"交易"中,爱情早已粉身碎骨:

> 那些中国人,早把那段血债忘记了,想到"家园"上来讨个日本老婆,无非是为了满足一下中国人脆弱的自尊心罢了。嘴上骂着,胳膊上拧着,这是大多数浅薄男人的心理状态,洋子早就看透了,也由此而对那些阿谀奉承的人心生鄙夷。

— 329 —

经历无性婚姻后走进似乎自由开放的网恋，洋子碰到各式各样的各国的男人，把浅薄男人的心理看得透透的。那么，女人的出路何在？没有性也能幸福吗？小说的开放式结尾，如梦如幻，没有归宿，不仅留给读者思索不尽的阅读空间，还昭示出作者无从抉择、心怀期冀的复杂心态："洋子眼睛亮亮地凝视着远方，身旁是飒飒作响的法国梧桐。"莫非换成法国的世界你就能懂了？

清美（洋子）无以回答，只是把这些不懂真实地一一道出，于是有了这部长篇处女作："你的世界我不懂，我的世界不但要精彩，更要精致。我的世界的大门已经打开。我在我的世界里等你。等到樱花盛开时。"

也正是在这个意义上，写作成为她、成为华人女性的救赎之路。母亲欣喜地为她的书写序《天遂人愿》，曰："清美长大了，她用她的作品在说：人的一生，不要让错过变成过错。无论时间让我们失去什么，永远都不要失去你自己就好！"

母女两代虽然同为在日女性，但面临的日本现状有所不同。母亲在中日历史的不可承受之重下，以"无性"的叙述直逼男权政治；而女儿在现代日本不可承受之轻下，遭遇十年"性无"的婚姻而质疑"你的世界"，两代人作为不同历史时期的女性，书写共同的女性的历史。

性是人类生生不息的根本，是各国文学永恒的主题。所不同的是，在母亲的文本里，对以往历史的深切关注，特别是对中日特别纠结的历史的特别关注，成为重要的书写领域。她"无性"的书写并非无性生活。而女儿遭遇的十年"性无"是真实的无性生活。女性本身对性爱的敏感与渴求，迫使她直面日本"性"问题，也使她的作品具有先锋的现代意义。

第三节　日本"私小说"与华文自述体

"私小说"是日本文学的一个传统。它是表达日本民族审美情趣、

第十六章　日本新华侨华人母女作家的别样登场

价值取向、文化心理的一种特殊方式。从这个意义上说，理解私小说不仅是认识日本文学的有效途径，也是理解日本文化传统、民族心理的一种方式。①

清美在《你的世界我不懂》中指出：

> 日本人的私生活是非常隐私的，除非自己想说，一般情况下你不说，也不会有人问的，就是在心里乱猜，也不会明挑。

也许恰恰是这种非常隐私的私生活，促成日本私小说的发展。日语的"私"翻译过来就是我的意思。"自我"可以说是日本私小说的灵魂，私小说的目的就是如实地再现自我；私小说不着眼外部事件的描写，而注重对个人心境的披沥，带有十分浓郁的抒情色彩：在行文结构上有极其明显的散文化倾向。

私小说对中国现代文学产生了巨大影响。20世纪初，郁达夫、郭沫若、张资平等在日本留学期间凭借日本开放的窗口，广泛接触和接受了西方先进思想，也受到正在兴起的日本自然主义及私小说的影响。如，郁达夫创作的"自叙体小说"[②]，以直率的自我心迹坦露与内心独白为其特色。心理描写成为主要手段。在郁达夫的小说中，男主人公的压抑更多地表现为青春期的性压抑，男性之间的同性恋被认为是最美的、纯一的爱情。

到了世纪末的留日热潮，日本新华侨华人（包括战争遗孤）尤其是女性作家，也开始了"自叙体小说"的实践。母女作家的《告别丰岛园》与《你的世界我不懂》正是一场颇有意义的实践。

且读孟庆华的"自述体"：主人公"我"跟随丈夫赴日，一开始似乎很"良家妇女"，夫唱妇随，具有传统美德："我没有惊讶，而是顺从了他的决定。"尽管心存焦虑。而当现实迫使他们不得不打工以

---

① 参阅《近代日本文学评论大系·六》，日本角川书店1982年版。
② 郭勇：《郁达夫与日本"私小说"及"唯美主义"文学》，《宁波大学学报》1999年第4期。

解救经济危机时,她却不顾丈夫反对:

> 思来想去,还是决定偷偷地干,想先试一试靠自己的能力到底能不能找到工作?如果先张扬出去了,那我就等于把自己的后路给堵死了。我只不过是想抛石探路,又不是去犯法,去杀人放火,去走私人口,去贩毒,有什么可怕的?先生越是想吓唬我,他越是害怕,我就越是想别着劲儿和他对着干。这就是我的性格。

好一个强悍的东北女人的性格。既有顺从的柔情,又有自强的刚毅。她学阿 Q 精神,自我安慰:总算靠自己的能力,可以在国外谋生,终于找到"烧鸡"(扫地)的工作了。最有趣的是:

> 唱完《马路天使》里的插曲后,我有时还会冷不防地来上一句:谁是我的新郎?我是谁的新娘?直到把先生吓得离开,我才肯罢休。

然而,当她看到先生被吓成惊弓之鸟的样子,心里就禁不住地难受起来。表现出女性细腻的心思及其善解人意:

> 回想着他三个月大的时候,就被亲生父母扔在了中国。他打小被中国的养父母养大,受的也是中国式的教育。可我就纳闷了,先生的骨子里,还真是和日本人一样的认真,固执,谨小慎微,胆小怕事。

在日本,外国人加入日本国籍被称作"归化",归化时必须取日本姓。很多华侨对此抱有抵抗情绪,坚持不改姓不入籍。但《告别丰岛园》的主人公是日本人有日本姓,孩子们自然跟着取了日本姓,只是家里人还叫原名,因为叫日本名让人"感到别扭陌生"。一旦叫日本名,便一本正经地像有什么严肃的事情要发生。不过"在外办事儿

第十六章 日本新华侨华人母女作家的别样登场

的时候，使用日本名字，确实很方便。然而回到家里我们还是喜欢过去的称呼，自然，亲昵"。

于是乎，母女之间，使用双语：中文夹杂着日语。很多在日本华文人华侨也是这样。哪种语言用得多呢？似乎在家里更多用中文，出门用日语。讲中文时夹杂日语词，讲日语时夹杂中国话。

女主人公"我"由于发音不准，把签证说成"意大利饼"，逗得日本人大笑。生活中的孟庆华也喜欢调侃日语，把扫地读成"烧鸡"，逗乐一起打工的中国人，被亲切地称作"烧鸡"大姐。语言的错位还只是表层，由它导向的则是习俗的、情感的乃至思想文化等更为深层的参互交错。"环境不但改变了我们的生活，也渐渐地改变了我们的性格。""我喜欢逛东京的百货商店。优雅，舒适，花样繁多。特别是商店里的服务员，对前来的客人，几乎都是一对一的服务，简直就像对待国王、公主一样，把你服伺得舒舒服服。这种体会，我们在中国时从来没有过……"而孩子们对异国风情的感观就更好玩了——"你说怪不怪，这日本人可真有礼貌，二哥撞了她，她还反而给二哥赔不是。我说嘛，这日本咋看不见打仗的呢。就不像咱们，个个火气大得很，他们互相碰撞了，还要互相对着头儿鞠躬道歉，你说好不好玩儿？那样儿，就像两只对着头啄米的鸡……"孟庆华的"自述体"因真实而有趣，因真实而深刻：

> 日本人在扔东西上的慷慨程度，恐怕在世界上也是首屈一指的。这一点，十几年后也成了我们的习惯。日本人为这种行为取了个时髦的名字叫：断，舍，离。

《告别丰岛园》想告别的是昨天的垃圾，无以告别的是今天已形成的习惯。看来融入异文化是随着时间慢慢浸透的。

小说《告别丰岛园》，不仅仅在题材的奇特上有填补空白的历史价值，更在女性意识的表现上具有现实意义。文本中体现的独立自尊的生命情怀，恰是女性写作的真正突破。而其能够摆脱女作家常

— 333 —

有的那种闺秀气，揭示故乡对于女人和男人，其意味和意义的不同：男性作家可以归属于民族、国家等"大家"，而女性作家离不开她在其中生活、成长的"小家"。因为对于女人，这就是具体的、细节性和感受性的"家"。

这令人想起中国现代文学著名的女作家萧红的故乡体验。其书写已成为"现代性的无家可归"之苍凉的注释。[①] 无独有偶，孟庆华与萧红同一个故乡，又同样有离家赴日的异乡体验。在《告别丰岛园》的字里行间可读出她很强的女性意识。

无独有偶。女儿清美在小说中也这样写道：

生长在日本的东京，一个她从未接触过的，对中国人痛恨、憎恶到极点的地方，这里曾令她眼花缭乱，目瞪口呆。

这就是日本，一个让人琢磨不透，又谦让多礼，不给别人添麻烦，你也别给我加烦恼的民族。真是说不上好，也说不上坏，待长了，不免要入乡随俗，还会乐在其中，觉得很舒服呢。

我很喜欢日本，也喜欢日本人和日本菜……

似乎不同于母亲的"抗日情绪"，女儿对日本更多的是惊讶与思索，是进入与融入。但她毕竟是中国母亲的女儿，"家有爱女初长成"的她，生于中国，长于日本。虽然身份和血统都属于日本人，但在父母的影响下还是惯用中国人的思维模式看待问题，还能够用华文流畅地写出《你的世界我不懂》，在看似简单的故事中影射了日本社会的形形色色，其中看似"洋子"实则作者自己的中日比较式感悟，使简单的故事看上去有趣且意味深刻，使平实的语言时而透出思考的力量。

不同于母亲的"无性"叙述，女儿清美的"自述体"漫溢着性压抑，遭遇十年无性婚姻，却是无时无刻不直面性问题的日常生活。那

[①] 卢建红：《"乡愁"的美学——论中国现代文学的"故乡书写"》，《华南师范大学学报》（社会科学版）2012年第1期。

第十六章　日本新华侨华人母女作家的别样登场

种类似于"私小说"的性压抑，也令人想起郁达夫创作的那些"自叙体小说"。尽管《你的世界我不懂》的女主人公是"洋子"，却是作者清美的真实遭遇，是清美（洋子）自我的直率的心迹坦露。她在日以华文长篇似乎更能自由自在地自说自话，那种絮絮叨叨的内心独白，甚至使篇章结构趋于散文化。

有一点值得探讨：在郁达夫的小说中，男主人公的压抑更多地表现为青春期的性压抑，男性之间的同性恋被认为是最美的、纯一的爱情。而清美（洋子）却把丈夫的无性生活归结于"同性恋"而加以憎恶。且不论是否该憎恶"同性恋"，就说简单地把无性婚姻归罪于"同性恋"也过于草率了吧。至少我们在书中并没有看出他的"同性恋"倾向。他为什么婚而"无性"呢，日本为什么有1/3无性家庭呢，又为什么网恋能流行呢？这些尖锐的问题的提出，使这部华人女性自叙体小说一下就站到了现代性的前沿，惹人关注，引人深思。

细读日本新华侨华人母女作家的自述体小说，可以看出从"无性"叙述到"性无"体验，其实直逼日本"性"问题，其实是女性危机的展现，既然性爱无以救赎，也许女性写作，特别是在日本的华文写作，是一种自我救赎的方式吧。

著名学者李欧梵从个人的切身体验出发，对此有自己一番独到的见解和看法。他自言身处异国，常常要扮演两种不同的角色，一种是寻根，一种是归化。但他认为这不再是一种两难的选择。他深有感触地说："我对于'漂流的中国人'和'寻根'作家的情绪上的认同固然是因为其中包含的共有的边缘性，只是我在面对中国和美国这两个中心时，我的边缘性是双重的。"[①] 正因如此，"战争遗孤"母女作家的、日本新华侨华人两代人的自述体小说具有了独特的价值与意义。

有人曾以"拯救与逍遥"[②] 概括中西方诗人面对同一困境的不同选择，从拯救与逍遥这两个维度向我们描述了：为人类提供巨大精神

---

① 李欧梵：《徘徊在现代与后现代之间》，上海三联书店2000年版。
② 刘小枫：《拯救与逍遥》，华东师范大学出版社2007年版，第8页。

支持者——总是那些与现实世界格格不入的绝望者。而绝望者之所以绝望，是因为他真正地热爱生活。在无情的谎言世界里，也许只有绝望才是真实的。在绝望与希望之间，我们选择什么？可以看出，日本新华侨华人母女作家正在从出生和成长的中日之间、从性别历史和现实之间、从内心寻找救赎的资源和希望。她们试图从契入女性生命体验的、浸透记忆和想象的日常生活出发，对国家的"他者"、历史的女性、性爱之救赎等进行深入性探讨，从而获得自述体小说的历史纵深与现实意义，也为世界华文文学提供了新的视界与空间。

第十七章 "非虚构"物语与人性的救赎

感谢北美极光文学讲座做了一件很有意义的事情,第一次将西方的目光与东方的日本华文文学衔接起来。长期以来,在世界华文文学的版图上,日本华文文学像日本岛屿那样囚困着,沉没或潜水,偶尔拨弄出划水声,试图引起世界的关注。顾月华老师敏锐地听到了这微弱的呼声,其中,女作家元山里子(李小婵)①的三部物语及其人性的救赎声引起她"极光"般的关注。于是,谈论非虚构文学的真实性与人性救赎的深刻性,撞响了这次东西华文交会的时刻。

多年来,笔者是一个站在中日"边缘"的评论人,却试图关注世界的"中心"问题。正如笔者所尊敬的北大老师钱理群日前在"十三邀"谈到的这种知识分子的"坚守"。今天且借"极光"也来一次"边缘"华文对世界"中心"的探讨:如今为什么要特别谈文学非虚构的真实性,它与人性的救赎有何关系,世界华文文学的认同点何在?

第一节 三部物语共通的主题:救赎

近年,花城出版社连续出版了元山里子(李小婵)的两部家史。

---

① 元山里子(Satoko Motoyama)1982 年毕业于中国厦门大学外语系。1986 年毕业于日本早稻田大学日语研究院。毕业后在东京从事跨国服装商业活动,1996 年创业至今。主要著作:2002 年在东京出版处女作日语小说《XO 酱男与杏仁豆腐女》(日本日新报道出版社),以《三代东瀛物语》获海外中文网家史征文大赛一等奖。现为海外华文女作家协会会员,日本华文女作家协会事务局局长。

第一部《三代东瀛物语》[①]以百年家族记忆为线索，不同时代的三代人做出了东渡留学日本的同一选择。元山里子以自叙体讲述百年三代人东瀛留学的故事，见证中国近现代的沉浮。在她笔下，一切国史都是人的历史；一个家庭的悲喜，穿越中日两国的樊篱。

第二部家史《他和我的东瀛物语》[②]则更为独特，女作家用日式的"物语"风格，娓娓讲述日本丈夫从"鬼子兵"到反战救赎的艰难历程，在家与国之间，爱与恨之间，灵与肉之间，写出真实的焦虑，人性的救赎。

一个女人可以有两部家史。这是"一个区别于男人的意外，就是一个男人只能有一部家史，而一个女人，或许可以有两部家史，这就是婚前的家史与婚后的家史。特别是在日本，结婚以后的女性，不再姓自己父亲的姓氏，而必须改姓夫君家的姓氏"。[③]中日混血的元山里子（李小婵）写出有关中日两国的两部家史，虽不算轰轰烈烈，却可歌可泣，真实动人。这样一种混血的"间性"写作，是日本华人文学的特性。它对中国当代文学是一种刺激与拓展。

目前对两部物语的研究从知网来看至少有五篇。

笔者的《一部"鬼子兵"反战的心灵档案——评日籍华人元山里子的"自叙体"》[④]与《家国物语与"间性"文学——评日本华人女作家元山里子》[⑤]，首肯元山里子（李小婵）以三代人东瀛留学的两部家史，见证中国近现代的沉浮；用自叙体"物语"日本丈夫从"鬼子兵"到反战救赎的历程，穿越中日两国的樊篱，在家与国之间，爱与恨之间，灵与肉之间，写出真实的焦虑，人性的救赎。

回望自1945年至今有关作品，尽管我们可以通过日本人"受害

[①] ［日］元山里子：《三代东瀛物语》，花城出版社2017年版。
[②] ［日］元山里子：《他和我的东瀛物语》，花城出版社2019年版。
[③] ［日］元山里子：《他和我的东瀛物语》，花城出版社2019年版，"序言"。
[④] 林祁：《一部"鬼子兵"反战的心灵档案——评日籍华人元山里子的"自叙体"》，《当代作家评论》2019年第4期。
[⑤] 林祁：《家国物语与"间性"文学——评日本华人女作家元山里子》，《鼓浪屿研究》2019年第2期。

者"的目光,去发现那场战争的罪恶,但遗憾的是,对侵华战争的伤口,作为"加害者"日本人自身的认罪与反思,却远远不够。力求填补这一空白,"混血"女作家元山里子的自叙体在真实性方面做出了令人赞赏的努力。不仅为我们留下了"第一手文本史料",而且留下一部具有存在感和重要性的心灵物语。这是一部让世界了解中日战争的活生生的历史教材,一部中日合作的思想型回忆录,一部具有存在感和重要性的心灵物语。

接着,厦门大学教授吴光辉博士《东瀛故事与记忆文学——评元山里子的〈三代东瀛物语〉》[1]指出:"三代人"——"父亲的义父"、"父亲"与"我",留学日本的故事,见证了一个家族的百年历史,中国近现代的历史浮沉,中国与日本之间的坎坷历史。它不仅带有作为"存在"的历史的深刻内涵,也带有作为"符号"的记忆的独特魅力,故而成为当下在日本华文裔女性作家的中国书写的代表之作。

继而,麦小麦《以小我书写大时代——元山里子的非虚构创作》[2]则强调了这种"非虚构"文体以"忠于事实,还原真实"为原则的特点。

新近,王艳芳、陈潇《论日本华文作家元山里子"东瀛物语"系列的历史叙事》[3]则指出该作从家族史、个人化的叙述凸显了以日本侵华老兵为代表的庶民阶层对于侵略战争的省思、批判、忏悔和救赎,以及战后日本民间人士的和平运动、与中国民间的友善往来所传达出的反战心声,并在此基础上建构属于日本庶民阶层的战争记忆。同时,非虚构的叙事方式为其东瀛历史书写提供了历史真实性,具有三代留日背景的女性叙述声音也为其东瀛叙事增添了特别的性别立场。

以上评论都对元山里子的物语系列在题材与体裁的新开拓方面引

---

[1] 吴光辉:《东瀛故事与记忆文学——评元山里子的〈三代东瀛物语〉》,《鼓浪屿研究》2019年第2期。
[2] 麦小麦:《以小我书写大时代——元山里子的非虚构创作》,《书城》2019年第6期。
[3] 王艳芳、陈潇:《论日本华文作家元山里子"东瀛物语"系列的历史叙事》,《世界华文文学论坛》2020年第2期。

起特别关注,认为它不但以非虚构的近乎白描的细致笔触,在体裁的真实性方面下了硬功夫,而且力求在题材上有所开拓,突破了海外华文文学司空见惯的某些文学主题,比如"放逐""离散""乡愁""漂泊"等。

除了"知网"上的评论,还有花城公众号特别的刊登:范可《战争与人性的拷问》[①],王韧之《日本战后哪些作品反映了中日战争,〈他和我的东瀛物语〉价值何在?》[②],张益伟《〈他和我的东瀛物语〉的价值——纪念抗日战争胜利 74 周年》[③]。此论谈到三点:其一,作为"非虚构文学"的代表之一,对历史和战争的反思与认识,为我们提供了一份日本人视角下反思战争的珍贵文献;其二,叙述者的"诚与真";其三,文化之间的交流存在很多壁垒和冲突,在程度上也丝毫不亚于一场场没有硝烟的战争。特别有意思的是,文中指出:"74 年前,中国人民迎来了抗战的胜利。与此同时,一个日本士兵迎来了自身的解放之路。"

解放,这就是我们要谈论的人性救赎。这种救赎在"没有硝烟的战争"中依然存在,依然有"物语"(叙述)的意义。

于此,元山里子的第三本"物语"诞生了,是部意大利文《La felicità secondo Sachiko》[④],在意大利出版和上市,并将成功进入 2022 年欧洲举办的网上书展。此书由中文原创的作品选集《幸子太太眼中的幸福》译成,译者为意大利汉学家弗沃里·皮克,她也是一位小说作家,她不无兴奋地说:"如今,每个人都在谈论幸福到底是什么,我们可以以这位女士为例,通过所讲述的故事来看什么是幸福。"

元山里子闻讯也非常高兴,表示这部新书在欧洲出版终于圆了她

---

① 范可:《战争与人性的拷问》,花城出版社 2019 年版。
② 王韧之(任性知日):《日本战后哪些作品反映了中日战争,〈他和我的东瀛物语〉价值何在?》,搜狐网 2019 – 03 – 26, https://www.sohu.com/a/303982742_ 270266。
③ 张益伟:《〈他和我的东瀛物语〉的价值——纪念抗日战争胜利 74 周年》,花城出版社 2019 年版,https://page.om.qq.com/page/O3 – 2XG2hcSYkzUA2t9gzJ7oA0。
④ [日]元山里子:《La felicità secondo Sachiko》(幸子太太眼中的幸福),被译成意大利文,在意大利出版和上市,出版社:Fiori d'Asia Editrice,2021 年版。

追求的"东瀛物语三部曲"之梦。时至今日,从日本华文文学出发的华文作家,能通过翻译渠道走进欧洲书展的,可说是凤毛麟角。可以看出,讲故事的她(物语者)是幸福的,而她讲述的故事及其人物是幸福的吗,幸福又是什么?

第二节 三部物语三种救赎方式

西方人为什么对元山里子的"物语"感兴趣呢?

新出版的意大利语《幸子太太眼中的幸福》,采用现在进行时的叙事,与作者之前的以过去时铺展历史的两部书有所不同。作者坚持其"非虚构"的风格,从一个深受日本侵华战争伤害的日本战争寡妇幸子太太和一群孤儿的故事开始,讲述她身边形象的日本人的人生故事,穿梭两种不同文化境遇的"对话"。故事并不惊天动地,也不波澜起伏,西方人为什么感兴趣呢,是什么东西在打通西东之壁垒呢?莫非是译者所谓的"幸福"——每个人都在谈论幸福到底是什么。

可是,《幸子太太眼中的幸福》似乎并不那么幸福。带着"战争十字架"的幸子太太才结婚三年,丈夫就被政府征兵去侵略中国未归,使其成为守寡人。战后日本很多战争遗孀,在没有男性劳动力的家庭里,靠自己的双手艰难抚养孩子,她们代表日本民间承受侵华战争灾难的一个群体,她们对战争痛恨及忏悔,以一己之力艰辛地撑起家庭的一片天。开料理店的幸子太太就是其中的一个。她没有因为战争的"敌对国"夺去丈夫的命而仇恨或疏远中国人,反而与中国留学生特别亲,说是她丈夫"在中国生活了六年,比跟我一起生活过的三年,还多出一倍呢"。话语很朴实,却令人感怀。她临死前留下的一句话是:"我终于可以去见我的主人(日语丈夫的意思)了!可是我的主人他还那么年轻,我变成这么一个老太婆过去,会把他吓一跳吧。"这种对待生活的平和及其话语的幽默,这种很日本女性的表达方式,总是淡淡地说来,却是重重地击中我们的心灵。可以看出,这位经历战争苦难的未亡人以其何等非同一般的"坚忍","不可承受的生活之轻",默默完成了日本女性式的自我救赎。在她的身上,集中体现了日本的"物哀"美学,就连她的服装体现的也是这种"物哀"美:"和服的底色是藏青(navy),纵条纹是酱色(dark reddish brown)和茄紫色(eggplant purple),一种古朴香暖的颜色搭配,凸显出这位老太太的品味。"这恰是一种幸福的品味,历经痛苦后淡淡的甘甜,如同品茶。

显然,这种品位被中国留学生、华文作家元山里子捕捉到了,而且原汁原味地"物语"(叙述)给世间。元山里子不仅使用了日本"物语"的体裁,并将日本汉字"物语"原封不动地搬到中国来,而且细细体会着日本的"物哀"美学而将其渗透到"物语"风格中。

正如译者弗沃里·皮克所说,这部书"既有现实生活的感觉,也有日本神秘文化的奇妙"。日本文化的神秘何在?当然不仅是书面上那位温柔生姿的和服女人,不仅是渗透"物哀"的华文"物语",而是说不清道不明的这种东方的色调,物哀之美学。它淡淡地静静地渗透在现实生活的日常中,能够体会它的人便是幸福之人。

可以说元山里子的第三部物语是幸福之书,一种完成自我救赎后的幸福之书。如果说人类对幸福的追求总是"要求不满",那大概是因为"幸福的家庭都是相同的,不幸的家庭各有各的不幸"。人性的救赎也是各有各的不同。

元山里子将她的东瀛物语系列之二《他和我的东瀛物语》称为"黑暗中人性的救赎",封面是死沉死沉的黑,内容是真实的,真得让你怀疑是真的,心惊肉跳的故事讲的则是其丈夫元山俊美,一个侵华老兵如何从军国主义的机器下"突围",变成一个反战者,一个真正意义的人(爱—博爱—被爱)。

这部黑色封面的"物语"选择以往战争题材作品中缺失的"士兵题材"与"平民视点",通过真实的细节描写刻画元山俊美于战争中、战争后的"在场"。可以看到,元山里子是在"中场"进入的:"这个话题比较沉重,因为我本身存在双重身份——我是日本侵华受害国的女儿,命运安排我又是一个日本侵华加害者的遗孀。"

第十七章 "非虚构"物语与人性的救赎

我自己在第一次得知元山俊美是曾经的"鬼子"时，心灵受到巨大冲击。元山俊美是我东瀛留学的保证人，按照当时我头脑里的"鬼子"脸谱，感觉自己是触到"地雷"了，不知道什么时候，不是这颗"地雷"爆炸、就是我会爆炸，甚至想要换一个保证人。

你可以躲啊，为什么不，为什么要嫁给这么一个"老鬼子"？岂是"爱情"一词可以解说得了。那么，到底为什么呢？你可以到书中找答案，一边找一边笑话这位"中场"进入的傻姑娘！她不仅帮他到栽种于当年战地的樱花树，以示和平友好的樱花树下，以"日本侵华加害者的遗孀"身份替他谢罪，而且真实地写出《他和我的东瀛物语》，向世间亮相，这需要何等勇气！如果说他所进行的是"黑暗中人性的救赎"，而她所进行的则是"灰暗中人性的救赎"，这种灰度每每因其难以辨识而艰难。当然可以回避，可以遮掩，可以轻描淡写，但她之所以是她这一个，性格决定命运，命运促使她直面人生，真实地"物语"出她的救赎之难之真。她因真实而"在场"，因"在场"而真实。

关于"在场"，学者戴瑶琴曾有一段不长却精辟的论述：在已有的通识性的抗战作品中，来自"加害者""参与者"方面的"个人记忆"叙述作品非常少，而这本书另辟蹊径地以日本人加害者"在场"立场，探究战争中的人性觉醒，最终的题旨直指"反战"。[①] 她通过真实的细节描写刻画元山俊美的战争中、战争后的"在场"，如一次战斗中，面对无望的黑暗时，日本普通士兵强烈的求生欲。如听闻日本投降后，士兵的瞬时感受——元山曾在他的自传里留下那时的感受：

[①] 戴瑶琴：2019年4月8日在日本举行的"东京华文国际研讨会"上的论文发表。日本华文文学创作与评论国际研讨会论文摘要（或全文）与发言概要，第15页。

随着告诉我日本投降的军官身影远去，我情不自禁地抬起头来，使劲地眺望天空。五年了，我不曾眺望自己头上的天空啊。我拼命地往胸腔里大口大口地吸着空气，一直以来因为处处危机而习惯了微微弓着的背，也自然地挺了起来。这时候，湖南大地的土味、草木的芳香，是那样神奇地传到我的鼻腔，那种味道，久久地、久久地难以忘怀！

一直到刚才，自己时时刻刻对周围环境的恐惧感，一瞬间都消失了。远方的山峦、身边的丘陵变得那样美丽，树木的叶子散发着绿色的光泽，它们好像在亲切地说着话。太阳底下的一切，都温柔地拥抱着我，一个确确实实的念头占据了我的脑海：我，活下来了！我，可以回家了！生命是这样耀眼！和平是这样美好！

"在场"的是他也是她！这因为"在场"，才能真实地表现出黑暗中的人性及未曾泯灭的人性。《他和我的东瀛物语》尊崇的价值核心是对人的尊重。不论是战争的加害者还是受害者，都各自面对人性的救赎。

同样直面战争，严歌苓《金陵十三钗》写出"一个最酷烈所以最妖娆、最窒息所以最汹涌的抽象的极致情境"，"把一切色彩推向极致"，似乎只有造境，"有问题的人"的生命世界才能被打开，他或她的生命也会因为"问题"的被戳破而流泻出所有无法直视的秘密，进而带着我们蠡测人性的深广、幽微。严歌苓是善于讲故事的，所谓"好故事的核心是一个系在扣子上的魂"。[①] 而元山里子那鬼子兵老公的反战故事，则是一个系在枪眼上的魂。她采用日本"物语"的叙事风格，淡淡地讲出真实的人生故事，即黑暗中人性的救赎。而今，黑暗过去了，而即使是在和煦的阳光下，这场救赎依然存在。

---

① 翟业军：《谁的青春吐芳华》，载《探索与争鸣杂志》，原文刊于《红杉林》2017年第4期。

第十七章 "非虚构"物语与人性的救赎

东瀛物语之三《三代东瀛物语》（按照出版先后顺序是之一）讲述的是独特的百年家族记忆，三代人留学东瀛，见证着中国近现代史的风云变幻。

出征与回归是世界文学永恒的主题。荷马史诗《伊利亚特》出征之壮烈，《奥德赛》回归之艰辛，象征着人类文明初期的生命体验模式。及至海外华文文学，出征与回归的主题层出不穷，生生不息。新鲜度在此，深度也在此。

我们看到，中国百年留学浪潮中有这么一个鼓浪屿女子，她乘着改革开放之风从鼓浪屿到东京，体验日本，回馈家园。她的三部物语，就是她文化回归的一个壮举。

说起文化回归，我们并不陌生，起始于20世纪80年代，海外华文作家，特别是严歌苓、张翎等北美作家以她们新鲜的作品在中国大陆掀起热潮，引起学界的热评。然而日本华人文学发出的声音很微弱。直到元山里子（李小婵）接连两部"东瀛物语"在花城出版与推介，引起了中日舆论界的注意。

其实说到回归，应该先从她的父亲说起。没有父亲的回归，就没有她的出征与回归。"1942年我父亲大学毕业时，国家处于兵荒马乱，施享伍觉得我父亲是个人才，应该马不停蹄去国外深造，全力资助我父亲私费留学日本。施享伍那样的大银行家认为最大的浪费，是人才的浪费。一个国家要振作，打仗胜利是远远不够的，最重要的是人才，有了人才，才有国家的明天。""抗日战争时期，人们生活都难于保障，遇到如此人性光辉的绅士，是我父亲一生重大的转折点。"[①]

其实元山里子（李小婵）尚未意识到，她父亲的东瀛留学与回厦大执教也是一场奇特的"人性的救赎"。如果说当年李文清的留学东大与娶日本太太是让人钦羡的美事，那么带日本太太回国并保护她度过动乱，则是让人焦虑操心的难事了。李文清从日本回国，选择在厦大任教并在鼓浪屿居住。应该说这是一种明智而诗意的选择。

---

① 元山里子于《极光文学系列#23的发言：〈黑暗中人性的救赎〉》，2021年8月18日。

下编　丰富期："放题"于中日之间（第三个十年：2010—2020 年）

　　元山里子（李小婵）在新书发布会答记者问时说："那些年，鼓浪屿是一个特殊的岛，是中国少有的'世外桃源'之一。我们家在'反右'以前从厦大宿舍搬到鼓浪屿，当时鼓浪屿人口大约两万人，三家中有两家有海外关系，其中大部分人靠海外寄来的汇款即'侨汇'生活。在这样一个大背景下，鼓浪屿成为那时中国一片红色海洋中奇迹般的'异地'，文化生活很丰富，外国小说、钢琴、小提琴、基督教和天主教并行不悖。'文革'中，鼓浪屿相对没有内地那样的斗争火药味。因为这里大家都是小资，也就无从谁批斗谁了。像母亲这样与日本和台湾都有关系的身份复杂的人，在岛上根本不算是有大问题的人。我们一家人也就安然度过那段特殊岁月。"[①]

　　作为鼓浪屿的女儿，李小婵是幸运的。她说父亲 1950 年响应政府号召，放弃在东京的高薪工作回国工作，并非出于政治热情，只是为了回家尽孝，栽培失学的弟弟，更想做回他的专业——他果然做回专业而且做得出色，业绩之一是培养出学生陈景润。数学上 $1+1=2$，但在人才培养上 $1+1$ 可不仅等于 2。

　　李小婵说父亲选择去厦门大学而不是清华大学，选择远离北京到厦门！其实，"这时爸爸已经隐隐感到中国的阶级斗争火药味，他感到对自己的妻子，对未来的孩子们，有义不容辞的保护责任，在他力所能及的范围内，为妈妈，还有我们营造一堵防火墙，避开政治斗争的烈火"。[②] 从中我们可以读出中国知识分子的清醒与无奈，或者叫人生智慧吧。正如此书编辑林宋瑜所言，兼济独善其身和顺势而为，是动荡时世间书生保有片刻宁静的生存态度，是老庄哲学影响下形成的与"儒"不同的另一种文化——隐逸之道。李文清回归祖国，回归专业，做出人生路上的重要选择，应该说他选择鼓浪屿也是一种精神上的回归，一种人性救赎的方式。其实这种方式充满心理纠葛，表面平静实则暗流汹涌。不知她的父母亲可否有日记留下？多希望李小婵能

[①]　元山里子（李小婵）的访谈录，于林祁笔记。
[②]　元山里子（李小婵）的访谈录，于林祁笔记。

有更多心理的探索呀。

第三节　混血的"第四类写作"与救赎

越是真实的，越是深刻的。

西方文学界将"非虚构"称为"第四类写作"，这种特殊的叙事特征首先以文学形式的突破而被誉为新的文学可能性。"非虚构文学这一术语首先产生在美国，在20世纪60年代美国文学写作中比较兴盛，杜鲁门·卡波特的《冷血》，马尔克斯的《一件事先张扬的凶杀案》都是其中的代表。《人民文学》2010年第9期首发了系列非虚构文学，诸如梁鸿的《梁庄》等，非虚构文学开始引发中国评论界重视。与国内的非虚构文学题材选取的角度不同，元山里子将视角对准了中国人集体记忆中的那场难忘的战争——日本对中国的侵略战争。而在这部作品中，她从真实和现场的视角，力争还原了一个中国战场上的日本兵的反思、挣扎、反战的完整历程，最重要的是，通过文学性的细节，描述了他在跌宕起伏的人生中对正义和公义的维护，塑造了一个正面的性格耿直的日本士兵形象，从而为我们提供了认识战争和认识日本人的新的可能。"[1] 一切以"事实""亲历"为写作背景，并秉承"诚实原则"为基础的写作行为，均可归入此类，所谓"第四类写作"。而笔者认为，元山里子借得日本的"物语"形式强化其非虚构创作，且不论其属于第几类，属于另类则是无疑的。

况且，元山里子（李小婵）的中日混血的出身，更强化了她的另类性质。经历人生的半个世纪，到底属于中国，还是日本？身份认同的焦虑在她身上与生（身）俱来且愈演愈烈。居然找了个鬼子兵丈夫！进而支持他进行黑暗中的人性救赎，其实，也是她对自己的救赎。她的"非虚构"物语以个人视角进行完全独立的写作行为；不依附或

---

[1] 张益伟：《〈他和我的东瀛物语〉的价值——纪念抗日战争胜利74周年》，花城出版社2019年版，https://page.om.qq.com/page/O3-2XG2hcSYkzUA2t9gzJ7oA0。

服从于任何写作以外的（包括政治）因素。她的写作本身就是一种救赎行为。这是一种另类的叙事策略，具有非虚构的真实性与人性救赎的深刻性，含有"跨界"的特质及演变与再生的意义。

著名学者李欧梵从个人的切身体验出发，对此有一番独到的见解和看法。他自言身处异国，常常要扮演两种不同的角色，一种是寻根，一种是归化。但他认为这不再是一种两难的选择。他深有感触地说："我对于'漂流的中国人'和'寻根'作家的情绪上的认同固然是因为其中包含的共有的边缘性，只是我在面对中国和美国这两个中心时，我的边缘性是双重的。"①

这种"中日混血"的双重身份及物语的"诚实原则"，是海外华文文学至今为止没有的。作者的"厦门老乡"范可教授曾说："书中关于元山俊美的部分主要来自元山俊美一生所写的日记和其他记录，因而极富资料价值。对于中国读者而言，我们极少看到全面展示一位参加过侵华战争的日本军人的内心世界的作品。另外，作为人类学学者，笔者对于书中所穿插的大量对日本文化的描写、分析，以及将之与中国文化作比较尤为兴趣。这些关于日本文化和风俗的文字不断令我想起，2006年一位京都大学人类学学者陪我一起参观京都各种寺庙时，对我说的'中国和日本文化上如此相似又如此不同'（Japan and China are culturally so similar and so different as well）。所以，这本书又有文化比较的意义。"② 如此相似又如此不同，不但是西方读者从远方不容易看清，就是我们身在中日之间也往往看不到。"只缘身在此山中"吗？

迄今为止，海外华文作品多纠结于自己在华的过去，并没有真正融入所在国的社会。即使作为美国外交官夫人的严歌苓，也只是出品自己少女时代的中国"芳华"故事，并非所在国的美国故事。而元山里子（李小婵）则写出了二战前后，日本人元山俊美从参战到反战的

---

① 李欧梵：《徘徊在现代与后现代之间》，上海三联书店2000年版。
② 范可：《战争与人性的拷问》，花城出版社2019年版，https：//www.sohu.com/a/317087921_ 270899。

故事。该作不同于人们司空见惯的抗战"神剧",以真情、真实、真切的态度,力求写出抗战"真相"。进而揭示它讲的不仅是"打仗"的故事,而是更深入一步,从"人性"的层面来揭示"战争"的悲剧。它的意义与价值在于:不仅留下"第一手文本史料",而且留下战争当事者的心灵档案;不仅留下战争受害者的创伤,而且留下战争加害者的忏悔、反战与反思。

不同于欧美华文文学的移民心态,日本华文文学背负着两国沉重的历史,直面中日敏感的现实,在中日关系之间,战争的这道疮疤不断被强调而成为公众记忆。海外华文文学何以叙事?反思战争加害者与受害者的不同立场,考察战败者的战争后遗症如何跨代际延续,如何疗救,这些都激发了作家新的叙事动能。正因如此,"非虚构"物语作为方法,赢得了小说的历史纵深感与现实批判力,为世界华文文学提供了新的视野。它还对中华美学"主体间性"问题的探讨具有意义。它以和文汉读的"物语"命名,实则书写抗战大题材,从内容上颠覆了日本传统物语的概念,而在叙事上发扬了物语风格,丰富了中国当代非虚构文学。进而揭示出华文文学的"混血性"——华文文学与生俱有的混血性质,推进中华美学的研究。

如果说元山里子(李小婵)等人的"混血"出身是天注定的,那么,海外华文文学自从走出国门诞生的那一刻,也免不了这种"混血"的性质。既然"混血",天生具有人类共同的"乡愁",那就共同超越国境与乡愁,关注人类共同的命运吧。

关于人类的救赎,我们似乎很久不谈托尔斯泰、陀思妥耶夫斯基等人了,似乎害怕面对这些人类灵魂的伟大审问者,幸亏我们依然谈论马尔克斯的力作《百年孤独》及《霍乱时期的爱情》,接受亚非的拷问,依然是人类共同的人性的拷问。在这危机四伏的时代,如何进行人性的救赎?

日前谢有顺在评论加籍华人张翎的《劳燕》时指出:"中国作家比较长于写家族故事,百年中国史多是所谓的社会冲突或伦理冲突。但人性有时候不仅仅是伦理,家族,甚至不仅仅是国族这个概念,人性具有人性所独立的东西。张翎就关注到了这个人性独立的东西，这个跟她长期在国外生活有很大的关系。《劳燕》借助牧师这一人物的设置，不仅仅教会阿燕生存技能，更重要的是引领她看见人性深阔的一面，即如何面对自己、面对苦难，如果借救赎的力量重新看待人和世界，会使她知道人性有另外一个方向。"[1] 说得好！虽然元山里子的物语系列已经至少有三种以上的救赎方式，但我们似乎并不满足，总觉得人性是复杂的，深刻的，希望作家能引领我们看见人性更深阔的一面。我们看到至少张翎在做这种努力，元山里子，你呢。今天，海外华文写作在人性的救赎之处遭遇、碰撞，是否能撞出我们"极光"般的亮光呢？

如本书绪论中所提，叙事认同是近来研究者关注的热点，研究者已对叙事认同的理论、影响因素及叙事认同的发展进行了诸多探讨。McAdams 的认同的生命故事模型（life-story model of identity）理论认为，生活在现代社会的人们通过构建内化和演变的自我叙事，为他们的生活提供一致感和目的感。该模型理论还区分了叙事认同中的"主体我"——I（指从自我经验中建构自我的过程）和"客体我"——Me（指经过建构后的自我结果）；"客体我"是否获得认同取决于个体整合生命事件的情况，当个体融合了自身价值观和生命意义，有目的性和意义感，并组织了一个包含过去、现在和未来有意义的叙事模式时，个体自我就有可能获得认同。Singer 进一步阐释了叙事认同理论[2]，其中提出自传记忆（autobi ographical memories）是叙事认同模型中重要的组成部分；自传记忆包括生命故事记忆（life-story memories）和自定义记忆（self-defining memories）两个部分。

"生命故事记忆是带有强烈情感的、重要的、详细的、精心排练的记忆，是个体某个特殊生命阶段与自我显著相关的记忆，常与长期

---

[1] 谢有顺：《对痛苦要深怀敬意——简评张翎〈劳燕〉》，《三峡论坛》（三峡文学·理论版）2020 年第 5 期。

[2] Singers, J. A., et al., "Self-defining memories, scripts, and the life story: Narrative identity in personality and psychotherapy", *Journal of Personality*, 2013, 81 (6): 569–582.

目标追求相联系。自定义记忆建立在生命故事记忆基础上，它也是形象的、带有强烈情感并精心排练的记忆。不过自定义记忆所反映的是个体最持久的问题（如成就、亲密关系、精神生活）以及没有解决的冲突（如手足之争、对父母某方的矛盾情绪、成瘾倾向）。"①

用叙事认同理论研究当代日本华文女作家的叙事，笔者发现，元山里子（李小婵）的"自传体"叙事最为独特。李小婵的叙事中，自我认同鲜活明晰，生命故事传奇而充满正能量。它在中日"之间"穿梭交融，共生共存，获得女性自述体小说的历史纵深与现实意义。一位在日本华文人资深作家如此评价李小婵将要出版的第二部著作："小婵的《我与他的东瀛物语》，即使不敢与芥川龙之介比，至少可以说是'思想型'作家，是中国文学、特别是战争题材文学中的一个突破，就是在日本也称得上是独树一帜的。"花城出版社资深编审、《三代东瀛物语》的策划编辑林宋瑜慧眼识"货"："其背景贯穿现代中国的转型史，中日关系史。从有血有肉的人物故事看历史，我们更能看到真实的历史细节，一定有一种精神血脉相传。"女作家本人在给我们的微信中补充道：

> 我对家史的书写，尽量客观，不做控诉，尽量让读者看到，历史为我们铺就的道路，虽然有艰难坎坷、有荆棘陷阱、有伤心痛苦，但是，我们走过来了，我们心怀感激。

本研究追寻这"血脉相传"的精神，着眼于叙事认同的结构和内容，深入探讨李小婵生命故事的特征与积极心理适应之间的关系，剖析文化背景在其叙事认同发展中的作用。

---

① 何承林、郑剑虹：《叙事认同研究进展》，《世家行已远》，微信公众号琴心会第37篇文章。

第十八章　知日小说与"被囚禁的果实"

改革开放以来,日本华文作家李长声、姜建强、万景路等,上承鲁迅东瀛一代的文脉,构建了成就斐然的知日随笔,继而知日小说厚积薄发于21世纪之后,有元山里子、黑孩、哈南、亦夫[①]……他们以留学、留日等方式,体验日本、感知日本并小说之。"知日"是一个很重要的概念,也是一个很有意义的角度,即进入其内的写作,而不是外在的臆想话语。从他们笔下,我们可以读到一个相对真实的日本并反思自我以鉴未来。

被陈忠实誉为"陕军东征"[②]的亦夫,"东征"东京[③],亲历日本而小说日本且出手不凡。亦夫的第一部"转型"之作,名为《被囚禁的果实》,2019年于人民文学出版社出版时改为《无花果落地的声响》,获第二届"日本华文文学奖"、第五届华侨华人"中山文学奖"。

在这部小说中,亦夫为读者呈现了最日常、最真实又鲜为人知的

[①] 1994年,亦夫第一部长篇小说《土街》出版（2010年再版）,随后《媾疫》《玄鸟》相继出版。两年之间,亦夫完成三部长篇小说。1998年,亦夫告别体制内的"单位"生活,远赴日本,创作成为他生活所寄,随后陆续出版5部长篇小说、1本散文集：《城市尖叫》（2001）、《迷失》（2008）、《一树谎花》（2012）、《虚无的守望》（2015）、《吕镇》（2015）、《生旦净末的爱情物语》（2017）。《被囚禁的果实》发表于《当代长篇小说选刊》2018年第6期,2019年于人民文学出版社出版时改名为《无花果落地的声响》。获第二届"日本华文文学奖"（2019年12月22日颁奖）、第五届华侨华人"中山文学奖"（2020年）。

[②] 陈忠实：《〈城市尖叫〉阅读笔记（代序）》,亦夫：《城市尖叫》,文化艺术出版社2001年版。

[③] 亦夫于1990年赴日。

第十八章　知日小说与"被囚禁的果实"

日本。日本知名汉学家荒井利明认为,"亦夫笔下的日本,对于日本读者而言,既是熟悉的,也是陌生的。他用自己独特的视角,展示了许多被我们自身所忽视的特质和细节"。[①] 此书用第一人称叙述方式,不但给了作者更多的代入感,同时也让读者有一种读日记般的真实感。在亦真亦幻间,足见作者的写作功力。

亦夫的小说秉承了魔幻叙事,将精巧的构思编织于人性之网,在表现中华精神特性与文化心理的同时,又融入日本的生死观及"物哀"色彩,使小说的思想内涵更具有包容性和丰富性,诱导我们一遍又一遍地解读及追问:究竟谁是"被囚禁的果实"呢,为何"被囚禁",何以解禁?

第一节　知日的"切入口"

他,小说中的"我"罗文辉,以中国男人"嫁"日本的方式开始"知日"。有点像"孤胆英雄","深入敌后武工队",他绕过"留学"签证而以"家属滞在"的方式直接插入"大和家族"。小说看来扑朔迷离的乱伦关系,却是入木三分,这首先得力于独特的"切入口"。

"我"跨出的第一步惊世骇俗,何止是"背井离乡"!古语"大道无门",他行"倒插门"!如此大逆不道,遂使逆子成为父亲眼中人生的最大败笔:

> 出国就出国吧,又偏偏选择了父亲最反感的日本。学成不归,居然长期滞留海外,让父亲几乎无法指望这唯一的儿子。久拖不婚,好不容易结婚了,却娶了个日本女人,而且还是倒插门……在我父亲的眼里,我这半生,几乎给他们老罗家丢尽了脸面……

---

① 参阅吴波《无花果落地的声响拨动乡愁》(广州日报全媒体记者吴波),《广州日报》2019年10月14日。

在"面子文化"的中国,丢脸是件多么严重的事情啊。而他居然义无反顾!那年头出国留学成为热潮,如果执意留学也罢,他居然"远嫁"日本。嫁给所谓的爱情吗?似乎又不是。那么,到底为了什么?

显然,并非日本选择了他,而是他选择了日本;并非日本囚禁了他,而是他主动"被囚禁"。正如小说题解的开宗明义:"我正是自己灵魂的囚笼,非关他人……"他为自己的选择负责:

> 我刚宣布结婚那阵,许多人在对这桩动机再明显不过的婚姻嗤之以鼻的同时,对其结局也做出了毫不怀疑的预言:入赘有钱人家,不出几年提出离婚,分得或私转可观的家产,再另娶花枝玉叶……

但小说中的婚姻非但没有解体,而且诞生了"被囚禁的果实"——小说。这部小说很另类,它未重复海外华文文学或移民小说惯有的题旨,诸如文化冲突、身份困扰,民族矛盾与乡愁之类,而是直逼人性,深入探讨不同民族的伦理、道德、文化诸问题。

亦夫说:"在我看来,新移民作家小说中涉及的文化冲突、身份困扰、民族矛盾以及乡愁,一方面是作家本身认知的局限,二来很大程度上有让读者猎奇之嫌。改革开放之初,由于很多人没有去过国外,这股风潮表现尤烈。现在是互联网时代了,世界的隔阂越来越少,曾经的猎奇之作越来越没有了市场。一个生活在他乡的作家,以上的诸因素如果还在困扰自己,我觉得不可能写出真正深刻的作品。文化冲突、身份困扰等在我看来,是那些写作者给自己特设的障碍。"

小说之道告诉我们,没有"障碍"就没有小说。小说一开始,亦夫就给自己设置了一个非同小可的障碍:"倒插门。"然后,进了门,成为"被囚禁的果实"。恰如当下年轻人喜欢用"被"动句,明明是自己干的却说"被":"被结婚"或"被离婚"等。书里书外"我"与他的"被囚禁"分明是一种主动的被动。

我们时常读到中国女性嫁给日本人的故事,所谓"幸福的家庭总

第十八章　知日小说与"被囚禁的果实"

是相似的，而不幸的家庭各有各的不幸"。于是不幸以各种悲情打动你，每每让人读之愤愤然：狗日的日本男人！可是骂完一想，为什么不回国呢？归不得，乡愁文学便从悲情处产生了。亦夫似乎不屑于表现此类"乡愁"。他的"乡愁"也"被囚禁"了。

倒是华文女作家黑孩以她灵动的文字，写过不少"乡愁"小说。她最近发于《收获》的长篇小说《贝尔蒙特公园》[1] 试图有所突破，更多地探讨了母性能量、生命风暴与精神试练等人的可能性。[2] 有趣的是笔者读出她对日本的和解：小说中黎本对丈夫从最开始的"生理的厌恶"，到"最后对依然懦弱的丈夫的宽恕"。这种"宽恕"可以看作女性的"温柔革命"吧。我们知道，战后日本政府曾作出规定，"把钱包交给女人，让女人回家"……且不论回家对于女人是否幸福，但安于现实，幸福是很容易习惯的。

似乎不满足于这种女性温柔的"知日"，亦夫以"倒插门"的叛逆方式开始"知日"。

如果说黑孩的"知日小说"是以常见的女嫁男开始：毕竟这个国度男人养家"天经地义"。鲁迅说过这世上本无路，走的人多了，才有路[3]。而如今路多了，有路的地方往往因走的人少而被疑无路。选择少见的"倒插门"为小说的切入口，是亦夫新鲜而独特的构思。作为男作家，这看似出自性别的本性，其实更出自作家的本性。

作家的本性就在于敢打破传统的常规思维，亦夫借助"倒插门"这一反常规叙事表达其深刻的思想内涵，进而通过对故事世界中时空、人物以及行为等反常规描写，强烈彰显他的主题：现代性的困境与精神上的孤独。让一个中国男人嫁日本？！亦夫无疑将了自己一军，也将了读者一军：是否含有隐喻？

---

[1] 黑孩《贝尔蒙特公园》发于《收获》长篇小说2020年夏卷。
[2] 参阅张益伟《收获》微信专稿《论人的可能性：〈贝尔蒙特公园〉中的母性能量、生命风暴与精神试练》。
[3] 这句话出自鲁迅的作品《故乡》的最后一段："希望是本无所谓有，无所谓无的。这正如地上的路；其实地上本没有路，走的人多了，也便成了路。"

他曾经说：创作小说是一个旁观者，是一个寄居在吕镇的外来客，文字让我具有特权，让我可以知道每一个家庭的秘密，但是我没有情感，我只是一个观察者，甚至是"偷窥者"。而这回的"倒插门"倒是让他深（身）入其境了。

在东京的一次访谈里，亦夫回顾了自己由理工男转而从文，走上文学创作之历程。从《土街》《城市的尖叫》到这部《被囚禁的果实》无疑是一次"转型"，至少在地点上从土移到洋（陕西到东京）。亦夫对自己的长篇创作有一种不同寻常的期待：他一直钟情于对人性暗黑之处的挖掘和揭露，偏重于哲学深思，他不太喜欢重复性写作，一直在尝试写作风格的变化和突破。他谈到写移民题材的转型之作《被囚禁的果实》，认为这是一部跟人类生存哲学思辨有关的长篇。[1]

陈庆妃在《遗落在"东洋"的文学陕军——亦夫论》一文中论及："亦夫属土，其性格与作品的稳定性非常高，尽管他的身份随着生活的选择在不断流动。亦夫的长篇小说创作符合文学陕军地域化、风格化写作，以及擅长表现人物的钝觉（后知后觉）与拙感的创作无意识。相对于其他陕西籍作家，亦夫不着力于小说历史意识的挖掘，但空间意识非常的敏锐。传统乡土空间、现代都市空间、以及城乡交接的过渡空间共同构成亦夫小说的创作地图。"[2] 说亦夫遗落在"东洋"，倒不如说他"转行（型）"到"东洋"；但说他空间意识非常敏锐，倒是评得相当到位。日本是亦夫"文学地图"中一块扑朔迷离的垦荒地。

第二节　生死之间的"浮世绘"

他从"白鹿原"来。《白鹿原》有浓厚的西北黄土地的文化神秘主义特征，有着难以破译的密码，无法穿透的种族记忆、历史逻辑。

---

[1] 江少川：《居东瀛，用母语写作守望精神孤独——亦夫访谈录》，《世界文学评论》（高教版）2019年第2期。
[2] 陈庆妃：《遗落在"东洋"的文学陕军——亦夫论》，《史料与阐释》2018年总第6期。

第十八章 知日小说与"被囚禁的果实"

"这种神秘是作家追寻深度、无边的文化渊源时所遭遇到的,仿佛一片巨大的迷宫。"① 正如陈忠实在《白鹿原》卷首引用的巴尔扎克所言:"小说被认为是一个民族的秘史。"《白鹿原》以颇具特色的魔幻描写了中华民族的秘史。而《被囚禁的果实》试图揭示"他者"大和民族的秘史。

亦夫"转型"日本,是一次命运赠予的机会,并非只作为文学陕军的"偷窥者",而是直接"插"入内部,成为华文知日派的"知情者"。对现代文明与传统乡土的双重批判与再认识,是亦夫矢志不移的坚持。亦夫"在挖掘人性的'原欲'上继续自虐"。② 亦夫在访谈时提及:"我觉得这跟我的性格和年龄有关。年轻的时候,我基本上是一个愤世嫉俗的人,性格中有很多的戾气。《土街》和《媾疫》写作时间较近,所以表现得尤为明显,到后来的《一树谎花》时,虽然也在写人性之恶,但情绪明显已经显得温和了许多。""原欲三部曲"与其说在表达对人性之恶的控诉,不如说是表达对自己内心许多原欲的惶恐和不安。③ 这种惶恐和不安直面樱花、畸恋、浮世绘一样的东京风情画卷,则日益剧烈。"浮世绘"④ 成为亦夫扑朔迷离的"文学地图"。

日本浮世绘不仅仅表现色情主题,但首先是色情。亦夫"倒插门"所到的东京豪宅,"门里门外"的风景不无色情:比如邻居火灾,发现她古怪的爱情,涉嫌保险金诈骗。但她老公以五千万日元的"慰谢料",最终保全了婚姻……这种只希望维持名义(肉体)上的夫妻关系的行为,体现了对乱伦的恐惧和理性意识的觉醒。小说告诉人们,人的本能生命是完全可以被吞噬和毁灭的,而人性恶的一面会因为有了生存的空间而得以发挥。

---

① 易晖:《神秘主义在当代文学的挫败与恢复》,《中国现代文学研究丛刊》2011年第5期。
② 陈庆妃:《遗落在"东洋"的文学陕军——亦夫论》,《史料与阐释》2018年总第6期。
③ 江少川:《居东瀛,用母语写作守望精神孤独——亦夫访谈录》,《世界文学评论》(高教版)2019年第2期。
④ 据学者研究,中国版画尤其是苏州桃花坞木版年画,于康熙、乾隆年间传入日本长崎,产生了意义深远的浮世绘。

下编　丰富期:"放题"于中日之间(第三个十年:2010—2020 年)

　　莫非亦夫是被色情浮世绘诱惑到东京的?可是,浮世绘除了"色情",还有"色美"。因为真能代表浮世绘精神的应数《神奈川冲浪里》。[①] 画里涌动的浪花与远方的富士山形成强烈的对比,亦真亦假,让人在这种奇特的对照中,莫名其妙得一塌糊涂。小船被海浪抬得极高,让人禁不住想到人类在自然灾难面前的渺小无助,有人就说他画的不是浪花,而是一种灾难的象征,是画家忧患意识的表露。[②] 而最使笔者感动的是,当大浪滔天时,富士山依然那么宁静。笔者猜想亦夫恰是被这种精神美的浮世绘吸引到日本来的。他小说里揭秘的那个古典美的梦中情人,那个风度翩翩的和服女人:"是以静默的方式存在的,甚至生活的杂音都被它遮蔽掉了。"

　　但是她死了!小说开篇第一句就是:惠子死了。最后一句也是。"浮世绘"就在生死之间亦真亦幻地展开。

　　在其岳母的葬礼上,小说中的主人公罗文辉,旅日作家,"我"小心翼翼地打开心扉,讲述埋藏在心底多年的畸形情欲、丑陋人性,也讲述跨国婚姻扭曲下无以言说的乡愁。小说写得细致入微,感情起伏跌宕,心理变化无常,情欲和乡愁于是被掰开、被揉碎,展现出别一种优美、凄美甚至禁忌之美。

　　惠子何许人也?那个"一直神性存在于我精神世界里的圣洁高贵的女人",那个"在入殓师的手中被涂脂抹粉和盛装打扮的那具丑陋不堪的衰老的肉体"。

　　他与她的"乱伦"故事,并未曾有过肉体关系,只是"怀有一种微妙的情感",也从未说破,"但这个永远的秘密却形成了我做事的诸多禁忌"。到了清理遗物及女性的私密用品时,"我"居然像"充满刺激的冒险一样激动不安,因为我知道那将是一次我和惠子最私密的接触"。随即又自我反省,觉得"心理有些阴暗"。惠子一死,才感觉解脱的轻松。有如"凤凰涅槃",他火葬了两次情欲:"第一次是情窦初

[①] 葛饰北斋于 19 世纪初,创作出《神奈川冲浪里》。日本宣布更新纸币图案,1000 日元背面为富岳三十六景之一的"神奈川冲浪里",新浪新闻,2019-04-11。
[②] 参阅永胜主编《不可不知的世界名画》,南海出版公司 2014 年版,第 417—418 页。

— 358 —

第十八章 知日小说与"被囚禁的果实"

开的少年与风姿绰约的少妇","这一次是年过半百的老男与寿终正寝的女尸",而他从火中获得新生了吗?

小说把"我"置于精神与肉体的折磨中,长期被伦理道德囚禁于大和民族的家族秘史里。他既进入"秘史",便难以走出。小说显然没有知日前辈郭沫若的浪漫诗情。于是乎,"觉得自己越来越迷恋死亡,就如同当初越来越迷恋惠子一样"。其实在亦夫笔下,爱情早就被宣判死刑,连精神之爱也死了。何等绝望。只剩肉欲苟存。甚至肉欲也半生不死,以至于智障的妻子不明不白怀上一个"野种"。

由于智障,她不可能对自己的乱伦行为产生一种道德恐惧。但对清醒者"我",这种恐惧如此深刻,以至于终生不能摆脱。乱伦描写体现了作者对神话故事,尤其是寻找失落的精神"伊甸园"的思考。亚当的命运如同夏娃偷吃禁果终生受罚一样,他偷食禁果不仅被婚姻伦理囚禁,而且被道德伦理囚禁,被自我忏悔囚禁。

在亦夫的文学地图上,东京是第二个故乡。樱花在他心目中是另一种昙花,"只是它远比昙花高调和壮烈。多在夜间开放的昙花是羞于示人的,而决意'死于至美'的樱花则极尽招摇之能事……"在亦夫的文学地图中,生死之间的伦理故事便是其文学时间。空间与时间的纵横交叉,仿佛组成一个十字架,有如那个日本汉字"辻"(十字路口),亦夫站在十字路口,冷静地观察着,思考着救赎之路。

亦夫在《土街》创作谈里说过:"我其实也说不清楚当时的写作冲动,现在想想,大概是由于我在上北大之前,从来没有离开过僻远的故乡,大城市完全不同的生活样态,将我对故乡的印象从记忆中剥离出来并无穷放大。我曾经那么熟悉的生活,在现代生活背景的参照下,变得如此扭曲和充满陌生感。那些在粗陋单调的生存环境中赤裸且残忍的私欲,都让我有一吐为快的愿望。"而当他面对"充满陌生感"的东京,是否也有一吐为快的愿望呢?不同的是,他被置身于一个不可告人的秘密,有如一枚"被囚禁的果实"。

人在困境中容易思乡。但有乡难回,因为"我"无脸见江东父老。"我以井上正雄这个名字生活在日本东京,但这只是我户籍、银行卡、驾驶证、护照等用物上的名字，我内心却从来不认为自己是什么井上正雄。这个日本名字就如同现在包裹着惠子尸身的那套华丽和服和遮掩它苍老丑陋的胭脂粉膏，完全掩盖了我的真正名字罗文辉。对，我只能是罗文辉！"但在法律上，他只能是"井上正雄"。这种身份认同的焦虑，至死缠绕着他，使之犹如"被囚禁的果实"。

北京和东京，都有他的家，但他流浪的灵魂无所归依。与历代中国旅居故事不同，亦夫的小说较深地沾染了日本文学中"物哀"的愁绪。在中日之间的文学地图，注定这些来回之间的华文作家写作的"间性"。即使亦夫拒绝学日语，试图保持中文的纯洁性，可能吗？

第三节 中日之间的"禁果"

亦夫在小说中给自己设置的最严重的障碍（矛盾），要数"野种"儿子了。"这个正在上中学的男孩子，是我们这个关系复杂又隐秘的家庭中最具代表性的人物。只是关于他的秘密除了我之外，并无人知晓。"

> 井上勉的意外到来，不仅彻底缓解了来自父亲传宗接代的压力，而且为我和桃香这桩一直被外人怀疑和猜忌的婚姻，充当了一件美化和修饰的绝好道具，让一切流言蜚语都因这枚"爱情的结晶"而销声匿迹。我本来就有些病态地迷恋孩童的纯洁和本真，加上井上勉从小长得如同天使，所以尽管没有血缘的亲密感，但我对他却一直怀有浓浓的欣赏的喜悦和疼爱……

和一个没有血缘只有名分的儿子和平相处，谈何容易？"井上勉成为父亲的安慰，本来就是我的初衷"，本来除了电话及微信，还有儿子勉可以替他去看望老父亲，似可一解乡愁。但爷孙俩的日益亲密之举，居然让他对这个男孩不时闪过一丝阴毒的杀意。连"杀意"都有了，要和平相处不是只能强行"囚禁"自己吗？别看日本儿子中文说得结结巴巴，却能"窥视"父亲的华文小说。亦夫在小说中套小

第十八章 知日小说与"被囚禁的果实"

说,以"互文"的方式把父子矛盾推向"风口浪尖",本来语言是用来沟通的,但也可能成为子弹——儿子勉怒气冲冲地、没头没脑地冲着父亲嚷嚷道:"你为什么要这样做?告诉我一个理由。为什么丑化我的外婆!"

在小说中的"小说"《圣徒的眼泪》里,亦夫开始"解密",第一期是从一个上门女婿对刚刚死去的岳母的遗物清理开始的。这篇连载自然引起了儿子勉的瞩目,用他有限的中文水平却很本能地读出"丑化",尽管"半真实半虚幻"的文字很美。显然,这个和你以父子相称、却注定永远是陌人的少年,读出小说的要害除了丑化外婆,最要命的是揭示这个家族的血缘关系以及父子的身份认同等严肃且严重的问题。由于小说用的是第一人称,很容易代入,小说连载中便有人质疑:"你家儿子是从石头缝里蹦出来的?"

"我"只好暗中叫苦:"起初以为他是因为母亲桃香的智障而自卑所致。但随着他一年年长大,事实证明这是一个错误的判断。勉不但不自卑,而且自信到了自负的地步。他所表现出来的与年龄不符的独立和冷漠,总是让我感到隐隐害怕。"害怕什么呢?"我"恰是被这种害怕给"囚禁"了吧?

儿子勉"那双狼一样阴沉地在暗中盯着我的目光",迫使作者"只能把这个秘密继续藏在心底,或许永远都不会有说出来的机会"。这枚"被囚禁的果实"迟迟不敢解密,因为"这个秘密会让我充满屈辱"。一个男人被戴"绿帽子"还能屈就?他智障的妻子到底遭遇了什么?"她的记忆是一片空白。而正是这片空白,会给一个小说家带来无限可供想象的空间。与桃香发生关系的男人的身份、动机、过程,每一个细节,都会有无数的可能,都会写成非常精彩的故事……"

亦夫借小说人物之口损自己说:"操,你要有自杀的刚烈,也就不会写那么阳痿的小说了。"小说中的连载可以改,但名义上的儿子却改不了,因为老父亲认准这"老罗家的独苗",甚至要把房产(遗产)给他。这一来,"阳痿作家"也有被逼急的时候:"什么老罗家老罗家的,你怎么就知道他一定不是个野种!"虽然"我"不得不说出隐私，老父亲却不相信，不可能相信呀。亦夫对这一细节的设置用意极深，针砭时弊，举一反三，迫使我们对虚与实、真与假、情与理等问题做出深层次的思考。

江少川采访亦夫时竟然刨根问底：《被囚禁的果实》中的主要人物，尤其是惠子及其女儿有原型吗？井上与岳母、妻子及儿子之间的奇特古怪关系的设计，就哲学层面的思考而言，你有哪些深层的思考？井上与父亲的关系，儿子勉与祖父的关系所形成的反差，是涉及中日关系的情节设计，有何寓意吗？

笔者不由为亦夫捏一把汗：小说毕竟是小说，切不可大做文章。倒是亦夫巧妙接球："我不知道别的作家的具体情况，就我的写作而言，我觉得自己小说中的人物，要说有原型都有原型，要说没有原型也可以说都没有原型。因为每个人物都是现实中许多人物的综合体，既有每个原型的影子，又不完全是其中任何一个人。《被囚禁的果实》中岳母、妻子、儿子和我奇特古怪关系的设计，都是为了这部小说的哲学主题：宗教式的文化自陷构成了对人性和原欲的自我囚禁，而这种囚禁不具有任何道德意义。后一个问题您还真是问对了，涉及中日关系的情节，我想表达的是，对于一个陌生的国家、一种陌生的文化，在没有了解之前，不要轻易判断、轻易下结论，在深入了解之后，很可能彻底颠覆你曾经的想法。"

长期以来，在中日之间，家国、情感、欲望和乡愁总是被掰开、被揉碎，亦夫却试图把"碎片"黏合起来，展现出别样的"物哀"。

"我悄悄地哭了，因为希望和绝望在内心的密集交织"，因为这种"和解"现象透露出中日青年人对某种共同的后现代处境的理解，一种对拉康所谓"实在界""象征界""现实界"之"幻象边界"的无意识跨越。当日本经济进入"泡沫"后的滞退，当中国在为高速发展付出各种现代代价之时，我们对"无奈"与"荒谬"的感受竟是如此的相近。

有人将西方的"新历史主义"思潮，称为西方学术界的"历史转向"。也许这是历史学界的"阴谋"。但不管如何，"新史学"一直在

第十八章 知日小说与"被囚禁的果实"

谋求总体历史,哪怕再小的切口也是。笔者将这枚"被囚禁的果实"作为知日文学的"小切口",切进去了,只是未必出得来。

新历史主义指出,历史充满断层,历史由论述构成。以福柯的概念,我们应透过各种论述去还原历史,而该种论述,是根据当时的时间、地点、观念建构的。换句话说,历史并不是对史实单一的记载,亦并不是对于过去的事件的单纯的纪录。德里达也说:"没有文本之外的世界",语言本身就是一种结构,我们都透过这种结构在理解整个世界。

在我们这一代知日派作家之前,鲁迅弃医从文要"改造国民性",郭沫若以"凤凰涅槃"宣告新生,郁达夫以"沉沦"寓意一个时代。亦夫呢?

笔者试图解读这部知日小说:首先作者"我"是"被囚禁的果实",他自愿选择日本而被日本囚禁,被以华丽的和服为代表的日本家族软禁,被灵肉分离的婚姻伦理道德绑架,最后被有名分无血缘的父子关系禁锢。本来代表希望的儿子,在这里代表的却是被历史囚禁的果实,希望它真能像"无花果"落地并发出声响。

"知日"本来是为了知人知己,方得自由。而一个作家,要想获得这种自由境界谈何容易。作为一个自动"被囚禁的果实",作者即便沉重地反思及忏悔,也很难挣脱"生命不可承受之轻"。恰如《无花果落地的声响》书面上的推荐语:埋在心底的情欲与乡愁,拨动"物哀"的感性和凄美(评论家李建军、日本汉学家荒井利明等)。在这份凄美中泡着,我们发现人类的情欲是相通的,乡愁就更是人类共同的乡愁了。显然,亦夫的小说具有多重主题。

"狐狸多知,而刺猬有一大知。"[①] 约而言之,"刺猬"即一元论者,"狐狸"即多元论者。伯林说,作为对比,但丁是刺猬,而莎士

[①] 在二战爆发前的一次宴会游戏中,一位在牛津大学修古典文学的贵族,把希腊诗人阿基洛科斯的这句诗告诉了以赛亚·伯林。没想到这句酒后闲言,竟激发了伯林的思想火花,催生出他著名的"思想史面貌"二分法。1951 年,伯林撰文《托尔斯泰的历史怀疑论》,后来稍加增补,题目也改为广为人知的《刺猬与狐狸》。

比亚是狐狸……至于伯林自己到底是刺猬还是狐狸,却成了困扰其终生的问题。[①] 而这问题眼下也困扰着笔者:亦夫显然不属于"刺猬",不像留日大前辈鲁迅那样为民族大义愤而弃医从文,只是从一名北大的理工科生"不识时务"转型写小说罢了。而且小说越写越玄,虽有刺深藏其中,让你像"狐狸"一样去找"狐狸"。《伊索寓言》中的狐狸有时会以一种中间形象出现,没有好与坏,甚至许多道理和教训是通过狐狸说出来的。狐狸的做法与生活中大部分人的处事方式相似,不招惹是非,会保护自己,因此,狐狸的"狡猾"实则是一种聪明。

我们在亦夫的小说里读到了这种聪明。说它是"知日"小说,因为写的是日本的风土民情及丑陋的人性,但究竟"知"其什么了?这只"狐狸"并没有说出"许多道理和教训"。

新历史主义主张将历史考察带入文学研究,更指出文学与历史之间不存在所谓"前景"与"背景"的关系,而是相互作用,相互影响。它强调文学与文化之间的联系,认为文学隶属于大的文化网络。它着重考察文学与权力政治的复杂关系,认为文学是意识形态作用的结果,同时也参加意识形态的塑造。

知日作家无论是采用写实主义或是以异化形式或魔幻表现,都可以视为对当下社会生活的介入性思考,是文学对生活的承担。知日作家借文学揭示现代或后现代病及人类普遍的精神困境,他们的书写呈现出明显的特征:空间意识与历史意识较强。就知识学养与文学素养而言,知日作家普遍受过良好的高等教育,熟悉西方现代、后现代理论和创作,具有丰富多元的想象力,更具有洞见历史的思考。

亦夫小说通篇是"我"在道德十字架下的自我反省、自我忏悔;是一场有关爱情虚幻之梦:道德制约身体,理智矫正情感,爱情被道德的枷锁囚禁,臆想被理智囚禁。小说所呈现的历史和人性的纠葛与悖论,及其在时间和历史的发酵中爬梳出人性和灵魂深层的意味,包括伦理层面所张扬出的人性深度,试图凸显出存留于时间缝隙的语境

---

① [加拿大] 叶礼庭:《伯林传》,罗妍莉译,译林出版社2019年版。

第十八章 知日小说与"被囚禁的果实"

更新之后的叙事引申义,在新的视野和范畴内发现精神的新质和裂变,等等。事实上,我们在重读的过程中,已经深深体悟到这部小说在与我们一道历经时间、历史巨变之后,所具有的令人生畏的认识难度和表现难度。

亦夫在访谈时自白:"写跟人类生存哲学思辨有关的长篇,我觉得这是我写作的一贯追求。每个小说家对自己创作都有不同的认识,我自己理想的小说是,外行有热闹可瞧,内行有门道可看。""我不太喜欢重复性写作,一直在追求题材和文风的多变,但随着年龄增长,我觉得自己也会从过去的激烈和戾气中渐渐趋向平和。""我希望自己有一天能写一部充满大悲悯的作品,像上帝的目光俯瞰众生,即便对罪恶也充满宽容。但目前我还不具备这样的心态……"其实从这部《被囚禁的果实》,我们已经读到了"宽容"。

中日一衣带水,源头上有过感通,不少人以为本来相知相熟,其实海深水冷,要沟通谈何容易。认清日本的历史文化,对我们太重要了。不仅对我们的过去,对将来也是。

一部好小说是经得起时空解读的。从接受美学的视点来看,一千个读者眼中就会有一千个哈姆雷特。那么,即使是一个人,在不同时间读一千次也会有一千个哈姆雷特。试想,当我们一遍又一遍地解读亦夫的小说,是否也会成为一枚"被囚禁的果实"呢?

何以解禁,唯有"知日"吗?

结语 在"风骨"与"物哀"之间

正如上文所分析阐明的，三十年来，日本新华侨华人在"风骨"和"物哀"之间寻找新的生长点。这是一种新的美学原则在"崛起"，或者说在"漂流"。这是海洋的全球化的时代，是跨文化的创新时代。笔者认为，在"风骨"和"物哀"之间漂流的日本华文文学，正在为世界华文文学提供独特的审美角度。

日本新华侨华人文学对中国现代文学具有重要的历史与现实意义。始自邓小平支持留学的1985年至今，三十年历经三个阶段，日本华文作家带着"乡愁"走进日本，从"抗日""哈日"到"知日"，开始了对异语言文化的探索。痛苦永远新鲜的日本体验，使其具有独特的异质审美价值。由于不同于"移民"西方的华文特点，这种于中日"之间"的生存体验之叙事，独具"风骨"与"物哀"之间的美学风格。它不仅是日本华文文学在海外的拓展，而且是中国文学自身在海外的深入或者叫"生长"。

笔者发现，日本新华侨华人文学的风格，正形成于风骨与物哀之间，所谓"第三空间"文化。铃木修次教授在比较中日的文学传统时曾以"风骨"和"物哀"来概括两国文学本质和文学观念的差异。[①]"风骨"是中国文学中关怀政治，以刚健为美的正统精神。其色彩是浓重的。"把握住风骨就抓住了中国文学的主要趣味倾向"；"物哀"

---

① 参阅铃木修次《中国文学与日本文学》，东京书籍出版公司1978年版。

结语 在"风骨"与"物哀"之间

则为一种日本式的悲哀，不问政治而崇尚哀怜情趣的所谓日本美，它主张"淡化"，讲究典雅和消遣的和歌风格，其色调淡雅。"日本人似乎认为中国文学的主要性质、色彩过于浓重，而将其淡化了。""风骨"和"物哀"各自具有相当长远的延续性和民族性。大陆风尚养成中国文学崇尚阳刚大气的风格；岛国风尚则养成日本文学注重阴柔细腻的风格；中国文学以阳刚大气为高，日本文学以阴柔细腻为美。

我们从日本新华侨华人"天生"充满阳刚之气的诗文中，可以看到日本阴柔美的渗透。阴阳互补，使其诗文重中有轻，轻中有重。虽然，日本华文作家每每难以摆脱大陆习惯话语，美其名曰"阳刚之美，宏大基因"。而日本"物哀精神"的渗透力，使之逐渐异变。变是不奇怪的。变是可喜的冒险。冒险就可能有失败，可能变得非鹿非马不伦不类，可能不被主流文学认可。但不变就可能腐朽可能沉没。纵观这三十年的探险，风景无限好。日本新华侨华人文学在中日文化同与不同的交织纠葛"之间"，找到新的生长点——独特的理论洞见与新的文学审美形态。

三十年的日本新华侨华人文学具有如下特色。

1. 随笔日本的现代性（非虚构文学、文化散文）贯穿三十年，李长声笔下的日本形象，姜建强随笔樱花的生死哲学，等等，似远非远，随手拈来，针砭时弊，如道家常。这种知日随笔，是对中国现代传统鲁迅、周作人等"大家"的承继，是不同于西方移民文学而特别富有"日本味"的文学样式。

2. 以"他者"身份去发现与表现"物哀"。在两种文化的碰撞中，笔下既有"物哀式"的清婉与哀愁，又不失中国传统的"风骨"之豪迈，如：华纯散文《丝的诱惑》"俯拾日本文明符号"。哈南小说《北海道》体现川端康成《雪国》的宁静，日本独特的美。和富弥生诗集《之间的心》痛，永远新鲜。清新之美与俳句精神相互交融。这种东方日本华文的宁静不同于西方美华的热烈，虽不乏寂寞，却宁静致幽。

3. 身体语言与"私小说"。从杨逸、黑孩、陈永和等女作家身上，

— 367 —

结语　在"风骨"与"物哀"之间

可以读到华人对日本"私小说"的借鉴。20世纪以来对"身体"的关注成为现代和后现代的一个重要议题，哲学领域对身体的重新发现引发文学的深层探讨。可以说，身体承载着历史印记，并诠释着被历史摧毁的过程。即使作者借男性的"我"叙述历史，却并未改变其女性主义视点。这类"物语"文笔细腻，从细微处深入。

4. 原乡与他乡之间的诗情禅意。活跃于中日之间，诗人的眼光是敏感、犀利的。如走出"朦胧诗"传统的双语诗人田原①，富有禅意的"春野体"，浸透"物哀"的祁放诗，还有笔者直面现代性的"裸诗"……诗人们从原乡到他乡的自我放逐，是身体放逐，也是精神放逐，同时是诗的放逐。放逐使身体和精神在时空中转换，位移，变异。在两种语言之间锤炼独特的诗歌语言，是母语的，又是超越母语的，其意义不仅是华文文学在海外的拓展，而是中国新诗自身在海外的深入或者叫"生长"。由于这些诗生长在日本，在这块让中国人痛苦永远新鲜的地方，痛苦使其诗具有独特的异质审美价值。虽然"之间诗人"的现实处境每每是尴尬的——即使海外华文文学的发展取得巨大成绩，却依旧边缘、依旧孤寂。但诗人们试图在这种尴尬中赢得自由。原乡与他乡的对望将是永恒的。

5. 双语之间与"和文汉读"。日本新华侨华人文学中有个奇特的语言现象，即时而直接引用日语汉字，称之"和文汉读"以激活中华传统文字。如太宰治小说名直译为《人间失格》，陈希我小说名《风吕》（日语澡堂，指温泉文化），李长声随笔集名《四帖半》《居酒屋闲话》，等等。笔者亦以《放题》为论文命名："放题"于中日之间。"放题"意为自由、自助，将之"和文汉读"，用之于来去家园、此岸彼岸的自由行走。这些"放题"于中日之间的诗文既不属于此岸也不属于彼岸，自由又不自由。但它将继续"放题"于今天与明天之间。

---

① 参阅林祁《双乡之间与双语写作——日本新华侨田原诗论》，《湘潭大学学报》（哲学社会科学版）2014年第1期。

结语　在"风骨"与"物哀"之间

语言是文化的载体，离开汉语这一载体，中华文化也就无所依附。把语言作为资源来认识，这是当代语言学在语言观上的重大突破。[①]"和文汉读"激活了"汉文和读"的历史，让汉语回家，不断丰富着中华文化的语言资源，其意义是深远的。

三十年来（1990—2020 年）日本新华侨华人文学取得了可喜可贺的成果，其价值和意义在于：

第一，对中国现代文学具有重要的理论意义：中国文学的现代化进程是通过与西方文学的互动来完成的，但这一互动过程一直通过日本这一中介才得以完成。无论是文学理论，包括"文学"这一现代性概念的引进，还是文学史，比如《中国文学史》的写作，还是鲁迅、郭沫若、萧红等重要的中国现代作家，都体现了这一中介的重要性。对于理解和重构中国新文学的现代性，日本这一中介的意义不可替代。

第二，具有现实意义：关于钓鱼岛的领土纷争，使中日关系处在一个敏感时期。从"仇日"到"知日"，成为对包括文学研究者在内的中国人文学者的挑战。本课题就是在这一层面展开的成果。本课题研究吻合本年度《课题指南》"中国文学与东亚文化圈研究"及"海外各大洲华人新移民文学研究"。

第三，具有文化意义：日本新华侨华人的写作是介于两种或两种以上的文化之间的，所谓"第三空间"文化，可与本土文化对话，又因其文化上的"混血"特征而跻身于世界移民文学大潮。这就为中华文化提供了新的视界与新的空间。

中国的汉字传到日本，我们称其为"汉文和读"。这不仅仅指文字上的汉译日，而是一种更广泛更重大的文化翻译。伴随 20 世纪现代化进程，很多政治和经济用语是从日本逆输入而来的，诸如电脑、文学、革命，甚至社会主义等。现代汉语中的日语"外来语"，数量惊人。

[①] 詹伯慧：《把语言作为资源来认识》，《人民日报》2016 年 6 月 26 日第 7 版，http://theory.people.com.cn/n1/2016/0626/c40531-28478957.html，2016 年 6 月 27 日。

结语 在"风骨"与"物哀"之间

毛泽东说过：马克思主义最初是从日本传入中国的[①]。1906年1月，同盟会党人朱执信在东京出版的同盟会机关报《民报》上摘要翻译了《共产党宣言》，是最早介绍到中国的马克思主义。他转译所依据的原本，就是1904年幸德秋水和堺利彦合译的日文版《共产党宣言》。他的转译使"共产党"一词在中国第一次出现。

而今日本新华侨华人文学也在"和文汉读"，这种试图激活中华传统文字的努力，将创造不可低估的文化价值。

第四，具有美学意义：日本新华侨华人文学的风格形成于"风骨"与"物哀"之间，日本新华侨华人作家以其独特的身份去发现与表现"物哀"，探求中日文化的渊源关系和日本文化的独特魅力，表现出对人类家园的担忧和人类生存问题的终极关怀。我们从日本新华侨华人充满阳刚之气的诗文中，可以看到日本阴柔美的渗透。阴阳互补，使其诗文重中有轻，轻中有重。在中日之间，在"风骨"和"物哀"之间，诗人作家找到新的生长点。探索中，一种异质的诗学在生长。其实日本华文作家笔下难以摆脱中国内地习惯话语，美其名曰阳刚之美，宏大基因。而日本"物哀精神"的渗透力使之逐渐异变。变是不奇怪。变可能是一种冒险。在差异中冒险。中日文化在同与不同的交织过程的种种纠葛，为日本新华侨华人的创作带来某种独特的理论洞见与新的文学审美形态。在中日之间找到新的生长点。这是异质的、多元的，是跨域的、越界的。

这些异文化体验者，在努力寻求自己的美学符号。在"风骨"和"物哀"之间寻找新的生长点。

笔者把日本新华侨华人作家定位于"之间"：在中日两国之间，在两种文化之间，在历史与现代之间，在昼夜之间，在男女之间……"之间"是一种不安定的变化状态。在"之间"碰撞。在"之间"彷

[①] 2009年2月16日《北京晚报》登载的《"共产党"一词翻译自日文》，提及1960年6月21日毛泽东和周恩来在上海接见日本文学代表团（团长是野间宏）时说了这样一句话："马克思主义的传播日本比中国早，马克思主义的著作是从日本得到手的，是从日本的书上学习马克思主义政治经济学的。"

徨。在"之间"焦虑。然而,"之间"促使思与诗成长。

　　"间性"(inter-sexuality)这一术语来自生物学①,目前也被人文社会科学使用。笔者借用力图克服主客二分的近代哲学思想和思维模式提出的"主体间性"及"文化间性",探讨当代日本华文文学始自改革开放的东瀛叙事。它在中日之间碰撞与融合,在"风骨"与"物哀"之间形成独特的美学风格,表现出文化的共存、交流互识和意义生成等特征。这是一种混血的"间性"文学,是不同于西方"移民"的日本华文"非移民"特性。它强调主体与客体的共在和主体间对话沟通、作用融合及不断生成的动态过程。这种主体"间性",有可能成为日本华文作家的"坚性"写作。它正为世界华文文学提供独特的审美角度和深度。

---

① 据厦门大学教授黄鸣奋考证,"间性"亦称为"雌雄同体性"(hermaphrodism),指的是某些雌雄异体生物兼有两性特征的现象。

参考文献

一 专著论著

[法]埃莱娜·西苏:《美杜莎的笑声》,黄晓红译,张京媛主编《当代女性主义文学批评》,北京大学出版社1992年版。

鲍晓兰主编:《西方女性主义研究评介》,生活·读书·新知三联书店1995年版。

陈顺馨:《中国当代文学的叙事与性别》,北京大学出版社1995年版。

陈贤茂:《日本华文作家蒋濮小说漫论》,《陈贤茂自选集》,汕头大学出版社2005年版。

董丽敏:《性别、语境与书写的政治》,人民文学出版社2012年版。

[日]富士谷笃子主编:《女性学入门》,张萍译,中国妇女出版社1986年版。

[英]弗吉尼亚·伍尔夫:《一间自己的房间》,吴晓雷译,陕西师范大学出版社2014年版。

高宣扬:《福柯的生存美学》,中国人民大学出版社2005年版。

[英]格雷厄姆·霍夫:《现代主义抒情诗》,引自[英]马尔科姆·布雷特伯里、詹姆斯·麦克法兰编《现代主义》,胡家峦等译,上海外语教育出版社1992年版。

贺桂梅:《女性文学与性别政治的变迁》,北京大学出版社2014年版。

胡颖峰：《规训权力与规训社会——福柯政治哲学思想研究》，中央编译出版社 2012 年版。

李乃坤选编：《伍尔夫作品精粹》，河北教育出版社 1990 年版。

李欧梵：《徘徊在现代与后现代之间》，上海三联书店 2000 年版。

李怡：《日本体验与中国现代文学的发生》，北京大学出版社 2009 年版。

李昱：《1978 年以来的自费留学政策及其影响》，廖赤阳《大潮涌动：改革开放与留学日本》，社会科学文献出版社 2010 年版。

李银河主编：《妇女：最漫长的革命——当代西方女权主义理论精选》，生活·读书·新知三联书店 1997 年版。

李银河：《女性主义》，山东人民出版社 2005 年版。

梁红：《作为方法的"乡愁"》，中信出版社 2016 年版。

廖赤阳：《跨超疆界：留学生与新华侨》，社会科学文献出版社 2013 年版。

刘思谦等：《性别研究》，南开大学出版社 2010 年版。

林惠祥：《文化人类学》，商务印书馆 2011 年版。

林丹娅：《当代中国女性文学史论》，厦门大学出版社 1995、2003、2006 年版。

林祁：《风骨与物哀——二十世纪中日女性叙述比较》，陕西人民教育出版社 2002 年版。

林祁：《彷徨日本》，海潮摄影艺术出版社、海峡书局 2010 年版。

林祁：《裸诗》，华文出版社 2012 年版。

林祁：《莫名"祁"妙——林祁诗文集》，九州出版社 2013 年版。

林祁：《踏过樱花》，凤凰出版社 2010 年版。

林祁：《性别中国：莎莎自述：从大陆将军之子到港台酷女》，台北：尔雅出版社有限公司 2009 年版。

［日］铃木大拙：《禅与日本文化》，钱爱琴、张志芳译，译林出版社 2017 年版。

［日］铃木大拙：《铃木大拙全集》（日语版），日本岩波书店 2000 年版。

［法］莫里斯·梅洛－庞蒂：《知觉现象学》，姜志辉译，商务印书馆

2001年版。

孟悦、戴锦华：《浮出历史地表》，河南人民出版社1989年版。

［法］米歇尔·福柯：《规训与惩罚》，刘北成、杨远婴译，生活·读书·新知三联书店2003年版。

［法］米歇尔·福柯：《疯癫与文明：理性时代的疯癫史》（第4版），刘北成、杨远婴译，生活·读书·新知三联书店2012年版。

［捷克］米兰·昆德拉：《不能承受的生命之轻》，许钧译，上海译文出版社2010年版。

［德］尼采：《权力意志：重估一切价值的尝试》，张念东、凌素心译，中央编译出版社1991年版。

饶芃子、杨匡汉主编：《海外华文文学教程》，暨南大学出版社2009年版。

Richard Exner, *Exur Poeta: Theme and Variations*, Books Abroad, L. No. 2, 1976.

［日］山崎朋子：《望乡》，陈晖、林祁、吕莉译，作家出版社1998年版。

Sandra G. Harding, *The Science Question in Feminism*, Cornell University Press, Ithaca and London, 1986.

司马云杰：《文化社会学》，山西教育出版社2007年版。

［日］水田宗子：《女性的自我与表现》，叶渭渠主编，中国文联出版社2000年版。

孙绍振、林焱：《林祁评传》，林祁《归来的陌生人》，百花文艺出版社1995年版。

孙向晨：《面对他者——莱维纳斯哲学思想研究》，上海三联书店2008年版。

田原：《田原诗选（家族与现实主义）组诗》，人民文学出版社2007年版。

王晓路等：《文化批评关键词研究》，北京大学出版社2007年版。

谢冕、姜涛、孙玉石等：《百年中国新诗史略：〈中国新诗总系〉导言集》，北京大学出版社2010年版。

杨大春：《语言·身体·他者：当代法国哲学的三大主题》，生活·读书·新知三联书店 2007 年版。

杨匡汉、庄伟杰：《海外华文文学知识谱系的诗学考辩》，中国社会科学出版社 2012 年版。

［美］查尔斯·泰勒：《自我的根源——现代认同的形式》，韩振等译，译林出版社 2001 年版。

张爱玲：《张爱玲文集》，安徽文艺出版社 1992 年版。

赵静蓉：《怀旧》，商务印书馆 2009 年版。

张京媛主编：《当代女性主义文学批评》，北京大学出版社 1992 年版。

张一兵：《不可能的存在之真——拉康哲学映像》，商务印书馆 2006 年版。

朱建荣：《留学是我们回顾历史、观察当今、面向未来的一面镜子》，《大潮涌动：改革开放与留学日》，社会科学文献出版社 2014 年版。

二 学术论文

陈庆妃：《"享虐"与"性越境"——析当代留日作家陈希我、林祁的日本体验及其性别话语》，《湘潭大学学报》2016 年第 4 期。

陈希我：《一个纯粹的写作者——陈永和印象》，《福建文学》2016 年第 2 期。

程宝林：《别样异国境，同一中国心（美文月刊短评）》，《西安美文月刊海外华文写作专栏》2008 年第 5 期。

杜继文：《〈中国禅宗通史〉导言》，《中国社会科学》1993 年第 3 期。

郭勇：《郁达夫与日本"私小说"及"唯美主义"文学》，《宁波大学学报》1999 年第 4 期。

郝胜兰、季水河：《美国电影之中国人形象述论》，《湘潭大学学报》（社会科学版）2013 年第 3 期。

和富弥生：《双女作家的双语写作——评日本新华侨作家黑孩和杨逸》，

《职大学报》2016年第5期。

胡悦晗、翟清菊：《发现"娜拉"·再造"娜拉"·告别"娜拉"——评许慧琦〈"娜拉"在中国：新女性形象的塑造及其演变（1900—1930）〉》，《妇女研究论丛》2011年第1期。

荒林：《中国当代女性文学思潮的演变》，《广东社会科学》2005年第1期。

黄万华：《女性文学——浮出历史地表的另一含义》，《学习与探索》2002年第4期。

李东芳：《留日女性的失重生存——试析蒋濮的留日小说》，《当代文坛》2004年第2期。

刘岩：《女性书写的文化建构及其内在张力》，《当代外国文学》2013年第4期。

刘岩：《女性书写》，《外国文学》2012年11月28日。

李瑞卿：《杨万里"去词去意"论发微》，《文学遗产》2013年第2期。

林红：《身体·性·忏悔——评日本新华侨女作家陈永和〈一九七九年纪事〉》，《湘潭大学学报》2016年第4期。

林祁、林红：《"他者"的文化与文化的"他者"——日本华侨女作家孟庆华〈告别丰岛园〉的文本解读》，《华侨大学学报》2014年第1期。

林祁：《从"无性"到"性无"——评日本新华侨华人母女作家及其小说》，《湘潭大学学报》2016年第4期。

林祁、陈庆妃：《"日本新华侨华人文学中的性别话语研究"专题主持人语》，《湘潭大学学报》（社会科学版）2016年第4期。

卢建红：《"乡愁"的美学——论中国现代文学的"故乡书写"》，《华南师范大学学报》2012年第1期。

欧阳灿灿：《论福柯理论视野中身体、知识与权力之关系》，《学术论坛》2012年第1期。

舒婷：《祖国啊，我亲爱的祖国》，《诗刊》1979年第6期。

孙绍振：《新的美学原则在崛起》，《诗刊》1981年第3期。

田原：《在远离母语现场的边缘——浅谈母语、日语和双语写作》，《南方文坛》2005 年第 5 期。

吴奇：《话语与权力——分析福柯"认知的意志"》，《山东科技大学学报》2005 年第 3 期。

杨向荣、王园波：《"中国当下文化与人文精神的反思"专题研究——灵魂溃败与文化归家——当代中国文化发展困境的反思》，《湘潭大学学报》2012 年第 5 期。

易蓉：《中国近现代同人报刊的先声：早期留日学生的办报实践》，《湘潭大学学报》2014 年第 1 期。

张石：《绝望之为虚妄，正与希望相同——评黑孩的〈我走近你〉》，《文学自由谈》1989 年第 1 期。

赵稀方：《历史，性别与海派美学——评张翎的〈邮购新娘〉》，《世界华文文学论坛》2004 年第 1 期。

周密：《国别视野中的〈东京有个绿太阳〉》，《河北师范大学学报》2010 年第 5 期。

附录　日本新华侨华人文学大事年表

时间	重要作家作品	文学·文化事件
1972 年		4 月 16 日日本作家川端康成自杀
1973 年		
1978 年		12 月改革开放后的首批访问学者起程赴美，这是中国走向世界的重要一步
1979 年	王智新翻译《人性的证明》（森村诚一原著），江苏人民出版社	《中日文化交流协定》签订
1980 年		4 月巴金、冰心率中国作家代表团前往日本访问
1981 年	刘德有《在日本十五年》，生活·读书·新知三联书店； 8 月蒋丰共著《祖国》，中国青年出版社	6 月中日合拍纪录片《丝绸之路》在 NHK 首次播出，引起巨大反响。至今仍保留着日本电视史上评价最高的纪录片之地位。 11 月中国女排战胜日本队，首次夺得世界冠军
1982 年		日本 NHK 电视台开始放送《やさしい日本語》节目，是面向中国人的初级日本语教学。 9 月中日合拍电影《一盘没下完的棋》上映，由孙道临/三国连太郎/沈冠初/杜澎主演
1983 年		日本摄影家秋山亮二在中国完成的写真集《你好小朋友》发行。 8 月实藤惠秀著，谭汝谦译《中国人留学日本史》，生活·读书·新知三联书店出版
1984 年	王敏《留日散记》，重庆出版社	10 月 1 日国庆节 3000 名日本青年受邀来到北京进行友好交流

续表

时间	重要作家作品	文学·文化事件
1985年	12月王智新翻译《雾之旗》（松本清张原著），中国鹭江出版社	莫邦富赴日本留学，在日本从事专业东京MA电视台的"莫邦富看中国经济"写作，开始策划、制作介绍了中国和海外华人的电视专题片
1986年	11月张石《西方现代派文学与艺术》（与赵乐甡、王林等人合著），时代文艺出版社	12月中日第一部合作拍摄的动画片《熊猫的故事》发行。讲述了被偷猎者掠夺出国的熊猫涛涛悲惨孤独的一生，一部悲伤的童话
1987年	2月孟庆华《走过伤心地》，春风文艺出版社； 6月孟庆华《梦难圆》，黑龙江人民出版社； 小草《日本留学一千天》，世界知识出版社； 黑孩《女性的心理骚动》，中国文联出版公司	
1988年	1月孟庆华《太阳岛童话》，黑龙江少年儿童出版社； 4月黑孩译作《樱花号方舟》，作家出版社； 6月晓凡《裸体的日本》，中国文联出版公司； 田原《采撷于北方》，台湾汉艺色研文化事业有限公司，是台湾首次正式公开出版的大陆作者作品集； 林祁诗集《唇边》，中国文联出版社； 9月黑孩译作《日本新感觉派作品选》，作家出版社； 译作《中学生与问题行为》，中国青年出版社	日语教材《标准日本语》初、中级出版。 中日合拍电影《敦煌》 松本一男/著，周维宏/译《中国人与日本人》，渤海湾出版社 11月《留学生新闻》于东京创刊，为新华侨华人传媒中最早的一份中日双语报纸，每月1日、15日发行。内容涵盖日本社会和文化信息、留学生政策、留学生活、日本学校介绍、日本流行时尚、动漫世界、日企就业情报、归国就业信息等
1989年	1月王智新翻译《火鸟》（伊藤整原著），四川文艺出版社； 翻译《菊与刀》（合译），中国商务印书馆； 2月孟庆华《远离北京的地方》，中国文联出版公司； 7月黑孩《父亲和他的情人》短篇小说集，中国文联出版社； 8月张石《〈庄子〉与现代主义：古今文化比较》，河北人民出版社； 10月吴民民《中国留日学生心态录》，人民文学出版社； 黑孩译作《禅风禅骨》，中国青年出版社	
1990年	林祁诗集《情结》，湖南文艺出版社。 宗诚、海曙、林祁、林来梵、文萍发表诗文小说等。 9月叶青《别样的叶子》，北方文艺出版社 11月蒋濮《极乐门》，百花洲文艺出版社	初夏同人孙立川、王中忱、林祁等于神户海滨公园聚会，商讨创办日本第一部留学生纯文学杂志《荒岛》。 10月《荒岛》正式创刊，社长孙立川

续表

时间	重要作家作品	文学·文化事件
1991年	蒋丰译著《十九世纪的英国和亚洲》，中国社会科学出版社； 8月孟庆华《倒爷百态》，北方文艺出版社； 9月黑孩《夕阳又在西逝》散文随笔，安徽文艺出版社	3月《荒岛》第二号正式发行。 中日合拍电影《别了李香兰》
1992年	4月吴民民《中国留学生在日本》，四川文艺出版社； 5月黑孩《秋下一心愁》长篇小说，春风文艺出版社； 6月田原、李允久、陆健合编《中国翰园碑林诗词集萃》，百花文艺出版社； 7月张石合著《禅与中国文学》（张锡坤/吴作桥/王树海/张石合著），吉林文史出版社； 9月曾樾《日本梦寻》，作家出版社； 10月樊祥达《上海人在东京》，作家出版社；李佩《遥远的海》，群众出版社；唐亚明《东京漫步》，中国旅游出版社； 林祁散文集《心灵的回声》，福建人民出版社； 11月王智新翻译《战后日本教育史》（大田尧原著），中国教育科学出版社； 12月葛笑政《东京的诱惑》，军事谊文出版社；曾樾《日本啊，日本》，人民文学出版社	《中文导报》于东京创刊，确立了"中文常在我心中"的文化理念，并把在异文化社会里传播、弘扬中国文化作为事业目标。 《中日新报》创刊
1993年	1月田原在台湾《联合报》发表长文《石头的诗篇》。 2月王智新翻译《说古道今赤子心——张学良访谈录》（长井晓原著，华文出版社） 《战后日本教育史》（大田尧原著），中国教育科学出版社； 3月周昕《女儿恋：一位留日少女的手记》，四川文艺出版社； 8月亦夫选编书《无终站列车》（台港澳暨海外华人文学大系诗歌卷），中国友谊出版公司（与谢冕、杨匡汉、张颐武合编）； 9月郑芸《恐惧的情感》，上海文艺出版社； 11月杨文凯点校整理《绿牡丹》，（清二如亭主人）（收入"十大古典公案侠义小说"丛书），上海古籍出版社	杭州大学日本文化研究中心、神奈川大学人文学研究所编《中日文化论丛——1993》，杭州大学出版社出版

续表

时间	重要作家作品	文学·文化事件
1994年	1月亦夫长篇小说《土街》，哈尔滨出版社； 2月莫邦富《蛇头》，新潮社； 5月亦夫长篇小说《媾疫》，中国戏剧出版社； 6月蒋丰译著《横滨今昔》，中国社会科学出版社； 8月林惠子《东京：一个荒诞的梦》，中文导报社； 李长声《樱下漫读》，敦煌文艺出版社； 9月林惠子《东京私人档案——一个中国女性眼中的日本人》，上海文艺出版社；吴民民《世纪末的挽钟——日本海悬崖》，人民文学出版社； 王智新翻译《当代日本教育思想》（堀尾辉久原著），山西教育出版社； 12月莫然《东瀛梦》，四川人民出版社； 王智新《日文书信手册》（合著），台湾鸿儒堂杨文凯点校整理《奕程》（清张雅博）（收入"围棋古谱大全"，上海古籍出版社），《兼山堂弈谱》（清徐星友）（收入"围棋古谱大全"，上海古籍出版社）； 龙昇《血色炼狱》，群众出版社	3月日本首相细川护熙访华 中文新闻《东方时报》在日本创刊发行
1995年	1月田原《天理之神》在台湾出版； 2月业枫长篇小说《天涯风尘记》《中文导报》； 4月蒋濮《东京没有爱情》，北京出版社； 6月王智新《当代日本教育管理》，中国山西教育出版社； 10月林祁散文集《归来的陌生人——林祁散选》，百花文艺出版社； 11月亦夫长篇小说《玄鸟》，太白文艺出版社； 王智新《近代中日教育思想比较研究》，日本劲草书房；《亚洲国家看日本教科书问题》（合著），日本鸭川出版； 梅兰《东京梅兰：上海姑娘在东京》，天津社会科学院出版社	CCTV与NHK合拍电视剧《大地之子》。 3月邵迎建获东京大学文学博士学位，学位论文：《关于张爱玲研究》（日语）
1996年	8月陈平原《阅读日本》，辽宁教育出版社； 9月莫邦富《変貌する中国を読み解く》，草思社； 10月王玉琢《异国沉浮：中国留日学生大特写》，中国国际广播出版社； 莫然《爱在日本》，四川人民出版社； 11月莫邦富《商欲》，日本经济新闻社； 12月毛丹青《发现日本虫》，中国青年出版社； 《中日教育比较研究》，江苏教育出版社； 黑孩散文集《雨季》，樱枫社（日文版作品）； 黑孩译作《传承》，台湾龙门商业集团； 于君《列岛默片》，群言出版社	由诗人痖弦和白桦作序的杨平、冯杰、田原合集《三地交响——三人诗选》在台湾诗之华出版社出版； 为纪念孙中山诞辰130周年，神户财团举办"孙文与华侨"国际学术研讨会

续表

时间	重要作家作品	文学·文化事件
1997年	1月王智新《日本城市教育管理》，中国远东出版社； 3月林惠子《忏悔梦》，云南人民出版社； 4月张石《东京伤逝》，中文导报社； 8月林祁等翻译山崎朋子《望乡》，作家出版社； 12月黑孩长篇小说《惜别》，纪伊国屋书店（日文版）； 周昕《梦在东京》，长江文艺出版社	蒋寅受聘为日本京都大学研究生院中国文学专业客座教授； 创办了"乐乐中国"电视台（SKY Perfect TV! CH. 784），使日本的华语媒体由平面时代转进到立体时代。 田原被《国际汉语诗坛》杂志评选为中国十大杰出青年诗人
1998年	2月段跃中《留学扶桑》，译林出版社； 3月田原处女中篇小说《红薯窖》发表于2002年第5期《红岩》杂志头条； 华纯《沙漠风云》，作家出版社； 4月段跃中《负笈东瀛写春秋——在日中国人自述》，上海教育出版社； 王智新《日文书信手册》（合著），上海交通大学出版社； 6月邵迎建《张爱玲的文学——传奇文学与流言人生》，生活·读书·新知三联书店；王晖、林祁译《望乡》，中国作家出版社； 7月李长声《日知漫录》出版；不肖生《留东外史》，岳麓书社； 9月刘迪《现代西方新闻法制概述》，中国法制出版社； 12月毛丹青《日本虫眼纪行》（日文文集），法藏馆； 蒋濮《东京有个绿太阳》，人民文学出版社； 《中日教育制度比较研究》，日本泷泽书房； 《当代日本教育丛书》（16卷编著）1993年—1998年，山西教育出版社； 《最新教科书现代中国》（合著），日本柏书房； 陈永和《东京之恋》，湖南文艺出版社	1998—01［日］山崎朋子著，陈晖、林祁、吕莉译《望乡——底层女性史序章》，作家出版社； 横滨华侨华人研究会主办"华侨，华人研究的现在"专题学术研讨会
1999年	1月华纯长篇小说《沙漠风云》，作家出版社出版；金烨长篇小说《烟雨东京》，《中文导报》；李长声译作《大海獠牙水上勉著》，北京群众出版社； 2月张超英《留学六记》，知识出版社； 5月张石长篇小说《因陀罗之网》，《中文导报》； 6月王智新《当代日本道德教育》（合著），山西教育出版社； 7月祁放《永远的女孩》，作家出版社； 8月唐亚明《翡翠露》，TBSブリタニカ出版； 段跃中《当代中国人看日本》，北京出版社； 9月张石长篇小说《三姐弟》，《中文导报》；过放《在日本华文侨的身份认同演变——华侨的多元共生》，东信堂出版	《日本新华侨报》创办，坚持以中日关系为中心，以服务华人华侨为重点的方针，集天下权威之声音，汇世界各方之资讯，致力解读中日关系最新趋向，热诚报道华人社会热点问题，全面探求文化交流。 莫邦富1999年起任日本NHK电视台《今日中国》系列节目策划、主持人。 10月在长崎召开由九州华侨华人研究会等联合举办的"近代长崎华侨与神户、横滨华侨"国际研讨会。 11月田原《晚钟》获首届郭小川诗歌优秀奖。 毛丹青获得日本第28届蓝海文学奖。主办者是1961年创刊的《月刊神户公子》)

续表

时间	重要作家作品	文学·文化事件
2000年	1月李长声《东游西话》，辽宁教育出版社； 林惠子《中国女人和日本女人》，文汇出版社； 龙丽华《东瀛东北风》，河北人民出版社； 5月田原与人合译的《家永三郎自传》，香港商务印书馆，获得美国新大陆世纪诗歌佳作奖；田原与张嬿合译《为证言的证言》，世界知识出版社； 7月林惠子《银座的天使》，山东友谊出版社； 8月林祁等译著水田宗子《女性的自我与表现——日本现代女性文学研究卷》，中国文联出版社； 9月优华《在水一方：旅日本华文人情感实录》，新世界出版社； 11月王翔浅散文随笔《东瀛告白》中国青年出版社； 12月龚致命《东瀛物语》，珠海出版社； 王智新《批判殖民地教育史研究》（合著），日本社会评论社； 黑孩长篇小说《两岸三地》，白帝社（日文版作品）； 王智新《中国学者看日本殖民地教育》（编著），日本社会评论社； 燕子《你也是神的一枝铅笔》，春风文艺出版社	《中文导报》编《在日华文人白皮书》：十年间有32610名中国人加入日本国籍，华人融入日本社会的时代来临。 田原用日语创作的三首诗获得首届留学生文学奖，接受《朝日新闻》《读卖新闻》《产经新闻》等媒体采访。 中日双语杂志《蓝·BLUE》于关西创刊，专门系统地介绍中国和日本当代的优秀作品、流派和文学思想，是一本严肃的文学杂志，编辑们都是旅日新华人。日中新闻社创办，向全日本同时发行日本语和中国语的《日中新闻》，向在日华文人华侨提供中国最新信息及中国政府的各项国内外方针政策，积极配合中国驻日大使馆的各项工作，成为在日常驻的近140万华人华侨的正确、迅速的信息来源，受到中国驻日本大使馆各任大使和各位领事的好评。 史国强于11月1日将张丽玲及其作假纪录片《我们的留学生活·角落里的人》告上日本法庭
2001年	1月王智新《揭开教科书问题的黑幕》（合著），世界知识出版社； 5月亦夫长篇小说《城市尖叫》，文化艺术出版社； 9月林惠子《中国男人·日本男人》，江苏文艺出版社；王维《日本华侨的文化重编与族群性——祭祀与艺能为中心》，风响社出版；毛丹青《日本虫子·日本》，花城出版社； 10月林惠子《远嫁日本》，上海三联书店； 12月田原短篇小说《小木儿》，12月号《山花》杂志； 莫邦富《中国全省を読む地図》，新潮文庫	旅日诗人田原用日语创作的现代诗获日本第一届留学生文学奖。 《中文导报》编《在日华文人白皮书》：在日中国人总数第一次突破40万

附录　日本新华侨华人文学大事年表

续表

时间	重要作家作品	文学·文化事件
2002年	1月莫邦富《日本企业为何兵败中国》在香港三联书店畅销书排行榜中名列第五； 3月林祁《风骨与物哀：20世纪中日女性叙述比较》，陕西人民教育出版社； 莫邦富《海外军团·世界市场を変える新しい人》，日本経済新聞社； 5月李占刚政论集《日本的危机》，人民出版社； 6月哈南《山花》； 7月陈永和《代价——中日跨国婚姻纪实》非虚构文学，东方出版中心； 8月郑芸《幽灵船》，中国文联出版社； 9月叶青《自己的天空》，上海人民出版社； 11月李小牧《歌舞伎町案内人》，角川书店； 田原译著《死去的男人遗留下的东西——谷川俊太郎诗选》，作家出版社； 元山里子《XO酱男与杏仁女》（日文小说），日本日新报道出版社	田原译作选入《当代外国诗歌佳作导读》（陈超著，河北教育出版社）；田原获2001—2002年度"大学才子"中国校园诗歌大赛优秀奖。 《中文导报》编《在日本华文人白皮书》。 莫邦富在全球发行量最大的报纸之一《朝日新聞》始设mo@china专栏，拥有1000万以上读者，是迄2008年初唯一能做到此的外国人。 4月田原获得中国台湾《葡萄园》创刊四十周年庆"诗歌创作奖"。 7月陈希我小说集《我们的苟且》获"华语传媒文学大奖·最具潜力新人奖"提名。 神户华侨华人研究会主办"华侨华人与全球化"国际学术讨论会。 12月爱知大学现代中国学会举行"华侨华人研究的立场与方法"座谈会
2003年	1月李小牧《新宿歌舞伎町》，日本文芸社； 李长声《四帖半闲话》，春风文艺出版社；仓田百三、毛丹青著《出家与其弟子》，辽宁教育出版社；吴民民《旅日作家吴民民文集：落日》，群众出版社； 6月谷川俊太郎、山田兼士、田原的对话集《谷川俊太郎论诗》，大阪澪标出版社； 7月张石《川端康成与东方古典》，上海古籍出版社；朱慧玲《日本华侨华人社会的变迁——以中日邦交正常化为中心》，日本侨报社出版；段跃中《现代中国人的日本留学》，明石书店。 9月龙丽华《东瀛东北风》，河北人民出版社； 黑孩《女人最后的华丽》散文随笔，上海文汇出版社； 杨文凯《天涯时论》（新闻评论集中文导报出版社； 龙丽华《扶桑拾英：一位中国女教师的异国新生活》，吉林人民出版社；《扶桑拾英》与杨克俭共编，吉林人民出版社	3月日本华侨华人学会在东京成立，游仲勋当选为会长。 田原译作选入《外国著名短诗101首赏析》（陆健著，珠海出版社） 9月田原《对人生和人性明快的表现》发表于《读卖新闻》文化版。 10月田原被授予日本文学博士学位。 参与翻译的《日本当代诗选》由作家出版社出版。 陈希我小说《我们的骨》《暗示》再获"华语传媒文学大奖·最具潜力新人奖"提名；获《中国图书商报》年度文学新锐人物；小说集《我们的苟且》获"黄长咸文学奖"；小说《我的补肾生活》获"政府文艺百花奖"

— 384 —

附录 日本新华侨华人文学大事年表

续表

时间	重要作家作品	文学·文化事件
2004 年	1月哈南《交易背后》收入百花文艺出版社《小说家》； 田原译著《谷川俊太郎诗选》，河北教育出版社； 廖赤阳、王维《日本华文文学：一座漂泊中的孤岛》，黄万华主编《第13届世界华文文学国际学术研讨会论文集》，山东文艺出版社； 张石散文集《东瀛撷英》，中文导报出版社； 4月林茵《迷失东京》，山东人民出版社； 5月莫邦富著，关永昌、陈红译《点击蛇头：游走世界的中国人系列》，世界知识出版社； 9月廖赤阳、王维《"日本华文文学"：一座漂泊中的孤岛》，黄万华主编《第13届世界华文文学国际学术研讨会论文集》，山东文艺出版社； 10月田原第一本日语诗集《岸的诞生》，思潮社； 11月王智新《日本基础教育》，广东教育出版社； 12月陈希我《抓痒》花城出版社；毛丹青《狂走日本》，上海文艺出版社； 华纯《日中不要再战》，陈志鹏主编《为了华夏文化的尊严》，中国文联出版社； 《白医生你在哪里》，见陈志鹏主编《为了华夏文化的尊严》； 王智新《当代中国教育》，日本明石书店； 杨文凯《毕业十年》散文随笔集，中文导报出版社	中文产业与央视《同一首歌》联合举办"中日友好歌会"2月22日于NHK剧场举行。 横滨中华街筹建妈祖庙和新中华学校。 中宣部勒令福建省厦门市委宣传部审查小说陈希我《遮蔽》，刊发作品的《厦门文学》杂志为了肃清影响，连续三期发表批判文章，称《遮蔽》是"为乱伦造势"。 田原译作入选上海教育出版社出版的九年义务教育《语文》课本。日语论文《物的声音》等多篇发表于立命馆大学学报《立命馆文学》等学术杂志。 田原在《河北新报》文化版发表文章《用语言连接中日》，该月，谷川俊太郎、山田兼士、田原的对话集《阅读谷川俊太郎的诗》由大阪澪标出版社出版。 陈希我小说《又见小芳》入围人民文学奖。 田原编著的日文版近百位《中国新生代诗人诗选》（竹内新译）由诗学社出版；《岸的诞生》入围2005年度的中原中也奖、土井晚翠奖、富田碎花奖、小野十三郎奖等诗歌奖，被多家杂志和报纸介绍
2005 年	1月田原译著《辻井乔诗歌选》，人民文学出版社；杜海玲《女人的东京》，文汇出版社；桃子《又见樱花》，长征出版社； 2月郑芸《男人和女人》，见古远清选编《2004年全球华人文学作品精选》，长江文艺出版社； 3月李占刚诗集《东北1963》（合集），人民出版社； 5月李小牧《歌舞伎町案内人》，中国友谊出版公司； 6月吴民民日文版书《シー·ウルフ—海狼》单行本，小学馆； 王智新《东亚三国的近现代史》（合著），社会科学文献出版社； （中日韩三国学者） 8月王智新《解密靖国神社》，广东人民出版社； 9月杨文凯《日本中文导报：华文媒体在中国热中大有可为》，中新网	2月陈希我长篇小说《抓痒》获2004年度"华语传媒文学大奖·小说奖"提名。 3月陈希我小说《我疼》进入中国小说学会评选的2004年度"优秀作品排行榜"。 汉语版《谷川俊太郎诗选》获得第二届"21世纪鼎钧文学奖"，接受中央电视台、NHK、《朝日新闻》、《读卖新闻》和日本共同通信社的采访。 4月陈希我小说《抓痒》被广东省新闻出版局禁毁，称是继阎连科小说《为人民服务》之后又一部有严重问题的作品，禁止重印、宣传、销售。香港《凤凰周刊》等境外媒体前来采访，出于对出版社所承受的压力的考虑，作者谢绝采访。 田原日语论文《变化的哲学》发表于立命馆大学学报《立命馆文学》

— 385 —

附录　日本新华侨华人文学大事年表

续表

时间	重要作家作品	文学·文化事件
	10月华纯《茉莉小姐的红手帕》发表于《上海小说》2005年第6期，获台湾华侨总会九十五年华文著述文艺小说佳作奖； 杨文凯《人在旅途》，人物报道集中文导报出版社	林祁《性别中国——从将军之子到变性之女》获得日本第24届"新风舍出版赏"纪实作品大奖第一名。 非虚构《莎莎物语》（日语版）获日本新风舍出版纪实大奖第一名
2006年	1月哈南小说《十一月里天早早地黑》和《黄金两钱》收入《十月》；班忠义《血泪"盖山西"》，中国文联出版社； 4月哈南小说《莫道君行早》收入《长城》； 房雪霏译著大前研一《差异化经营》； 5月哈南小说《那一刻你不再担保》收入《十月》；董炳月《"国民作家"的立场：中日现代文学关系研究》，生活·读书·新知三联书店； 6月哈南小说《飘逝的红绸巾》收入《中国作家》； 8月毛丹青《闲走日本》，上海文艺出版社； 12月李兆忠《看不透的日本》，东方出版社； 华纯《粉红色的房子》，见周芬娜主编《旅缘：海外华文女作家协会女性文学选集年卷》； 李长声译作《隐剑孤影抄》藤泽周平著，台湾木马文化事业股份有限公司	《中文导报》编《在日本华文人白皮书》：在日本华文人可统计人数达60万4387人。 中国归国战争遗孤状告日本政府首次获胜。 田原译作选入《水怎样开始演奏》（世界文学杂志50周年诗歌精选），译林出版社。 10月《中文导报》再次改版 田原译著《定义》（谷川俊太郎散文诗集、中英文对照版）由新加坡作家协会出版社出版 田原汉语论文《日本现代诗翻译论》发表于《中国翻译》第5期，仙台白百合学园高等学校的《紫苑》杂志发表了访谈，并开始在12月创刊的《未来创作》上连载翻译和解读中国现代诗《胡适的诗》
2007年	2月陈希我《冒犯书》，人民文学出版社； 6月哈南《歪嘴堂官窑》入选中篇小说选刊《上海文学》； 7月李长声《浮世物语》，上海书店出版社； 《居酒屋闲话》，台湾远流出版事业股份有限公司； 曹旭《岁月如箫》，人民文学出版社； 8月李长声、秦岚《日边瞻日本：东亚人文·知日文丛》，中央编译出版社； 张石《云蝶无心》，中文导报出版社； 桃子《皇粮胡同十九号》，传奇长篇小说，中国华侨出版社； 11月萨苏《国破山河在——从日本史料揭秘中国抗战》，山东画报出版社； 12月张石《樱雪鸿泥》，中央编译出版社； 杨文凯《常道直言》（新闻评论集，中文导报出版社）； 张石译著《银河铁道之夜》，收入《宫泽贤治杰作选》，中国社会科学出版社； 哈南《小鸟和红色的汽车》收入《北京文学》； 藤田梨那樱花之美《香港文学》	《中文导报》发起《我这十五年》大型征文活动； 《中文导报》3—12月完成《在日本华文人白皮书》由中文导报出版社出版。 《中文导报》编《在日本华文人白皮书》：在日本华文人突破70万，有望成为日本第一大外国人族群。 杨逸小说《ワンちゃん》获日本105届文学界新人奖。 1月田原撰写解读文章的日文版长篇小说《丁庄梦》（阎连科著）由河出书房新社出版。 田原开始在仙台文学馆的杂志《ARSEN》上短期连载随笔。 5月田原在《未来创作》连载翻译和解读《郭沫若的诗》。 《田原诗选》由人民文学出版社出版，半年后看到入围华语传媒大奖的报道。 9月杨逸《小王》摘取第105届日本文学界新人奖

附录　日本新华侨华人文学大事年表

续表

时间	重要作家作品	文学·文化事件
2008 年	1月杨逸《ワンちゃん》《文艺春秋》； 2月李长声《吉川英治与吉本芭娜娜之间：日本书业见学八记》，台湾大块文化出版股份有限公司； 3月哈南《寻找幸福的二重奏》收入《北京文学》；毛丹青《中日双语图文读本：感悟日本1》、《感悟日本2》，华东理工大学出版社； 桃子《东瀛无梦——一个中国女兵的十八年岛国生活》随笔，香港三联书店； 4月哈南《沉默时不能承受之重》收入《天涯》；李长声译作《黄昏清兵卫》藤泽周平著，台湾木马文化事业股份有限公司； 6月［日］渡边淳一著，王智新译《紫阳花日记》，文汇出版社； 亦夫长篇小说《迷失》，作家出版社； 9月李长声《风来坊闲话》，远流出版事业股份有限公司； 10月王海蓝合译《村上春树：转换中的迷失》，中国广播电视出版社； 11月林祁《性别中国》（繁体版），台湾尔雅出版社； 姜建强《山樱花与岛国魂》，上海人民出版社； 杨文凯《在日本华文人白皮书2007》（报道集）主编；中文导报出版社； 乔蕾《东瀛手记》，中国民主法制出版社	杨逸小说《时光浸染》获日本最高文学奖"芥川龙之介奖"。首位以非母语创作的得奖者。 田原参加由日本行政法人宇宙航空研究机构主办的十多个国家的诗人参与的国际"宇宙连诗"活动，所有连诗作品由"希望号"宇宙飞船带往太空保存在国际宇宙站。英文版《WORLD POETRY almanac 2008》收入英译作品。 旅日诗人田原评述《石头的记忆》的十数篇评论分别在《朝日新闻》、《现代诗手帖》、《国际人流》、《东京新闻》、《周刊朝日》等报刊发表。 译自日语的十数首英语诗在鹿特丹国际诗歌网站公开。收入谈翻译的长篇日语论文评论集《文化和政治翻译学》由明石书店出版，英文版《WORLD POETRY almanac 2009》收入英译作品
2009 年	1月李锐、毛丹青著《烧梦：李锐日本讲演纪行》，广西师范大学出版社；毛丹青《日本的七颗铜豌豆》，中国青年出版社；张承志《敬重与惜别致日本》，中国友谊出版公司； 2月萨苏《尊严不是无代价的：从日本史料揭密中国抗战》，山东画报出版社； 3月李长声《日下书》，上海人民出版社； 4月陈希我《大势》，花城出版社；蒋寅《平常心看日本》中央编译出版社； 萨苏《与"鬼"为邻一个驻日中国工程师眼中的日本和日本人》，文汇出版社； 6月哈南《六岁的时候》收入《十月》； 董炳月《茫然草：日本人文风景》，生活·读书·新知三联书店 7月桃子《紫姨》传奇长篇小说，中国华侨出版社； 8月华纯《丝的诱惑——在日本俯拾文明符号》，文汇出版社； 10月林祁合译《时代的空气》，世界知识出版社； 12月李长声《东京湾闲话》，远流出版事业有限公司	杨逸的《ワンちゃん》2009年获得芥川文学奖。 田原策划的"日本诗人汶川大地震特辑"在《诗歌月刊》5月号刊出； 7月田原日语诗集《石头的记忆》由思潮社出版； 11月华纯《丝的诱惑——在日本俯拾文明符号》荣获首届"中山杯"华侨文学奖； 作家温又柔凭借《好去好来歌》获得日本昴星（SUBARU）文学赏佳作奖； 邢彦（35岁）凭借小说《熊猫的喃喃自语》获得了日本山形县樱桃电视台的第二届樱桃文学新人奖

— 387 —

附录　日本新华侨华人文学大事年表

续表

时间	重要作家作品	文学·文化事件
	刘迪《日本民主党政治的开幕》，东方出版社；《近代中国における連邦主義思想》，成文堂；杨文凯主编《在日本华文人白皮书2008—2009》（报道集），中文导报出版社	
2010年	旅日诗人田原译著《春的临终——谷川俊太郎诗选》，（中日文对照）由香港牛津大学出版社出版；方雪霏合著《中国留学及教育用语手册》，关西学院大学出版社；3月王智新翻译《太阳经济——日中共同开创世界未来》（山崎养世原著），中国东方出版社；4月李长声译作《黄昏清兵卫》藤泽周平著，北京新星出版社；1月陈希我《兔子汤的汤的汤》，东方出版社；文萍《巨大迷路》，广西师范大学出版社；2月李长声《日下散记》，广东省出版集团；4月哈南《西村和他的装置艺术》收入《收货》；6月晏妮《战时日中电影交涉史》，岩波书店出版；7月李长声《枕日闲谈》，中华书局；8月廖赤阳、朱建荣著，日本华人教授会议编《大潮涌动：改革开放与留学日本》，社会科学文献出版社，林祁《海外华人华侨研究：彷徨日本》，海潮摄影艺术出版社；田原编著《我的胸很小——谷川俊太郎爱情诗选》，角川学艺出版社；李占刚诗集《四答灵魂》，纽约：惠特曼出版社；唐辛子《唐辛子IN日本：有关教育、饮食和男女》，复旦大学出版社；9月蒋寅《日本学者中国诗学论集》，江苏凤凰出版社；李长声《哈，日本》，中国书店出版社；10月杨逸《おいしい中国》，文艺春秋出版社；李兆忠《暧昧的日本人》，九州出版社；11月李长声《东居闲话》，生活·读书·新知三联书店；林祁《踏过樱花——在日本华文侨华人纪事》，凤凰出版社；亦夫长篇小说《土街》，新星出版社；12月作者：李宪章口述，龙井记录《我在东瀛六十年》，山东画报出版社	杨逸：《时间が滲む朝》获日本直木文学奖。旅日诗人田原用日语创作的第二本诗集《石头的记忆》获得日本第60届H氏诗歌大奖，发表日语演讲《脚踏两只船》，之后接受数十家各国媒体采访。华纯《丝的诱惑——在日本俯拾文明符号》荣获首届"中山杯"华侨文学奖由全日本华人书法家协会、中国文武学院、东京中国书画院等联合举办的《日本华人书法家新春笔会》在东京举行。telecomstaff拍摄的45分钟的专题片《异国诵樱——诗人田原的东北之旅》在日本全国播放、田原博士学位论文《谷川俊太郎论》由岩波书店出版。后入围2011年度鲇川信夫评论奖

续表

时间	重要作家作品	文学·文化事件
2011年	1月张石《寒山与日本文化》，上海交通大学出版社； 姜建强《另类日本史》，上海交通大学出版社 刘迪《三味日本——刘迪看日本》，知识产权出版社； 3月桥本隆则《偶然写成的日本野史》，新星出版社； 4月李小牧《日本有病：解剖我们的邻居、对手、朋友》，珠海出版社； 5月萨苏《退后一步是家园》，山东画报出版社； 李长声《四方山闲话》联合文学出版社； 6月陈希我《真日本》，山东画报出版社； 白雪梅《诗境悠游》，新风书房； 7月李长声《日和见闲话》，博雅书屋； 10月杨逸日语原版《狮子头》，朝日新闻出版； 11月桃子《帝王之盾》传奇长篇小说，中国华侨出版社； 12月廖赤阳《新华侨文学时期的日本华文文学》，《华人研究国际学报》第3卷第2期； 董炳《东张东望》，中央编译出版社	旨在专门介绍日本文化、艺术的双月刊杂志《知日》1月4日在北京创刊。由中国民间出版社文治图书创办。旅日著名中国作家、神户国际大学教授毛丹青担任主笔，《日本新华侨报》总编辑蒋丰出任顾问 旅日诗人田原以《彷徨的语言》为题的个人专场诗歌朗诵会在仙台举行 日本华文文学笔会成立于辛亥百年的2011年12月11日，以繁荣在日本华文人学为目的，重新调整日本华文文学作家群的格局，支持会员在国内外发表作品和参加各种国际会议，促进日本华文文学内外传播，开展双向或多向文化交流，等等
2012年	1月邵迎建《上海抗战时期的话剧》，北京大学出版社； 李兆忠《东瀛过客》，九州出版社； 田原译著《天空——谷川俊太郎诗选》，北京大学出版社； 孟庆华《告别丰岛园》，中国青年出版社； 2月黑孩《樱花情人》长篇小说，百花洲文艺出版社； 唐辛子《日本女人的爱情武士道》，复旦大学出版社； 3月白雪梅《日本語に似ているようで似ていない中国語の漢字》，阪急コミニケーションズ； 4月杨逸日文原版《すき·やき》，新潮社； 5月陈希我《日本人的表情》，远足（读书共和国）； 6月毛丹青《狂走日本》，上海文化出版社； 萨苏《最漫长的抵抗——从日方史料解读东北抗战十四年》，西苑出版社； 7月李长声《温酒话东邻》，上海书店出版社； 亦夫长篇小说《一树谎花》，中国工人出版社； 8月杨逸《金字塔的忧郁》，花城出版社； 9月邵迎建《张爱玲的传奇文学与流言人生》（繁体），秀威出版社	日本华文文学笔会推选日本法政大学教授王敏担任首届会长。理事会成员有华纯、荒井茂树、王智新、藤田梨那、林祁、弥生/祁放等知名作家和学者 田原译作选入《中外现代诗歌导读》（王家新著，中国人民大学出版社）

附录　日本新华侨华人文学大事年表

续表

时间	重要作家作品	文学·文化事件
	10月毛丹青、剑心、刘联恢著《知日·铁道》，中信出版社； 11月林祁《裸诗——走过人生的半个世纪》，国际华文出版社； 12月阿洋《亲爱的汗水》，安徽文艺出版社； 王海蓝《村上春樹と中国》，アーツアンドクラフツ出版	立教大学举办日本华文文学国际研讨会。 藤田梨那、田原、张石、林祁等知名作家和学者作会议发言
2013年	3月施小炜、毛丹青、陈孟姝著《知日·森女》，中信出版社； 蒋丰《蒋丰看日本：日本国会议员谈中国》，东方出版社； 4月毛丹青、施小炜、吴东龙《知日·日本禅》，中信出版社； 李长声《纸上声》，商务印书馆； 5月张石译《铃木大拙说禅》，浙江大学出版社； 6月三浦友和著，毛丹青译《相性》，人民文学出版社； 张石纪实文学《孙中山与大月薫——一段不为人知的浪漫史》，香港星辉图书； 7月陈希我《日本向西，中国向东》，广东南方日报出版社； 8月见城彻著毛丹青译《异端的快乐》，湖南文艺出版社； 9月陈希我《移民》，金城出版社； 毛丹青、川井操、刘联恢著《知日·家宅》，中信出版社； 11月日语随笔《诗与歌》发表于《NARASIAQ》杂志； 12月林祁诗文集《莫名"祁"妙》，九州出版社； 蒋丰《甲午战争的千条细节》，东方出版社； 《万条微博说民国》，东方出版社（入选2014年中国国家机关各部委联合向青年干部推荐好书）	林祁获国家社会科学基金项目《日本新华侨华人文学三十年》（为主持人）（批准号13BZW135） 田原译著《小鸟在天空消失的日子》（谷川俊太郎著）由浦睿文化公司和湖南文艺出版社联合出版
2014年	1月林祁、林红《"他者"的文化与文化的"他者"——日本华侨女作家孟庆华〈告别丰岛园〉的文本解读》，《华侨大学学报》2014年1期； 林惠子短篇小说《上海风情故事》，团结出版社； 4月蒋丰《风吹樱花落尘泥》，九州出版社	田原接受中国国际广播电台记者王小燕采访的书面访谈收入中日文对照版的《中国人在日本，日本人在中国》（外文出版社2014年版）

续表

时间	重要作家作品	文学·文化事件
	5月蒋丰《来自东京你懂的》，陕西人民出版社； 林祁《中国古典诗词鉴赏》（海外华文教育教材），华中科技大学出版社； 6月杨逸《小王金鱼生活》，上海文艺出版社； 姜建强《另类日本文化史》，上海交通大学出版社； 7月李长声，贾葭《中日之间：误解与错位》，社会科学文献出版社； 李海翻译《日本如何面对历史》，人民出版社； 8月毛丹青《孤岛集》，中信出版社； 李长声《系紧兜裆布》《阿Q的长凳》《太宰治的脸》《吃鱼歌》《美在青苔》等"长声闲话"（五卷），生活·读书·新知三联书店； 蒋丰《脱下和服的大和抚子》，东方出版社； 11月林祁《从"崛起"到"漂流"——日本新华侨华人诗歌研究》，《文艺争鸣》2014年第6期； 12月蒋丰译著《黑船异变》，东方出版社	田原译作收入广西师范大学出版社出版的《当代名家译诗译论集》（江弱水编）
2015年	1月蒋丰《看看日本今日的军事装备》，台海出版社； 亦夫散文集《虚无的守望》，北京邮电大学出版社； 2月姜建强（合译）《没有女人的男人们》（村上春树著），上海译文出版社； 3月张石散文集《空虚日本》，中国法制出版社； 张石《中日生死观与靖国神社》，香港南粤出版社； 姜建强《岛国日本》，中国法制出版社； 林惠子纪实文学《我不卑微》，宁夏人民出版社； 寺川清美《你的世界我不懂》长篇小说，世界知识出版社； 5月蒋丰《民国军阀的后宫生活》，民主与建设出版社； 《蒋丰看日本：日本财经大腕谈中国》，台海出版社； 哈南《北海道》，作家出版社； 林惠子长篇小说《今夜无梦》，中国文史出版社； 张石《川端康成与中国易学》，广东人民出版社； 6月李长声《东瀛百面相》，香港三联书店	田原第一本日语诗选《田原诗集》被列入出版半个多世纪的现代诗文库205号，思潮社 田原日语文章《梦与性爱》发表于韩国高丽大学出版的《跨境》杂志创刊号

续表

时间	重要作家作品	文学·文化事件
	7月蒋丰译著《东亚近代史》，东方出版社； 亦夫长篇小说《吕镇》，中国工人出版社； 8月毛丹青《感悟日本》； 李长声《瓢箪鲇闲话》，海豚出版社； 李长声《昼行灯闲话》，译林出版社； 蒋丰译著《追逐明天——我的履历书》，东方出版社； 亦夫翻译作品《帝都卫星轨道》[日] 岛田庄司著，新星出版社； 9月哈南中篇小说集《北海道》，作家出版社出版； 10月田原日语诗集《梦之蛇》，思潮社出版； 陈永和长篇《一九七九年纪事》刊载于2015《收获》（秋冬卷）； 11月田原诗选集《梦蛇》，东方出版社； 12月董炳月《鲁迅形影》，生活·读书·新知三联书店，《寻访日本老八路》，生活·读书·新知三联书店； 蒋丰译著《知之深，爱之切》，河北人民出版社	田原译作选入《世界首部海洋诗选——流向或回声》（黄礼孩编，海风出版社） 田原与严力、宋琳（法国籍）、陈克华（中国台湾）、李笠（瑞典籍）在深圳获海外华人诗人奖，译著繁体字版《谷川俊太郎诗选》和《二十亿光年的孤独》（中日文对照）在台湾同步出版
2016年	2月李占刚《奔向泰山》（散文集），时代文艺出版社； 3月毛丹青《在日本》，华东理工大学出版社； 蒋丰《蒋丰看日本：当代名医访谈录》，台海出版社； 穆知、赵斌玮著《我还是喜欢东京》，上海交通大学出版社； 4月弥生诗集《之间的心》，现代出版社； 5月唐辛子《日本式中毒》，广东人民出版社； 万景路《扶桑闲话》，广东人民出版社； 王敏《不畏风雨（雨にも负けず）》，宫泽贤治ほか中国·后浪出版集团； 6月林祁《从"无性"到"性无"——评日本新华侨华人母女作家及其小说》，《湘潭大学学报》（哲学社会科学版）2016年第4期； 蒋丰译著《抓住好风险》，东方出版社； 万景路《你不知道的日本》，九州出版社； 8月毛丹青《来日方长》，上海世界图书出版公司； 蒋丰《说说十大日本侵华人物》，上海交通大学出版社； 11月林祁《当代闽籍作家的日本"性"体验》，载《福建省现代文学研究会论文集》	暨南大学和日本华文文学笔会于6月13日、14日在暨南大学联合主办"新世纪，新发展，新趋势——日本华人文学研讨会"。林祁作大会主题发言："日本华文文学与世界新格局——日本新华侨华人文学三十年述评。" 第二届世界华文文学大会于7—8日在北京新世纪饭店隆重召开。日本新华侨作家李长声与陈永和荣获中山文学奖

续表

时间	重要作家作品	文学·文化事件
2017年	杜海玲《无事不说日本》，法律出版社，藤田梨那日语版《诗人郭沫若与日本》，武藏野书院 3月房雪霏《日常日本》，生活·读书·新知三联书店； 8月龙昇《扶桑华影》，中国法制出版社	
2018年	林惠子《上海往事碎影》，台湾新锐文创出版社； 《樱花树下的中国新娘》，台湾新锐文创出版社； 房雪霏与李冬木合译：芳贺矢一《国民性十论》，香港三联书店； 唐辛子《漫画脑》，上海交通大学出版社； 《异类婚姻谭》，上海译文出版社； 1月陈永和《光禄坊三号》长篇小说，江苏凤凰文艺出版社； 5月陈永和《一九七九年纪事》长篇小说，江苏凤凰文艺出版社	
2019年	元山里子《三代东瀛物语》，花城出版社； 《他和我的东瀛物语》，花城出版社； 6月黑孩《傻马驹》，山东人民出版社、四川文艺出版社联合出版； 藤田梨那中文版《郭沫若的日本体验与创作》，人民出版社； 李长声《日本人的画像》，社会科学文献出版社	林祁《一部"鬼子兵"反战的心灵档案——评日籍华人元山里子的"自叙体"》获第二届"日本华文文学奖"《当代作家评论》2019年第4期； 2019年4月7日—10日在大东文化大学会馆隆重举办了"日本华文文学创作与评论国际研讨会"； 2019年复旦大学学术杂志《史料与阐释》总第六期上推出"日本华文文学小辑"，发表了日本华文笔会的李长声、王海蓝、姜建强、万景路、张石、林祁和陈庆妃的评论文章，受到世界华文文学的关注。《香港文学》在2019年第8期隆重推出日本华文专辑，包含有随笔、散文、诗歌、小说等
2020年	亦夫《被囚禁的果实》发表于《当代长篇小说选刊》2018年第6期，2019年于人民文学出版社出版时改名为《无花果落地的声响》； 黑孩《惠比寿花园广场》，上海文艺出版社； 黑孩《贝尔蒙特公园》发于《收获》长篇小说2020夏卷	9月4日上午，第五届华侨华人"中山文学奖"以线上颁奖形式在中山日报社举行。 亦夫的长篇小说《无花果落地的声响》获得优秀作品奖。 黑孩的小说《惠比寿花园广场》获入围作品奖

后　记

　　本书是国家社会科学基金项目"日本新华侨华人文学三十年"（项目编号：13BZW135）的结项成果。感谢课题组李杨、卢冶、朴婕、林丹娅、林红、丛兰等博士的鼎力相助。特别感谢大师兄李杨博士建议我将"史"的题目改为"三十年"，以对应（或连接）中国现代文学三十年（1917—1949），使之具有填补空白的创新意义。

　　李杨还以微信留言指出：要强调日本华文文学史对于海外华文文学的"填补空白"的意义。其理论意义是日本乃至日本文学对于中国现代文学的重要意义。中国文学的现代化进程是通过与西方文学的互动来完成的，但这一互动过程一直通过日本文学这个中介才得以完成。无论是文学理论（包括"文学"这一现代性概念的引进）还是文学史（比如《中国文学史》的写作），或是鲁迅、郭沫若、茅盾这一批最重要的中国现代作家，都体现了日本文学这一中介的重要性。对于理解和重构中国新文学的现代性，日本这一中介的意义不可替代。此外是现实意义，中日之间关于钓鱼岛的领土纷争，使中日关系处在一个敏感时期。从"仇日"到"知日"，成了对包括文学研究者在内的中国人文学者的挑战。

　　本课题就是在这一层面展开的成果。本课题研究的特点，不是单纯的文学史写作，而是史论结合，在历史的清理过程中体现了近年中国文学史领域的反思与突破。在北大"同门大师兄"的指导下，本课题顺利结项了。书中特意留有卢冶、丛兰等博士撰写的篇章（于章节

后　记

后加以署名），在此一并致谢！

博士导师谢冕教授曾对我说，做博士研究要先"圈地"，然后"打井"，一口一口地打……我圈的"地"就在中日之间吧。如果说我在北大完成的博士学位论文《风骨与物哀——20世纪中日女性叙述比较》是一口井的话，这部《风骨与物哀之间——日本新华侨华人文学三十年》则为第二口井。问渠那得清如许，为有源头活水来。考察近代以来中日文学关系（报国家重大项目时这课题被别人"抢走"了），还有许多"井"待挖。我将挖第三口井——"百年中国留日学生文学叙事研究"，感谢国家社科的后期资助，吾将"挖井"不止。

吃水不忘挖井人。我还要特别感谢未曾谋面的中国社会科学出版社编审郭晓鸿博士。没有她的帮助，"这口井"不可能冒出水来。

最后，除了感谢，还要向日本新华侨华人的朋友们致歉。三十年来，日本新华侨华人文学栉风沐雨丰富多彩，我虽然身在其中并贯穿始终，但毕竟眼光有限，笔力不逮，难免挂一漏万，或失之偏颇，故恳请见谅。但愿拙著能抛砖引玉，激活"横看成岭侧成峰，远近高低各不同"的华文文学创作及研究。

林　祁

2021年10月13日于厦门水晶湖郡"厚积斋"